青春岁月

李学文——著

中国文史出版社

图书在版编目（CIP）数据

青春岁月 / 李学文著． —北京：中国文史出版社，
2022.9

ISBN 978 - 7 - 5205 - 3620 - 2

Ⅰ.①青… Ⅱ.①李… Ⅲ.①长篇小说-中国-当代
Ⅳ.①I247.5

中国版本图书馆 CIP 数据核字（2022）第 159494 号

责任编辑：方云虎
封面设计：新成博创

出版发行：中国文史出版社
社　　址：北京市海淀区西八里庄路 69 号
邮　　编：100412
电　　话：010 - 81136630
印　　装：廊坊市海涛印刷有限公司
经　　销：全国新华书店
开　　本：710 毫米 ×1000 毫米　1/16
印　　张：23
字　　数：350 千字
版　　次：2023 年 1 月北京第 1 版
印　　次：2023 年 1 月第 1 次印刷
定　　价：69.00 元

目 录
Contents

01 回忆总是那么美妙

齐明远走出办公室，心情异常的沉重。家里连续三次来电话说他母亲病危，已经快不行了。他忘不了电话那头他父亲齐应天哭诉的声音和大哥齐得福的呵斥。父亲说："崽呀，你母亲不能吃东西了。你是老小，娃中就你没成家了。带个女仔回来吧，让你母亲能落心……"感觉得出，父亲电话那边，他大哥是把话筒抢过去的："你真没良心，叫你早点儿找个对象，你就是拖拖拉拉，一米七多的个子，还找不到一个能生崽的女人！这次不管你咋样，也要拉个回来，只要是个女的就行，算是没丢咱家祖宗的脸，给全村人有个交代。"

齐明远的头蒙蒙的，一边是即将失亲的痛苦，一边是孑然一身的凄凉。他像无头苍蝇，弄不清方向。

齐明远想，自己立志发展脐橙产业，引导农民发家致富，振兴农村，应该说几年的努力没有白费，现在山上一蓬蓬的脐橙绿，看了让人心花怒放，农民增收指日可待，可自己这么多年没攒几个钱，腰包空空。家里人哪里知道，自己就那几个工资，而且经常不能按时发放，有几个婆娘看得上自己，更不消说还在这个山沟沟的地方。

他高一脚低一脚走着，西斜的太阳把他的影子拉得很长很长。这时他才真正恨起那个同他一起读中专的女孩来。

那女孩叫吴芳菲，和他是同一个县的。那年考入那所林业中专前，她已经有两年的补习生活。"高四""高五"的学习经历使她比其他的学生多了几分成熟。

说来真是缘分，那年是全省历年高考唯一一次大专和中专分开考试。齐明

1

远是农村的娃儿，母亲又病了几年，家里人都希望他早点走出大山，才不管是大学还是中专，有一个铁饭碗就行。要报考了，齐应天从百里之外赶到他那所偏远中学，给他下最后通牒："娃啊，家里打了一把新锄头，你执意要报大专，考不上，那锄头就给你用，这几年你也知道，家里是没钱给你补习的。"在齐应天来之前，班主任已做过他的工作，要求他报考大专。他也打定了搏一搏的主意。经父亲一说，齐明远心凉了半截，暗自悲叹命苦。父亲走后，他偷偷地哭了两个晚上。

吴芳菲连续考了两年，自己都没信心了，再说快二十岁的人了，怕耽搁不起，也报考了中专。命运就这样把他们推到了一起，两人同时被那所中专学校录取。

报到的那天，齐明远家里摆了十桌酒席，兄弟姐妹都来了，同村的村民也来了。也难怪，他家乡除解放前出了一个国民党少校外，就数他有出息。村委会出钱租了一部吉普车把他送到车站。为了省路费，他父亲和两个哥哥把他安顿到长途客车上后，就搭吉普车回家了。

说来也巧，吴芳菲也是那天去报到的。他们同坐一辆客车同一排座位。吴芳菲是被她父母亲一起送到车站的。她父亲叫吴进财，长得人高马大，人称吴大炮，是县印刷厂的车间主任。她母亲叫王六斤，原是农村大队部的一名妇女主任，20世纪80年代初县里大招工时，同她丈夫一起进了县印刷厂。吴大炮扶着一部"永久"牌自行车，车上挂着吴芳菲的箱子，身上还背了一个大旅行包，吴芳菲在旁边欢蹦乱跳的。

吴大炮看到女儿座位边是一个农村男孩，一脸的不高兴，硬吵着要车站换座位。整个客车的人看到他蔑视乡下人，都没响应车站的号召。倒是吴芳菲无所谓，尽劝他父亲："没事的，女儿都长大了。"她父亲还是对齐明远说："别挤了我女儿。"齐明远狠狠地瞥了他一眼，没有作声。

长途客车终于开动了，喘着粗气，像蝗虫一样，在砂石公路上爬行。虽说已是公历9月，但农历还是八月，车窗外的太阳还十分毒辣。车厢内，汗馊味、脚臭味，以及鸡鸭贩子携带的家禽发出的腥臭味夹杂在一起，让人觉得恶心至极，直想呕。进城打工的农民在车内畅怀谈笑，两个商贩模样的人有滋有味地说着黄段子，坐在他们同一排的包工头旁若无人地和同座的一名姑娘打情骂俏，两人发出放浪的笑骂声，撩拨得人心里痒痒的，让人十分的烦躁。

吴芳菲咕哝着："下流，进了一个乡巴佬的世界。"尽管说得很小声，但还是让齐明远听到了。他鄙夷地看了她一下，心想，"你高贵，怎么不坐小轿车？"但泥巴里泡大的他，终究没胆量说出来。

"唉，窗玻璃打开一点。"吴芳菲对他说。

"……"他瞥了她一眼，仿佛没听见。

"要不，我坐里面行吗？"

他显出了农村男孩特有的高傲，依然没有作声。

"你还在生我爸的气吗？其实，我爸也是农村来的，他就是这个脾气。"

她不说不要紧，这样一说，他心里更是气不打一处来。他从喉咙里哼出点声音来："不会吧，我以为你们祖宗十八代都是穿皮鞋的呢。"

"女行千里父担忧呀，他是怕我第一次出门会被男孩子欺负，你谅解一下我爸好吗？"她有点低声下气。

齐明远有点心动，看样子，她这人还是不错的，不是那种居高临下的城里女孩。他起身给她换了一个座位。

"打工吗？到哪去？"她觉得这样问有点伤他自尊，马上又补充说，"打工没什么丢人，现在挺时尚的，我表姐带着华东师大的毕业证到深圳打工去了。"

这时齐明远对她稍稍有点好感，怯怯地看了她一眼。她上穿一件很流行的暗花无袖衬衫，下穿一条短格子中裙，一张好看的瓜子脸，高高的鼻梁上架着一副价格不菲的金丝眼镜，从她的穿着一看就知道她是一位快人快语、性格活泼的女孩。

他说："我是去报到上学的。"他明显感到自己说话有点底气不足，考了一个中专学校，又是学林业的。他恨自己意志不坚定，恨父亲做得那么决绝。他想自己应该是考大学的料，班上比自己差的同学都考取了大学。唉，都是命运的安排，他想起了十二岁时，母亲带他去算命，算命先生说的一句话："命中无，莫强求。"谁叫自己生在一个苦命的家庭呢？

他是家里最小的，大哥、二哥都已成家立业，三哥做了倒插门的女婿，很少回老家。三个姐姐都早早地嫁了人，还有一个姐姐比他早一年高考，落榜后去广东打工，做了个针织工。他母亲在他读小学五年级时就患上了胃溃疡进而转化为胃癌，两次去省城治病，把家里所有的积蓄都花光了，面对这样一个家庭，他能有什么选择。他不想重蹈四姐的覆辙。

齐明远不敢再想下去，能有今天就算老天开恩了。

吴芳菲看他木呆呆的，思想都跑到爪哇国去了，用胳膊肘轻轻地碰了碰他。"唉，你也是今年高考的呀？去哪所学校报到？"

齐明远"嗯"了一声，算是回答，对她的第二个问题像是没听见。在她面前，特别是在这个漂亮的城市女孩子面前，他能怎样回答呢？刹那间，农村男孩特有的自尊，使他果断地第一次撒了一个有生以来的弥天大谎。"光州冶院。"他感觉自己的耳根很热，脸有点发烧，但他很快进行了心理调整。他想，反正下车后各走各的，谁也不认识谁。猛然一想，平白无故地把自己的情况告诉了她，而对她的情况一点也不了解，岂不亏了。他壮起胆子问："你呢？"

"没考好，考了一个师范类院校，光州师院。"她的眉宇间也流露出一些懊恼。

齐明远一听，更感到一种自卑。但又露出一种满不在乎的样子，"还不错，女孩子读师范院校比较合适。"

简单地交流后，两人又陷入了沉默。

长途汽车在砂石路上摇晃着，才走二十来里路程，有的乘客就进入了梦乡，那几个贩鸡鸭的还打着呼噜。坐在过道另一边的包工头，看到各个乘客都昏昏欲睡，手又搂住了同座的姑娘。那姑娘显然是包工头的秘书或同事，刚开始眉头一皱，娇嗔地拍了一下包工头的手，一会儿就倒伏在包工头的身上。

齐明远坚挺地坐着，他骨子里对包工头有一种不屑，不就是个暴发户吗？但坐在同一排，余光还是不自觉地扫去。

吴芳菲嘴里骂着不要脸，可分明也感受到了某种信息。她趴在前座的后靠背假寐，耳根却红红的，喘着粗气。她身体慢慢地向齐明远这边移过来，一下就滑倒在齐明远的大腿上。

齐明远以为她睡着了，男子汉的胸怀，让他大度地承接着吴芳菲的身体，感受着她的身体随公共汽车颠簸而带来的摩擦、冲撞。他也真切地感到吴芳菲的肘顶到了自己的小腹和大腿。

美妙的时光总是过得快。到了光州车站，吴芳菲才从齐明远的大腿上爬起来。他俩都有些不好意思。

齐明远绅士般帮她从行李架上拿下行李。吴芳菲嫣然一笑说声"谢谢"就下了车。一会儿熙熙攘攘的人流就把他们淹没了。

齐明远正在找来接站的校车，看到她娇喘吁吁地肩背手提行李也在找车，男子汉特有的怜香惜玉的心理又使他停了下来："我给你看行李，你去找校车吧。"

吴芳菲很是感激。她转了一会儿就回到了行李边，身后还跟过来几名接站的学生。

齐明远说："我送送你，帮你拎点东西。"

吴芳菲说："不用了，有同学来接站，谢谢，再见。"她还是那种无忧无虑的样子。

齐明远有点怅然若失。他目送着她离开，然后急急忙忙去找校车。

齐明远在一个偏僻的出口找到了校车。他做贼似的抢上车，与一个从校车侧边上车的女孩猛烈地碰撞了一下。他定睛一看，差点叫出声来。她也看清了他。四目相对，十分尴尬。几乎异口同声："你……也被这所学校录取了？"两个人都不自觉地笑了起来。

从此，他们就开始了偷偷摸摸的两人世界。

02 梦里的女孩像花一样开放

齐明远不敢再往下想了。他知道他那个小山村叫齐家村，离墟镇只有二十里山路，离县城也不过四十里，现代文明除了在村民的穿着上有所体现，大部分人都保持了山里人那种粗蛮和彪悍。初一、十五家家祭祖，"三月三"（农历三月初三）和"七月七"（农历七月初七）集体祭祖的习俗一直流传了下来。全村只有一个"齐"姓，辈分高的族人在村里特别有威望。找不到一个女的回去，不仅要背上不孝的骂名，被村民看成没本事的人，遭到全村的唾弃，而且还要被剥夺披麻戴孝、进祖宗祠堂的权利，甚至连名字都上不了墓碑碑文。

齐明远想，母亲的生命一定像即将干涸的井，井中的水在毒辣的太阳下一滴滴被烤干。现实的问题就是要尽快找到一个女孩，哪怕是长得丑陋一些，哪怕是花点钱也行，带回家，能让母亲落个心，不会使她老人家带着担心离开人世，也好蒙村里人的眼，在父亲和哥嫂面前也有个交代。

齐明远焦急地在办公楼前的空地上转着圈子，丢了魂似的，口里念叨着："找谁呢，谁愿意呢……年龄既不能太大，也不能太小，又不会被看出破绽。"他深深地叹了一口气："做人真难啊，如果头上顶的是一个猪头就好了，什么都不会考虑，可自己偏偏是个孝子。"他的脑海里开始放电影一样，把认识的女孩都过了一遍，觉得都不合适。

已是仲秋，法国梧桐的叶子开始泛黄，有的已经掉落，地面上稀稀疏疏的有些落叶。太阳说落山就落山，在对面大山的肩膀上躲了一下，就顺着大山的肩肘滑了下去。

乡机关食堂开饭了，食堂管理员老崔和往常一样拿一根粗钢筋，对准挂在食堂门口的破锣猛敲两下，算是开饭的钟声。鸡公山乡政府吃晚饭的时间比较早，一来炊事员是个社办公，早点做好饭好早点回去做些农活；二来若有接待时，只有先做好了干部的饭后才能腾出时间来做招待餐。

听到钟声，乡机关的单身汉们从房间里鱼贯而出，趿拉着拖鞋，敲着饭盒，哼着小调不约而同直奔食堂。乡里的工作一般是阶段性的，为了乡里能正常运转，前天乡里宣布作为中心工作的计划生育告一段落，现在集中精力收"乡统筹村提留"。他们下到村里刚刚回来，因为村级经济薄弱，饭都没管一顿，只有回到乡里来吃"一荤一素"。他们有的衣服上还粘着谷粒，有的身上还散发着牛粪味。

单身汉中关系好的对他敲一下饭盒算是对他打了一声招呼，关系一般的从他身旁擦身而过，像是世界上没有这个人存在。

乡政府办公室主任（实为文书，人们习惯叫主任）胡明生挺着一个酒肚子从房间里出来，显然是中午的酒还没有醒。他揉着惺忪的三角眼自言自语道："羔子县长，让我三比一对他，算什么好汉？后面还逼我一口气喝了一钵水酒，哪一天我一定要干了他的女儿。"突然胡明生感觉自己说漏了嘴，赶紧捂住自己的臭嘴。他想，要是被人听了去，告了密，不仅白喝了两木桶水酒，即将到手的副科级提拔也会长翅膀飞了，而且弄不好饭碗都要丢掉。至于那县长承诺的下半年的工资拨款泡汤，他都无所谓，反正不是少他一个人的，丢了饭碗、黄了提拔那才悲哀。

想起来就气愤，大家都喝得酒淹到了喉咙，分不清东西南北了，那县长又来一出：喝一碗就拨五千元。鸡公山穷啊，乡党委方明亮书记发动大家使劲喝。书记乡长和县长喝的是自制的谷烧酒，又辣又有劲，为了拨款，方书记闷了两碗白酒下去。乡长王流水同县长关系好，县长同意他白酒换水酒，碗还是那个碗。王流水压了三碗水酒进去，换了一万五拨款的表态。其他作陪的班子成员也没命地往死里喝，最后都心有余力不足了，有的傻傻地坐着，有的倒伏在桌子上。

方书记不甘心，命令似的叫胡明生上。县长不干了，说什么酒不同了，人也变了，一个小混混怎么能一碗水酒拨五千元？人总要分个级别什么的，非得一钵水酒才能换五千元。听得胡明生真想吐他一口痰。方书记不吭气了。倒是王流水来了劲，叫胡明生一钵就一钵。乖乖，一钵就是半木桶水酒。胡明生仰起脖子就喝，三分多钟不停气才干完，县长也乐得像个孩子似的："连酒都不会喝，怎么会做农村工作，怎么跟农民沟通？"

胡明生想到中餐的酒仗就后怕，嘴里嘟哝着："这哪里是喝酒，这是在搏命。"他在门口走廊上探了探，看有没有其他乡领导，饭点的时候，班子成员都来蹭招待饭吃。只要坐得下，多带个领导作陪，办公室主任有这个权力，主陪领导也不会说什么。但带了这个不带那个，得罪人，带多了，坐不下，又挨批。他看四周无人，便高一脚低一脚往前走，准备去为"三老板"（乡机关干部对副书记的称呼）的接待晚餐签单。

胡明生刚迈了几步，转一个屋角就看到齐明远呆呆地站在那儿，吓出了一身冷汗，吞吞吐吐地说："明远……你……有没有听到什么？"

齐明远想着自己的心事，哪顾他的问话。"明远，我们是兄弟，你别害我啊。"见他还没反应，急了，"走，明远，晚上我请你喝酒，你要多喝两碗呀。"乡里的干部喝酒都是用碗而不是用杯。

齐明远真有点恼了，说道："吵什么吵，要喝马尿你自个喝去，我没那个心思。"

胡明生一脸的雾水，不知道他搭错了哪根神经，莫名其妙地发急。心里想，真是给脸不要脸，一个一般干部，带你去坐包厢吃招待饭那是看得起你。但今天胡明生没心思跟他计较，他心里七上八下的，不知道齐明远到底听没听到自己的牢骚。他认真看了齐明远两眼，见他还是那副熊样，只好悻悻地走了。

齐明远梳理了半天，仍然没有找到一个合适的能暂时"凑凑数"的女孩子，他沮丧地回到了自己的房间，饭也没吃就躺在床上叹气，不知不觉就睡了过去。

他做了一个梦，梦见吴芳菲轻盈地向自己走来，她穿了一件粉红色的连衣裙，像仙女一样向他飘过来。"明远，我不走了，我要嫁给你……"她的眼睛里噙满泪珠说，"都是我爸妈不好，他们势利，非要我嫁给那个有钱的港商……"齐明远觉得她已经没有以前那么纯洁了，尽管她说得很真诚，但他仍觉得很虚伪。

"明远，我是从心底里爱着你的，不信，你可以滤一滤我血管里的血，看有没有渣子。"

齐明远不怀疑她对他的爱，他知道她骨子里是一个好女孩。但他想到她被一个大她十六岁、手上长满黑毛、矮墩墩的男人抱过、亲过，心里的热情就一下子降低到零。他甚至觉得她说的话都带着那男人的肮脏。但他无法拒绝异性的那种高强度的磁力，他也是雄心勃勃的男人，他的血管里流淌着乡下人特有的粗犷和彪悍。

"明远，我知道你这几年够苦的，一边是在这穷乡僻壤的失意，一边是你母亲重病的拖累……我知道，你是个孝子，当年我压根儿不敢奢望你跟我去南方……"

"你瘦了，脸没以前白了，头上什么时候长了不少白发……"

齐明远听着听着，泪水布满脸颊，好长时间没听到这么贴心的话了。他知道他实际上是离不开她的。

她伸出手来，轻轻地抚摸他的头，他的脸，他发达的胸肌，他充满活力的身体……

齐明远从来没有过这种感觉，在学校谈恋爱时，因他的保守、自卑和学校阻止学生恋爱的"严刑峻法"，他从来都没有越过雷池半步，也不让她越雷池一步，是纯粹的柏拉图式的精神之恋，她笑称他们的恋爱是"拉手"式的恋爱。

记得最开放的一次是在毕业时即将离校的前一天，因为双双都拿到了烫金的毕业证书，齐明远有意识地想放开一点，免得吴芳菲老笑他是"冰捏的小公狗，一遇热情就蔫了"。他带她到女生宿舍楼顶。他想，十二层的高楼谁也不会注意他们在干什么。为了安全起见，在楼梯口，他还用一些装电视机的纸壳箱做伪装，堵住楼梯门。他觉得再安全不过了，但没想到却被他的情敌告了

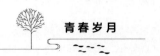

密。正当他想越过以前的"恋爱程式"时，分管学生思想政治工作的副校长带着校卫队冲了上来，那副校长吼着："放开她，放开她……"他赶紧拉着她从另一扇门溜走了。

现在，齐明远的胸口像系着一头发疯的野马，狂躁并且亢奋，意识里有一种强烈的渴望。他禁不住她的呢喃和诱惑，也情不自禁地伸出手来，抚住她的秀发，抱住她的双肩，另一只手勒住了她细细的腰际……

她微闭着眼睛，尽情地享受着，像一朵花静静开放，如一壶水在缓慢沸腾。他感觉她在颤抖，身体有点摇晃，猛地，他紧紧地抱住了她……

03 害怕被人洞穿的心事

胡明生拧了齐明远三下鼻子，齐明远才从梦中醒来。齐明远睡眼蒙眬，迷迷瞪瞪，他揉揉眼睛，一看胡明生站在床前，而自己四仰八叉地躺在床上，他下意识地赶紧拿起床头的线毯遮挡自己的身体。

齐明远十分懊恼，这个"啤酒肚"早不来晚不来，偏偏自己有好事的时候就来，惊了自己的春梦。他晓得，吴芳菲早就嫁了一个有钱的老公，压根儿就不会来这个穷乡僻壤，这是一场正儿八经的白日梦，但他宁愿这个梦能长一点，久一点。可这"啤酒肚"真不识时务，叫醒了自己，他心里不停地诅咒他："来世做个牵猪牯的，光看别人快活，自己痛苦。"这是这个地方最恶毒的诅咒。

胡明生也感觉不好意思，吵醒了他，虽然胡明生并不知道他有没有做梦，做的什么梦，但把人家从熟睡中叫醒，总不太礼貌。可是没办法，自己的前途要紧，现在对他的提拔来说，是万事齐备，只欠东风，别在这个时候弄出点岔子来。胡明生现在不管齐明远有没有听到自己的咕哝，反正预防针打在前。胡明生讨好地说："明远，大哥以前对你怎样，你心中应该有数，上次你一帮同学来玩，可是我去为你签的单，上个月你搭便车回家，你报车费也是我签的证明，还有……"

"你别绕弯了，有什么屁快放，我烦着呢。"本来就因为这冒失鬼惊了自己的好梦正窝着气，自己肚里又藏着烦心事，经他这样七绕八绕，齐明远肚子里蹿起一股无名火。

"那兄弟面前就说实话，这次提拔对我来说确实很重要，我的年龄老大不小了，这次黄了，就要等换届，那时年龄就要过杠了。"胡明生说得有点低三下四。

"你云里雾里的，到底什么意思，难道我会同你竞争？论资排辈，我不够格呢。"

"不是这个意思，我是说，这次人事调整，我的工作做得已经很到位，对我来说，条件也已经非常成熟，在这节骨眼上别……"

齐明远想，你"工作"做得到位，无非就是巴结领导巴结得到位。听人说，这小子为了提拔，展开夫人外交，真是悲哀，如果黄了，那真是赔了夫人又折兵，可这同自己有什么关系呢。他琢磨不透胡明生葫芦里到底卖的什么药，说道："直说吧，要我做什么。"

"也没什么，就是……"胡明生有点吞吞吐吐，"上午喝醉了，说了一通酒话，别给我传出去。"

"什么酒话，我听不懂你说什么。"

胡明生心里想，这愣小子是真没听到还是假没听到，再试探道："就是晚饭前我的自言自语。"

"你是想提拔想糊涂了，我哪有心思听你的胡言乱语。"

胡明生确信齐明远没听见什么，心中的一块石头落地了，释然道："没什么，兄弟，走，喝酒去。"

要是在以前，齐明远一定要打破砂锅——问到底，弄明白到底他嘴巴里放过什么毒，可他今天没心思追问，一伸脖子又躺倒在床上，阴阳怪气地说："省着点喝吧，别把自个的良心都喂成了'啤酒心'。"

胡明生想，今天齐明远心里一定装着心思，刚才他不会是虚晃一枪吧，他告诫自己一定要探个究竟。便试着问："明远呀，别瞒我啦，今天你心里一定闷着一个葫芦吧，说来听听。"

"没有没有，你喝你的酒去吧。"齐明远恼怒地坐起来，想撵他走。

"兄弟，你是看上哪个女孩了吧？不把大哥当外人，就说出来听听，我会守口如瓶的。"

被他缠得烦了，齐明远脱口而出："老妈要死了，我还是光棍一条。"他忍不住号了起来。这是他发自内心的痛苦宣泄。

听得胡明生也悲从中来，鼻子酸酸的。他想，男人没到极度伤悲、极度无奈是不会掉泪的。本来他是最讨厌哭鼻子的男人，在他的心目中，爱哭的男人是软骨头，他一年内送了他爷爷、奶奶两个人上山，都没掉一滴眼泪。他想有什么哭的，人老了或者一个人不想活了，死是最好的归宿，对活着的人来说又少了一份负担。他三次被挤下提拔的名单，他也没哭，可今天受齐明远的感染，自己的眼眶也湿湿的，心里感到特别的酸。

他知道齐明远是个孝子，周末为了回去看他母亲，在没赶上客车时，就骑单车抄小路回家，星期一又赶回来，走一趟六十公里。现在他母亲要死了，伤心是可以理解的。但他又想，即使他母亲快要死了，也不至于伤心到那个程度，毕竟久病床前无孝子。所以他想，齐明远母亲快不行了不是他真正伤心的原因，倒更像他后面说的，是因为他母亲快要死了，他还是骗不回去一个婆娘，光棍一条，那才是他真正伤心的原因。

胡明生摆出一副洞穿了他心思的架势，说道："啼什么，老哥给你想想办法。"

"你有什么办法……"齐明远像抓到了一根救命的稻草，从床上呼地坐了起来。

看到齐明远那猴急的样子，胡明生真替他可怜。他长长地叹了一口气，说道："唉，在这个地方，要娶个有些模样的老婆确实不易。我们乡干部难找对象，我相信上面肯定看到了，后面一定会改的，只是时间问题。"

"哎呀，你说说，想什么办法。"齐明远催促着。

实际上胡明生并没有什么好办法，只是说说而已，没想到齐明远那么认真。看着他的认真劲儿，胡明生赶紧说："让我想想，让我想想。"

"喝你的尿水去，别在这里烦我。"齐明远异常恼怒。他想，胡明生压根儿不知道他心里想的是什么，跟他讨办法真是瞎子点灯——白费蜡，再说，平时又没有什么交情，同他商讨"借女孩"的事别让他笑掉大牙。

胡明生说"想想"，绝不是以前对他人的敷衍应付、信口雌黄。应该说他经常做这样的事，倒不是他这人的本性就是这样，是他的职位决定了他不能说得太直接、太肯定，哼哼哈哈，这是职业习惯。但胡明生今天是真在"想想"，明显有讨好他的成分，主要是怕齐明远听到了自己的"酒话"，坏了自己的好事，顺便做个顺水人情。

"明远，听你的意思，你母亲快不行了这是铁定的事，关键是带个女仔回去，好让你母亲眼睛闭得安心，不管是'借'，还是'租'，哪怕是骗都要骗一个婆娘回去？"

齐明远暗暗佩服他的判断力，看问题比较准。他挺了乡里三任主要领导，三任"大老板""二老板"都喜欢他，不仅是因为他能喝斤半白酒、二十瓶啤酒和两大钵水酒的酒量，他善于察言观色，懂得揣摩，能说会道也是"大老板""二老板"都喜欢他的原因。

齐明远想，既然你也有这种想法，干脆顺水推舟，说道："你说怎么个'借'法、'租'法？"

胡明生没直接回答，反而问他："乡机关有没有这样的女孩，乡机关有的话，既不要'借'，也不要'租'，我来帮你摆平。"

齐明远心里嘀咕，你有那样的能耐吗？他瞧胡明生一眼，感觉他是那样猥琐，但又一想，毕竟他在党政办公室当了三朝的元老，就信他一回。"我轮了一个遍，都没合适的女孩。"齐明远顿了顿，"你在办公室最清楚，整个鸡公山乡机关，连家属算起来是女人的不过十二人。"

胡明生暗暗骂了一句："连母鸡都留不住的地方！"

这个鸡公山乡是刘东县最偏远的乡，离县城九十公里，低头见山，抬头也见山，白天都能听到狼的叫声。全乡总人口不足九千人，有的自然村男丁全部到齐不足一桌。老表苦得叮当响，传说连养的母鸡都嫌这儿苦，一群群往山外飞，剩下的都是老公鸡，因而得名。乡机关除了班子成员，八十二名国家干部、社办干部、招聘干部和内招职工，有四十七名光棍。那些有家室的人，也是一两个月才能回一趟家。经九十多公里乡村砂石公路的颠簸，回到家骨头也像散了架，什么事都干不了，晚上连爬到床上的力气都没有，更别说干那个了。别人形容说鸡公山乡政府的干部是条件艰苦、生活清苦、工作辛苦、感情痛苦的"四苦干部"。

齐明远掰着指头算，"团委的王荷结了婚，民政所的刘英有了主，农机站的黄美美已对上了象……"他长长地叹了一口气，"总不能拖个农村妇女吧。"

胡明生瞅了他一眼，心里十分的不痛快，脸一下子沉了下来，暗暗骂道："不吃人饭的猪脑袋，你以为你是谁，城里人的崽呢，才跳出农门多少天就看不起农村人了，老子的那位就是农妇，做啥哩？"这个从村干部一步一步干上来的社办干部，还带着农民的粗气。但他毕竟在职场打磨了十多年，做人做事都变得十分的圆滑，仅三四秒的工夫，他满是横肉的脸上又布满笑意，说道："明远，别喝了几年洋墨水就瞧不起乡下人了，当然喽，山村农妇哪配得上你这片金枝玉叶，哈哈。"

齐明远感觉到了他的脸色变化，他知道他无意中触痛了他的心。别看他满脸横肉，五短身材，走起路来外八字，像企鹅似的，但追婆娘特别有手段、有恒心。他经常在机关同事面前传授他的"追妻三条经"：胆大、心细、脸皮厚。个别胆大的光棍免不了要逗他一下，"一百封信换了一面镜子"。这时他总是在怒气中夹杂自豪，"大哥就和那娘们对了象，全世界都知道，还要怎么着？你们连点骚气都没闻到，那才叫悲哀"。

这里面有他伤心的故事。他原是五华村会计兼文书，因字写得好，又能说会道，很讨领导和乡机关干部的喜欢，就调到乡党政办公室。那时还是二十五六岁的小伙子，又"前途看好"，更壮了他追婆娘的胆子。就在他到办公室工作的第二年，一个卫校毕业生分到了乡妇联工作。他向她发起了猛烈攻势，与机关三十多个年轻光棍展开了激烈竞争。别看他一个"牛粮干部"（当地对社办干部的蔑称），在那些吃"皇粮"的面前毫不逊色。尽管同住在一个院子，但他仍然一天发一封信，一天送一壶开水，让这个城里女孩不知所措。等他发完一百封信，他也把那个女孩追到了手。可那女孩的父母死活不同意，蔑视他是"土包子"，不久就通过关系把那女孩调走了，她父母接那女孩走前，还托乡里干部给他买了一面镜子，这不是此地无银吗，叫他好好照照镜子，这大大伤了他的自尊。胡明生一接到那镜子，肺都气炸了，"啪"地摔在地上，"士可杀不可辱"，你爷不在一棵树上吊死，城里的婆娘也没多什么，拉了电灯一个样。

　　齐明远说："我不是那个意思，非得要找个城里女孩，只是各方面都基本般配就行了，别让我家人看出破绽，反而弄巧成拙。"

　　胡明生在刚才听齐明远"轮"的过程中就已经心中有数了，他已经给他物色了一个人选，是今年刚从光州师院文秘专业毕业分来的学生，上个星期组织部才来通知，明天正式来上班。他现在连她的名字都记不起来，估计也是没有什么后门背景的，否则不会分到这个偏远山乡，按理他能"驾驭"得住她。所以他现在特别轻松地说："老齐，你这个忙我帮定了。"

　　"怎么弄法，怎么弄法……有人选了？"齐明远像是在风浪中抓住了一根救命的树枝。

　　"莫猴急嘛，走，请我按摩去，肩周炎又犯了，听说'乡妹子'按摩店的妮子都来自凤凰山，个个水水灵灵的，屁股滚圆滚圆特别惹人。"胡明生边说，两腿就蠢蠢欲动，两眼放光。

　　"不吃晚饭了？"齐明远问。

　　"按摩完再吃。"胡明生抬脚先走。

04 面对村姑的热情他逃了

齐明远打心眼里讨厌这个好酒又喜欢揩点油水的家伙。但一想，人家凭什么好心帮你？他只是提去按摩的条件，听他们说，台费最多十元钱，自己工资已经涨到一百二十多元，这点钱也算是"杀杀水"，至于小费拿多拿少是他自己的事。但他确实不喜欢去那个地方，特别是不喜欢同他去。他迈动的脚又停下来了，说"干脆就你去，省得我在那里碍手碍脚，我不去，你可以放得更开些，反正客我请"。

胡明生说："好大的事，请客不就是十元钱，你不去，还请什么客？"他连拖带拽把齐明远拉了去。

鸡公山乡虽然小，虽然穷，街道只有巴掌大，但外出打工的人多了，也把山外的气息带了进来，街中心两个原来专门剃头的店也改为美容美发店，既从事美容美发，又做捶背按摩、泡脚松筋的生意。随着服务项目的拓展，为了方便生意，两个店面也由街中心搬到了街尾上。

"乡妹子"的老板是民政所长老何的表妹、土管所长王宵的老婆。为了接待好各地客人特别是招商引资来的老板，乡里专门打招呼，要装修高档一点。"乡妹子"原来不叫"乡妹子"，叫"美华理发屋"，改名是乡长王流水钦定的，主要是为了迎合客人要清纯的口味。王流水认为，现在有钱的人要坐洋车，要喝洋酒，但到这山旮旯里就不一样，他们要带山珍，品野味。所以，王流水要求店老板要从搞活经济的角度改好店名。

快到"乡妹子"门口时，胡明生问："老齐呀，以前到过这样的场所

没有？"

齐明远说："我哪有钱来消受？"

胡明生说："思想要解放哟，那些大老板哪个不来？"他停了停，"其实也没什么，只是摸捏摸捏，捶捶背，轻松轻松筋骨而已，不过身体要好呵，别太早跑了'马'。"

显然齐明远没听懂他的话，"客都是我请，而且又来了，哪有先走的道理。"

"呆子。"胡明生偷偷笑他，"我不是那个意思，我是说你没结婚，即使正规按摩，但女人的手推揉着你的身体，怕是要受不了哟，等下你就晓得了。"

不知不觉已经站在"乡妹子"的门口。廊下吊着两个红灯笼，灯笼里射出血红的光。门是推拉的玻璃门，玻璃用的是花玻璃。厅里悬挂了几盏吊灯，两边的墙壁钉挂了几块大玻璃镜子，镜子下面是梳妆台。一排沙发上，坐着一群妮子，她们并没有齐明远想象的那样浓妆艳抹，也没有他想象的那样风骚，她们是正宗的村姑打扮，但一个个都水灵灵的，这正是店老板有意的安排。

走进店里，那群妮子立时站了起来，甜甜地叫着："胡大哥，又有几天没看到你了……"一个个忸怩献媚。那些招商引资来的老板要"轻松"，都是他陪他们到这儿，前后照应，他和这儿的妮子都混得烂熟，一个个都能叫得出名字。

胡明生像电影里放的一样，走到那群姑娘面前，左瞅瞅，右瞅瞅，然后叫了一声："春花，我们走。"他俩双双进了里面的包间。

齐明远看到胡明生已经入了包房，正想开溜，到街上走走。这时一个妮子拉住了他的手，"大哥，轻松轻松吧，很舒服的，包你满意。"

"我是陪他来的，我不要按摩。"齐明远手足无措，被那妮子抓的手有点发抖。

"第一次来吧，一看就面生。不怕的，都是正规的按摩。"那妮子说。

"……"他没有搭理她。

"那就洗洗头，我们这儿的洗发液都是正宗的，小妹手艺又好。"那妮子努力做着他的工作。

"不洗头，昨晚才洗的头，干净着呢。"

"不洗头，那就泡个脚，我们这儿的小妹手法好着呢……"那妮子自己浪笑起来。

齐明远的脸立即红得像关公，"……"支支吾吾说不出话来。

"别想歪了，别把按摩当成嫖娼，说实话，你们男人想拿按摩的钱做那个我们还不来呢，只是想和你们男人逗个乐子。快去舒服舒服，来都已经来了，你朋友会相信你没按摩？"她故意解开胸前的扣子，露出雪白的肌肤，"哎呀，这天气好热哟。"然后又用自己的衣服扇扇风，吊起两腿放在茶几上，通过对面长镜子，那妮子的内裤都能看见。

齐明远赶紧低下头，装着什么也没看见，心里欢蹦乱跳的。

边上的另一个妮子趁热打铁："你哪像个大男人，扭扭捏捏的，我们要挣钱，别老妇娘装个女客相。"

他的意志有点松动，这怎么对得起菲菲呀。但转念一想，这是正规按摩，再说她都不管我，去嫁了人，我哪管得了那么多。可他仍是坐着，纹丝不动。

坐在旁边的妮子嘀咕开来。

"别废了口舌，是个没钱的家伙。"

"不是个小气鬼，就是个'妻管严'。"

"胡大哥哥，什么人没带过，偏带个这么正经的人来。"

"天下有多少是正经的男人，他们有的人心眼可坏得很哩。"

"我看是个没沾过腥的呢，我们一起上。"一群妮子蜂拥而上，连推带搡，把他押进了包房。

所谓包房，实际只是用布帘隔开，中间放一张小床。包房里一盏低度红色灯泡，发出酒红色的光。

众妮子把他按到床上，然后把一个叫二香的妮子留在了包房里。

二香一头的黑瀑布，右鬓角系着一朵红绳子扎的花，上穿一件粉红色的长衬衣，下穿一条黑色的喇叭裤，一副典型的农村女孩的打扮。

二香说："大哥，好热哟。"自己就先脱掉了长衬衣和长裤子。

齐明远突地坐了起来，"你干吗，你干吗？"差点吓掉他的三魂七魄。

"大哥，别紧张，我还穿着绿兜兜和红水裤呢，我们山里人夏秋天都这样

穿。"看样子，她是刚来的，还没完全沾上那些妮子的浪气，他想。

她开始给他按摩，先从他的头上揉起，接着揉他的眼睛，再一步步往下……

长时间的沉默。他觉得，既来之，则安之，好好地享受一下吧。也许是思想上通了，他开始打破话匣子。

"小姐，你来这儿久吗？"

"别叫我小姐，我叫陈二香，就叫我二香吧。"她说，"我才来一个星期，我来当按摩工，是为了给弟弟挣学费。"她说得有点伤感。"我弟弟考到了重点高中，全乡就考了他一个。"这时她的眉宇间才露出自豪和兴奋。她自顾自地说："家里穷，我读到三年级就没去读了。父亲说，弟弟是男丁，是坐山虎，我是过山虎，迟早是别人的人，读得再多都没用。"他静静地听，心里酸酸的。他狠命地骂自己，自己算什么，竟让这样一个苦命的人为自己服务。他挣扎着爬起来，想离开。

"大哥，你别走，今天我还没挣到几块钱哩，姐妹们知道我家的情况，这个生意就让给了我。"她轻轻地啜泣起来，几乎用哀求的眼光看着他。

面对女人的哭泣，齐明远最没办法，一下子他的心肠就软了，怜香惜玉起来。"你能从台费里赚到多少钱？"

"三元。"她收住抽泣，"有时，大方的客人还给点小费。"

他动了恻隐之心，又躺了回去。

"你多大了？"

"十八。"

又是一阵长久的沉默。他现在才真正明白，世界上比自己难过的人多的是。他的思绪回到了自己的童年。家里兄弟姐妹多，母亲又长期患病，家中穷得叮当响，常常是老大穿过的衣服老二穿，一直轮下来，等到自己可以穿时，已经缀满了补丁。初一的第一学期报名，齐明远看到自己穿着打满补丁的衣服，死活不肯去学校。为了买一件新衣服，母亲动员全家打柴卖，他母亲也拖着病体上山，全家两天的劳动终于换到了七元五角钱。他母亲用其中的四元帮他买了新衬衣，剩下的都放进了他的口袋，作为他一个学期的零花钱。为了保证他读书，读高二的四姐又停学了。每每想起这些，他都忍不住泪眼婆娑。

二香正揉着他结实的胸脯，轻轻捏着他的胸肌，惹得他痒痒的，他的身体有点打战。二香感觉到了他的颤抖，说："大哥，你怎么了？"

他说："我有点冷。"

二香说："好多男人第一次按摩都是这样，一会儿就不会了。"她顺手给他盖了一床薄毯子。

二香换个角度给他搓，从他的左边走到右边，突然，墙壁上的钉子挂断了她胸兜的布带，露出了雪白的上身，白皙皙的肌肤像是涂了一层白色的乳胶似的。

齐明远吃了一惊，忍不住小声叫了起来。他从床上跳起来，冲出了包房。口里喃喃道："犯错误了，犯错误了。"他把按摩的钱放到总台，没等胡明生出来，就逃也似的走了。

05　村民要砍脐橙树

　　齐明远出了"乡妹子"按摩店，做贼似的往乡政府的大门走。他想，自己还没结婚呢，要是熟人看见自己从"乡妹子"那里出来，今后肯定要成为别人的饭后谈资，口水都会淹死人，虽然她们说那是正规的按摩店，但社会却不那么认为。本来自己就是婚姻困难户，再背个不好的名声，那就真要打光棍一辈子了。他低着头，在昏暗的灯光下径直往前走。快到乡政府大门口时与人撞了个满怀。

　　"齐站长，我们兄弟找你找得好苦嘞。"昏暗的灯光下有人喊他。

　　齐明远吓了一跳。他定睛一看是王村的王大树兄弟，心里的石头才放了下来，还好不是乡机关的熟人。他说："大树兄弟，你们又碰到什么麻烦了，这么晚了还让我不安生？我真不该向党委政府自荐当这个果技站长。"

　　王大树脸上讪讪的，他说："我们的脐橙碰到了问题，是大事啊。"

　　没等王大树说完，齐明远火了，他打断他："我妈都要死了！我这个事不大吗？"

　　王大树一听，不说话了，他不停地搓着双手，欲言又止。王大树的兄弟王二树拉拉他说："比起齐站长母亲的事来，我们脐橙裂果就不算什么事，至多倒点血霉，我们走吧。"

　　齐明远没听清楚，问："刚才你们说什么？"

　　王大树怯怯地说："我们十七户脐橙种植示范户，除王清东的脐橙没裂什么果外，我们十六户的脐橙都大面积地出现裂果，走进果园里，看到的都是张嘴的脐橙，而且还在裂，今年的投入大部分要打水漂了，看了真心痛！"

齐明远一听，心里一惊。他知道，这十七户农户是自己反复宣传，反复做工作才同意种植脐橙的，今年是第三年，试果，如果出了问题，这几年的功夫就白下了，不但不能带动其他农户种植，说不定这些种植示范户都可能砍树不种了，那自己"建设万亩脐橙基地"，让农民种植脐橙致富的梦想就要泡汤。他有点自责，这段时间来，自己的精力都放在怎么找个女孩来圆母亲的心愿上，忘了提醒他们在长期干旱后，要注意防止突然暴雨造成的裂果问题。他说："十六户种植户的脐橙都出现大面积裂果，有这么严重吗？"

"是的，我们十六户种植户的园区，每棵树都至少有五分之一的裂果，损失很大。"王大树有气无力地说。

"而且糟糕的是，我们王姓老辈认为我们在祖坟山上开发果园，断了龙脉，惊了祖先，脐橙裂果，是祖宗惩罚我们。"王二树接过话头说。

"胡扯，这是长期高温后突遇雨水造成的裂果，跟祖宗有什么关系？别信！"

"今晚，我们王姓宗族就要开会，讨论砍掉祖坟山上的脐橙，一旦定下来，明天村民就砍树。"王大树说。

"他们敢！没王法了，你们在自己的责任山上种，碍着谁了？"

"胳膊拧不过大腿，没种脐橙的村民认为妨碍了风水，他们一边倒，所以我们心里急呀。本来就因为大面积裂果，我们心里就像被刀捅了一样，现在又出这档子事。"王二树愁眉苦脸地说。

"你们有没有跟村委会汇报？"

"上午就汇报了，村主任要求跟你说，只有你才能从科学的角度解释清楚裂果的原因，而不是什么祖宗的惩罚。"王大树说。

"裂果，一定程度上说是天灾，只有尽量防，尽量将损失降到最低，而砍树是人祸，必须坚决制止。走，我们要好好地跟村民说道说道。"齐明远迈腿就走。

王二树说："伯母……"

"先把这个事解决再说。"齐明远自顾自地往前走。

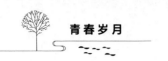

等他们到王村时，祠堂里已经坐满了人。村主任喉咙都说哑了，但村民就认死理，咬定开发脐橙破坏了祖坟山上的龙脉，坏了村里的风水。看到齐明远来了，村主任如同见了救星，赶忙说："齐站长，你快快跟村民说说，你是脐橙专家。"

齐明远站到一条高脚凳上，说："各位父老乡亲，脐橙果实和其他果树的果实一样，在强烈的阳光暴晒下，会损害它的果皮组织和细胞，这个时候如果突然降雨或灌水，就会使果实快速膨大，将果皮撑裂，造成裂果。"

"你说的大道理我们听不懂，我们只要祖坟山回归原样。"一个中年人大声说。大家一听，跟着起哄。

一个年纪大的人手一挥，示意大家停止闹哄，说："他们在祖坟山上种脐橙，不但破坏了祖坟山上的龙脉，更是对祖宗的不敬，自然会受到祖宗的惩罚，即使能长出脐橙来，脐橙也会开裂，没有收成。"

"我刚才已经跟大家说了脐橙裂果的原因，有的人说听不懂，这有可能。那我就这么说吧，他们种植脐橙，没有挖深壕，没有砌堤坝，更没有改变山体结构，你们的祖坟边上，泥土没有少一寸，树木没有少一根，哪来的破坏了龙脉？哪来的得罪了祖先？又谈何祖宗惩罚？"齐明远越说越激动。

"你少在这胡咧咧，回老家去教你父母兄弟在祖坟山上种脐橙吧。"说完，一个鸡蛋就飞了过来。齐明远躲闪不及，砸中眉心。

村主任一看火了，喊道："谁干的？谁干的？在暗处放箭，有什么能耐！有种的站出来，我们单挑，打死个人拉回去埋了！"

全场一下子静了下来。

村主任见大家安静下来后，又说："脐橙，是朝阳产业、致富产业，齐站长引导大家发展脐橙，是想把大家引上致富路。这个工作是他主动向乡主要领导申请来的，难道他吃饱了撑的，他不做这个事，不会少领一分钱工资，可你们还用鸡蛋偷袭人家！还是人吗？让十七户先行示范，就是让他们为你们下一步种植探路，人家已经承担了巨大风险，你们也看到了，现在十六户示范户出现裂果，这就是损失！你们不但不同情，还说什么损坏了风水龙脉，你们还有良心吗？"

齐明远用手抹掉鸡蛋清，说："有人叫我回老家教我兄弟种脐橙，不瞒大家，我试过，但我老家的冬季平均气温比这儿低 4 度，零下 5 度的天气一年有十天到十五天，脐橙在零下 5 度就冻死了。所以我们鸡公山乡是种植脐橙的宝地呀。刚才，有人用鸡蛋砸我，是对我有气。我知道，大家看到他们十七户的脐橙开始挂果了，看到他们开始有收成了，心里发毛，借裂果说事。这个心理可以理解，这是好事，说明大家都想种脐橙。我早就跟大家说过，我们这个地方，气候和土壤最适合种脐橙，而且我们八山半水一分田，半分道路和庄园，我们有的是丘陵山坡，只要大家愿意种植脐橙，我一定会和对待那十七户示范户一样，手把手地教大家。他们虽然先走了一步，但并没走多远，完全可以跟上去。"

"能跟上吗？他们的树都挂果了。"祠堂里有人大声说。

"能跟上，三年左右就能挂果，有什么跟不上的？"齐明远早把找不到女孩陪自己回去的烦恼丢到了脑后。他说，"我可以跟大家算一笔账，用自己的自留山或责任山种脐橙，一户种植三十亩到五十亩，完全可以自己管过来，不需要雇请零工，那么按现在的市场行情，理论上每斤的成本不会超过三毛钱，利润每斤至少六毛钱，按成年树每株平均一百五十斤计算，每株能挣九十元。一般每亩种植五十株左右，那每亩的利润就能达到四千五百元，什么产业有这样的效益？出不了多少年你们就是'万元户''十万元户'，'百万元户'也不是没可能！所以我一直建议要'把山当田作'，别躺在金山上讨饭吃。"

一个村民说："你真能像教他们一样，免费教我们种植脐橙吗？"

"不行！"齐明远一说，全场骚动。他见大家议论纷纷，又说，"我说不行，是针对那些天天喊着龙脉、风水的村民说的，就让龙脉和风水给他们带去财富吧。"

"我们都支持你带领大家发展脐橙。"祠堂内村民都大声叫着。

"那你们还要不要砍掉王大树、王清东他们的脐橙树了？"齐明远问。

"不砍了，你没空的时候，我们还要拜他们为师种脐橙呢。"村民说。

"说实在的，我对不住那十七位示范户，因为我的大意，没及时提醒他们加强肥水管理，造成了大面积裂果。实际上，在果实发育期间，增施钾肥，干旱时立即浇水，是能有效减少裂果的。我们这儿已经干旱二十多天了，前几天

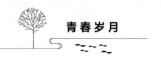
突然下雨，如果立即排水，也不至于大面积裂果。像王清东，他在果园里挖了灌溉池，干旱时及时浇了水，下雨后又排了水，就没有多少裂果。"他停停后又说，"十七户示范户都来了，现在你们抓紧喷洒含有氮、磷、钾等元素的营养液，还能减少裂果。对你们已经产生的裂果，我一定会尽快联系省城的生物制药厂收购，尽量减少你们的损失。"他一说完，全场一片掌声。

村主任见事情平息，说："现在大家可以回去睡个安稳觉了吧？"大家一听，纷纷走出祠堂。

齐明远也离开王村，等他回到乡政府时已经是凌晨一点了。

06　半路捡了个美女

胡明生没有失约，第二天一早就来到了齐明远的房间。

"老齐呀，我刚才翻了一下介绍信，那刚分来的大学生叫刘诗仪。"

一个多么好听的名字，一定名如其人，是个风情万种的女人，齐明远正坐在床沿上走神。

胡明生看他痴痴呆呆的，心里老大不高兴，断喝一声："老齐，你在听我说没有哩？"

齐明远歉意地一笑，说："对不起，我昨晚到王村开会，制止村民砍脐橙树，回来晚了，没睡好。呵，我听着呢。"

胡明生佯装嗔怪说："你到底是要脐橙还是要女人？整个乡机关就你天天脐橙脐橙的，能当饭吃吗？村民能发你工资吗？"

"废话少说，两个都要，但先解决燃眉之急。"齐明远揉揉眼睛。

胡明生继续说："她父亲来电话说，她坐清早五点的班车，估计中午十二点左右能到乡里。"

"你说她会同意帮这个忙不？"齐明远惴惴不安。

"按理说，没问题，若连一个黄毛丫头都吃不住，我以后还怎么在这儿混。"他摆出一副不可一世的样子。

齐明远知道，在乡政府，一般的副职在胡明生的眼里都不算什么，虽然他没有搭上个副科级，但他行使的是"老三"的职权，倒不是他有多大的本事，而是他扯的是大旗，是办公室主任这个特殊的职位决定的。但齐明远想，如果

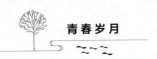
那大学生初生牛犊，不懂世故，不给这个大主任面子……齐明远不敢想下去，因为没有其他的退路，只有拽紧他。

齐明远说："明天一定要走，凭直觉我母亲气都快要喘不动了。我在其他地方找不到合适的女孩，这张宝就押在你这儿了。"

"你一百个放心，这不是去上刀山，下火海，又不会蚀掉什么，无非就是陪你去吃两餐饭而已。"胡明生瞥他一眼，"再说，我是乡里一般干部的'头'呢，现在的人聪明得很，她不给我这个脸，以后的日子好过得很哩！"

农历八月，流火季节，在山外是骄阳似火，但在山里已觉凉爽。县里来下乡的人也多了起来，好多人都冲着避暑才来的。

在通往乡里的砂石公路上，一辆乳白色的"桑塔纳"牌小车缓慢地爬行着。站在乡政府大门前，可以看到车了。一看到有轿车开来，没下村的乡领导都纷纷从办公室涌出来，齐刷刷站在大门口列队等候着，期盼和县里来的领导混个脸熟，日后升迁时好有个印象。

车刚停稳，胡明生就快步跑上去，拉开车门。一个和胡明生一样胖乎乎、矮墩墩的人从车里钻了出来。大家都认出来了，是财政局的刘局长。

乡里的"老大"方明亮大声地叫嚷着："刘局长，今天吹什么风呢，真是稀客呀，走，到接待室坐。"说着给他一支红梅烟。

他挡了回去，"来，抽我的，是县里一个大老板施舍的。"他掏出一包软中华烟，给在场的每个班子成员都发了一支。

方明亮心里十分不快，暗骂道："做什么派头？"他扶着他的肩膀，边走边说："财神爷来，也不打个招呼，你看，我们好烟都来不及准备一包。"

"谁不知道你清廉古板、讲原则、老黄牛，全县就你乡里接待还喝什么谷烧、水酒，抽什么红梅，鬼都不会上门！没有人来，哪来的关系，关系也是生产力！你再这样，这个位置也坐不稳。"他瞄瞄乡长王流水，说："你不能让人家储君一直储着吧，人家心里都发毛了，你于心何忍？"

"你说的真在理，但我确实学不来，总感觉公家的钱真来之不易，收群众的统筹提留款，收得我胆战心惊，财政的每分钱都是收群众的血汗钱，要花就花在刀刃上。我真是落后了，早就要交班了，我已向上级推荐了王乡长。"

王流水赶紧说:"局长、书记,千万不能这么说,我当当助手还可以,要我统领一个乡还缺那个能耐,要多多向两位师傅学习。"

"你看人家多谦虚圆滑,好好向人家学学。都像你原则、机械,那还怎么发展经济?水至清则无鱼呀,你这样可能永远只做学习榜样,实惠是不会给你的。"

刘局长的一番话让方书记品味了好一段时间,心里的那个感受啊真是酸酸的。确实如此,自己年年得表扬,干部职工对自己的测评也很好,但就是原地不动,年年赖子十八岁。真是老婆说中了,自己骨子里就是拉不下脸皮,显清高,只知卖命做事,靠工作成绩打动人,这社会,虽然大部分领导是好的,但总有个别是不见兔子不撒鹰的人物,而且他们还可能占据关键位置。

刘局长看到方明亮思想走到爪哇国了,沉默不语,赶紧说:"说重了,说重了,老方啊,别往心里去。哟,只顾我们说话,忘了个事,我给你捡了一个人来。"他弹弹烟灰说道。

"不会是个妞吧?"王流水打破尴尬说。

"还真让这小子说对了,是个妮子。"刘局长拍拍方明亮的肩膀,"你真有艳福。"

方明亮赶紧调整状态,说:"什么艳福,这下乡里的光棍们又要打得头破血流了。"

"你们乡里的那些光棍?"刘局长口气吊得老高,"他们配得上人家小刘?"

王八蛋,刚吃了几天县机关饭,就瞧不起我们了,想想你自己在乡下当书记时不知道欠了多少干部的工资,方明亮暗暗骂道,但他还是堆出一副笑脸,说:"领导,你就忘了自己是什么出身啦?"

"没忘哩,当年,不是你的提携,你那弟媳还会要我?"

方明亮看到他不可一世的样子,心里真是憋气,一个毕业才十年,乳臭未干的浑小子,一年一个台阶,平步青云,现在居然当上了掌管全县荷包的财神爷。很多人说到这,就要吐血。

刘局长看到他的不悦,并没理会他,急转身,对着车的方向喊道:"小刘,过来。"然后又吸了一口烟,开玩笑说:"这是乡里的方书记,那位是王乡

长。今后你都要仰仗他们关照。"

这时在场的乡党政班子成员的目光齐刷刷都聚集到这个小女孩的身上来。只见她长得清纯欲滴，她的头发没有烫流行的"飞波浪"，也不是一袭长发飘飘，而是齐耳短发，浑然天成。她没有戴时下大学生常戴的金丝眼镜，一弯浅眉下面，镶嵌的是两颗黑色的珍珠。好看的是她的脸，正宗的瓜子形，笑起来浅浅的、圆圆的酒窝十分的逗人。她未施粉黛，穿的也是齐膝的浅蓝色的短裙，给人整体感觉是自然清纯。

因为乡里远离县城，不少班子成员一个月都难得回去一次，少有看到城里的女孩，特别是像这样漂亮的女孩，班子成员一年难看到一个。那女孩就像磁铁似的，揪住了众人的眼睛。大家就像欣赏花一样，目光在她身上反复游走。

那女孩被大家看得很不好意思，慌忙低下了头。她紧走两步，到了方明亮的跟前。

"方书记呀，这是组织部新分来的大学生，名叫刘诗仪。"刘局长介绍说。

"噢，组织部征求了我的意见，我表态同意接的。"方明亮应答道。

"太过分了吧，大学生正常分配也要你们点头了，现在你们真是大权在握呵。"

"财政分家，我们是自己收钱攒钱发工资，哪像你们吃皇粮。"方明亮拍拍刘局长的肩膀，"你们上边一个个部门都往下压人，我哪吃得消？"他像是记起什么似的，说："唉，她是你……"

"我说了，是给你捡的，她坐的客车坏在路上，她胆子不小就拦下了我的车。本来我是去鱼湖乡的，看到她那副着急样，唉，怜香惜玉嘛，哈哈。"

方明亮凑到刘局长的耳边，道："老兄是另有阴谋吧，人家才到我们女儿的年龄，可不能做对不住上天的事情。"

"我才不敢打这样的主意。刚了解了，她母亲是县妇联的，就是那个有名的'辣婆'，要小心哟。"两人都大笑起来。

方明亮又转过头来，对刘诗仪说："小刘呵，中午一起陪刘局长吃饭，要好好表现一下哟，多敬他两杯，感谢人家把你捎到乡里来。"

王流水插话说："你真是搭对了车，这是一棵大树呀，要抱紧哟。"

07 拒绝没有商量

一个上午，齐明远都是在极度悲伤和焦虑中度过的。他不知道那个连面都未曾见过的女孩是否有了男朋友，会不会帮这个忙，毕竟是去扮演别人女朋友的角色，对一个没结婚甚至可能连对象都没有的女孩来说，一旦传出去，要承担多大的社会压力。看胡明生那么有把握的样子，谁晓得这个刚出校门的女孩会不会买这个账。他想，即使她同意，也要把各种利害关系给她说清楚，做人不能不择手段。就是自己只身一人回去，被父亲骂个狗血淋头，被大哥打断脚骨，在村里背上不孝不义的骂名，也不能去骗人。

中午一点多胡明生才醉醺醺地来到齐明远的房间，嘴里不停地打着酒嗝，脸像已变质的猪肝一样，成了黑紫色，半晌说不出话来。他反复抚摸着自己的肚皮，据说这样有利于促进消化吸收。"羔子局长，让我跟他二比一，他算是什么东西。"

齐明远再也忍不住了，忙问道："大主任，我那事联系得怎么样了？"

"噢，那大学生来了，长得蛮水灵的。"

"再水灵也不是自己的女人。我是说，她会答应帮这个忙吗？"

"我没来得及说，我们现在去看看。"

齐明远一听，胸中立时升腾一股怒火，说："什么？你就这样帮忙呀？"

"老弟，莫急嘛，你这事包在老哥身上。"他拉起齐明远就往门外走，"我们去同她谈谈。"

齐明远止住步，说："你先去同她说说，她若是不同意，羞辱一番，不是

倒我的脸。"

"哎呀，倒什么面子，巴掌大的脸，我大小是个党政办主任，我都不怕，你怕个啥。"他长长地哈了一下气，逼出了一口酒味。"没事的，一个刚入社会的丫头片儿，摆平她，我十拿九稳。"

"人家午睡了，不方便吵醒人家。"真的要去见她，齐明远又十分胆怯，想方设法找些推托的理由。

"睡了也要把她拽起来。"胡明生两眼一瞪，摆出一副不可一世的样子来。

刘诗仪住在乡政府的招待所。刚分来的都是这样，没在招待所住个一年半载，不会给你安排房间。

刘诗仪刚出校门，没有喝酒的经验，不懂得什么酒文化，更没那些芝麻官儿狡猾，同时又怀着拍马屁的成分。领导说喝一杯，她绝不偷懒喝半杯。领导说一个段子，她说不来，又被罚喝一杯。更可气的是，那刘局长出了两个谜语，一个是妇女生孩子，打一成语；一个是王昭君出塞也打一个成语。她想了半天，也猜不出来，各罚了一杯酒。前面的那个，经他们一说谜底"血口喷人"她还能意会，后面的那个谜底说是"因地制宜"，她怎么也想不出来。他们扑扑地笑，她感到莫名其妙。他们解释说，"因地"的谐音是女人的一个器官，"制宜"就是"置夷"，"夷"就是当时昭君出嫁的地方。他们一说完，她的脸霎时红了，赶紧喝了两杯酒，低下了头。

刘诗仪不知道来来回回喝了多少杯。但她并没有像电视里看到的那样，醉得东倒西歪，让别人占了便宜，也没有翻江倒海，想呕吐的感觉。唯一的不适就是脸上发烧，耳根发热。如果不是那刘局长说要从她裙子底下钻过去，连连讨饶罢战的话，她还想跟他干三杯。生平第一次喝这么多酒，她一回到招待所，没有洗把脸就躺在床上睡着了。

胡明生和齐明远一前一后，鬼鬼祟祟地到了她的房间门口。胡明生轻轻地敲了两下门，然后压低声音叫道："小刘，小刘……"半晌，没有声音。齐明远心里不痛快，又怕人家看见说三道四，于是便说："我说人家睡了，你不信，我们走。"正欲转身走人，被胡明生拉住，"软蛋，又不是去杀头，你就不能再等等。"他重重地捶了一下门，里面终于有点动静，胡明生如释重负，齐明远反倒紧张起来，心跳得厉害。

刘诗仪迷迷瞪瞪的，随口说了一句"谁呀？"就晕晕乎乎地开了门。一看是乡里的胡主任，赶紧把他们让进屋里来。刘诗仪怯怯地说："胡主任找我有什么指示？"她左右看了一下，只有一张破椅子可以供人坐，她让胡明生坐在那张破椅子上，又招呼齐明远坐到床上，自己局促地站在一边。

胡明生说："忘了给你介绍了，他是乡里的团委书记，叫齐明远，是我的把兄弟。"胡明生又摆出一副领导的架势，说："小刘呀，这里好艰苦哟，能适应得了吗？"

"还行，其实我对农村还是挺熟悉的，每年的暑期我都在我农村的姑姑家过的，谢谢领导关心。"

"我听说你这个人表现不错，在学校就入了党，学的又是文秘专业，到乡里后要好好工作，好好表现。"在这个刚出校门的女孩面前，他故意显出一种老到来。"听方书记说，乡里准备让你当妇干，并兼任乡政府办公室的秘书，今后我们可是一个办公室的了，你是吃了专门的墨水的，以后可要多指教呵。"听胡明生这么一说，刘诗仪腼腆地一笑，赶紧说："主任说哪里了，您是领导要多关照我，有什么工作尽管吩咐，我完全听您的。"

绕了半天，还没有说到正题上，齐明远有点急了，狠狠地瞪了他一眼。胡明生看到他的眼色，但没有理会他。说实在的，在这个并不熟悉的漂亮女孩面前，哪能那么冒失。他一定要摸清她的底细，否则砸了，今后怎么在乡机关干部面前吃喝。

他无话找话，说："今天打扰你休息了，真不好意思。"

刘诗仪说："没事。"

他一激灵，心里想，机会来了，立即接上话头："我有事，有事请你……帮忙。"

她有点惊愕地问："您有事要我帮忙？"

"是的，老齐的母亲不行了，老人临终前都希望看到自己的儿子有个女人。"

刘诗仪的脸唰地红了，说道："主任，您什么意思？个人问题我还没考虑。"

"唉，不是真的要嫁给他。"胡明生生怕事情黄了，赶紧说，"就是请你到他家去转转，做个客，让他母亲看到他有个女人跟着，眼睛闭得安心。"

齐明远站在旁边心急如焚，一句话都不敢说，害怕弄出点声音来，把事情给搞砸了。可看到胡明生的言语中明显有欺骗的成分，他不想骗这个素昧平生的女孩，马上纠正说："是假装我的女朋友，看你愿不愿意。"

"对，演个戏给他母亲和家人看，像你们在大学里经常演的戏一样。"胡明生立马补充说。

没有社会经验的她一口气封了他的嘴，立即说："不行，传出去，我……"但她看到齐明远站在那儿，一副无助的样子，又立即收住了口。

胡明生从来就认为自己是一般干部的头，还没有碰到过机关一般干部敢这样拒绝的，第一次撞到了墙壁上，而且还是被一个在他看来是黄毛丫头的给撞的，真是大跌面子，心中不觉升起一股火气。但毕竟工作了几十年，有一定的"修炼"，他打了一个酒嗝，借机抑止了心头的怒火。"小刘，其实也没有什么，就像走个亲戚一样，帮帮忙。"

"主任，其他什么忙我都可以帮，这个忙我真的不好帮。"她说得斩钉截铁，一点也不识时务。

齐明远像是跌到了冰窖里，浑身凉透了。他想，自己工作这么努力，乡里的中心工作自己当的都是突击队长，特别是维稳工作，自己都是带头冲在一线，凭工作表现，没有谁敢说自己不好的。凭长相，凭能力也不像找不到女孩的人。说实在的，当年读书时，是吴芳菲首先看上他的。但自从被吴芳菲"踩"了，恋爱的自信心就一直没有恢复。记得，吴芳菲嫁人后，他赌气，发誓也要找一个城里女孩子，就缠着家在城里的表姐，要她介绍对象。他表姐给他介绍了城里一所幼儿园的老师。当时他表姐撒了一个谎，说他是税务所的干部，那女孩就同意约会，可老实巴交的他自我介绍时，说自己家在农村，那女孩一听头也不抬就走了。他表姐又给他介绍了一名手套厂的女工，他觉得在这个女工面前，自己应该有优势。可那女工不知从哪里听到他是乡下工作，约了两次会后再也不见面了。不久，他表姐来电话说，又给他物色了一个。他说没信心了。他表姐说，这次你绝对有优势，是一个离婚的女人。他一听，啪的一声，把电话挂了。他表姐又来电话，做他的工作："你母亲长年得病，好事说不坏，坏事也说不好，说不定哪天两眼一闭……你也要掂量掂量自己的条件，能找个城里女人、有人愿意跟你过真不错。"经她做工作，他又去见了面。处了几天，那女人看到他请她两次下馆子都迟迟疑疑的，知道他的荷包不鼓，不久就拜拜了，大大地打击了他恋爱的信心。

他看到胡明生这样求她，尽管不是出自他的口中，但他明白，实际上还是他在求她，倒的不是胡明生的脸面，跌的实际上是自己的面子。他有气无力地说："别倒霉豆腐水了（丢脸的意思），我们回去吧。"

胡明生直感到胸口蹿起一股怒气，他想要给这个丫头点脸色看看。他呼地从椅子上站了起来，生气地说："不知学校老师是怎么教的，我们乡党委一直教育机关干部要多一些爱心，互相帮助。"他虚晃一枪，又说，"今天我是代表方书记来找你谈话，你看着办。"他说得很心虚，帮齐明远这个忙，他压根儿没有告诉方书记，但他想等会儿再同方书记汇报，方书记也会支持他的，尽管程序上有点问题，可凭他同方书记的关系，最多挨两句批。

胡明生重重地把椅子往边上一移，说了一声："老齐，走吧。"眼睛都没抬一下，胡明生就走到了门口，嘴里嘟哝着："没个鸟数。"

刘诗仪愣了半天，她没想到这个大主任在女孩子面前竟然没有一点风度。她想，自己斩钉截铁地拒绝是对的，起码对自己是负责的，对他一点都不了解，扮什么女朋友，传出去多难为情。在大学里她就给自己立了规矩，事业上没点眉目，就不谈婚论嫁，为此大学同学都说她是一个独身主义者，有的怀疑她性冷淡，一些不怀好意的人还传她身体有问题，可她顶住了压力。

但她毕竟刚踏上社会，没有什么社会经验，没有圆滑地应对，委婉地拒绝。她想，领导应该会设身处地为她想一想，现在气一点，时间长了会理解她的。倒是她真的有点可怜起那个叫齐明远的男孩来，母亲要死了，竟找不到一个一起尽孝的人。第一次见面，他给她的印象不错，人长得高高瘦瘦，眉清目秀，外表看，应该是一个蛮好的男孩，为什么没有一个喜欢他的女孩呢，她百

思不得其解。

　　回去的路上，胡明生骂骂咧咧地说："八婆，不知饱足。"齐明远一声不吭，像霜打的茄子，走路高一脚低一脚，他十分无奈，肚子里火烧火燎。但他不是生刘诗仪的气，人家有这个权利，不帮你这个忙，这又没违反哪条法律。他生胡明生的气，没那个能耐就别吹那个牛，要不自己早回去了，带不到女人怎么样，大不了就让家里人和村民们笑吧骂吧，大不了自己的名字不上母亲的墓碑，最起码自己能早看一眼母亲，多看一眼母亲。

　　看到胡明生还在唾沫纷飞地骂人，齐明远夺口而出："骂个屁，我还真以为你是千斤顶呢，害人不小。"胡明生本就觉得丢了面子，经他这样一说，心里像是挨了一刀，猪肝似的脸立马拉了下来，说："你这样说，我真想跟你翻脸，你觉得耽搁了你拖个女人，不嫌老，就带上我家那个黄脸婆。"齐明远也觉得自己刚才说得有点过头，心里挺不是滋味的，毕竟人家是帮你，他赶紧说："我口不对心，你不要往心里去。"胡明生还是狠狠地抽了自己一个嘴巴，说："我就这样的尿水，连个黄毛丫头都叫不动。"齐明远阴阳怪气地说："胡大主任，别抽自己嘴巴了，不是你的原因，是我们穷酸乡干部没人瞧得起。"

　　快到自己房间了，齐明远连句客套话都没说，自己径直进了房间。一屁股坐在了床上，眼泪涌了出来，几十年了都没有流过泪，就是和吴芳菲分手，也没落过一滴泪。这时，他真的难过，恨不得号啕大哭。他为自己的无用而伤感，为自己的不孝而伤心。他口里呢喃着："菲菲……菲菲……你在哪啊？"

08 想起了过去的时光

　　齐明远一个人待在房间里，目光迟滞，手脚发麻。那个装了几件换洗衣服的旅行袋，拿起又放下了。怎么回去呀，孤身一人的。他恍恍惚惚，身体像是个死人的躯壳，魂魄在他的体外游走。他的大脑里又晃动着吴芳菲的身影，她的胸前跳动着两个欢快的小鹿和雪一样的肌肤。他自言自语，像是说给自己听："菲菲，没沾你的光，倒是让你给害了，要不我咋会来这打个屁都转不了弯的地方呢？"他越说越恨起吴芳菲来。

　　其实，县里一开始的分配工作方案，是把齐明远和吴芳菲都分在县城边上的城郊镇。齐明远最初能分到城郊镇纯粹是靠他的个人素质，他在学校就已经入了党，拿下了中文自学考试的大专文凭，两次获得了全省大中专共青团工作论文征文二等奖，这在回县安排工作的毕业生中算是鹤立鸡群的了，安排到城郊镇，按当时的说法，就是尊重知识，尊重人才。县里最初方案安排吴芳菲到城郊镇工作，全靠的是她老爸花的血本。为了她的分配，她爸在组织部长家的门口等了四个晚上和五个清晨。投桃报李，那部长早就把吴芳菲安排在城郊镇的消息告诉了她父亲。

　　开介绍信的那天，吴芳菲满心欢喜，她早早地起了床，把自己打扮得格外青春靓丽。她稍稍描了一下眉，脸上扑了一层薄薄的粉，衣服也刻意地挑了一下，上身穿一件半透明的乔其纱，暗花的乳罩若隐若现，下身穿一条一字裙，把丰颐的屁股凸显得恰到好处，裙子下露出两条修长的大腿。穿戴修饰完毕，她又在身上洒了两滴表姐捎来的法国香水，使曼妙的身体散发出淡淡的香味。

齐明远头一天来到了县城，经吴芳菲再三向她父亲哀求，才得以住在吴芳菲的家。

第二天，当齐明远走进吴芳菲的卧室，第一眼看到她时，两个眼睛都直了。以前从来没有感觉她有这么美，这么有活力。他定定地看着她，半晌没了呼吸。

吴芳菲娇嗔地说："干吗呢，看得人家心里都快发毛了。"

齐明远嗫嚅着说："你今天真的很漂亮，别把组织部开介绍信的干部眼睛都看直了。"

吴芳菲心里十分受用，但又装出嗔怪的样子，说："以前还不是这样，你熟视无睹罢了，要不就是这等分配的一个多月没见面的缘故，久别胜新婚什么来着。"

齐明远有点担心，脸上露出不安的神色，说道："你这装束太扎眼了，容易惹人犯罪的。"

吴芳菲感到了他的不快，赶紧把他搂入怀中，又拉他的手放到了自己的腰上，把他箍得紧紧的，万分柔情地说："第一次和那些管干部的领导接触，哪能不注意一下自己的形象。"她松开他，解开了自己裙扣，指指露出来的雪白雪白的肚腩，说："我都有赘肉了。"齐明远没有吭声。她又抱住他，娇嗔地说："放心，我会把握住自己的，我的身体还有我的全部都永远属于你。"齐明远拗不过她，又被她的柔情所动，像过去一样由着她。

齐明远和吴芳菲草草吃了点早点，八点半就到了组织部。开介绍信前，组织部长要求先个别谈话。那部长长得精瘦精瘦的，像痨病鬼一样，只有他的眼睛还算精神，可能得了过敏性鼻炎，不时上下搓动鼻梁鼻翼，然后用力冲一下鼻子，一股怪味立即布满房间。他的目光在一大群等待开介绍信的毕业生面前逡巡，终于他的目光停留在吴芳菲身上。

吴芳菲第一个进了组织部长的办公室，这时门"嘭"的一声关上了。门一关上，部长就开始神不守舍，言不由衷。他只是简单地问了一些情况，就直奔主题说："你父亲送的钱，我一直放在办公室，没有拿回家。"他瞄她一眼，又说："其实我不在乎钱……"色眯眯的眼睛一直停留在吴芳菲的胸脯上。他从老板桌前走下来，情不自禁地坐到了吴芳菲坐的长沙发上。刚落座，他瘦骨嶙峋的手就不安分了。她恶心地直想吐，本能地按住了他的手，说："不，不能这样，我男朋友就在外面，部长……"

"谁呀？"

"齐明远。"

"呵，也是待分配的毕业生，他也需要我的栽培噢。"

她十分后悔报出了齐明远的名字，又多一个人被他攥住了。想到了自己和齐明远日后还需要他的关照，她按住他的手又松开了。他的手更是肆无忌惮，伸向了她的胸脯。她感觉就像一条毛毛虫钻进了自己的前胸。吴芳菲猛地跳了起来，忍不住抽了他一巴掌。

部长摸摸自己的脸，重重地朝地上吐了一口唾沫，拿出那个装钱的信封，狠狠地说："你公开行贿，你和你的男朋友都分到鸡公山乡了。"

吴芳菲顿时蒙了，她没想到这个人这么卑鄙，一股怒火直往上冲，真想过去撕他、咬他，闹个天翻地覆。但一想，两个人共处一室，像这种流氓又会套出什么事来反咬一口，受害的还是自己。她异常镇定，只是从牙缝里蹦出两个字"无耻"，就头也不回地走出了那个办公室的门。

齐明远站在走廊上等谈话，压根儿不知道发生的一切。等他谈完话去拿介绍信时，一看才傻了眼，介绍信的头上，白纸黑字写着"鸡公山乡政府"。齐明远小声地询问："领导，会不会搞错了，我听说我分配在城郊镇工作。"那开介绍信的人瞪了他一眼，道："不瞒你说，就在你进我这办公室前我才接到电话，说你的分配去向改了。"

他差点晕过去，半天才缓过神来。现在他最关心的是吴芳菲分在哪里，他壮着胆子问那个开介绍信的："请您查一下吴芳菲分在哪里。"

"她也改派了，也去鸡公山乡。"开介绍信的干部没好气地说。

他感到莫名其妙，怎么两个人分配去向都变了，自己被改派，无话可说，因为自己没找一个人。可吴芳菲的分配怎么也变了呢，她父亲可是放了"血"的，不是早就传出了她的分配去向吗？怎么说变就变，他百思不得其解。

齐明远站在那里，愣了半天，终于，他觉得应该去问一下那个部长。但能把"听说"的东西作为依据吗？可不去找他又觉得太憋气。

齐明远做了有生以来第一次英雄壮举，斗胆敲开了那部长的门。没等齐明远开口，那部长就说："我知道你来找我想说什么，你去鸡公山乡工作是组织上的决定，考虑到你在学校就表现不错，是党员，又是农村出来的，能吃得了这个苦，梅花香自苦寒来嘛，你要经受住组织上的考验哟。"

他心里暗骂道："说得这么冠冕堂皇，我是农村来的，那吴芳菲是城里女孩子又是什么结果呢？"他冲口而出："吴芳菲又怎么改派啦？"

"你管他人的事干吗，这是组织上的事，是组织需要。"他走到齐明远的面前，满脸堆笑地说，"好了，我要去开个会，有什么事我们下次聊，组织部是干部的娘家嘛。"

齐明远不知当时是怎么走出行政中心的，心像是刚从冰霜里拿出来似的，凉透了。他真想把自己的介绍信连同吴芳菲的一起撕了，但想到十年寒窗是多么的不容易，只好打落牙齿往肚里咽。

直到回去后齐明远才晓得了事情的真相，他咬得牙齿咯咯响，一股血直冲脑门，第一次像壮士断臂般吼了起来："我要杀了这个四脚爬的！"说完就要往门外冲。

吴芳菲赶紧拉住他，说："算了，事情闹大了会坏了我的名声，对你也不好。"她死命地箍住了他。

他们抱在一起，哭成了一团，互相舔舐伤口。她不停地亲吻他，吻他的额，吻他的脸，紧紧地拥抱他的身体，以安定他狂躁的心。

吴芳菲的影子像过电影一样，在齐明远的大脑里浮现。现在他是多么需要她啊。他想，如果吴芳菲没有去深圳，不消他说，她肯定会帮这个忙，就是她那个胖子老公也会通这个情理的，不就是陪我去做做客吗？无非障障亲戚朋友和村里人的眼，并不会蚀掉什么。

齐明远手脚冰凉，他的心千疮百孔，满是伤口。一腔的心事不知跟谁倾诉。人生最大的悲哀就是一肚子的苦水没地方可倒。齐明远坐到了办公桌前，摊开了信纸，想把自己的满腹心事都写到纸上。刚写了个"菲"字，又撕了，他想，以前可以这样写，现在怎么能这样写呢。要是被她那满身是毛的港商老公看见，不是要了她的命。虽然他恨她，但心底里对她的那份爱永远也无法泯灭。他把"菲"字又改成了"菲菲"，也觉不妥。他思来想去，最后还是用了她的全名

"吴芳菲"作为开头。他写了长长的三页信纸，恨不得把自己的心肝都掏出来印到纸上。只有她才是自己最知心知底的人。大脑冷静下来后，一看，连自己都觉得难为情，全篇都是伤感、怨怼的词句，这哪像是一封普通的来信，真寄出去了不知会给菲菲带来多大的麻烦。他决绝地撕了，只是在信纸上简单地写了一句话："我母亲不行了，今天回去处理后事。形单影只，心无所寄。世事难料，望多保重。"就草草地塞进了信封，胡乱地封了口，贴上了邮票。

齐明远瘫坐在椅子上，满目哀伤。他弄不懂，刘诗仪为什么拒绝得那么斩钉截铁，一点都不给自己面子，就算不给自己面子，也要看看胡明生的那张猪肝脸哪，他还是她的上级呢。

西边的窗子已漏进了一缕阳光，凭经验，刘明远知道这已是下午四点多了。他的心在哭泣，"妈呀，儿子无能，还是孤身一人回来见你，难了您的心愿了"。齐明远越想心里越难过，不觉悲从中来。这时，他干脆拉起了二胡。

拉二胡是他祖传的技艺，他的祖上一直是戏班子出身，除了武生的拳脚功夫，二胡技艺也了得。到他的父亲齐应天那一代，因为演戏难以养家糊口，才脱了戏袍，扛起了锄头。虽然没再演戏，但齐应天的二胡也拉得十分不错，为了使祖上的技艺不失传，齐应天按照祖上的只传男不传女的规矩，很小就逼他们几兄弟学会了拉二胡。齐明远悟性高，不仅学会了拉二胡，而且还能谱点曲子。他拉的是自己创作的歌曲《空对月》：

> 人已走，不回头，泪已干，也难留，空将心事对月愁。
> 刚回首，又折柳，事难料，春已秋，且把往日当回酒。

他完全沉浸在词曲的意境之中，情专意注，泪流满面，一时忘情，用力过度，扯断了一根弦。

齐明远懊恼地把二胡摔在床上，哭出声来。西斜的太阳已经照到了他的脚，他走到窗前一看，吓了一跳，太阳离对面的山只有丈把高了，再不走，就赶不上最后一趟班车了。他赶紧抓起帆布旅行袋，带上那封已经封了口的信。走到楼下，在邮箱前他站了好长一会儿，终究没投进去。他还是觉得不妥，把信封和信都撕碎了，心事重重地向大街走去。

09 二胡声声急

胡明生和齐明远走后，刘诗仪虽然自己一直在安慰自己，但内心却波澜起伏。她站在窗台前一直目送着他们离开。一坐到床上，耳边就响起胡明生责备的话语，齐明远那种哀怨无助的样子也总在眼前晃动。她心中自问，自己是不是真的太不近人情了，是不是真的太自私了，是不是把名声看得太重了。不就是"做个客、演个戏"嘛，按胡明生的说法，"就是让他母亲眼睛闭得安心"，何必那么认真。再说，做好保密工作，谁又知道我去做了一回别人的女朋友呢。

正想着，突然，对面的宿舍里传来了悲凉幽怨的二胡声。刘诗仪侧耳细听，正是从齐明远的房间传出的声音。曲子低沉彷徨，丝丝缕缕都撕扯着刘诗仪的心。她的思想动摇了，赶紧把刚刚才拿出来的衣服又放进了行李袋里，做好了同齐明远走的准备。她想先去同胡明生说，自己想通了，去和齐明远讲，愿意帮这个忙。正要出门，但女孩子特有的高傲又让她迈不动脚步，她想，刚刚才拒绝他们，一小时没到就投降，自己的骨头怎么这么软啊。她在房间里踱来踱去，坐立不安。她骂自己贱，人家求你的时候，你把自己当金钢钻，人家走了，自己又想送货上门，还得罪了自己的顶头上司。她责怪自己："刘诗仪啊刘诗仪，你好笨噢。"

这时二胡"嘎嘣"一声停了，可能是断了弦。刘诗仪探头遥望，只见齐明远孤独凄凉地走出大门。她的心都碎了，她没有想那么多，也顾不得那么多，抓起行李袋就跑下楼来，紧走几步，跟了上去。

"齐明远，我愿意帮你这个忙。"她在离他几步远的地方突然说。

齐明远扭转头来一看，是刘诗仪，他简直不敢相信自己的眼睛，结结巴巴，话都说不出来。

"你……真的同意……扮我的女朋友去见我的父母和家人？"

"人都来了，难道还会骗你吗？"她话没说完，脸就红了，第一次同男孩子说这么体己的话，羞得连头都抬不起来。"不过我有一个条件，你必须绝对保密……"

"我会的，我会的。"他说得急急促促的，生怕自己说迟了，她会像鸟一样从自己身边飞走。

这时，他才认真地看了她一眼，一头黑发，自然齐耳，柳眉下面是两汪深泉，鼻梁直而挺拔，一身浅蓝色的裙子，恰到好处地勾勒出她的分明曲线。他承认，她是自己碰到的女孩里面最有气质最漂亮的一个。

他担心她因帮自己的忙，而坏了这么好的一个女孩的名声，那真是造孽，自己千刀万剐难了这个罪恶。他想不管怎样，也要提醒她，走出这一步要三思。

"你不怕，影响你的名声？"

"怎么不怕？所以叫你千万要保好密。"

"我会把这个秘密当作我的生命一样珍贵。"

齐明远接过她的行李袋，说："你跟领导请假了吗？"

"没有，出来时很匆忙。"

"那我去给你请个假。"说完，就朝乡政府院子里走。

刘诗仪迟疑了一下，突然想，还是自己去请更好，她立即追了上去，说："还是我去请假更合适，你在这里等着。"

刘诗仪走到胡明生门前，正要敲门，这时门"吱呀"一声开了。胡明生说："小刘啊，我正要找你呢。"他正眼都没瞧她一下，说："方书记说，咱们的厕所很脏了，厕所是乡里的门面，反映我们精神文明建设的水平，你去打扫一下。"他的口气不容置疑。本来打扫厕所平常是由乡政府的通信员去干的，胡明生还在为中午的事怄气，显然是给她的一点颜色看。

刘诗仪也知道，这是这位大主任给自己的第一双小鞋。不就是在帮齐明远的这件事上逆了他一脚，一个男人，一个工龄差不多有自己年龄大的男人竟然是一副小肚鸡肠，要不看齐明远可怜，逆了他就逆了他，今天扫一下厕所如何。

胡明生看她半天没反应，阴阳怪气地说："怎么，有想法吗？"他提着调子说："小刘啊，我们办公室就是管这些鸡毛蒜皮的事，吃喝拉撒睡，办公室都要管，专门做没有功劳只有苦劳的事，而且经常吃力不讨好呵。"他越说越来劲，手往身后一背，说，"这个事，你不去做，难道让我这个当主任的去做吗？"

"胡主任……"她想跟他说，自己决定帮齐明远这个忙，但话还没说出来，就被胡明生打断了。

"别说了，我知道你想说什么，肯定男女厕所一起扫，以前都是这样的规矩，难道你就光扫女厕所不成，那不行。"

"胡主任，我是说，我已经决定帮齐明远那个忙了。"

"小刘啊，扫个厕所就那么难吗？"

"胡主任，我是真的决定帮齐明远的忙。"

"别蒙我了，我不是三两岁的小孩，前个把子小时才当着齐明远的面拒绝了我。"他粗暴地打断她，"我给你安排的第一个工作你就不服从，难道要领导亲自来布置工作吗？"

刘诗仪眼泪扑簌簌地流了出来。胡明生更来事了："你以为眼泪能打动我，我是最不吃女人这一套的，你就是向我下跪，你也要把厕所扫完。"

看到刘诗仪还没出来，齐明远忍不住走了进来，他看到，刘诗仪不停地流泪，顿时什么都明白了，立刻说道："胡主任，按照你的指示，刘诗仪决定帮我了，这是来向你请假的。"

胡明生这时才缓过神来，"真的呀？"他很不好意思。

"这还会有假，你看，这是她的行李袋。"

"哎呀，小刘啊，你怎么不早说。"胡明生装着扇了自己两下脸说，"厕所你别扫了，就让我去扫，这不，你帮他，我帮你，互帮互助嘛。"他脸上的横肉抖了一下，堆出一副僵硬的笑来，又说，"不过，你要记住，我今天分配你的第一个任务，你可没完成噢。"

刘诗仪没理他，一直在抹眼泪。

齐明远白了他一眼："别说了，你看人家都哭了。"

胡明生皮笑肉不笑地说："现在就心痛了，真是重色轻友啊。"

齐明远正色道："没时间和你扯，我要赶车，但我这还有一个事，你给我把这防脐橙裂果的技术要点拿给岩石村的十二户脐橙种植示范户，我已经来不及给他们了，别出现王村脐橙种植示范户大面积裂果的现象。"

"你真的想当'脐橙王子'呀，我们这儿的种植习惯哪能一两下子改过来，再示范，脐橙也发展不起来。"胡明生有点恼。

"引导村民发展脐橙，发家致富，是我的梦想。"

"自己的温饱都解决不了，连个婆娘都找不到，还想那么多。"

"你就说帮不帮吧？"

"你说帮忙可以，但给我下任务，我不干。"

"好、好，大主任，就是请你帮忙。现在我向你告假行不行，要不要同方书记说一声？"

"不要了，有事我给你担待着，放心去吧。"

齐明远示意刘诗仪走人，他们正要转身，齐明远突然想起什么似的，又转过头来，说："胡主任，这事还得老兄保密，除了天知地知，就是她知，你知，我知，漏出去一个字，那就真不好商量了。"

胡明生心里很不舒服：帮你的忙，还威胁我，狗咬吕洞宾——不识好人心，我的嘴有那么多吗？什么货色，给我说这样的话。但嘴上还是飙出一句："别婆婆妈妈的了，你的话我懂了，天知地知你知我知，还有她自己知道。"

10 想让儿子煲点汤

山村的夜黑得快，刚感觉太阳从山梁上滑下去，那边夜的黑衣服就笼过来了。山里的人不像城里人生活得那么有规律，忙起来没有时间概念。正是收割二晚的季节，为了不让寒露风吹掉了粮食，村民们都铆足了劲，动员了田少的亲戚一起来收割。虽然天已经暗下来了，但稻田里、田埂边、小路上到处都是干活的农民，四周传来的都是农民粗重的呼吸和大声的吆喝，给小山村增添了不少的热闹。

齐明远家的房子是双层的土坯房，每间房子不足三十平方米，三间房子一字排开。头上的那间是厨房兼餐厅，中间的那间是他父母的卧室，边上的那间是耳房，相当于小客厅，也是齐明远回来时的住房。

齐明远的母亲直挺挺地躺在床上。她的眼睛已经看不见东西，嘴巴不能说话，四肢没有了知觉。唯一能反映她生命症状的是她微弱的呼吸和心跳。

久病床前无孝子，四个女儿除小女儿在外打工回来不方便外，其他人每天轮流过来一次，为她喂牛奶、喂汤水和擦澡擦背，但时间长了，再说又是农忙，她们只能隔一两天来一次。

齐应天的第三个儿子因为是倒插门，和几个妹妹轮着来照顾母亲，但从来没看到三儿媳登门。当年家里穷，老三娶不起媳妇，是父母和两个哥哥逼着他去做的上门女婿，加上原来就有契约在先，所以兄弟姐妹对老三没尽儿子的责任照顾母亲也没意见，齐应天也没说什么。

齐明远的两个嫂子是村子里有名的尖尖钻，大嫂子是炮筒子，肠子里装的除了饭屑就是大粪，容不得东西，遇事不会转弯儿，一触即发。二嫂子是厕所边上的垫脚石，撒完一桶尿都没有滋滋声，城府深不可测，处处长着害人的心眼。但她们都有一个共同的特点，就是在家里说一不二，而且肚肠小得容不得一个蛔虫，在父母那里有得的时候，那就笑脸漾漾，会牵开衣裳来兜，出钱出力就不干，是她们家里真正的太上皇。齐明远母亲从得病到不治，她们俩留在婆婆床前的脚印屈指可数。齐明远的两个哥哥在家里没有说话权，大哥跟他婆娘学得小气凶悍，二哥变得越发懦弱。

已经有四天没有一个人踏进齐应天家的门了，齐明远的母亲几天没进一点荤腥。母亲得病卧床后，几个女儿隔三岔五带点瘦肉汤来喂给她喝。她们知道，母亲年纪大，牙齿掉得早，其他的咬不动，就爱喝点新鲜的鸡汤、瘦肉汤。但这几天，女儿也没来。进入了农忙，大家都想在寒露风来之前收割好稻子，别让一季的辛苦荒废，齐应天也理解。

齐应天去找大儿子二儿子，看住在身边的两个儿子能不能轮流煲点汤给他们母亲喝。实在农忙上不了街，买不了肉，就把自己分给两个儿子的那三十多只鸡宰了，让老伴走之前能多沾沾腥，享享口福。老伴为子女忙活了一辈子，没有吃什么好东西。过去生活苦，子女多，为了让孩子吃饱，老伴常常靠红薯渣、米糠饼充饥。过年过节，买点鱼肉，孩子三两下就抢没了，老伴喝点汤水还有滋有味。

晚饭后，在大儿子的厅堂，齐应天拢起了两个儿子。老大婆娘看到公爹来了，放下正在洗碗的手，探个耳朵来听。老二婆娘饭吃得晚，也端着个饭碗跟着过来了。齐应天想，两个儿媳一起来，也好，当面达成共识，省得两个儿子回去宣传商量。

看到父亲过来，还叫了老二来，齐得福知道肯定有事。他两个脚蹲在厅堂的门槛上，背靠着门框，叼着根纸包的旱烟，有点急不可耐："爸，有话早点说，今天割稻子累了一天了，想早点睡觉。"

"你们都几天没去看你妈了，几个妹妹也没来，你妈都好多天没沾荤腥了。"

齐得福一听，埋怨道："爸，你也看到了，我们都在忙收割，过了这些天，寒露风一来，一天掉一箩。稻子没收好，我们全家就要喝西北风，每月给

你的粮食都保证不了。"

齐应天年纪大了，族里给他家开家庭会，明确齐应天的浮财八个孩子都得，只是儿女有别，长房二房小房不同，但房产耕地和山权主要分给齐得福和齐留福，儿子老三入赘他人，小儿子吃了公家饭，都没分不动产，当然二老的粮食也由他们两兄弟轮流供应。

老大婆娘跟着附和："也真是，家婆斗死斗命，偏偏农忙时节就要断肠咽气，我们有这个孝心也没这个时间呀！"

齐应天脸立即沉了下来："得福，你婆娘怎么说话？你自己清楚，你妈生你的时候，也是二晚收割的时候，你妈没有说农忙，就不生你吧。是，大家都在农忙，这我理解。但抽个空煲个汤的时间应该是有的吧。"

齐得福也觉得自己的婆娘说得太过，瞪她一眼骂道："怎么话到了你的嘴里就那么难听，不会说就不要说。"

齐应天不愿理大儿子大儿媳，就要二儿子齐留福拿个意见出来听听。

齐留福只是不停地抽着旱烟，他对父亲不停地向自己努嘴像是没看到，倒是他的婆娘阴阳怪气地接话了："本来，侍候家婆是我们做儿子儿媳的本分，老人家病得出气多进气少了，煲点汤给她喝也不是难事，但是做父母的心肝要放正，家里分个鸡也按长房二房分，我家就比大哥少分了五只！我家留福人老实，三声猪子炮也震不出一个大响屁，任你们处理。好在公婆财产也不多，要不我家不知道要吃多少亏。"

这点老二婆娘没说错，齐应天的眼里确实有个长房二房小房之分，这是宗族留下来的千年规矩，长房小房是要多分浮财。老伴得病卧床后，齐应天考虑到自己年老体弱养不了这几十只鸡，就分给了两个儿子。齐应天是多分了几只鸡给大儿子的，他没有反驳。

老大婆娘跳起来了："家婆身体不行了，养不了那头大肥猪，宰杀了，公爹不是多分给你三十元。"

老二婆娘抢白道："那是我多得的工钱，杀猪时，我跑前跑后，猪肚猪肠都是我洗的，谁像你，地主婆的太太样，坐在那儿吃现成的。"

齐应天大声说："别吵了，今天我叫大家来，不是让你们斗嘴皮吵架，而是跟你们商量，两家能不能每天轮流煲点汤，让你妈咽气前，多享个口福？"

齐留福闷声闷气地说："爸，我们就是有这个孝心，也不能天天去街上买肉啊。"

"我考虑，你们农忙没时间，上不了街，买不了肉，那就隔天杀个鸡，鸡是你妈养大的，这个总可以做到吧。杀鸡、煲汤都我老头子来。你妈在世的日子不多了，让你妈每天能喝个鲜鸡汤。"齐应天真后悔，不该把鸡都分了，原来老伴养的鸡，个个养得毛亮肉壮，现在成了儿子家的了，想给老伴做碗鸡汤还要征得他们同意。

老大婆娘一算计，如果家婆撑个十天半月，自己分到的鸡全部都会报销，她急不可耐。"天天喝鸡汤也会腻，你老人家没有事，也可以去街上买点肉，做点肉汤，改善点口味。"

齐得福呵斥她："我爸哪来的钱买肉，你尽睁眼说瞎话。"

老二婆娘阴阴地说："四个儿子，老三我不计较，但老四无法回来煲汤，出不了气力，钱还是要出一点。"

"老么是该尽孝，但他在百公里之外，连个婆娘都没，你们做哥嫂的，就不要计较了。"

老大婆娘气一下冲出来："公爹，你时时处处维护你的小儿子，这事没法商量，家婆要喝汤，你自己想办法。"说完就甩门进了厨房。

见老婆躲进了厨房，齐得福也不敢表态。

齐应天气得胡子倒竖，就问问二儿子："留福，你们的意见……"

齐得福冷冷地说："留福他婆娘趁你没注意，早把留福拉回家里去了。"

齐应天无功而返，心里凉透了，想让老伴喝点鸡汤这么小的愿望都没落实。他无奈地走进自己的房间，为老伴洗了身子，喂了奶水。然后一个人坐在厨房的门前，抽着旱烟，想着就要和老伴永别，不觉悲从中来。他走到老伴的床前，看到相濡以沫的妻子如枯藤的秋丝瓜，已经奄奄一息，想到自己就要过一个鳏夫的日子，想到自己要独自挑起帮小儿子娶妻成家的重任，禁不住涌出了两行老泪。这时他才感到自己特别的孤独无助，多想早一点看到那个浑小子啊。齐应天默默地念叨："远仔唉，你在哪呀？"

11 心急火燎回老家

客车在又弯又陡的山路上吼着，吐出一串串黑色的浓烟。因为是最后一班，坐车的人不少，再加上是二十几座的小客车，车上显得十分拥挤。车里大多数是进城进货的小商贩，男的手里抓着一个蛇皮袋，口里吸一根绿梅州香烟。女的肩上挂一只红布袋，嘴里嗑两粒瓜仁，敞怀露肚，手高高地吊在公共汽车顶棚的扶手上，身体故意贴在男人的胸前。

五个多小时的车程，他们刚好可以美美睡上一觉，到了城里恰好是十一点左右，他们又可以在车上睡到天亮，既节约一餐的快餐钱又省了一晚的住宿费，有时还可能在车上整出点缘分来，这大概是精明的小商贩都选择了坐最后一班客车的原因吧。

齐明远把两人的行李都揽在自己的身上，正襟危坐，与刘诗仪隔着一个拳头的距离。刘诗仪坐在车窗边，眼睛望着窗外，默默地想着心事。站在齐明远身边的一个少妇打扮的女贩子，估摸着他们不是一对儿，嗲声嗲气地说："兄弟，回去陪婆娘吧，几个小时路程的颠簸，你的身体就会从金钢钻变成软豆腐哟。"说完，那少妇趁机把自己的身体靠在齐明远的肩膀上。

齐明远扭头看着窗外不断闪过的树木，长长地舒了一口气。

"兄弟，看样子你还未婚吧，晚上我带你去消受，快活得很哩。"少妇的话引得车内的人员哧哧地笑。

一个小老板模样的人挤过来，说："你不要戏弄人家，人家可是个好男人，跟我去，保你快活一晚。"

"鬼才会跟你去，你哪是人啊？"那少妇说。

"你嘴上这样说，每次你心里可享受死了，还杀猪般地不停地叫唤。"那小老板模样的人看着她不怀好意地说。惹得全车的男人哄堂大笑。

"没心思跟你闲扯，我身边坐着个小白脸呢，人比你帅，又年轻，看晚上我们是否有这个缘分。"少妇故意说。

看到那女人调笑齐明远，刘诗仪霎时间醋劲上来了，她白了那女人一眼，赶紧往齐明远身边靠过来。她装着生气的样子，说："我早叫你不要坐夜班车，夜里容易碰到骚狐狸，你就是不听。"

"哟，妹子，都是女人，别那么小气嘛，说说而已，又没蚀掉什么。"那少妇嬉皮笑脸地说。

刘诗仪没理会她，只是从齐明远的身上拿了一些行李放到了自己的腿上。

那少妇见刘诗仪没理她，更是来劲了："妹子啊，现在有老公疼就要珍惜，像我现在没人疼了，难过哟，每天只能抱着枕头到天明。"说得刘诗仪脸唰地一下红了。

她看看刘诗仪像上了胭脂般的脸忍不住笑道："哟，没沾足男人气的小媳妇，还害羞呢，刚才你们可不像是一对儿，吵架了吧？"见刘诗仪没吭声，她又连说了几句"吵架了吧"。那少妇看到刘诗仪半天没有回应，自觉没趣，又转身与那小老板打情骂俏起来。

看到那少妇转了身，刘诗仪赶紧又挪开了自己的身体。她想自己吃哪门子醋啊，认识不到一天，能摊上什么关系，可别让他笑掉了大牙。

齐明远看到她靠着自己，又那样护着自己，心头热乎乎的，甜丝丝的，胸口怦怦地跳。他感受到了她身上传来的体温，引起了他无限的遐想。那少妇的话他一句也没听到，心里想，要真有这样的福气多好呀。就在他浮想联翩的时候，突然他感觉他右侧身体部位的热度陡然下降，他定睛一看，才知她同自己又保持了以前的距离。他的心突地凉了半截，女人真是多变的呀！他默默地把放在她腿上的行李又都揽在了自己的身上。

到了县城已经是晚上十一点了，但街上还很热闹，不少店铺还没关门，用小推车卖水果的还在大声叫卖。夜宵一条街的"蒙古包"里，食客们在猜拳喝彩，挂着红灯笼的歌厅门口，轿车一字排开，挂的都是吉祥数字的车牌，屋里歌声有的模仿得十分逼真，有的走音跑调。泡脚按摩店门口，揽客的搔首弄姿，召唤着路过的客人。侧门，一个个人挽着女人的腰，挺着啤酒肚进进出出，平时谦谦君子，这时借着夜幕的掩护才敢原形毕露。别看这个小县城，正是这晚上十点多钟开始，才是服务业最热闹的时候。

看着这一切，齐明远既羡慕又嫉妒，心里生出些不平。

因为思想开着小差，公共汽车进了站齐明远才想起，该问问刘诗仪，是带着她直接回自己的家，还是在县城住一宿。

齐明远看都不敢正面看她一眼，怯怯地说："晚上在这住，明天一早去我家，还是现在……"

刘诗仪考虑了一下说："今天我爸妈才送我出来，我又回去，怕不好。"她停了停说："还是直接去你家吧，你不是急着要去看你母亲吗？"

要是往日，他没说的，骑一部自行车就蹿回家了。可今天不行，一个女孩子跟在身后，黑咕隆咚的，山路两边黑漆漆的杉树林，还要过一条五十多米长的小木桥，桥下是人工灌渠，三米多深的水，黑洞洞的，别吓坏了她。他说："去我家还有四十多里的路，其中有十多里山路，又要过一座小木桥，怪吓人的，我们还是找个旅馆住一晚。"

"我不怕，有你呢，走吧。"不等说完，刘诗仪提着腿就往前迈，"别花那个钱，省着点给你母亲买营养品。"

"晚上我是铁定不走了，月儿又不亮，万一你摔个手断腿瘸，我可负不了责。"他说得有点不容商量。

"万一摔个手断腿瘸，那就跟你一辈子，拖你两眼翻白。"她满不在乎地笑了起来。

"说正经的，就在这住一晚，你不好回家又不住旅馆，那就到同学或朋友家搭住一晚。"他的口气软了下来。

"你是想把我假扮你女朋友的事，让我的家人和同学朋友都知道是吧，你怎么婆婆妈妈的，在这住一晚，开两个房间少说也要六十块，今天才报到，我可没钱。"她转过头来，调皮地一笑，"我先声明，农民房我可不住。"

"住房的钱我有，我在财务上借了点钱，不要说三十元的房间，就是六十元的房间，一两个晚上也无所谓。"

"你有钱，可以，那我晚上住总统套间。"她有点生气，嘴巴噘得老高，"跟你说实话，我是怕明天一早碰到熟人。"她拉拉他的袖子，"算是为我考虑啦，就求你替我着想一次吧。"她看他还愣在那里，在他背后猛推他一下，"我最喜欢有人陪着夜里漫步了，你这人真不解风情，月下小径，林中踱步，美女相伴，可真美了你呢。"

没法子，齐明远只有依了她。在街上走了一段后，他还是自作主张到附近的远房亲戚那儿借了辆自行车和一个手电筒，载上刘诗仪就直奔自己的老家。

12 想见女儿没见着

就在齐明远和刘诗仪踏上回去的客车后，刘诗仪的母亲张桂蓉就火急火燎地到了鸡公山乡。县妇联在鸡公山乡附近的富竹乡挂点，单位安排她参加乡里组织的"计划生育百日服务会战"，富竹乡在这次计划生育市里检查中排在倒数第一，被县里黄牌警告，为了改变落后面貌，县里要求富竹乡开展百日服务会战，挂点单位的干部也要吃住在富竹乡。张桂蓉是和富竹乡突击队的同志来鸡公山乡做计划生育工作的，富竹乡有几个对象的娘家在鸡公山乡。张桂蓉利用突击队吃饭休整的机会，特意请了个假来看看自己的女儿。

她走到鸡公山乡政府办公室，看到胡明生正打着酒嗝看报纸，便轻轻拍了一下胡明生的办公桌，又喊了一声："胡大主任，好清闲呀。"县妇联的工作性质让妇联的干部对每个乡镇政府的办公室主任都认识。因为认识，张桂蓉在胡明生那儿就有点随便。

胡明生放下报纸，见是县妇联的张桂蓉，张桂蓉半老徐娘，但仍有几分姿色，便有点心花怒放，他说："张大姐，你把我的番薯粉（魂）都吓掉了，没有魂，我就会跟你走嘞。"

张桂蓉说："我怕你跟我走？不就把家里的那个踹了，跟你睡一张床，那我不是老牛吃了嫩草，赚大发了。"

胡明生说："玩笑了，张大姐今天下来又要为哪个妇女同胞维权？"

"我是和富竹乡突击队跨乡来做计生服务工作的，顺带我也来看我的女儿，她今天来你们乡报到。"张桂蓉说。

胡明生对她工作的事儿没兴趣，倒是对她的后半句话来了精神，"谁呀？"他打了一个酒嗝，"不会是今天新来的刘诗仪吧？"

"就是我家丫头，怎么样？"

"没得说，仙女呀！"

"那是，你们不看看谁的窟窿出来的？"张桂蓉是乡下妇联主任进的城，还保留了乡妇联干部的作风。

"我们两个头看了都特别喜欢，二老板还特意交代放在党政办工作。"

"你们二老板王麻子王流水交代的吗？一把手同意了？"

"现在两个都是一把手，谁说的都要执行，而且党政办是二老板管得多些，再说一把手也没反对。"

"那完蛋了，要经常接触那个老色鬼王麻子，当年我跟他在一个乡镇工作的时候，就想动我的手，我可没那么笨。"

"你笨一点，可能就不是县妇联的一般干部了，可能早上台阶了。"

"那也可能，当年太保守了。"

"那你要好好调教你的女儿，你女儿好像没你这么放得开。"

"你什么意思？"

"我是办公室主任，她要过我这一关呀。"

"你不怕我把你东西剪了，你真痒得不行，来来，老娘这儿有。"说着就扯着胡明生的衣服往里走。这下胡明生脸臊得不行。

"大姐，玩笑开不得，开不得，我还要提拔呢，这样影响不好。"

"我说你是个软蛋吧，言归正传，我女儿在哪？我想看看她。"

胡明生不敢实话告诉她女儿去哪了，就吞吞吐吐说："你女儿，你女儿，好像下村了。"他估计齐明远和她的女儿这时已经上了公共汽车，叫也叫不回来了，他想随便应付她一下。

"你把部下安排去干吗了，你会不清楚？你真的金屋藏娇了？把我女儿藏在哪儿了？"张桂蓉有点急。

胡明生嬉皮笑脸地说："没有，真没有。"

张桂蓉看到他这样躲躲闪闪，有点生气，说："那我去找你大老板。"

他心一惊，他安排刘诗仪陪齐明远回去这件事还没跟方书记汇报呢，他赶紧稳住她，说："别找方书记了，你女儿真的去下村了，要很晚才回来。"

"那我在这等她。"

胡明生暗暗叫苦，碰到一个难对付的基层妇联干部出身的女人，他提醒自己一定要小心。他说："你别等了，你也知道，乡镇收完统筹提留后，往往连夜组织计划生育服务工作，熬一个通宵是常事，你们的工作也很紧，改日来看她，我保证不少她一根毫毛。"

"我请了假，既然来了，没看到我女儿我是不会走的，你带我去我女儿房间坐，不影响你工作。"

"还没安排房间，就安排她下村了。"胡明生不敢带她去刘诗仪的房间，怕她赖着不走，又不敢催她回去，怕惹毛了这个女人，行为失控，无法收拾。他无奈，"那你还是在我这儿等吧。"

张桂蓉拿张报纸，就在党政办的长条椅上坐下来。胡明生看到她坐下来看报纸，赶紧溜出去向方书记汇报。

可方书记不在办公室，胡明生有点恼，关键时候找不到人。他这个人工作太扎实，一有空就下村，说是现场解决问题。不可否认，方书记以身作则抓工作，大部分班子成员都不敢偷懒，乡里各项工作都走在全县前列，可每次县处级提拔，他都没有份，干部们都嘲笑他"只知道低头拉车，不懂得抬头看路"。二老板对他也有意见，一直占着位置，自己没有上升的空间，虽然说都是正科级，而且自己还管钱管物管得更实在，但自己就是副书记，当书记才是人们所说的一个地方的头。

找不到方书记，胡明生只有去向二老板汇报了。他想，王流水一定在办公室，他这个人很活，都是叫村支书、村委会主任来汇报，有时就开个协调会，开完后再喝两杯小酒，笼络感情。虽然有时他们也会骗他，工作难免出点情况，但他三下两下就糊弄过去。这种形势下，只有方明亮才把工作看得那么重，王流水都把精力放在营造关系上，所以王流水上下关系处得很好，不到一届就传他有提拔。

胡明生轻轻敲了一下王流水办公室的门，半晌才听到请进的应答。他推开门看到"好再来"馆子店的女老板在签招待发票。这个女老板二十七八岁，有几分姿色，酒量好，又好会嗲，乡领导和七所八站的头儿都喜欢去她那儿吃饭。看到胡明生进来，他们两人都有点尴尬，显然是刚搅了他们的好事。要是往常，胡明生早赶紧走人，但今天这事必须跟他汇报。那女老板也熟悉胡明生，她难为情地对他笑笑，然后理理蓬乱了的头发以掩饰自己内心的慌乱。那女老板看到胡明生没有退出的意思，就识趣地离开了。看到女老板走了，王流水愠怒地看着他，说："明生啊，什么事这么急呀，没看到我忙着吗？"胡明生唯唯诺诺，他说："王老板，新来的乡干部刘诗仪的母亲来了，她来看刘诗仪。"

"噢，就是那个'辣婆'来了，看就看吧，屁大的事。"他想到当年自己霸王强上弓，她一脚把自己蹬下床，是那么绝情和决绝，特别是还狠狠地给了自己一个巴掌，就气不打一处来，"你跟她说，我不在。"

"告诉她，你不在，这个都好办，关键是她要看刘诗仪。"

"人家看女儿天经地义呀，你能不让人家看女儿吗？"

"刘诗仪，她她……"

"她怎么了，你又生事了？我都慑于她母亲的辣威，不敢有动那女孩的心，你吃了豹子胆了。"

"不是，我是安排她跟齐明远……"

王流水醋意大发，虽然他慑于她母亲的辣威，不敢随便动刘诗仪，但自己花心不死，现在又多了一个监督的"看山员"，以后怎么上手，他气恼地说："你是安排她跟齐明远恋爱了还是让他们上床了？"

胡明生一看到王流水发怒，心里倒抽了一口凉气，诚惶诚恐地说："都……都没。"

王流水一听才落心了，缓缓气故意说："你是怎么当办公室主任的？要把心思放到工作上来。"

胡明生看到王流水缓和了口气，心中的一块石头落了地，说："齐明远的母亲病得快断气了，这小子到现在还是光棍一条。他找不到婆娘一起回去见他母亲最后一眼，他母亲死不瞑目。他家里要他骗也好，借也好，搞一个女的回

去，让他母亲死得更落心。咳，有哪个婆娘看得上他呢。"

王流水一听，大脑三百六十度转起来了，他对胡明生说齐明远找不到老婆这档子事不感兴趣，心里想，刘诗仪假装齐明远的女人去见婆家，这个秘密能守得住吗？一个没结婚的女孩的名声怎么保？不过这以后要上她的手，做她工作就多了个说头，不怕她像她母亲一样不从。想到这，王流水说："这就是说，刘诗仪假扮齐明远的老婆或女友去见齐明远的母亲和家人了，小胡呀，你这个人富有同情心，善于帮助同事，这是值得表扬的，可人家一个女孩儿，怎么保全自己的名声，以后怎么嫁人呀？"

"这个我考虑了，乡里面除了他们自己，就你我知道，保密应该没问题。"

王流水暗自想，这个呆子，一点儿都不会揣摩老子的心思，保什么密哟，老子就要让她名声臭，才更好上手呀。他想，授意胡明生把这事扩大外传，说不定胡明生不一定肯干，而且难保胡明生乱说这是他的意思，反而让人特别是方书记猜出自己是什么图谋，影响自己的声誉。但叫他把这事告诉刘诗仪的母亲，这是理所当然的事，那个没大脑的辣婆听到后，一定会大闹天宫，不就像街上的喇叭到处广播了？这不正中了自己的下怀。但他立刻假装正色起来："这很好呀，既帮了同事的忙，又保全了小刘的名声，不过我考虑，还是有必要让她母亲知道，这是大事，不能瞒着人家的母亲。"

胡明生犹豫了一下，他和齐明远、刘诗仪承诺了要保密，原本是连方明亮都瞒着，被张桂蓉一逼，不得不去告诉方明亮，还好方明亮不在办公室。现在不仅王流水知道了，还要告诉张桂蓉，说不定搞出点什么事来。但他仔细一想，觉得王流水说得对，当母亲的来了肯定要如实告诉她。胡明生赶紧跑去告诉张桂蓉。

胡明生看到张桂蓉静静地看报纸，见她没看到自己，立即扭头在走廊上踱步。他不知道告诉她真相会是什么后果，刚才骗她下村去了，现在这样一说，会不会撕烂他的嘴。他思来想去，不知道怎么开口。正烦躁时，张桂蓉发现了他，问道："你一个人在走廊上踱什么步啊，搞得人都晕的，是不是有什么烦恼事。"胡明生舌头有点僵硬，但还是说了："张大姐，实话告诉你吧，你女儿跟一个男的走了。"

张桂蓉一听，立马跳起来："你放屁，我女儿不是一个随便的人，你坏了我女儿的名声，小心我跟你翻脸。"

胡明生说："大姐，真的，我没骗你，她跟我们乡一个叫齐明远的干部走了。"

张桂蓉有点愠怒："我女儿大学都没谈过恋爱，怎么会在鸡公山乡有男朋友呢？刚才你不是说去下村收统筹提留了，现在又改口说这不着边际的话，说话要对得住天！"

"你女儿去做好事了，我们那个干部的母亲病得快要断气了，很想看一看未来的儿媳，但你也知道，现在我们山旮旯里工作的干部，很多都是婚姻的困难户，所以你女儿就帮这个忙去了。"

张桂蓉气急败坏："我管你的干部打一辈子光棍，我管你干部的母亲能不能咽气，怎么就让我的女儿做牺牲呢，我女儿今后怎么嫁人？是方书记安排的还是老色鬼王流水出的主意？我今天跟你们没完！"

"你也知道，我们方书记工作扎实，一天到头都在村里转，王流水也带干部下乡了。"他撒了个谎，然后嘟哝着，"再说不是他们安排的。"

"那就是你搞的鬼啰，那我对你不客气了。"说完她抓起拖把就扫过去。

胡明生赶紧躲闪，说："大姐，不能动蛮，听我说。"

张桂蓉怒喝："听什么听，当个主任，就可以任意摆布别人的婚姻，我不让你吃点苦头，你不知道我姓张！"她举起拖把穷追猛打。

乡机关干部都下村了，偌大的院子，看不到几个人，现在连个救驾的人都没有，胡明生只有步步躲闪。正尴尬时，方书记那辆四门六座的"跃进"牌带斗车进来了，这是乡里唯一的公车。方书记和几名班子成员坐在前面，车斗里站着六七个乡干部。方书记看到胡明生被一个女的追打，赶紧下车，边走边喝问："你们怎么回事，有事好好说，不能动手。"

胡明生看到救命稻草似的，语无伦次地说："方书记，新来的乡干部刘诗仪的母亲……不讲道理……"

"方书记，我正要找你，我是刘诗仪的母亲，你们安排我女儿去冒充你们乡干部的老婆，噢，女朋友，到底是你还是那个王麻子的意思，你这个大主任

说是他自己安排的，我一开始不相信，认为他没这个胆量，但是他一口气替你们承担了，那我就只有对他不客气了。"

方明亮没同张桂蓉打过交道，对她不是很熟悉，只是那天财政局的刘局长提起过她，说她是有名的"辣婆"，看样子名不虚传。

围观的干部看到张桂蓉追打胡明生，又听到张桂蓉告状，开始议论起来："天下奇闻，打光棍就打光棍，何必借什么女朋友。""借、借，别生米做成熟饭。"

方明亮看到这么多干部围着看胡明生的洋相，赶紧把他俩劝进党政办。听了好一会儿才搞清个事情大概。他觉得胡明生这样做肯定是刘诗仪本人同意了的，再说又不是真要做齐明远的老婆，并不会影响刘诗仪多大的名声，知道内情的还认为刘诗仪是个懂情理、善帮忙的女孩。但作为单位领导，这个时候不能这样说，否则可能火上浇油。他佯装批评胡明生："你要帮齐明远的忙，本来无可厚非，说明你关心同事嘛，但就是刘诗仪本人同意了，也要告知一下人家家长，毕竟人家刚毕业，还是一个学生，生活经验不丰富。"

胡明生点头称是，赶紧向张桂蓉道歉。

张桂蓉对胡明生喝道："道歉有个屁用。"她又转向方明亮说："方书记，那现在怎么办？"

方明亮说："如果你确实不同意，那我就派车送你去齐明远家，叫你女儿回来就是，反正县里来通知了，要像富竹乡一样搞计划生育'百日服务会战'，把她接回来，放到青年突击队。"乡里的工作都是跟着县里的指挥棒走，自身并没多少自主权。本来前几天才将计划生育工作告一段落，把工作重心转移到收统筹提留上，现在县里一个通知，乡党委自己作的决定必须让路。方明亮看看张桂蓉，自言自语："本来不是多大的事，同事间相互帮个忙，相互圆个场，不会有多大影响。"方明亮还是很关心自己的干部。

张桂蓉立即打断他："我女儿是黄花闺女，上大学都没让她谈恋爱，就是想后面找个好婆家。你看看那小子是个什么条件，娘又快死了，哪配得上我闺女。"张桂蓉觉得说得太过了，赶紧打住。

方明亮有点不悦，心里想，你看不起齐明远，怎么又让自己的女儿来乡下工作，说明你们也高贵不到哪儿去。现在就业这么难，怎么说齐明远也端的是铁饭碗。但当书记的，经过多少修炼，喜怒不形于色，说道："胡明生做法不妥，我向你道歉，现在你抓紧去找你女儿，不过我提醒你，做事不要莽撞，不要搞得鸡飞狗跳，那样反而不好收拾，传出去不好。"

张桂蓉说："那我不知道那个齐明远住哪儿呀，怎么找？能不能先打个电话？"

方明亮说："他具体哪个村的我也不知道，现在的农村家庭，哪会有什么电话，还是一路问吧。"随即要胡明生把齐明远的住址给了张桂蓉。

张桂蓉一脸怒容，登上汽车，气冲冲地走了。

13 被辱含恨回故乡

话分两边，且说一下吴芳菲的情况。夜深了，在广深高速公路边上的那幢小别墅里，吴芳菲一个人正独自抿着红酒，她摇晃着高脚杯，烦躁地在客厅里踱步。刚和港毛子结婚那段时间，他还有点新鲜感，能回家住住，到深圳后就经常夜不归宿了。偏偏她在深圳又没朋友和熟人，只能和老家带来的小保姆聊聊天，可心里又总感觉主仆不对等。每天，她像一个笼中鸟，独自看着窗外。现在已经半年多没看到港毛子丈夫了，他像是从人间蒸发。

小保姆走过来说："夜深了，别等了，先生今天晚上肯定又不回来了。"

吴芳菲说："再等等，我就不相信他能几个月不着家，人不回来，电话也不打一个，生意有那么忙吗？"

过了一会儿，小保姆又催促："不会回来了，早点睡吧。"

正说着，吴芳菲的港商老公带着一个妖艳的女人撞开了自己的家门。吴芳菲立即一股醋意直冲脑门。她想，半年前，每次和自己做那事时，这个港毛子就软塌塌的，说浑身乏力，以为是做生意累的，原来是外面养了个婊子。她猛地冲过去，还没等她那老公回过神来，朝那女的就是两巴掌，还不解恨，突地扯下了那女人的裙子，露出了女人白生生的身体。

她那港毛子丈夫从来没看过她这种泼劲，一时傻了。看到两个女人扭打在一起，他立即撕下了往日的斯文，嘴里咆哮着："找死啊，我让你管，我让你管……"拳头雨点般落在了吴芳菲的头上。

吴芳菲狠命地撕他咬他。

港毛子怒从心头起，一个反拷，将她摔在了地上，然后从后面骑在了她背上，又从自己身上抽出皮带，把吴芳菲捆了个结结实实。

吴芳菲动弹不得，只有嘴巴是自由的，她艰难地扭过头来，破口大骂："臭流氓，死不要脸！"

"老子就当一次流氓。"那港商话没说完，就撕脱了吴芳菲的裙扣，扯烂了她的内衣，又把她翻了过来，让她睡成了一个仰天躺。

小保姆想把她扶起来。港毛子猛力一推，把小保姆推倒在沙发上。

"畜生，王八蛋！"吴芳菲咬牙切齿。

"我看你骂！老子今天好好修理你。"顺手扯下她的丝袜就要塞入她的口中。吴芳菲拼命挣扎，奋力吐了他一口唾沫。

他恼羞成怒，丢下丝袜，用手猛一拽，撕烂了她的内裤。

吴芳菲气得牙齿都咬出了血，突然一口血水吐在了他的脸上。

这下彻底惹火了港毛子，他左右开弓，狠狠地给了她几个巴掌。看到她光溜溜的身体，他露出淫邪的笑，猛地朝她那小腹狠命一揪。她顿时昏死过去。

吴芳菲醒来时，已经躺在了小保姆的怀中。

小保姆给她穿好了衣服。她挣扎着站起来，从客厅走向自己的卧室。她门一推，看到那个港毛子和那女人鬼混后睡得烂熟。她两眼放出凶光，操起一根扫帚棍子，就要冲进去，被小保姆拦住了。小保姆说："我们走吧，等他们醒来后又不知怎么打你，折磨你。"

吴芳菲听了小保姆的话，只是捡了一些换洗衣服，顺便带了些现金，又拿了两个存折，就和小保姆一起逃离了这个可怕的家。

吴芳菲和小保姆在大街上漫无目的地走着。她的脑海里还过着港毛子折磨她的画面，眼里噙着泪水，头发蓬乱，脸上布满惊恐。她俩每人手里各抓着一个包，像逃难的一样。两人都没说话，默默地在街上溜达。

凌晨三点多的深圳街上，霓虹灯闪烁，一片繁华的景象。虽然车辆川流不息，但行人越来越稀少，偶尔有几个人路过。歌厅门口，一个个女孩在男人的搀扶下钻进高级轿车，一溜烟擦身而过。酒吧门口，喝多了酒的人，有的靠在墙边吐着污物，有的躺在墙角，任凭路人吐来的唾沫。大街两边很多店门已经

关闭，一些流浪汉抱着流浪狗躺在墙根边睡熟了，打着香甜的呼噜。走在清冷的大街上，这时她是多么地想齐明远啊，只有他才能抚慰她受伤的心。

吴芳菲悲叹自己命苦，嫁个港毛子，除了家里得了几万元彩礼和父母隔三岔五要的好处，自己什么都没得到，反而受尽了苦处。刚结婚那段日子，已是四十如虎的港毛子，变着花样摧残她。后来几年港毛子不行了，就到处找偏方，吃民间春药折磨她，自己被折磨得叫苦连天。她也怨父母亲势利，为了两分钱，甘愿葬送亲生女儿的幸福。齐明远哪点不好，虽说算不上是头等帅哥，但也长得有棱有角，也是个有志气有抱负的青年，他在学校就立志用所学的专业知识，引导农民种植脐橙发家致富，单这一点就让人敬佩。他除少两分钱外，港毛子哪点可以跟他比，父母就这样子硬生生地拆散了他们。

越想，吴芳菲越难过，禁不住泪水涌流。她干脆停下来，坐在人行道的石凳上，痛痛快快地大哭起来，任凭小保姆怎么劝，都无法止住她的哭声。

小保姆来了气，怨道："原来的对象处得好好的，非要嫁个港佬，也只能怪你嫌贫爱富。这些年除了数钱数得手生痛，就捞了不少的揍，而且那港佬打人没轻重，亏你也受得了，要是我早走了，不知道你留恋什么，想来想去你还是舍不得他的钱。"要是往常，小保姆哪敢说这样的话，虽是吴芳菲带过来的，亲得像姐妹，但主是主，仆是仆，平常从来没乱了程序规矩，哪敢这样子正色教训过主人。

吴芳菲也来了气，心想真是虎落平阳被犬欺，不好好整一整这妮子，以后可怎么样一起生活，她还会跳到我的头上拉屎。她收住哭声，正要给她个好看，她突然忍住了。她想自己落到这种田地，还摆什么主人的谱。小保姆说得对，在这个问题上，自己确实有责任。都什么年代了，父母真的能包办得了婚姻吗？如果自己反对这桩婚姻，父母捆绑不成。自己大脑根子里是有嫌齐明远家里穷的因素。现在后悔都来不及了。

小保姆见她不吭声，又说："前几天我叫人打听了，你那个相好现在还是单身一人。现在走还来得及，早点回到你心爱的人身边，他兴许还会原谅你。"

"你以为爱情是篱笆门，想来就来，想走就走。"

"这也可以考验你们的爱情是否真的牢固，如果他不理你了，说明你们爱得并不深，他并不在乎你，那即使你没有这个变故，你们的婚姻也不牢靠，那也没什么可惜的。"

　　"爱情的东西你不懂，你还嫩着呢！"吴芳菲有点不屑。

　　"听我的，保你不错，明天我们就回去。"

　　吴芳菲没有立即回答她。她想，这家伙年纪轻轻的，仿佛很懂事理。她静静地思考了一下，觉得保姆的话有一定的道理，不妨试一试，如果不行，自己今后也可以死了这份心。

　　她们赶紧去火车站，搭最早的一趟北上的列车。

14 阴曹地府走了一趟

一路上，刘诗仪说个不停，齐明远只是应付式的哼哼哈哈，他小心谨慎地看着路面，努力蹬着自行车。他明白，车上不仅坐着自己，还有个来帮自己忙的新同事，要保证她毫发无损。刘诗仪看到他闷声骑车，说："你这人真没劲，就让我一个人说。"齐明远只有边小心地骑车，边回应她的话题。齐明远一直在想，在自己白天的感觉里，刘诗仪是一位不懂世故，不近人情冷冰冰的女孩，现在才感觉到她是一名善解人意、温柔体贴的女孩。与吴芳菲比，多一点内秀，少一点张扬。自己刚上车时浮想联翩是实用主义的，是出于对异性的原始冲动，现在的喜欢才是理性的，也是彻底的。

砂石路上还好，沙子泛着白光，偶尔还有一两部汽车经过，把公路照得如同白昼。也许是寂静的夜，也许是疲劳的缘故，刘诗仪说话的兴致也淡了下来。到了进村的路，路面越来越窄，自行车摇摇晃晃。刘诗仪也警惕起来，不自觉地把齐明远搂得更紧。齐明远很享受这种感觉，但骑了一会儿路变得很窄，自行车已经不能骑了。他把自行车放在路边的凉亭里。这个村的村民回家都是骑车到这儿后，就把自行车锁在这凉亭里，然后步行回家。这里的治安很好，只要锁一下车就行，从来没有小偷光顾。

齐明远取出手电筒，往前一照，做了一个要步行的手势。

刘诗仪说："真要走路啊。"

"我叫你在城里住一个晚上吧。"

"你能走我也能走。"说完刘诗仪就径直往前走。

夜静得只能听到自己的呼吸和心跳，刘诗仪很是害怕，她很想与齐明远并排走，但乡间小路，不能同时容下两个人，只能一前一后地走。刘诗仪走前面时老说两边的杉树林里，有影子在晃动，一个夜兔穿过，都吓得她猛地扑进齐明远的怀里。齐明远让她走后面，她又大惊小怪，说听到了后面有人的脚步声。齐明远停下来，四处察看，又什么都看不到，就不停地说："没有啊，没有啊。"刘诗仪更紧张了，说："没有什么，那更说明有问题。"

"不过民间有传说，殉情的人，特别喜欢追夜行的孤男寡女，但那是传说。"齐明远话没说完，刘诗仪就惊叫起来，立马钻进他的怀里，再也不肯走了，她嘴嘟得老高，说："你是想故意占我便宜，我不走了。"

齐明远这下没了办法，他讨好地说："我牵着你走，行不？"

"你又想占我好处。"但她半推半就地伸过来了手。没走几步，刘诗仪就扭伤了膝盖。她挪一步都疼痛难忍，索性坐下来，褪下裤袜，自己揉搓起来。

齐明远站在那里干着急，很想帮她搓一搓，但又不敢开口。他脸憋得通红，不知所措，终于鼓足勇气，说："我用土办法帮你揉一揉，保你管用，小时候，我扭伤了，我妈都是吐一些口水在伤处，然后轻轻搓搓，一会儿工夫就不痛了。"

他没等她同意，就蹲下来，朝她的膝盖吐上一些口水，然后不停地揉捏。

因为是第一次被异性抚摸，刘诗仪感到有一股莫名的东西在胸中升腾，疼痛都忘记了，自己变得特别柔情，感觉现在的齐明远比白天要好看了许多。她知道，她对他绝不是白天的那种仅仅是好感，而是心底里对他有喜欢的成分。她禁不住抚摸了一下他的头发，脸刹那间红了。她赶紧掩饰自己的失态，说："噢，对不起，碰到你的头了。"一闪间，她又残忍地扼杀了她胸中的那种怪东西，反复提醒自己是来演一场戏的。

齐明远揉搓着她的膝盖和她大腿下部，在黑暗中，她白皙的大腿十分惹眼。齐明远不觉心猿意马，全身热血沸腾，揉搓的手，力中带柔，不停地摸捏、轻扭，完全沉浸在臆想之中。

刘诗仪任他尽情地搓动，没有一点反对的意思。

齐明远记起了乡里一些已婚男人的说法，男人不坏，女人不爱，太老实的

男人，女人反而不喜欢。他的手大胆起来，离开膝盖，正欲挪向大腿。这时，好在一只蝈蝈跳入他的颈背，惊扰了他，他的手就像触电一般缩了回来。他故作镇定，说："不痛了吧，能走吗？"

她故意说："哪有你说得那么灵验，还好痛呢。"

"那怎么办？"他有点着急。

"你要我去演那个戏，扮你的女朋友，那就只有委屈你背我回去啰。"她窃窃地笑。

齐明远心里想，大学生就是大学生。但转念一想，怎么白天高傲得像个公主，一天不到就……是不是太夸张。面对她的热情，他有点不知所措。但他还是弓起背站到了她的跟前。

"你以为我真要你背呀，可真美了你，岂不占了我便宜。"她偷偷地乐，"真是笨得可爱。"

"就是嘛，我说……"他自言自语。

"什么'就是嘛'，你支吾什么？"

"没什么。"他说。他想，哪会变得那么快，有那么放得开？但他又骂自己，自己把人家想歪，自己小肚鸡肠，疑人家也是鸟肚子。背一下又怎么了，就授受不亲，就作风有问题，说出去岂不让人笑话，况且人家膝盖受了伤。

"你不说，我可生气了。"她嘟起嘴。

"我是说，就是我笨嘛。"

她看他那种老实劲，就没再追究。

夜已经很深，路上除了他俩的呼吸和"唏踏唏踏"的脚步声，什么都听不到，连蛐蛐都睡了。齐明远手牵着刘诗仪，一步步往前挪。

不久到了人工渠。这是一条五米多宽一百多米长的水渠，墨黑墨黑的水让人看了心惊胆战，感觉随时可以把你吞没。

"我可没听说要过一条这样的水渠，早知……就到县城住一晚。"她很是后悔。

"你不听我的，现在后悔也晚了。"他有点幸灾乐祸。

"就怪你，就怪你。"她的眼泪都差点流出来。

"是怪我，是怪我，你不要只顾着说话，踩虚了。"齐明远把她的手抓得更紧了。

他们踩在水泥硬化的两尺见宽的堤挡上，晃悠悠的，几乎只能摸索着前行。

好不容易到了尽头，刘诗仪长舒了一口气。可刚要放松，就见到了横在面前的"七"字形引渠。要到对面的路上必须过一座小木桥。说是小木桥，实际是用大马钉固定的两根四米多长的大树。

齐明远牵住她的手就要往桥上走。

刘诗仪的身体颤抖着，脚不听使唤，怯怯地说："这水好深吗？"

齐明远说："不深，应该三四米吧。"

"还不深呢，足够淹死人了，我怕，我不走了。"她的腿怎么也抬不动。

"不走不行，这儿危险，来，我背你。"

"你又想捡我便宜，我才不。"

"哎呀，我的大姑娘，就背这一次。"他近乎求她了。

她感觉自己有点不识相，禁不住他的哀求，挪过身体去。齐明远背起她大步上了木桥。也许是第一次同异性接触，刘诗仪趴在齐明远背上，第一次搂着男人的脖子，加上齐明远两手有力地兜着她的大腿，每走一步，身体颤抖一下，感觉电击一般，全身一下子软了，重心突然失去平衡，"哎呀"一声，两个人都掉入了水中。

刘诗仪在水中一上一下地挣扎，口里不停地喊："明远，救命……"每叫一声，就吞进去一大口水，她想，这下真的完了，自己还这么年轻，人间的很多欢乐都还没尝过，父母白生了自己。现在她才真正承认，自己心里是多么喜欢齐明远，不是将死前的功利，而是发自内心的爱。她从没体验过被别人爱，也没体验过爱一个人，如今才体会到自己喜欢齐明远是那么的真切，从齐明远的眼里看得出，她也确信自己的感觉，明远也是喜欢自己的。她想，自己就这样地去了，他今后的生活该怎样安排，在那个穷山恶水的鸡公山乡不知还要打多久的光棍。父母亲还年轻，能相互照顾，自己最放心不下的就是他呀，感觉浑身挂着的都是对他的绵绵牵挂，她想这就是爱吧。她的心如刀绞，痛彻

心扉。

刘诗仪本能的求生欲望，使她不停地在水中扑腾。她想，明远一定会来救自己的，他不会见死不救的，不会眼睁睁地看着自己就这样去了。可他为什么还不来呢，不会是个旱鸭子吧，那可就惨了。如果是个旱鸭子，宁肯自己死去，也不要搭上明远的命，要不到了阴间，阎王也会找自己算账的。

齐明远在水中挣扎了两下，就抓住了堤挡，一个跃起就上了岸。他想到刘诗仪和自己一起跌入水中，可睁大了眼睛在缓缓流动的水面上也没看见有人影。这个旱鸭子一时失魂落魄。弹入大脑的第一个信息，就是哀怨自己的命苦。吴芳菲踹了他后，他真的成了婚姻的困难户。刘诗仪给了他一点希望，他相信自己的这种判断，他读懂了她眼睛中传达出来的信息，进城前他没有这种感觉，一个农村娃儿也不敢有这种奢望，就在她受伤时的那一刻，他明白了她的内心。然而，这一点希望又要稍纵即逝了，他真的于心不甘啊。

齐明远住的这个小山村不能说没有水，农业学大寨时，村里的群众战天斗地，修建了一个灌溉用的水库，水就淹到了他们村脚下。他彻头彻尾是水边长大的孩子，伙伴们都是玩水的高手，每到六月天，伙伴们都光着个身子，像泥鳅似的在水里钻来钻去。可唯独他是个旱鸭子。他在家里最小，父母视如掌上明珠，自从村里一个和他一起长大的二狗子淹死后，家里就像放牛一样，安排他最小的姐姐看着他。在他十二岁时，六月里的一天，他经不住伙伴们的引诱，偷偷地和他们来到水库边上。烈日下，伙伴们脱得精光，一个个从岸边跳入水中，然后双手举起，踩着水脉。看到他不敢下来，伙伴们一个个骗他说："瞧，不深，水不到腋下，不会淹死的。"他以为当真，扑通一下，就扎入水中，哪知水深几丈，他本能地往上一纵，大呼救命，被伙伴们救起，才没去见阎王爷，这次以后他再也没下过水。

齐明远想，完了，这如何向她父母交差呢。她为了帮自己，竟搭上了性命，自己在世上活着还有什么脸面？

他听到刘诗仪微弱的呼救。他循着声音，在黑暗中仔细寻觅，终于看到刘诗仪在墨绿绿的水中，沉沉浮浮地挣扎。齐明远顾不及多想，瞅准她漂起来的头发，扑通一声跳进水里。

齐明远感觉到一口水猛地呛进了口中，他的头用力往上一顶露出水面，手四处乱捞，可什么也没捞到。一口水又呛进他的肚里，他想再不往岸边靠，不但救不了刘诗仪，连自己也会搭进去。他赶紧向岸边一蹿，抓住堤挡。

齐明远几乎用一种哭腔在喊："诗仪，诗仪，你在哪，你不能走啊，你还没帮完我的忙呢。"他抹了一下脸上的水，又喊，"诗仪，不要撇下我一个人，你独自走啊。"他打了一下寒噤，憋了半天，终于说出了心中想说的话："诗仪，我喜欢你，听到了吗？"

在浮浮沉沉中，刘诗仪依稀听见了他的喊声，她的心头一热，她想说，我也喜欢你，但刘诗仪已经没有说话的力气了。

她的泪如潮水般涌出，第一次听到一个男孩子这样对自己表白，说得这么情真意切，特别是自己将死之时，使她尤为感动。读大学时，要么自己不让人家有这样表白的机会，要么对方匆匆忙忙地说"我喜欢你"，听起来是那么别扭。现在她的心里甜透了，脸上漾起许许幸福。她想，自己就算死，也了无遗憾了。

齐明远怎么也不明白，自己明明看到了她漂起来的黑头发，可等自己跳进水中又不见她了。他估计，刚才自己急于救诗仪了，扑地一下跳下去，掀起的浪又把她推开了。他想，这是一条平水渠，水的流速缓，按理说，诗仪沉浮得不远。他吸取了教训，扶着堤挡，往前细细搜索，尽量不掀起大浪。终于，他又看到了她的黑头发，心里一阵惊喜，默默念叨，天助我也。他一步步地靠近，手伸过去，身体猛一前推，终于抓住了她的手臂。

刘诗仪本能地抱住了齐明远的一个脚，齐明远又不会游泳，又都在水中悬空，两人同时沉入水中。

齐明远急中生智，在她的腋窝胳肢了一下。刘诗仪松开抱他脚的手。齐明远趁机抓住她的裙子往上一纵，露出水面吸了一口气。他坚信，只要自己死不了，就一定要把她救起来。他在水中不停地扑腾。天无绝人之路，好在横挂灌渠两边用来拦垃圾、木屑的丝网救了他们的命。

齐明远把她托上堤挡，一摸，还有气息。他赶紧把她背过小桥，背到一个开阔地。他想必须尽快把她肚子里的水倒出来，要不，即使救她起来了，她也

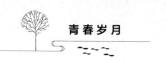

会死的。他记起了当年二赖子落水被人捞起时,把他放在铁锅上,一个人按头,一个人压脚,僵硬的身体在铁锅上,头翘一下,脚翘一下,活像是村里孩子坐的跷跷板,滑稽极了。但因呛水时间过长,除倒出了一点泥水外,二赖子僵硬的身体并没有软下来,还是到阴间报到去了。

但到哪儿找铁锅呢,他急中生智,弓起自己的大腿,把刘诗仪放在自己的大腿上,左右手连续用力,逼出了她肚子里呛的水。可她仍然没有什么反应。他急了,把她放平,不停地按压她的胸部和腹部,又对她进行人工呼吸。

刘诗仪终于有了一些知觉,她睁开眼,看到齐明远的嘴巴对着自己的嘴不断地吹气,顿时,她又羞又怒,一股火气直冲大脑,"啪"一个巴掌落在了他的脸上。

"你……",他一脸的惊愕,"你醒了就好。"

"流氓!卑鄙!"她一脸的不屑。

齐明远摸摸自己的脸,万分的委屈,说:"我是……"

齐明远身上的水滴在刘诗仪的脸上,她才注意到齐明远浑身湿透了,再摸索一下自己的衣服,就什么都明白了。她的泪水流了下来,"是你救了我,是你救了我",突地抱住了齐明远的头,不停地亲他,两个人紧紧地拥抱在一起。

一阵凉风吹来,让齐明远和刘诗仪都激灵了一下。他摸出身上的打火机说:"我先把你包里的衣服烤干了,等会你好换。"他找了一些干草烧着了,把两个人包里的湿衣服都架在边上烘烤。坐在火堆旁边的刘诗仪冷得瑟瑟发抖,齐明远一把把她揽入怀中,不知道是害羞还是看到自己沾满淤泥秋苔的裙子,刘诗仪躲闪了一下,但齐明远有力地抱紧了她。

东方已经有些亮堂了。齐明远说:"你快换衣服吧,别着凉感冒了。"

"到哪换衣服呢,到处都黑咕隆咚的,我有点怕。"

"就到后面的杉树林,我给你站岗。"

"杉树林里黑乎乎的,我不去。"她嘟起嘴,"我就在这儿换,这里有火堆,暖和,但你要背过脸去。"

"你在这换衣服,那我怎么换衣服。"

"我们同时换，谁也不许偷看。"

齐明远转过身去，三下五除二就穿好了衣服。等了一会儿，齐明远说："好了吗？"

"还没呢，我裙子的扣子太紧了，解不下，你能帮我吗？"

齐明远想，可能是在水中被他拉紧的缘故，也可能纯粹是因为落水的缘故。在他记忆中，小时候，父亲安完锄头柄，为了使它更牢固，就要把它往水里浸上几分钟。木匠师傅安装的橱架，在上木板前也要往水里浸一下，大概也是为了在上木板时不至于被震散了架。他解了半天也弄不开，用力一扯，刹那，裙子掉到了脚跟。他顿时傻了眼，这是什么身段什么肌肤啊，柔软曼妙，雪白凝脂，即使在东方熹微的光下，也是流光肌滑。

"对不起，我……不是故意的。"

她没有责怪，大方地抱住他，在他脖子上轻轻地吻了一下，然后快速地穿起了衣服。

15 特殊的家庭会

齐应天一个晚上没睡好，他辗转反侧，考虑的就是老伴百年后，睡哪个厅堂。他想，不按老大婆娘、老二婆娘的说法，等到老么回来再定。公家人，说不定更有想法，谁晓得他什么时候回来，就是回来了，又怎么样，他连个婆娘都没有，一天半时就能搭起个厅堂来？再说，老么不回来，就让老伴直挺挺地躺在这老屋里或躺到众厅里去？这些婆娘，良心让狗吃了，连个这样的心愿都不愿满足老人家，养儿子有什么用呵。

按齐家村的风俗习惯，老人过世称归家。断气前都要睡在正屋厅堂，一是方便子孙后人守灵和日后祭奠，老人认为人死后，没有睡到厅堂，灵魂找不到家，就享受不到后人的祭奠。二是当地人迷信地认为，在世时，睡了正屋厅堂，死后在阴间也能找到好的住所，来世也能住上好的房子。所以齐应天特别地着急计较，这既为老伴争，也为自己百年之后有个参照，他不想死后直挺挺地躺到众厅去。

齐应天一起床，就找来了自己本房族的说话人，又神神秘秘地叫来了两个儿子。老二齐留福跟在齐应天背后一句话都不吭，他在揣摩，老头子今天到底哪根神经搭错了，神秘兮兮的。老大齐得福忍不住说："爸，什么事，这么急，我家还有两亩地没收割，寒露风就要来了。"齐应天没理他，只顾急急地往家走。

齐得福、齐留福跟着齐应天往众厅走。众厅是齐姓族人议事的地方，也是没有私厅的齐姓族人嫁娶和出殡的地方。门柱上还留着泛白的红白喜事的对联，上厅摆放了很多祖宗的灵位，有的还有先辈的画像和照片。单独一人，白天经过都让人毛骨悚然。

他们战战兢兢跨进了门，看到房族的大太伯、二太伯和六太伯还有另外几个太伯都来了，心里都咯噔了一下，准是讨论重大事情，想溜又溜不成。

齐应天一落座就说："今天我们请几个太伯参加我们的家庭会，主要是商定你们母亲闭眼前睡哪个厅堂。按理说，你们两个住的正屋厅堂都是我手上做起来的，你们母亲爱睡哪个厅堂就睡哪个厅堂，我和你们母亲都有权决定，但既然分了家，两个正屋厅堂都分给了你们，我和你们又各食各煮，所以要开个会听听你们的意见。"

老二齐留福一听，就有点急，本来家里就是老婆管家，自己说话不算数，再说在这个问题上，婆娘早有指示，以静待变，能推则推，厅堂才涂了一层白石灰，修葺一新，别沾了晦气。他起身说："各位太伯，我刚起床，昨晚积到的屎都没拉掉，我拉完屎再来开会。"实际上，他是想赶快回去通报这个消息，跟婆娘商量个对策。

齐应天看出了他的心思，说："我那边也有茅厕，就到那边放一放，省得走路。"各位太伯也附和，这可急坏了齐留福，想溜，溜不成，他干脆坐在那里，一言不发，屎也不去拉了。

齐得福忍不住，说："四个儿子，才来两个，这会开不成。"

"你家老三当了别人的房梁子，不能指望人家和你们一样尽责，再说当年上别人门的时候也有契约，只承担嫁出去的女儿那样的责任。老四齐明远是公家的人，哪能说什么时候回来就什么时候回来，再说，他还没成家，一时半会也做不起厅堂。"一个太伯说。

"四个儿子，只有两个承担义务，这不公平。"齐得福急得跳了起来。

齐应天来了气，怒喊道："说话做事要有良心，我的家产还不是主要分给了你们，老幺分的那点家产都让给了你俩，两厅堂也是你们一人分了一个，他分了什么？"

齐得福和齐留福的婆娘看到自己的男人被公公鬼鬼祟祟地叫走了，心里想，肯定有什么大事，便不约而同尾随着他们来到了众厅门口。两婆娘虽然各怀鬼胎，明争暗斗，但在这个问题上有着共同的利益。站在门口偷听的老大婆娘按捺不住首先冲进屋里，说："老幺没分什么家产是事实，可家里花了钱供他读了书，四兄弟中就数他有出息，这你不说。"

齐留福婆娘也跟进来，她历来阴刁，一般情况不说话，说起话来能把你噎死。她静静地看着争吵的方向。

齐应天瞪大了眼睛，立即拉下脸来，心里暗骂，这两个鬼精婆娘，再保密的事，都逃不过她们的眼睛。他正色道："到底是你们说了算，还是你们家男人说了算？我只叫你们男人来开会，没叫你们开会，你们不要说话。"

"新社会了，家庭也要民主，两个人说了都算。"齐留福婆娘放了一下冷枪。

齐应天气得浑身筛糠，骂道："你们……你们给我滚。"

"家里的大事，最好请你们男人做主。"一个太伯说。

齐得福故意大声对自己的婆娘说："男人们的事，你掺和什么，回去，回去。"

齐应天稍稍平静下来，说："这个事，你们两兄弟考虑一下，我的意见是……"

齐应天看看齐得福，齐得福一见齐应天看他，抢先发言："我家的厅堂放了刚收的稻谷，一时半会腾不开来，要再过半个月才能卖了谷子。"

齐得福婆娘抢白道："咽气又不等人，看这个架势，等我们腾出了厅堂，我家婆早送上了山。"

齐留福瞧瞧他婆娘，木木地说："父母亲养大我们不容易……"话没说完，他婆娘用力踩他一脚，他哎哟了一声，赶紧改口："但我家新买的碾米机放在厅堂里，各种螺丝都固定到了地下，机器又笨重，难搬。"

齐应天一听，声泪俱下，说："你们这些短命鬼，你母亲生下你们时怎么没把你们塞进尿桶里。想睡一下厅堂都不能满足你母亲的愿望，你们是人不是人，你们也会有百年之后的，我看不到，我的孙子看得到。"

众太伯劝解齐应天，"别动气哟，有事慢慢商量，别气坏了身子。"

一直没说话的大太伯说话了："你家四兄弟，老三倒插门，老幺没成家，他也没厅堂，责任只能落在你们两兄弟身上，这个我们心里早就定了！"他的眼睛露出寒光，又说道，"你们都强调有困难，推来推去，我看，土办法一个，抓阄决定。"

老大婆娘并没有被大太伯凶狠的目光所吓倒，她急不可耐地说："有房出房，无房出钱，三弟我不比他，四弟是公家的人，就让他出点钱，也算尽尽孝道。"

"现在的公家人不好当，你们可能不知道，我有个孙子在乡镇工作，天天都在村里转，发展产业、推广良种、调解土地和山林纠纷，鸡毛蒜皮的事，什么都要管，真的是共和国的基石，但兜里确实拿不出几个子儿。"二太伯说。

对二太伯的话，齐得福首先显出不屑，说："这你可能不知，没看到电视上说，有的干部受贿，一夜一层楼吗？"

二太伯被说得有点不服气，说："那是电视剧，话不能说得那么绝对，不能以偏概全，不廉洁的领导和干部什么朝代都有。你说那些受贿的，你没看见我也没看见，没亲眼看见的事，不要乱传。对一般工作人员，我会送他还是你会送他，就是我们村里的三傻子也不会做这样的蠢事。我那个孙子，不要说拿钱孝敬大人，自己还经常从父母家里背米去养家糊口。"

齐应天不想话题扯得太远，只想早点定下这个事来。为了做到平衡，只有顺了齐得福婆娘的意思，于是便说："要老么出点钱也是应该，管他借也好，偷也好，参加工作了也要承担点责任，干脆叫租房钱，一百元一天，按先生拣的日子算数，守灵的时间短就少出一点，守灵时间长就多出一点，你母亲百年一次，到时我百年一次，他都要负担。这个我来说，相信人家吃公家饭的，受公家教育多年，会有这个觉悟。"

六太伯说："这显失公平，大儿子和二儿子都是你们两位老人帮助娶妻成的家，现在你老力无能，老么成家你一个子儿都拿不出，家产老么又没得，这样做怕不行，会带坏样档。"

"现在只能这样了，他的工作我去做。"齐应天说完，又几乎用哀求的语气跟他两个儿子说："你两个快点抓阄了吧。"

齐留福的婆娘一合算，两个老的，迟早都要负担一个，算守灵十天，就是一千元，说是个大数字，也是个小数字，公爹这样逼老四，老四赊啊，借啊会认的，可自己输了理，也欠了情。她早就摸到，老太太头上还有个金发夹，身上至少还有两块防身的"明治八年"的光洋，就算是两块光洋，加上金发夹折价不会少于五百块，老太太睡我家的厅堂，我多得这点东西谁还敢有意见，再说，几个太伯一定砣，老大十张嘴也不敢反对。这样，自己主动承担这次责任，既占了便宜，又卖了乖。想到这里，她的那双小眼睛放亮了起来，说："几位太伯、公爹，父母养大这些子女不容易，我们尽些孝道也应该，老话说得好，养子防老，连个厅堂都睡不成，那千方百计生儿子有什么意义，我们的后面，子女都跟得来，总要做个好样子给他们看看，家婆百年后就睡我家的厅堂。"

说得在场的各位都傻了眼，大家都在寻思，这个平时刁钻的妇人，今天怎么肠子顺得这么快。

齐得福婆娘想，这老虎外婆肯定又怀上了什么鬼主意，但她百思不得其解。她转念一想，别管老二婆娘，让她去逞这个强，占这个霉气，我还巴不得呢。老大齐得福正要说什么，被她婆娘踢了一脚，欲言又止。

齐应天很是激动地说："那好，阄就不抓了。"

"慢，我有一个要求。"齐留福婆娘一副深不可测的样子。

齐应天激动的脸立即有些僵硬，说："什么要求？"

"家婆压身的浮财归我。"

大家顿时明白了平时鬼精的婆娘今天为什么这么爽快。按规矩，谁帮过世的人穿寿衣，谁得这个人身上的浮财，可这婆娘……

老大婆娘听了敢怒不敢言，几个太伯心底里都感叹，真是有话有出，抢死人的压身钱。

齐应天说："按规矩来，那你必须帮你婆婆穿寿衣。"

齐留福婆娘想了想，穿个衣服就挣五百多块，一家人劳累一年的收入也多不了多少，她二话不说，就应承了。

齐应天催促执笔的六太伯赶快立下字据，齐得福和齐留福都签了字。齐应天替他的三儿子和四儿子齐明远签了字。本来儿媳妇是不要签字画押的，众太伯怕她们反悔，让两个儿媳妇也画了押。在场的人都签了个名，以示做证。

16 带着女人跪倒在母亲身旁

太阳出来丈把高，齐明远就带刘诗仪回到了家。

刘诗仪一看，心里咯噔了一下，这就是齐明远的家呀！三间土砖房，一字排开。一看房屋就有年份，应该是二三十年代建的，门窗没上过油漆，因为年代久远，都露出了杉木的条条棱纹。墙上很多土砖被风雨剥蚀，有的露出了稻草儿，有的像是被剜了一块，砖与砖之间的缝隙可以躲进一个蝙蝠。她长叹一下：明远家是真穷啊，不知道明远那些年是怎么过来的。

齐明远一进家门，就直奔他母亲睡的那个房间。他看到母亲已经病得只剩得一把骨头，像一棵干死的梧桐树，直挺挺地躺在床上，泪水在眼眶里打着转儿。他摸着他母亲片柴似的手，连喊了几声："姆妈，姆妈，远仔回来了。"他母亲眼角渗出了浑浊的泪液，干柴似的手只是动了动，喉咙里传出咕噜咕噜的声音，一会儿便没有任何的反应。

齐明远在母亲的床头跪下来，抚摸母亲的额头，母亲的脸，喃喃自语："这就是生我养我的母亲吗？那个快人快语，风风火火，争强好胜的妈哪儿去了？那个生产队工分打到九分五，和男人一样能耕善耙的妈哪儿去了？"他再也忍不住了，泪水夺眶而出，哭了起来。他边哭边打开自己带回来的包，拿出一件去光州市出差时在商店里买的毛衣，说："姆妈，你不是喜欢城里人穿的毛衣吗，我给你买回来了，你起来试试吧，还有这种城里女人穿的皮鞋，你看都没看过，现在睁开眼睛来看看吧。"说着说着，泪水横流，哭得更大声了。听到他的哭声，在场的都泪水盈盈。

恰好齐应天他们开完了家庭会，从众厅回来，他听到小儿子的声音，喜出望外。虽然老么只是乡里的一般干部，但毕竟是人们说的鲤鱼跳了龙门的人，占着国家编制，吃着公家饭，是自己的骄傲，也是宗族的骄傲。他老迈的腿，立即来了劲，三两步就到了老么的身边。看到这个小儿子哭得像个泪人似的，便心痛地拉开儿子，说："仔啊，别哭了，再哭也没用。"没等说完，齐应天自己也泣不成声，他走到门口，用头撞着门说："我头世杀多了人，这世，天公惩罚我哟，这老单赤子（鳏夫）的日子可怎么过啊？"

齐明远看到父亲伤心欲绝，又赶紧去拉他劝他："要说，是我前生没修好，你就别伤心了。母亲走后，你还有这么多儿子女儿会孝顺你。"两人你哭他劝，伤心难忍。

刘诗仪第一次经历这种场合，第一次感受母子即将阴阳两隔带来的悲伤。要是以前，听说哪户人家要死人了，听到哭声都怕得不行，想方设法绕道走。但今天站在齐明远的身后，她没有半点害怕，自己就像齐明远的女人一样在尽做儿媳的责任。因为有责任，就没了怕意。特别是齐明远发自内心的哭声让她深深地感动，让她内心更加强大。

本来刘诗仪给自己的定位是来帮忙的，虽然自己心里对齐明远有喜欢的成分，但远没有达到与他同喜同哭同悲的程度。但齐明远父子俩的悲痛感染了她。她站在齐明远的身边，泪水一直流个不停，但强忍住自己不哭出声来。她听说，上了六十岁的老人，呼吸停止后三天都还有思维，况且，她母亲现在还有心跳，还能应点声，兴许自己的声音对齐明远的母亲也是个安慰。想到这，她大胆地走到齐明远母亲的床前，学着齐明远一样跪下来，附到齐明远母亲的耳边，边哭边说："伯母，我是明远的女朋友，我和明远回来晚了，我们不孝啊……"

齐明远的母亲，眼里又流出浑浊的泪，眉毛动了一下，骨节分明的手指抽搐着，嘴唇不停地翕动。

刘诗仪转过身来对齐明远说："明远，妈听到我的声音了，她有反应，她心里一定有很多话要跟我们说，可惜她说不出来了。"说着说着，刘诗仪泪水涌流，她深情地喊了一声："妈，你听得到了吗？听到了吗？我和明远就站在你身边。"越说，心里越伤心难过。

齐明远走过来，说："诗仪，别哭了，再哭，姆妈也说不了话了。"进入了这种情景，刘诗仪一下子还停不下来。

看到刘诗仪放声大哭，富于心计的老二婆娘也跪到齐明远母亲的床前，边哭边诉："家婆呃，你有食到有着到，都怪儿媳有能干……"

齐得福推了一下自己的婆娘，他婆娘心领神会，也跟着哭起来。一时间齐明远的老屋一片悲鸣。

齐应天看到眼前的景象，心里稍许安慰，不管是真是假，是不是内心真的伤心，他不想去考证，但让村里人能感觉到齐家儿媳的孝心就够了。他有意等了一会儿，让这哭声传得远一点。他掐了下时间，才以长辈的口吻去劝停。

看到齐应天发话了，旁边的几个女客才过去把她们拉起来，哭声才停下。

齐明远把刘诗仪拉到齐应天身边说："爸爸，这是……"齐明远本来想说这是他女朋友，但终究没勇气说出来。好在刘诗仪补上去说："伯父，我是明远的女朋友，我们回来晚了。"

齐应天有点激动，嘴唇嗫动着："回来了就好，回来了就好。"

齐明远又分别向哥嫂和亲人介绍了刘诗仪。刘诗仪感觉自己真的就是齐明远的女朋友一样，不停地跟着齐明远作揖回礼。

齐留福的婆娘活络，拉着刘诗仪的手："弟媳，瞧你长得神仙妹妹样，不知道明远老弟头世修了什么，这下你就可以改掉齐家的宗朝了。"

刘诗仪没听懂，不知道"宗朝"是什么意思，正琢磨着。

齐得福婆娘看到刘诗仪发着愣，加上看不惯老二婆娘的巧言令色，正吃着老二婆娘的醋，炮就放了出来："就是说齐家人长得人五鬼六的，我和你二嫂也不是根像样的葱，你嫁进来后，齐家就可以改胎换种了。"

刘诗仪看看齐明远几兄弟，感觉一个个长得也并不差，明显老大的婆娘话里有话，但在两个斗法的女人面前，她没有打一个压一个，不偏不倚，就打了两个哈哈应付。

老二婆娘白了老大婆娘一眼，对刘诗仪说："走，我带你去我家看看。"说完就搂着刘诗仪一起往外走。

听到齐明远带回来一个城里女孩的消息后，全村都炸开了锅，纷纷前来瞧个仔细，看这个明远婆（嫁进村里的女人都没了自己的名字，都随自己的男人的名字叫）长得啥模样。齐家一时呈现出少有的热闹。

尤福婆是村里年纪最大的，按辈分，齐明远要叫她曾祖母。她也在孙女的搀扶下来到了齐明远的家。齐明远附过尤福婆的耳朵边去，指着刘诗仪，说："曾太婆，这是我女朋友……"他看看刘诗仪："就是，就是……是……"

刘诗仪见他吞吞吐吐，就俯下身来，大方地说："太婆，我是明远没过门的媳妇，就是他的老婆。"说得自己脸上立即升上两朵红云。她想，自己虽然还喜欢他，但绝对没有到称妻叫婆的程度。但又一想，自己来帮他的忙不就是帮他这个忙吗？让他父母家人和亲朋族人知道他不是光棍一人，他找到女朋友了。

尤福婆坐下来，把刘诗仪拉过身边，抚摸着她的手，吱吱不停，说："瞧，人家城里女孩，手像葱脑那般白嫩，养子的家什也像模像样，糖罐子似的。"说得刘诗仪脸红了一阵又一阵。她又拉齐明远过来，说："远仔呀，你有福哟，可不能撒蛮欺侮人家，要不，我这副老骨头可就要跟你拼命。"

齐明远赶紧点头，大声说："我一定会对她好的，不会让您失望的。"

尤福婆说："明远婆，如果远仔有一个唾沫星子对你，只要我老骨头还活着，我就跟他拼老命。"

刘诗仪很是感动："太婆，你放心，他没这个胆。"

这时，尤福婆突然记起什么似的，问道："远仔，你们一定没吃东西吧，听说你们单位上的人七点半前就吃完了早饭，现在太阳都爬上山一丈多高了，一定饿了吧，可不能同我们乡下人比，我们九点前吃饭都还算早饭。"说完，就去找齐应天弄点吃的去了。

17 筹划着儿子的婚礼

齐明远回来后，齐应天给儿子老三和四个女儿都捎去了信。四女儿在广东打工，他专门打长途电话到她厂里。那边告知，四女儿齐红英得到母亲病重的消息已经坐昨天的早班车回家了。

齐应天心中早有想法，趁他老伴没咽气，给老幺圆个房，一则圆老伴一个心愿，虽然她看不见，但总能感觉到，让她落个心走。二则冲个喜。他还没有跟齐明远商量，他是想等到他四个女儿和老三都来了，筹划更周密了，再来跟他说。

齐应天想，帮老幺圆房还要同大儿子和二儿子商量商量，虽然已经各起炉灶脑，本没必要过这套下数（程序），但自己老力无能，除放在床底下瓦罐中老伴养猪攒的一千元外，连做喜酒的一些酒米都没有，就是招呼客人这样的小事自己都体力难支。

他是一个儿子一个儿子去商量的。齐明远的大哥知道父亲要为弟弟筹办婚事，很不满意，觉得老母亲都躺在床上，一大摊子的烂事，自己家里的稻子又没全部收割完，心里老不高兴。他婆娘见他拉下个狮子脸，赶紧拉他到一边说："老幺现在结婚对我们没一点影响，要分的东西早就分完了，你老爹家里现在还有什么？"她停停，又说："就只留下了两堆老骨头！你如果忤逆他，他告诉了老四，老四还不要记恨你一辈子，人家老四是公家的人，虽然现在没什么地位也没什么钱，但指不定将来混个一官半职，总是个靠山，我们不要伤了老四的心，别人巴结还来不及呢，你看老二婆娘在老四婆娘面前那个狗样

子。"经婆娘一说，齐得福也开了窍，对齐应天说："老幺什么时候结婚我都没意见，全听爸的。"

齐留福婆娘开导自己的老公说得更绝，"现在老四结婚，对我们来说是好事。"说得齐留福丈二和尚——摸不着头脑。他婆娘阴阴地一笑，"你看，老四结婚，不是多了一个扛这棵老树的肩膀，省得你爹老是说他没成家，现在好了，安葬你母亲，除了三弟像你几个妹妹一样是泼出去的水，加上老四，三个儿子一五一十，各驮一份。"齐留福觉得心里过不去，"怕是村里人要嚼舌头。"他婆娘白他一眼，说："嚼什么舌头，我一个炉灶脑，他一个炉灶脑，他还是食公家饭的，驮这点责任难道不应该？"齐留福经婆娘一说，豁然开朗，赶紧去告诉他老爸："我完全赞成给老幺打括，母亲虽然看不到，但她老人家心里一定能感受得到。"

齐明远的大姐叫齐来香，在家里排行最大，嫁在本村小组最远的自然村，她先到。她是个爽朗的人，一来就呱啦呱啦开了，看到刘诗仪，就忍不住："弟媳长得真是标致，明远你耍的是什么手段把人家骗到手的，老实交代。"

齐明远真讨厌她这样一惊一乍的，本来人家是来帮自己的，尽管诗仪对自己有点好感，但别让她太难为情，他脸上露出不悦，说："你嫌你的喇叭音量不够高是吧，再放高点音量好不好。"

大姐讨了个没趣，头耷拉下来。刘诗仪赶紧打圆场："明远是个老实人，他能有什么手段，你别笑我啊，是我自己喝了迷魂汤，懵懵懂懂跟来的。"

不久，齐应天的四个女儿和儿子老三都到齐了。儿女中，齐应天更愿意把自己的心里话说给女儿听，大事小事都与自己的女儿商量。齐应天说："你们母亲在生的日子，用手指头都点得清楚了，现在就这个满仔没成家，这是你们母亲一直挂念的。你们也看到了，他带了个婆娘回来，我想这两天给他圆个房，也了你们母亲的心愿，你们说行不行？"实际上齐老爹心中早有定数，问问女儿主要是想听听她们的看法。她们都知道，兄妹中母亲最疼的就是这个满仔，平时总是对四弟"满肝满仔肚下肉"地叫，刚得病时就念叨，我去后，满仔打光棍要打到老啰。

"我看可以办，也好冲一下晦气。"大姐齐来香快人快语。

"前段时间都没听说老幺找了女人，这么快就拉了个回来，兴许他们只是对了个象，我看不能那么草率，要不，反而坏了他的事。"三姐齐爱花多识得几个字，说出来的话多有点考虑。

　　"我看他们不是一般的才对个象，现在的年轻人，流行什么试婚，说不定早就有了那个……"二姐齐德秀接着说。

　　"进了齐家的门，就是齐家的人，管他才对象还是已试婚，老话说得好，天上无雷更成雨，地下无媒也成婚，哪个不是父母连哄带逼，婚姻还是要逼逼的好，扭扭捏捏成不了婚。"四姐齐红英刚从广东赶回来，她给私人企业打工，按件计酬，接到父亲打来的母亲病重的电话，赶紧将工作交给同伴请假归来。因见过一些世面，她说出的话也耍出一种泼劲来。

　　齐应天听完四个女儿的话，没等儿子老三表态，撒开两腿就往择日子的先生那里走。他要早点给老细打括挑好日子。

　　在先生家里，齐应天说了一箩他老伴病重，小儿工作忙，难得回一趟家，这次小儿子回来想及时给他成个亲。这先生听出了他话中意思，伸出手指掐一掐，后天是农历十月二十六，公历也是好日子十一月十六，正是黄道吉日，他拿起笔在红纸上画几个像蛇一样的东西，再写上了代表吉日的阿拉伯数字。齐老爹交了十元钱，就封帖回了家。

　　齐应天并没有立即去找齐明远商量成亲的事，他想，自己对现在的年轻人不了解，万一他们顶牛，凹凹翘翘，反坏了自己的事，四女儿说得有道理，现在的婚姻也要蛮蛮的好。他一回来就找到四个女儿，要他们分头通知亲戚朋友来喝喜酒。

　　一切都安排停当后，齐应天才去正式给齐明远说这事。家里人来人往，他把齐明远叫到了屋后的山坡上。

　　齐明远丈二和尚——摸不着头脑，心里直打鼓，老爸怎么这么神秘，忍不住问，"爸，什么事要跑到这山坡上来说？"

　　齐应天只是自顾自地走，对他问话权当没听见。到了一摊爬地草前，齐应天一屁股坐到草地上，就直截了当地说："仔呀，你老大不小了，现在你总算带了一个婆娘回来，做父母的有责任给你圆个房，先生给你挑了后天的吉日，

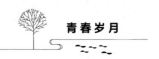

你们就赶紧打括圆房吧，也好了却你母亲的……"

齐明远大吃一惊，没等齐应天说完，就赶紧接过话头，说："爸，现在我们还不想结婚。"

"说哪里话，你以为你年龄小啊！"齐老爹拔出旱烟袋，边说边卷着旱烟，"结婚是一世之事，你找到了意中人，不结婚你还等什么，老话说，早生子早得福。"

"爸，我们的事你就别操心了，我们还要玩两年。"

"你都玩了二十八年了，还玩多少年，早点结了婚，好有个婆娘温脚儿。"

"哎呀，我说了现在不结婚，你怎么唠叨个没完。"齐明远很不耐烦。

齐应天也有点恼，喊道："你这个人公家是怎么教育的，有没有点孝心，有没有一点良心？早点给你圆房是为了让你母亲走得更落心，我已经通知了亲戚朋友来喝喜酒，后天你结也得结，不结也得把婚结了！"

"你怎么这样糊涂啊，我们现在了解得还不深，怎么就结婚呢？"

"哪有那么多名堂，结婚结婚，不就是打括一下，铺张新床，拜个天地，我和你母亲当年指腹为婚，我们这几十年过得不是还好吗？"齐应天猛抽了一口烟，"你现在不肯打括是你的意思，还是你婆娘的意思？"

"爸，你别管是谁的意思，说了现在不结婚就是不结。"齐明远斩钉截铁，扭头就走。

"你不结婚，那你回来干吗，养狗都会甩尾巴，没良心的家伙，你给我滚。"说完，齐老爹两行老泪流了出来。怎么生了个这样的孽孩子，齐老爹默默念叨，老伴啊，难了你的心愿了。他深一脚浅一脚，摇摇晃晃地下了屋后的山坡。

18 帮忙竟然要拜堂

齐明远一天都不高兴，心里闷闷不乐。他何尝不知道父亲的用意呢，自己兄弟姐妹八个，就自己没打括（成家）了，父亲是想早点了却了母亲也了却了他自己的一桩心愿，尽了做父母的一份责任，在村里的太伯、太婆和全村人的面前亮一下眼。可自己带回来的是什么呢，一个请来的演员！人家愿意来演这场戏就算自己前生积了阴德，还愿意跟你来行拜堂和入洞房的仪式，可别吓到了人家。但他又一想，既然她来演了这出戏，何不试一试她的口气，看她肯不肯演到底。

齐明远家一排房屋，最边上的房子农村叫耳房，与齐明远母亲睡的那个房子大小一样，都是三十平方米见方，唯一不同的是，它的四壁刷得雪白雪白，屋里除放了两张床外，还放了一台十七英寸的黑白电视机和几张没漆的木椅子。这个房子既是齐明远家的会客室，也是平时的客房。刘诗仪和齐明远的几个姐姐正在耳房里聊着闲天。

齐明远在屋外站了一会儿，鼓足勇气走进去，对刘诗仪说："诗仪，我想找你说个事，你跟我出来一下。"

"吗子事，这么神秘，是商量着怎么对付你们打括时那些爱听窗的癞皮狗吧。"齐来香窃窃地笑着说。刘诗仪听不懂，莫名其妙。几个姐姐一起哄笑。

齐明远铁青着脸，白她一眼，又强装笑脸，"大姐，你多长了两颗象牙哟。"他没好气地说。

"什么事这么神秘，不能当着姐姐的面说。"刘诗仪边说边跟他走出

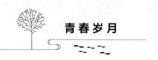

房间。

"诗仪，我非常感谢你能在我最需要的时候帮我这个忙，这个人情永生不忘。"

"是不是我的任务已经完成了，你要赶我走，我才没那么笨，我一个人怎么过那桥？"

"诗仪，不是，我……"

"我讨厌吞吞吐吐的人，一个男人要敢说敢做，敢爱敢恨，你老像个女人一样，这样我不喜欢。"

"我说了，你会帮我吗？"

"你先说说看，到底是什么事？"

"我爸后天要给我打括，"他停停说，"就是拜堂完婚。"

"什么？跟谁完婚，我？"

齐明远半天没有应答，他既摇摇头，又点点头。看看她涨红的脸，齐明远的脸上立即爬满了焦急和失望。

"跟我完婚，太荒唐了吧，我们认识有多少天？"她的右脚踢踢自己的左脚尖，"我不是那种随便的人。"她想，自己对齐明远是有好感，但相互了解是太不够了，怎么能这样行事，向一个了解不深的人托付终身呢。

齐明远憋了好久，终于说："只是演一场戏，我不会当真的。"他低下头，又哀求道："求你帮我这个忙，行吗？"他眼睛里满含泪花，用乞求的目光看着她。

刘诗仪看他那种无助的样子，感受他那种悠悠的伤感，淡淡的哀愁，心里也充满怜爱，她真的有点心动。她想，齐明远实际上是一个很有气质的男孩，是一个很能调动情绪感动女孩的人，可她难以理解的是，他工作这么多年，竟然还是光棍一条，是女孩子嫌他没有靠山吗？可聪明女孩都知道居家过日子终归靠自己。是嫌他农村娃儿吗？现在基本上是农村包围了城市，有几个人的老公是纯正的城里人，而且农村男孩肯吃苦，靠得住。她想，根本的原因可能是嫌他工作条件艰苦，家庭经济状况又不好。

她承认自己打内心喜欢他这个人，可怎么也没到谈婚论嫁的地步，哪能这样草率地和他打括？拜天地，入洞房，对一个女孩来说，这是多么庄重而圣洁。帮忙也不能帮得太离谱，否则，传出去以后怎么做人。但她不想拒绝得太过直板，免得伤他太重。她说："拜天地，入洞房是人生大事，哪能演戏，哪能像过家家一样。明远，你给我的第一感觉是不错，但我对你，你对我的了解都是非常粗浅的，我是个认真的女孩，如果我选定了我的意中人，跟他拜了天地，入了洞房，我就会终身守候着我的爱人。明远，我知道你是一个孝子，也理解你的心情，但请你原谅我不能帮你这个忙，真的。"刘诗仪的眼里闪着泪花。

齐明远心里凉了半截，大脑的转速已经慢了一半。但他深深地为她的真诚所感动。"诗仪，我理解你，我的要求过分了。"他难过地转过身，默默地走了。

看着齐明远伤心地走远，刘诗仪心都快要碎了。她默默地喊，明远，我是喜欢你的，可不能刚喜欢就结婚吧，这是终身大事呀，我不能连父母都不知就把自己嫁了，这对我不公平呀。

齐明远没有立即回家，他不愿看到几个姐姐好奇而征询的目光，更不愿看到父亲伤心而扭曲的脸。他独自来到屋后的山坡上，任泪水尽情地流淌。他是理解刘诗仪的，换了他，他也会拒绝的，这算什么，才认识多少天呀，人家哪会跟你拜堂成亲，天底下哪有这么便宜的婚姻。再说，自己是个什么角色，十八代祖宗都是农民，一个放牛娃出身的孩子，她会看上你，青春何以相许呀？那真是时下人们常说的，搭错了神经。就说是演戏吧，这人生大事怎么能当戏演，传出去，岂不让人笑掉了大牙，社会议论一片，人家后面怎么嫁人？

他坐在已经枯萎的爬地草上，痴痴呆呆地看着眼前几棵小时候经常爬的枫树，任凭山风撩起自己的衣服，风干自己的泪水。他想，人如果不长大多好啊，没有烦恼忧愁，没有担子和责任。现在不是为自己活着，生命的意义全为了他人。这时他越发想念吴芳菲，那种刻骨铭心的思念在疯长。他禁不住轻轻地吟诵前几天才写的诗。

枫叶已经飘零

溪水没了踪迹

只是蜿蜒的阡陌

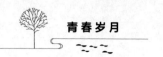

变成了思念的小径

青丝枯白了

泪水干涸了

只有失重的天空

留下心翼的痕迹

吟完，齐明远不觉泪水横流。他想，如果吴芳菲在这里，她肯定会同意的，尽管她已是别人的婆娘，但也会跟自己演个戏，再拜一次天地的。他才不管她是不是二婚，他也愿意赌上自己的青春。现在，趁母亲还有一点知觉，打括一下，摆一下仪式，哪怕是欺骗母亲一下，也能让她落个心，不至于让父亲伤心啊。

19 喝酒差点要了他的命

张桂蓉是在太阳快下山时才离开鸡公山乡的，山路崎岖，又是晚上，车走得很慢。尽管张桂蓉一路催促，但晚上十点才到县城。到了县城，司机说什么也不愿意走了。她没有办法，只有回家住下来，等明天按胡明生提供的地址找到自己的女儿，尽快地把女儿带回来，把影响降到最低限度。

回到家里，张桂蓉看到老公一身的酒气躺在沙发上，立即气血上涌，没好气地把一块冷水毛巾缠在了他的头上，骂道："又喝了多少马尿，叫你送送女儿去报到，你就说女儿大了要让她单飞，现在好了，女儿第一天报到，就被骗去做了别人的老婆！你还有心思喝酒。"本来是帮人做一回假的女朋友，为了引起老公重视，特意说做了别人的老婆。

张桂蓉的老公是农业局的一名农技员，叫刘立公，常年下乡，因为爱喝两杯，经常醉在田间地头。今天几个酒友请他吃饭，喝了白酒，喝啤酒，把小店里存的酒都喝光了才回到家。听张桂蓉一骂一说，刘立公一激灵坐了起来。张桂蓉把今天的情况说了个遍，要老公拿个主意，怎么办。

刘立公听得模模糊糊，实际上什么都没听清，意志终究没挺住酒精，他又倒在沙发上，呼呼大睡。

关键时刻一家之长发挥不了作用，张桂蓉愤怒异常。当年自己也算是全县二十个乡镇妇联主任中的美女，怎么就看上了一个天天在田里转悠、只知道喝酒的窝囊废？他有什么好，要钱没钱，要权没权，身高还没达自己定的一米七五的标线。除了是红后代背景，在那个年代还多少有点吸引力外，没一样能黏住自己。她真后悔自己当年没守住底线，跟一个专署来蹲点的干部谈恋爱。谈就谈呗，还越了雷池，可他一回专署就杳无音信。几次自己去专署找他，他就是不见面，跟自己躲猫猫，自己一个姑娘家又不好闹到他单位。哎，白丢了身子，什么都没捞着。这也就罢了，关键是这个家伙还到处宣扬那几年蹲点，是自己填补了他的空虚，让自己帮他完成了从处男到男人的华丽转身。这是什么意思，哪个人听不出他的话中话。大家都把这个作为饭后的笑话谈资，让她头都抬不起来，"妖花""破瓜"的坏名声让她死的心都有。为了躲避人们的舆论和白眼，张桂蓉只好抓到盘里的都是菜，嫁给了这个好酒又老实巴交的刘立公。好在刘立公只是好酒，不善于打听事儿，又是县直单位的人，平时接触长舌妇少，才保证了这些年相安无事。

本来刘诗仪读小学时张桂蓉还有一次离开这个酒鬼的机会。那时她还在乡下当妇女主任，同在一个乡工作的王流水连续给她献殷勤。张桂蓉知道他内心打的是什么小九九，她吸取原来谈恋爱的教训，坚决不给予回应。可有一次"三八"妇女节，分管党群的王流水参加姐妹们的活动，趁机灌醉了张桂蓉。他死皮赖脸地躺到了张桂蓉的床上，她还有一点清醒，反复追问他和他老婆离不离婚。王流水支支吾吾。他这样一说，张桂蓉松动的裤子又箍紧了。在女人的身体面前，男人是很容易投降的，看到她死死护住裤子，王麻子又做起了工作，说道："你总要给我时间吧，我要离婚总要找到个理由吧。但我一定会对你负责。"王流水做女人工作真有一套，听他这样一说，她的心有所松动，但转念一想，等你找到离婚的理由，自己已经人老珠黄了，你还会要我？不离婚那我们偷偷摸摸做这个算什么？家庭是一辈子的事，况且自己还有一个乖巧的女儿，想到这，她拉紧自己的裤子，坚决把他踹下了床。

闻了腥没吃上鱼的猫是会连番打几个倒回的。王流水就是那个闻了腥味的猫，从那次之后，他对张桂蓉的泼劲和特有的味道又爱又恨，隔三岔五在她身边转悠，无人的时候总要叨叨："你就允了我吧，我一定会离婚的。"但又迫于她的泼辣，只有眼巴巴地看着她。

张桂蓉态度坚决："我洗着身子等你，但没看到你和你老婆的离婚证，休想闻一闻老娘的尿骚气。"

想到这，她有些后悔，如果当年让王麻子上了，他敢不娶自己，那我还不闹他个天翻地覆！他要帽子还是要他的那家。说不定他给他黄脸婆一笔钱，悄无声息地把老婆离了，把自己娶进他的家门，那现在自己也是走路走斜的。想到这，她更是怒从中来，在刘立公身上又是掐又是扭。但刘立公只是哼唧几下，然后就没了反应。

张桂蓉以为刘立公睡沉了，边骂边哭，自怨自艾："早知如此，我就该让那王麻子上了，然后嫁给那王麻子。我命好苦呀。"

刘立公仿佛听到了，一下弹起来："你说什么呀？"说完又倒在沙发上沉睡。

张桂蓉不管他是否听到，喝道："我说该让王麻子上了！"恼羞成怒舀起一瓢凉水泼在刘立公的脸上，猛地把他拉起来。

老刘抽搐了一下，立即翻江倒海，吐了一地的污物。

张桂蓉傻眼了，正要骂人时，只见老刘吐出了一口鲜血。她大惊失色，赶紧叫救护车。

张桂蓉把刘立公送到医院，医生一检查说是因喝酒过量，胃溃疡造成胃穿孔，必须住院手术，否则生命难保。

张桂蓉痛苦无比，一边是老公要手术，不手术就有生命危险，一边是女儿去帮忙扮人家"女朋友"角色了，说不定生米做成熟饭，让自己的希望全部破灭。本来准备明天挖地三尺也要找到女儿和齐明远，现在又碰到这档子事，真是屋漏偏逢连夜雨呀。

她不去想了，赶紧去办入院手续，先保住老公的生命再做下一步打算。

20 她居然答应拜堂

齐应天一个人坐在长条凳上，抽着闷烟，后天亲戚朋友就要来了，可这浑小子就是刚调教的牛仔不知道转弯，咋办。他想，还是去同女儿们商量一下。

齐应天把四个女儿都叫齐了，接着简单地通报了一下他找齐明远商量的情况。

齐来香冲口而出："不圆房，那怎么行，亲戚都通知了，到时别让亲朋好友笑落了大牙。"

齐德秀也忍不住，说："我说呢，他俩鬼鬼祟祟，原来商量好了不打括，真是没良心。"

齐爱花说："他们现在不想结婚，肯定有他们的难处，我看，他们回来了就圆了母亲的心愿了。"

齐红英脱口说道："这算什么档子的事，不打括，指不定那女的把老弟给踹了。"

齐爱花无话可说，任他们叽叽喳喳。毕竟是女流之辈，说了半天，没个结果。

大女儿齐来香见父亲定不了砣，就说："爸，你年纪大了，已经老弱无能，我看这个大事还得听两个大哥的。"几个人觉得有理，就叫齐爱花去叫上他们二哥，几个人一起去了他们大哥的家里。

在齐明远大哥的厅堂里，齐应天和他的儿女们正开着秘密会议。

齐得福一听到齐明远不肯结婚就火冒三丈，说："这个吃人饭，拉猪屎的，没一点良心，不能由着他。"

老大婆娘也跟着帮腔道："他们不打括，但守灵和丧葬费要一齐负担。"齐得福白她一眼，说："你烂什么舌，叽喳什么？"

齐应天面露难色，说道："这短命仔认了死理，就是不肯打括，你有啥办法呵。"

"我说你越老越没魄力，老么是我们村人吧？"齐得福说完，看着他爹。

齐应天有点恼，说："他是不是我们村里人你还要问，你有话就说，别转着肘子弯来教训人。"

齐得福说："既然老么是我们村的人，那村里老老上的规矩就对二愣子、三痴痴、大巴子、天长、水长他们有效，对他就特殊吗？"

齐爱花看看她大哥，自言自语道："逼二愣子还有大巴子和自己的抱养妹妹打括不是都逼得跳了……"

齐得福白了她一眼："你懂个屁，弟弟和他女朋友已经混上了国家干部，他们会舍得死？"

齐应天跟着说："就怕他们不留恋哩。"

齐得福抢白道："不可能！他们怎么也比我们捏泥团过得活溜。我看，就这样定，没那么多拐三拐四的，虽说催熟的瓜不甜，但不催熟就赶不上季节，二弟，你说，是不是？"

齐留福说："这么大的问题，我回去跟我婆娘商量一下，我说不定。"

齐得福瞥他一眼，说道："我说你就是个死佬，屁大的事都要回去同你婆娘商量，你一点都不像个男人，家里有你没你一个样。"

齐爱花接过话头说："我看还是要做通他们的工作，思想活络了，哪有不打括的道理，千万别好心办成坏事。"

心直口快的齐来香也觉得事情的严重性，说："我赞成三妹的看法，我们一起做他们的工作，毛主席说过，集体的力量是无穷的。"

齐应天也担心那头倔驴至死不回头，他说："三妮子，你去叫上你二嫂，我们一起去调教这头倔驴。"

耳房里，刘诗仪正看着电视，齐明远一个人默默地想着自己的心事。突然

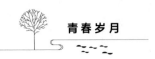

进来这么多人，齐明远和刘诗仪都闹不明白，他们想干什么，两人都礼节性地站了起来。

齐应天没等大家坐定，他就扯开嗓子说："今天，召集大家来，就是想开个家庭会。你们母亲的时日不多了，你们都知道，她生前最惦记的就是老么的婚事，她总觉得她生前没给老么打括，就是她没有尽到做母亲的责任。本来是年轻人的事，我们操心是狗拿耗子——多管闲事，但老人有老人的想法，这也难为她了。我刚才跟老么谈了，可他就是喝醉酒的犟驴，横到一边出，死不肯圆房，现在请帖都发出去了，你们说此事如何是好。"

齐明远显然没想到老父亲会来这一招，用家庭的力量来压自己。他心里那个痛啊真是想说都说不出，自己哪不想圆房，可自己找回来的是谁，人家是一个救场演出的角儿，但这话咋能跟他们说。到这个份上，他尽可能地压下自己的火气，平心静气地说："爸，我不是不想圆房，我们是怕结了婚后，家庭的拖累会影响我们的工作，我们都想早点干出点名堂来，我的'建设万亩脐橙基地'的梦想还没实现呢。"

齐明远的大哥一听，心里就不舒服，正想呵斥一下，猛被他婆娘踩了一脚，他明白了婆娘的意思，不要逆了这个干部弟弟的脸。他想，这有什么，不就是个干部吗？况且是自己的胞弟，犯不着说话拐三拐四的。可他一看，旁边还有一个未过门的弟媳妇在那，自己说得太冲，怕伤了她的脸面，今后不好相处。他伸直的舌头，赶紧卷曲起来，放缓语调："老弟，做人不要太自私，别光想着自己的梦想，爸妈带大我们不容易，现在让你们圆房无非了却一下老人的心愿。"

齐来香没等她大哥说完，舌头片子就痒，忙说："早打括，早快活，免得偷偷摸摸地干，让人嚼舌头。"

齐德秀白她一眼，说："看你长得像个农村妇道人家，说起话来倒像个带马客，你看看，弟媳的脸都红了，多难为情。明远，早打括迟打括，总有一天打括，你都快三十岁的人了，难道还要等下酒的菜不成。"

齐明远再也捺不住了，火气一下子蹿了起来，喊道："我的事，你们不要管，我说现在不打括不圆房就是不打括不圆房。"

齐得福也跳了起来，说："你的心都长到腋窝里去了，亏了姆妈天天叫你满肝满仔肚下肉，白疼你了。"

老二的婆娘看到这阵势，阴阳怪气地说："我们村是有这样的老规矩，没打括的单赤子，老老上说的是命苦，不能披麻戴孝，不得分割浮财，连上碑文都要注明无后，可应负担的费用一分都不能少噢。"她看一眼齐老爹又说："家公，你说是吧？"

齐明远暗暗地骂了一声，老虎外婆！气得血管都要爆炸了，但他又觉得在这样的女人面前发火有失身份，他强抑火气说道："现在是什么年代了，我只知道法律，不知道那么多规矩。"

"老话说得好，单赤子送终，太凶，就是我们同意你披麻戴孝，上碑文，恐怕村里的太伯们也不会同意。"老二婆娘有点幸灾乐祸。

"明远，做了一回儿子，连送终都不能，不是让人笑话吗？现在打括一下，真有天大的影响？"四姐接话说。

"我就是要披麻戴孝，上碑文，你们拦不住我。"齐明远来劲了。

"你就必须把婚结了，否则，说到天亮都不行。"他大哥脱口而出。

刘诗仪第一次经历这种场面，感受一个人对一个家庭的决战。她想，实际上亲情是很脆弱的，有时不堪一击。在这场不对等的较量中，齐明远像一个羔羊承受着来自四处的利剑，他伤痕累累，但仍坚强地挺立着。刘诗仪看到齐明远那哀婉无助的眼神，几次想站出来，与齐明远一道抗争，但理智告诉她，自己的加盟，必将以自己的牺牲为代价。她从齐明远姐姐的说话中，已经非常清楚地知道，他们这个村里所说的打括，实际上就是"同房"。她承认，自己心底里是有喜欢他的成分，但对他的喜欢里，三分之一是来自同情。但她想，就是喜欢，可并不就等于婚姻，这里面还有多少路要走。马上就和齐明远拜堂，这算什么事。但不答应，齐明远有多难过。她的内心非常的矛盾和痛苦。

齐应天突地跪在齐明远面前，"仔哟，打括一下就有这么难吗？你不会是个看到婆娘就腿软的孬种吧。"齐应天老泪纵横地说，"你妈不行了，我也老了，趁我还没有老眼昏花，了了你母亲的心愿，也了了我的心愿，也算我们做父母的完成了任务，尽到了责任，不至于被村里人耻笑。"

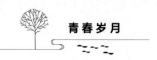

齐明远也猛地跪在地上，泪水涌流，他喊了一声爸，喉咙就像被锁住了似的说不出话来。

齐明远的家人赶紧把齐应天扶起来。齐应天没站稳，又突地跪在刘诗仪的面前，哀求道："姑娘，你发个话吧，这头倔驴，只有你能驭得住。"

刘诗仪一时慌了神，她的思维还停留在齐应天父子俩对跪的感人场面中，压根儿没想到他会来这一招。她的大脑一片空白，已经无法容她有更多考虑的时间，面对齐应天乞求的目光，她没有多想，脱口而出，"爸，我同意圆房，就按你们的……意见办……"

齐明远一听，叫了起来："不，诗仪，你疯了。"他冲过去，捂住她的嘴。

刘诗仪掰开他的手，说："明远，我没疯，我同意后天我们打括圆房。"

"诗仪，这不是你的心里话，你是同情我，可怜我。"他往门口退去，大声地喊着："我不圆房，我不圆房，你们谁也休想让我圆房……"

齐应天气得浑身筛糠，说："短命仔，你给我死到前八里去，我有你这个儿子没你这个儿子一个样。"

21 生命到了最后一息

就在他们争吵不休时，齐明远的姨娘在隔壁房间大叫了起来："快来人啊，我姐不行了。"

也许是他们争吵的声音刺激了齐明远的母亲，她不停地颤动她那骷髅般的头，嘴巴张成一个洞，喉咙深处发出破锣似的呼吸声，眼角边渗出黄色的泪液。

他们一起涌到齐明远母亲的床边，齐声痛哭。齐明远的大姐声音最大，像猪嚎一般叫着："奶妮（母亲）……奶妮，你不能就这样走噢，你什么都有食到，你福都有享到噢……"

齐明远拉着刘诗仪，挤到床前，说道："姆妈，我和诗仪就站在您身边。"他把刘诗仪的手放到了自己母亲的手上，"姆妈，这是我未过门的媳妇，你看到了吗？你摸摸。"说着说着，泪水婆娑而下，"姆妈，我找到了媳妇，你别为我担心了，姆妈，你听得见吗？"齐明远跺着脚，但始终没有哭出声来。他从他妈妈的床前挤出来，独自一人站在门前，一个手撑着墙，任凭泪水涌流。

刘诗仪看着他那副伤心的模样，心都要碎了，她能想象得出齐明远的心灵深处那份凄凉和油煎般的痛苦，特别是在这个与他母亲诀别的时候，世事的无奈，家庭的压力和孑然一身的孤独，使他感到特别的悲苦。她的内心充满着对他的同情和怜爱。

刘诗仪忍不住哭起来，她相信，齐明远的母亲是能听到她的哭声的，虽然她已经完全失明，她的耳朵不一定能听得见，但老人家一定能感觉得到。刘诗

仪想，如果齐明远的母亲能看得见，这个时候最想看到的自然是儿子胸前的新郎花和喜庆的洞房，但她的眼睛已经无法完成她这个愿望。如果能给他母亲一个承诺，老人家的心一定会更宽一些。刘诗仪跪到床前说："妈，你不要撇下我们，不要走那么快，我和明远后天就拜堂圆房，你一定要等到那一天呀，感受我们婚礼的热闹，接受我们婚礼时的叩拜。"刘诗仪说得自己都泪水横流。

刘诗仪的一句话提醒了齐明远，按村里的风俗习惯，老人归家（过世），要在断气前睡到厅堂里去，到了阴间才不会受苦，转世才能享福，对阳间的人才不会有凶兆。如果咽了气，想睡厅堂都不行，村里的太伯们都会出来干预。虽然他不信这些，但回到了老家，尽量不要逆了这些规矩。他记得他二婶因高血压突然死在她娘家，她娘家的长辈和左邻右舍就是不让她的棺材从她娘家的大门出，没办法，只有掀开瓦砾，锯开瓦梁，把棺材吊到屋顶，才运出她娘家的村子。进自己的村子时，村里的太伯们认为断气前没睡到厅堂的人，会给村里的人带来霉运，又不让她的棺材走村里人平时进村的路，更不让放入她家的厅堂，逼她的家人把棺材在夜间从一条小路抬进村，放在一条三岔路口上。在野外搭的棚子里放了七八天，棺材里都流出臭水了，才和太伯们谈妥条件入土安葬。

齐明远走过去，说："爸，看这个征兆，母亲快不行了，我看要早点让她睡到厅堂里去。"

齐应天猛醒过来，厉声说了一句："别哭了，赶紧把你们母亲背入厅堂。"大家如梦方醒，一时不知所措。他拨开围在床前的人，一把掀开被子，正想抱起老伴时，齐明远的大哥冲过来，说："爸，你莫发慌，趁妈现在还有气，就让老幺在母亲面前表个态，后天到底打不打括，圆不圆房？"

老大婆娘也附和："是要让老幺把话说给家婆听，我就不相信在快死的人面前嘴还那么硬。不要我们请的客人都来了，老四到时忸怩不干，那我们齐家的脸就要放进裤裆里去。"老大婆娘连珠炮似的。

齐明远不知道他大哥会来这一下，也不知道他大嫂说得那么难听。他弄不明白，这位自己的同胞兄弟是好意还是歹意，难道同是手足，竟一点都识不出弟弟的心思，看不出自己的难处。尽管诗仪同意了圆房，别人看不出，但自己看得出，她是违心的，那是同情自己，宽慰即将闭眼的母亲。齐明远用愠怒的眼光看着大哥，一言不发。

齐应天瞄他一眼，知道老幺这头倔驴认定的事是不会轻易松口的。齐应天感到老大就是自己肚子里的蛔虫，他也想借这机会问问他。但他看到老幺愠怒的眼神，他有点恼，得福这个木头瓜真是不识时务，哪壶不开偏提哪壶，这个时候扯出这门子事来。特别是他婆娘，好好的话到了她嘴里，就带着熏人的臭气。他又白齐得福一眼，故意说："你耳朵长到哪儿去了，你没听到明远婆对你妈说的话？你妈妈可听见了。明远婆说得明明白白，同意圆房。"

"可老幺没表态，到时别变卦。要让老幺在妈面前说清楚。"齐得福执拗起来。

齐明远扑地跪到床前："妈，你命真好，很快你就有个贤惠漂亮的城里儿媳了，我和诗仪都同意在后天打括。"齐明远特意把"城里"两字加重了语气，不仅是有意说给大哥大嫂听，气一气他们，更是说给自己的母亲听，让母亲知道，自己找了一个城里老婆。作为农村人，能娶个城里女孩做儿媳，那是无上光荣的事情。他要让她母亲带着骄傲撒手人世。

齐应天说："这下你们听到了吧。"齐得福和他婆娘的脸有点不好搁。齐应天拨开齐明远，抱起老伴就往老二的厅堂走。看到儿女们还愣在那里，大声叫起来："你们发什么呆呀，快帮你妈找好寿衣裤。"齐应天又扭过头来，用哭腔喊道："远仔，搬床板过来，让你妈睡到留福的厅堂里去，那儿宽畅明亮，来世好住高梁大屋。"他故意说得非常大声，是想让老伴能听得见，怕她挂念会搬到冷寂寂的众厅去。弥留前，老伴就一直担心会躺到众厅，被祖宗和村里人耻笑。

看到齐应天抱着老伴出了门，齐明远的家人也一起涌向了齐留福的厅堂，巨大的哭声也跟着离开了这排土砖房。这时正是日落时分。

22　回到了伤心的地方

　　吴芳菲是第二天下午到家的。坐了二十多个小时的火车，再加上突如其来的变故，使她看起来十分的憔悴。特别是港毛子粗暴地揪了她一下，使她的小腹出现了一大片瘀血，如同系了块石头，一碰就痛。她到县城火车站旁的商店里买了一瓶活络油，躲进厕所涂抹了一下后，感觉清爽了许多。她打发走小保姆后，原本想回家一趟，但想到自己不幸的婚姻，想到父母亲像出售商品似的把自己嫁给了那个港毛子，气就不打一处来。她一心想早点看到齐明远，一出厕所门，就叫了一辆三轮车，急急地直奔县汽车站。

　　吴芳菲到车站一问，才知公家已经停开了到鸡公山乡的客车，原因是那里路远又烂，按物价局定的车票价格要亏本。售票员告诉她，公家停开了，但私人的客车在营运。售票员看看表，说道，兴许现在还有车，叫她赶紧到城门口等车。

　　吴芳菲按售票员的指点，坐上了最后一趟去鸡公山的私人客车。她一落座才发现，一辆可坐二十六人的大客车，连司乘人员才八人。也难怪，这趟车跑得快，也要晚上十二点多才能到，山里人到了乡里后，大多数还要走一段山路才能到家，许多人都不大愿意坐这趟车。特别是这个时节，山里人一方面要收割晚稻，一方面要到山上收割松脂，所以坐的人更少，从城里回去的都是些小商小贩。已经到点了，司机无奈地发动了汽车。为了揽客，司机开着客车在县城转了几个圈，可没找到一个登车的人。司机停下车，同乘务员耳语了两句，宣布这趟车不走了。几个顾客立即白了眼，一个顾客跳起来，我们买了票，你们怎么能说不走就不走呢。乘务员说,钱可以退给你。司机装出一副无赖相,吸一口烟后,连吐了几个烟圈,不屑地说:"要去可以,每人再加一倍的钱。"其中一个顾客一听,肝火就上来了:"我就是爬回去,也不交那笔怄气钱。"他带头冲下了车。接着一个个跟着下车。

吴芳菲真是又气又急,她想再跟司机做做工作,但看到他们都下车了,只好提起包,无奈地下了车。

她一个人在大街上游荡,不知到哪里落脚。她不想回家,亲戚家里也不愿去,去了亲戚家不等于告诉爹妈了吗?同学家也不愿去,见了面都不好意思,想当年,许多同学都做了自己的工作,劝自己不要离开齐明远,可自己没听进一个同学的意见。她叹了一口气,哎,都怪自己一味地听父母的,没有主见,才落了这般田地。

大街上的灯已经亮了起来,除了街上两边的路灯放着白光,店门前的广告灯都闪着五颜六色的光。离开两年,她感觉街上变化了许多,以前的府前路、府后路、建国街、中山街老式房子都不见了,呈现在眼前的都是四五层的新楼,因为是老街改造,街道还跟以前那么狭小,但确实漂亮了许多,如果不是在这个城里生活了几十年,还真摸索不准方向了。

吴芳菲百无聊赖,为了打发时间,她边走边数着街上的灯。她从中山街走到英烈路,从英烈路又走到驿前街,自己都不知道走了多少条街道。这时她真的感到累了,很想坐下来歇一歇。她想到了她和齐明远常去的柳河公园,以前那是环境最好的地方,草地四季青绿,中间一条条铺满鹅卵石的小路曲径通幽,周围古樟参天,城里人经常在那里休闲。她想街上都变美了,那里的环境一定不错。

到了柳河公园,才知没有她想象的那么好。已是深秋了,草地像瘌痢头一样,绿一块,黄一块。

鹅卵石小径上走过的都是一对对的情侣,时时刺激着吴芳菲的神经。看着一对对的恋人,她十分伤感。她记起来了,就在这里,齐明远第一次疯狂地亲吻她。

那是毕业后不久的事。

中专毕业后，吴芳菲和齐明远没有和其他同学那样，在学校驻地或去广东等地打工，趁机为自己的将来找个工作，他们都回到了自己的家里。在分开的日子里，才感觉到各自在对方心中都有了难以替代的位置，才感觉到分离的痛苦，相聚的珍贵。本以为分开了就分开了，就像通常的校园之恋，随着分居两地、两人条件和环境的变化，感情自然消亡，理智战胜情欲或被新的情欲所战胜。可没想到，思念如同毛毛虫，轻轻地、柔柔地扎着对方。相思，在两地间绵延。

吴芳菲的父母从她的同学中风闻到他们的事情，不知道告诫过多少次吴芳菲，母亲说："女儿啊，父母生你养你不容易，现在你有了铁饭碗，人又长得标致，千万别荒废了自己。"父亲说得更直接："物有所值，标致要发挥标致的作用，眼光不要死盯在一个人身上。不能说农民的孩子就不能给你带来幸福，但终归要来得慢些。就像你爸妈，不能说过得不如意，但绝对不是通常意义上的幸福，特别是刚结婚的那几年吃尽了人间的苦处。"

父母的压力，使吴芳菲经常把齐明远的影子拎出自己的思维空间，她也尝试把自己置身于更大范围的人际交往之中。但越是这样，越感觉周围男人的油滑和可怕，越感觉齐明远是那么的纯朴和憨厚，她真正感到齐明远宽厚的肩膀才是自己终身的依靠。

随着毕业后时间的推移，相思，就像吴芳菲母亲播在簸箕里的豆芽苗在疯长。她终于捺不住，第一次在父母面前撒了一个谎，邀了一个同学，偷偷坐上了去齐明远老家那个镇的班车。下车后，好不容易问到了去齐明远家所在村庄的路，可没走多远，就看到洪水溢出了人工渠，挡住了她们的去路。吴芳菲十分无奈，看着滔滔洪水，心里默默地念道，难道真是天意吗？

齐明远原本是想忘掉那段城乡之恋的。这其中不仅仅有自卑的因素，而且确实有不太可能的客观现实。母亲病了几年，已经欠了一屁股的债，还为自己读书东挪西借凑了几年的学费，家里穷得徒有四壁，父母经常一两个月吃不上肉。像这样的家庭，除非城里"二百五"女孩才愿意嫁给自己。刚开始，他就知道，这本来就是无言的结局。他想，等自己参加工作后，找个有一技之长，是城市户口的女孩了却此生算了。但人是有感情的动物，越是强迫自己不去想心上人，心上人的影子越是在脑海中晃悠。

齐明远拼命地干活，以排遣心中的思念。他在家里收割稻子，自己给自己定任务，天麻麻亮就到了田里，他既挑装满稻子的禾架子，又踩打谷机，肩膀上磨出了一个个蚕豆大的血泡，光着的膀子晒成了黑紫色。

齐应天想，这小子心里一定窝着事，可问了他几次，就是一句话不说。他割了一丘又一丘的稻子，但劳累并没有把相思压抑住，相反更是一茬一茬地疯长，他再也挺不住了，招呼都没打，就被思念牵着进了城。

齐明远是通过一个同学与吴芳菲见上面的。

看到齐明远，吴芳菲差点认不出他了，头发又长又卷，脸黑了许多，可能是因为劳累的缘故，腮帮子少了许多肉。吴芳菲心里很不高兴，"你现在这个样子可不是想我想成的吧？"她停停，"不用说，罪魁祸首是你家的那几亩稻田。"吴芳菲顺势扯开齐明远的衬衣，齐明远的肩膀上露出了一排血泡，她心痛得泪都流了出来。她喃喃自语："怎么会这样呢，怎么会这样呢，你这么不会照顾自己，要知道，我们都不单单属于自己，而是彼此拥有，你折磨自己也要考虑对方的感受。"她嗔怪道："你几十天没一点音信，我们几年的感情就不如你家几亩地里的稻谷？"齐明远装着没听见，心里异常的复杂。

他们漫步在柳河堤上。一段时间没见，吴芳菲把一肚子的话都倒了出来。齐明远一直在想着自己的心事，他想，自己苦难的家庭菲菲能接受，她的家人能接受吗？平心而论，他也不愿让她受苦。也许放弃，对她是一个最好的选择，才能让她真正找到幸福。可看得出，她对自己是真的。他在心里叹道，这份情是多么难于舍弃啊。

在柳河公园里，他们像大多数久未见面的情人一样，疯狂地亲吻。

吴芳菲抚摸着齐明远已被太阳晒黑的脸，轻扭着他那发达的双臂，摩挲着他那带有泥腥味的胸膛。

齐明远感到有一团火在胸中点燃、弥漫、升腾，他呼吸急促，不停地吻着她的眼、脸和她的脖子。

吴芳菲的脸上荡漾着无尽的快乐和幸福。

正当齐明远要进一步动作时，一名治安队员的电筒向他们这边照了过

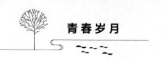

来……

吴芳菲不敢再想下去，回忆是幸福和甜蜜的，但现实是痛苦的。她一个人独自在小径上游荡，默默找寻她和齐明远坐过的板石，合抱过的樟树。真是物不是，人也非。

街上的路灯突然熄了一半，整个县城暗淡了不少。这时，她才注意自己的手表时针已指到十点。她想，现实的问题是赶紧找个旅馆。

她正要提步离开柳河公园时，两个熟悉的身影正面闯入她的眼帘。躲是躲不开了，她干脆停下来，面无表情地叫了一声"爸、妈"，就呆呆地站在那儿。

吴芳菲的母亲眼尖，一眼就认出自己的女儿，她用粗得像男人似的声音叫了起来："大炮，你看谁回来了？"她边说边快步向吴芳菲走去。

吴大炮挪着油桶似的身体，奔过来。他睁大了眼睛，可还是看不太清楚。

王六斤不耐烦地说："哎呀，你就是一头笨牛，快过来，是宝贝女儿回来了。"她又转过头，对吴芳菲嗔怪道："妮儿呀，你回来也不提前告诉我们一声，我们好来车站接你。"

吴大炮接过话茬，说："你懂个屁，女儿是想给我们一个惊喜，年轻人管这叫浪漫，你都是满头白发的人，跟你说也等于白说。"

王六斤白他一眼，道："就你懂，你嫌我是个满头白发的人，女儿不嫌。"她不想搞坏气氛，忙赔着笑，说："妮儿，就你一个人回来呀，姑爷他……"

吴芳菲没理她，只是自顾自地往前走。

吴大炮看到了女儿脸上的不悦，瞪他婆娘一眼，说："你唠叨什么，姑爷不回来自有他的理由，人家是做大生意的，哪像你吃了没事做，闲乐嘻嘻，白吃白喝白拉撒。"

王六斤一听气不打一处来，她知道，这个死男子嫌她被单位裁了员，一个月拿不到几个子儿。她那个恨真是说不出，去年，厂里规定夫妻同在这个单位的，必须走一个。经过十多年的磨炼，王六斤已经是一名技术相当熟练的印刷工。而吴大炮，当了几年的车间主任，技术没长进，肚皮倒是大了三四圈。这倒没什么，如果车间主任能当到老也没什么说，偏偏年纪大了，吴大炮又返回车间当了一名普通工人。单位裁员时，大炮也主动说，自己出来，哪怕是拉大板车也能挣口饭吃。可王六斤想，大炮在刚搞计划生育时，因为是车间主任，带头做了结扎，他那个身体哪吃得消，就自己找到单位领导要求把大炮留下来。可她到了社会上才知道，像她这样所谓的熟练工，拉泡尿就能碰到一火车，自己反而成了一个吃闲饭的人。要是在往日，王六斤早就过去撕他咬他了。可今天是宝贝闺女回来了，别冲了喜气。她放缓了声音说："大炮，晚上我好像没得罪你吧，怎么老对着我冲，你是不是哪根神经搭到电线上去了，电得你不行。"

吴芳菲听了心里特别烦，说："妈，你们别斗嘴了。"

"好好，我们回家去，别跟那笨牛计较。"王六斤拉过女儿的手就往家的方向走去。

23 终于给家婆穿上了寿衣

山村的夜静得快，要是往常，没到十点，村里就难听到人的声音。偶尔一两只老鼠和山兔出没，引出一两声狗吠声，证明这山沟沟里还住着人家外，在黑漆漆的夜里很难想象这是一个住着几百人的村落。但今天不同，齐明远一家人的哭声和村里人来探望引起的狗吠，搅乱了山村的宁静。

在齐留福的厅堂右侧，两条长凳和几块木板搭起了一张简易的床。床头，一个小碟子盛满茶油，浸满茶油的灯芯草正噼里啪啦地烧着，这是农村说的照魂灯。齐明远的母亲直挺挺地睡在那床上，头发一夜间白了，她的脸上露出痛苦的表情，大概是癌细胞正在撕扯着她尚有知觉的几根神经。

厅堂里，大家都在哭，声音一浪高过一浪。但看得出来，真正伤心的没有几个。老大婆娘说一句，哭一声："家婆唉，生前冲撞了你时，千万别往心里去，你大人莫记小人过噢。"

老二婆娘哭得更伤心，她一把鼻涕一把泪，哭道："婆婆哟，你在生冇食好，冇着好，一世为了这个家唉，你是命好福好，子孙满堂嗯，你这样扔下我们，我们怎么过。"

齐明远听得真像是嘴里吞进了一个大苍蝇，心里直骂，真是两个表演家，想想母亲在生时你们怎么扛起她来扫谱（骂人），得病时，想吃你们一点猪肉汤，你们还推来推去，现在表演得像个乖儿媳似的……

齐明远正想着，突然听到他父亲叫他，"远仔呀，探探你母亲的鼻息。"

齐明远探过身子去，正想用耳朵听听，一股怪味直冲鼻子。他知道，这是母亲肺功能衰竭，嘴里长期没漱口的缘故。他一听，出气多，进气少。齐明远对齐应天摇摇头。

齐应天领会了他的意思，老伴的生命只能按时论分算了。他想，这个时候老伴身体还有点温热，穿寿衣时好侍弄。另外，他要让自己的子女和身边至亲知道，老伴身上的所有钱物都归了老二婆娘，他并没有厚爱老么。他当机立断，远仔呀，快叫你二嫂帮你妈穿寿衣。

老二婆娘听到了公爹的喊声，她想，这么多人穿什么寿衣，大家都盯着自己拿下老太太身上的东西，岂不火烧火燎，弄不好自己吃不上汤圆，还烫伤嘴皮。她走到齐应天面前，说道："爸，家婆现在身体还温热，穿寿衣，恐怕村里人要说闲话，再说，按规矩，大家还要回避。"

齐应天没好气地说："这有什么闲话说，村里也没有规定身体还有温热就不能穿寿衣，你四太伯过世不是也这样做，你说，按规矩要回避，那村里有规矩谁端灵牌谁穿寿衣，你不是也破了规矩？"

老二婆娘一听有点急，她早就知道，太伯们确定了老大的儿子端灵牌，老大婆娘不是吃素的，再说下去，让她听出个道道，自己不是白累了一场。她没有再争执，走到她婆婆跟前，摘下她婆婆头上的金发夹，又帮她梳妆好。打了一盆热水给婆婆擦了身子后，迅速地给她穿上了。

这里的规矩是，死人身上的钱物是见不得天日的，只有在房内现开，打了鞭炮，点了香才能放到活人身上。老二婆娘捞起从她婆婆身上换下来的衣物，一挺一挺地往厅堂中间走。大家的目光都吸引到她身上。齐留福在后面屁颠儿地跟着，也想看个究竟。她瞪一眼她老公："呆子呀，你被农药毒到了是吧，快点着线香来，把鞭炮打了。"

老二婆娘拿起衣物极不情愿地就往厅中间一抖，噗的一声，跌落几块白花花的银圆。

齐留福忍不住说："爸，是四块银圆。"他婆娘猛踩他一脚，骂道："我看你的嘴是妇娘人拉尿的，就你能说，村里还有很多人不知道呢，去村里广播吧。"

齐留福被他婆娘踩了一脚，半天愣在那里。他婆娘白他一眼，又骂道：

"我看你六月死掉都不会臭，还不放鞭炮，我真是瞎了眼，嫁了个呆子。"边说边从她老公手上抢过鞭炮到门口放，又找了两根香到神台上点了，方捡起地上的金发夹和银圆放进自己的口袋。

老大婆娘看得心里火烧火燎，心里暗骂道，这个骨头婆，原来早就料到了老太婆有这么多防身的硬货，我说那天她的肠子直得那么快。她想，凭什么我的儿子抱灵牌，她得东西？虽说她让老太婆睡了厅堂，但也不能让这个骨头婆独吞了这么多东西，可又想不到什么理由，心里急得像锅里烧开的水直冒泡。为了发泄，她狠狠地踩了她老公一脚。

齐得福看到老二白得了这么多硬货，肚子里油煎般难过，她这一踩，更是来气，骂道："你的眼睛长到裤裆里去了！到处乱踩。"

老大婆娘经这一骂，炮筒子脾气上来，喊道："你的眼睛没长到裤裆里，隔三岔五地去看你母亲，就没看出她有那么多硬货！"

"你冲我发什么脾气，早哪里去了？"齐得福心里有点虚，声音小了许多。

老大婆娘见自己老公是个软蛋，故意提高了嗓门："家里死人，人家发财，都是爹娘的财物，凭什么就一家人得，他们不说，我可要说。"她故意瞧瞧齐明远和刘诗仪。

齐明远装着没看见。别看他穷得屁都打不响，但他压根儿对那几块光洋不屑一顾，不就是三十元钱一块吗？

老二婆娘气得牙齿咬得咯咯响，臭麻婆，你想搁起片柴来烧，挑起群众斗群众，撩起大家的火？到时，看我怎么收拾你，老娘现在不理你。她想这个时候千万要忍着，莫上她的当，别让斩了翅膀的公鸡飞了。她憋着个气，一句不吭，自顾自地打扫厅堂的卫生。

这下倒是齐留福忍不住了，他瓮声瓮气地说："大嫂，你可别这么说，前天的字据上你都签了字。"

老大婆娘看他老实，冲他吼了起来："字据上没说家里的家当全都给你们，看你样子老实，没想到棺材里伸手，死要钱。"她停停，又说，"你这是拿死人的钱买药吃。"

老二婆娘再也忍不住，她两眼喷火，猛冲过去，扯住她的头发，顺手给了她一个耳光，嘴里骂道："我看你的嘴巴是不是像你男人多长了两根毛。"

老大婆娘猝不及防，愣在那里，等到她清醒过来，已经吃了一巴掌。她慌忙应战，与老二婆娘扭打在一起。

齐得福看到自己的婆娘吃了亏，大骂道："狗骨头婆，你想把她吃了是吧，你的嘴没那么阔，今天我要把你的獠牙敲下来。"边骂边冲过去。

齐留福虽然老实，但到了这个时候也不是省油的灯，他一个横身，把齐得福撞了个趔趄，两兄弟又动起了手脚。

在场的人一时蒙了，等弄明白时，不知道先救谁才好。

齐应天气得捶胸跺脚，破口大骂："你们这些短命鬼，你母亲没咽气就吵魂了，食你们屙脓拉赤痢，白尾狗早点把你们拖了去。"

看到齐应天发火，齐得福两兄弟才松了手。

两婆娘还在扭打，在场的人怎么也拉不开。齐应天一发老劲，一边扯一个，把她们两个都摔得四脚朝天。

齐得福抹抹嘴上的血，说道："爸，你这样做行啊？太不公平，你晚上不把财产分个匀，姆妈后面别想出这个门。"

齐应天气得一口血喷了出来，他知道，今天没个说法，这个逆子没完。他说："我身上还有三块光洋，你今天拿了去……"便晕了过去。

这个村里的人认为，光洋辟邪防身，是传家之物，虽然值不了几个钱，但老人都把它看得比命珍贵，只有到死才会传给下一代，平时，再苦再穷也不会拿出来。

齐明远和他的姐姐们拼命喊着他的父亲，又拍他的胸脯，又掐他的人中穴。好不容易齐应天醒过来，他看了半天才认清齐明远。齐应天断断续续地说："远仔呀，爸没什么给你和你婆娘了，你会记怨我吗？"

齐明远泪水横流，说："爸，我不会的，诗仪也不会的……"

"远仔呀，我知道你对后天打括心里并不痛快，草率是草率了一点，对你婆娘也不公，但你是家里的栋梁，听爸的话，趁你母亲没咽气，你们后天高高兴兴地把房圆了……"话没说完，就又晕了过去。

齐明远和他的几个姐姐赶紧把他抬回了自己的老屋。

24 坚决要去找心上的人

吴芳菲一夜未眠，她在自己家的阳台上数了一夜的星星，她恨这个家，恨断送了自己幸福的父母。她决定了，要主宰一回自己的命运，与港毛子离婚，回到心爱的人身边。天麻麻亮就背起行囊，准备出门。

王六斤起来小解，看到女儿要出门，惊奇得眼睛瞪得灯笼大。"妮儿，这么早你要去哪里？"

吴芳菲没理她，只是自顾自地侧身想往外走。

"你都才回来，就想你老公了，是不是家里住得不习惯。"王六斤挡在了吴芳菲的前面，一边喊："大炮，快起床，妮儿要走。"屋里半晌没反应，王六斤不快，又说："这头肥猪，只知道睡，洲际导弹都轰不动。"

大炮听到婆娘喊，咕哝了两句，催生催死都不催睡。但他是典型惧内的男人，极不情愿地爬起来，揉揉惺忪的睡眼，长裤没穿，只着一条蚊帐裤衩就往外走。他边走边说："吗子事呀，催命一样。"看到女儿也站在那儿，赶紧又回去穿了长裤出来。

王六斤说："你就是一头猪，一天到晚没思没想，只想找张床。我是头世杀多了人，嫁了你这样的老公。"她白他一眼，"你没看到妮儿要走吗？"

大炮说："妮儿，家里的凳子你都没坐热，吗子事这么急，就要走？"

吴芳菲没多考虑，说："爸、妈，我要跟港毛子离婚。"

大炮说："我没听错吧，大清早的，别是昨天晚上憋到的梦话吧。"

王六斤摸摸吴芳菲的头，没有发烧，不是说胡话。

"是他欺侮你了，这个白匪的子孙！"大炮说。他心里想，三次国共合作都失败了，我们这算第四次，哪会有那么顺利。

王六斤问了几句，吴芳菲就是不吭声。看到女儿只是一股劲地哭，她凭自己的经验，猜出了一二。"准是跟那个炮子打的吵了架。"王六斤说。

吴芳菲终于忍不住，说："他外面有了女人，现在这个日子过不下去了。"

大炮感觉得出，女儿受了天大的委屈。但哪能说离就离呢。他不愿这样轻易散了这门姻亲，这几年，靠毛子也拿了十几二十万元，算是率先富起来的一批。大炮说："小孩子的话，吵个架就离，那我和你娘不知道要离多少次了。"

吴芳菲强调："他是外面有了女人，我不跟他离，他迟早也要踹掉我的。"

"他敢？"王六斤一喝。

大炮说："他敢离，我打断他的腿。"他补充说，"咱们早就翻身得了解放，被他爷爷统治的年代一去不复返了。"

"我已经打定了主意，他没什么留恋的了，我要去找齐明远。"吴芳菲说。

大炮一听更加急，忙说："妮儿唉，你少不更事，要三思噢。"

王六斤说："妮儿，你不考虑你自己，也要考虑父母，考虑这个家呀，现在我们都老了，吃喝拉撒、柴米油盐、人情世故，还不是靠姑爷的每月汇款，靠你爸那点工资还想过得现在这么滋润？亲朋好友对我们家刮目相看，还不是看在我们家有个有钱的姑爷？"

"你们只考虑自己，考虑不断攫取他的钱，考虑赢得亲朋好友的尊重，考虑你们的面子和虚荣，从来不考虑我的感受，我的幸福！"她抓紧手袋冲出了家门。

街上有点清冷，偶尔看到一两个卖菜的和晨练的人经过，几名清洁工有气无力地扫着大街。她心灰意冷，心中只有一个念头，尽快找到齐明远，她的心早就飞到齐明远那儿了。

但吴芳菲对齐明远还会不会接纳她，心中没底。她承认自己曾经伤透了他的心。

分配工作的那年秋天，吴芳菲的父母得知她和齐明远同时分到了偏远的鸡公山乡时，就加紧了对她的控制。报到前的那段时日，看到吴芳菲不但没有沮丧，反而心里吃了蜜似的，像学飞的燕子，夜不落屋。她父母着了急，两人一合计，赶紧给她定门亲事，好让齐明远那赤脚孩子死了那份心。

真是瞎猫碰到死老鼠，吴芳菲家后院的陈阿姨要为开花岗岩板材的港毛子找对象。那港毛子谁不知道，是县里招商引资请进来的大老板，县里的有线电视台，一天报他一个新闻，比县里的头头脑脑还风光。别看他四十岁才出头，听说他在内地的存款就过了亿。说是港商，实际上两代前就是这里人。他爷爷曾是这个县的团防司令，与吴芳菲那当县农会会长的爷爷可是对了一辈子。这个县城解放前夕，吴芳菲的爷爷终究被这个团防司令的手下杀了，后面被解放军打得无处躲藏才跑到香港去的。现在，这个孙子辈摇身一变，又成了这里的外商。

陈阿姨一说，刘大炮的头就摇得像拨浪鼓，说："不行，不行，他爷爷压在咱上一辈身上，咱没得说，那是旧社会，现在红旗都扛几十年了，这龟孙子还想压在我女儿的身上，这算怎么回事。"

"你这是什么阶级情绪，我是老太婆，没什么文化，但我知道，国共都合作过三次。现在县里还不是八人大轿把他招商过来了，你家闺女与他合作也算是用实际行动支持县里的经济建设。"陈阿姨做了一世的媒，舌头上的油都抹了三尺厚，对付他们还不是小菜一碟。

"这真的不行，国仇家恨，老家的人要咒我祖宗的。"吴大炮说。

"那你算是老土了，很多回来投资的所谓外商，他父辈、爷辈曾经都是民国的大佬，为了发展经济，上级都不计前嫌，我们小老百姓更要目光长远，面向未来嘛。"

"但我总觉得有点别扭，这事还得问一下老家的太伯、太爷们。"

"那我可等不得，你这里不行，我找别处去，人家还会找不到一个能生崽的女人。"陈阿姨故意吊他们胃口。

王六斤一听，心里有点发急，忙说："你可别这样，大炮是个粗人，他懂个屁。不过，这事，我们做不了主，我们可得跟女儿商量。"她嘴上这样说，实际上她心里早就打定了主意。

陈阿姨一听，有戏。心里直骂，想吃天鹅肉，故意放秕谷。

第二天隔壁的陈阿姨就安排那港毛子送来了六斤猪肉、六斤活鱼、六只公鸡、六块光洋、六万元人民币做聘礼。

大炮开始有点转不过弯来，还抱着他的阶级情绪不放。当他看到那六万元人民币，眼都瞪得像灯笼，从出生到现在都没看过这么多钱，他的立场一下子被钱踹倒了。那港毛子一走，大炮就带头做起了吴芳菲的工作。

吴芳菲很是恼，她不是没把六万元看在眼里，而是觉得压根儿就对那人不了解。况且，这几年确实跟齐明远有了点感情，感情这玩意儿真是说不清，道不明的东西，只要有了那么一点，就把你给拴住了。

吴大炮知道自己的女儿倔强，但没想到一出口谈这事，就被吴芳菲顶了回去。而且为了证明她与齐明远的关系，故意带着他在家里晃悠，揉着他肩膀，亲给她父母看。

吴大炮气得心脏都要从十二厘米厚的胸肌下跳出来，牙齿都咬短了两公分。"你姆妈老公治不了你，我吴大炮就跟你外公姓。"吴大炮暗骂。他和王六斤轮番轰炸了半个多月，吴芳菲就是不吃软，没有一点效果。

他们无计可施，坐下来一商量，觉得夫妻两人都是两百四十九加一。"女儿这儿顶住了，何不从齐明远那里突破，那放牛娃子既自尊又自卑，没准让我一两句话就撂倒了。"大炮说。

齐明远那副德行可真让吴大炮说准了。大炮说了几句刻薄的话，就让他伤心难忍，好在吴芳菲每每都会耐心地舔舐他的伤口，才使他异常坚持。

吴大炮没了脾气，非常泄气，软的不行，硬的又一时下不了手，可他又舍不得那六万元的人民币。他无奈地对那港毛子说："工作我做了，机会我也会给你创造，成不成，还要看你的功夫，现你的命。"

港毛子一听心里老大不高兴，要承认他女儿的确长得不错，可也不是什么金枝玉叶。他暗骂，八婆，作什么翘，我有六万元，十个美女都能找到。但他又不死心。

这毛子也是个玩情高手，第二天他用他的宝马车送来了一车的红玫瑰，在

她父母的帮助下，他叫助手在她的房间摆好，桌面上放了一封意恳情切的信，大意是，他是注重缘分的人，他希望公平的竞争。

吴芳菲一回去，踏进房间，一股玫瑰花香味扑鼻而来。

大炮瞄瞄她的脸色，赶紧走过来，说："你知道是谁送的吗？"

吴芳菲没吭声。

大炮暗喜，说道："绝不是那个放牛娃子。"

吴芳菲不知道父母怎么变得这么势利，难道钱真的能改变一切？她想哭，忍不住冲大炮尖叫一声："你不也是放牛娃子出身吗？还没得道就瞧不起人家。"

大炮的天空立时乌云密布，他想发作，但看到女儿都快要参加工作了，快到嘴边的话都吞了回去。

大炮讨了个没趣离开了他女儿的房间。吴芳菲一个人待着，看着那些鲜艳欲滴的花，她的心情复杂起来，她感到这毛子不是那种粗俗的、有点钱就盛气凌人的臭商人。但她又立即提醒自己，不能见异思迁，这样对明远不公平。

从此之后，港毛子叫他的手下一天给她送一朵玫瑰。她生日的那天，这毛子又送去了一条纯金项链，下系一个纯金做的生肖坠子，令吴芳菲的亲戚啧啧不已。毛子的浪漫成了小县城爱情史上少有的佳话。

齐明远对毛子的行为早有耳闻，他牙齿咬得咯咯响，但没办法，自己有什么，除了那点感情，自己就是一个穷光蛋。那天吴芳菲的生日，他用两年积攒下来的奖学金给她买了一个绒毛狗，感觉礼物已经不轻了，一看到毛子送来的东西，他的两个眼睛都大了，他感觉自己寒碜得像叫花子。特别是看到毛子像准女婿似的自如地进出，吴芳菲的亲戚对他的恭敬样，而自己走上走下没人理会，看到吴芳菲的父母仇人似的眼光，齐明远心里特别的酸。

齐明远找到吴芳菲："我先走一步，过两天去单位报到，先回去收拾一下东西。"

吴芳菲看得出来，他在撒谎。她知道十五号前去报到，离现在还有四五天的时间，这么早收拾什么东西，真是撒谎也不打草稿。她很是生气，但还充满柔情地说："你知道，今天是我的生日，我在意你在这儿陪我。"她停停，看他的脸阴阴的，又说，"你决意要走，就别绕弯弯骗我了，我又不是南门外的傻瓜。"

齐明远说："反正有富商为你祝福，你还在乎我在不在吗？"他说得有点酸。

吴芳菲白他一眼，把他拉进自己的房间，毕竟今天是自己的生日，别让他俩的争吵扫了大家的兴，让父母和亲戚朋友笑话。门刚一关闭，吴芳菲就脸拉了下来，说："你什么意思，屁不要放一截留一截，你这样夹个鱼子挑个虾米，我不知道你话里藏着什么骨头。"

齐明远是个一根肠子撸到底的人，经她这么一说，舌头伸得更直，说："这哪是什么蟠桃会，过生日，分明是比钱招亲，做的是订婚酒，我是村里娃子，穷得只剩下身上这件衣裳，但没必要这样寒碜我，我退出，省得留在这里碍你们的手脚。"说完，他感觉有一种快感，连呼吸都顺畅了许多。

吴芳菲一听，委屈的泪水直往外淌。她感觉站在眼前的齐明远就像陌生人似的，这哪像是曾经爱过自己、亲过自己的齐明远？她定定地看着他，连眼睛都想丢过去，她说："明远，你是搭错了神经还是吃错了药，那毛子是我叫来的吗？你知道我压根儿没把他当回事，你才是我的唯一。"

"我不是二百五，如果连这都看不出来，那白吃了这二十多年的饭。你们亲热得像一家人似的，小孩都看得出来。想攀个有钱人，早说嘛，没必要这样脚踏两只船。"说完，齐明远痛快地抿了一下嘴。

吴芳菲第一次看到他像一个小地痞似的，硬不让自己插一下嘴，强词夺理到了撒泼的地步。她忍无可忍，大脑已经失去了对语言的控制，喊道："人家有追求的权利，我有我选择的自由。既然你都看出来了，那我就不踩两只船了。"她走到梳妆台，抓起那个绒毛狗，打开门就往外摔，"你滚吧，滚得越远越好。"

那可怜的绒毛玩具狗在阳台扶栏上弹了一下，恰好砸在王六斤的头上，正要发作，抬头一瞧，看到的是她女儿和齐明远愠怒的脸。她一切都明白了，心里暗自幸灾乐祸。这下倒好，立即围上了一些亲戚朋友，他们说的说，劝的劝。

齐明远显然没有想到吴芳菲会来这一招，他的心咯噔一下，脸火烧火燎，

十分的难堪。他想，他和吴芳菲的关系就是吃十全大补也救不了了。他自己找了一个台阶下，既有瑜，何需亮，头也不回走出了吴家大门。

吴芳菲十分难过，她关起门，一个人在房间里哭了一个上午，任凭大家怎么劝就是不开门。她又心痛又后悔，她心里骂道："一头犟牛，你要付出代价的。"她自我安慰，打过锄头换过柄，一切重新开始吧。

这次之后，齐明远异常的痛苦，自己真是小肚鸡肠。这杯醋吃的代价真是太大了，白白将一个活生生的人拱手相送，这不正中那毛子的下怀吗？他不吃不喝，消瘦了许多，他听一个哲人说过，相思其实是一种病，他现在就是得这种病的人。

齐应天虽然没经历过大风大浪的爱情，但毕竟是过来人，他一看就知道这老小子是被情所困了。他走过去，说道："远子啊，我给你说两句话，一句是女人要有生子的胆，男人要有做官的胆。第二句是，韭菜割了一茬还会长出一茬来，婆娘走了一个还可以再找一个。"

齐应天的话壮了齐明远的胆。他用壮士饮剑的气魄到了吴芳菲的家门口，他进不了她的家，就在吴芳菲的院子后喊她的名字。他挨了一天后，第二天又去。有一次，他分明看到了吴芳菲的影子在她楼上晃了一下，他赶紧用两手握成一个喇叭喊："菲菲，我错了，原谅我，原谅我……"他的声音哑了，但就是没回音。他泄气了，他想，看来这茬韭菜要割了。

吴芳菲在屋里听得真切，暗暗说，你这头犟牛，现在知道苦了吧。她走到门口，正要下去开门，立即又打住了，这么容易就开门，未免太掉架子了。她咬咬牙，明天他来再开门。

齐明远万分无奈，他像一个霜打的茄子，背起行囊独自一人去了鸡公山乡政府报到。

从那天齐明远到吴芳菲的楼下叫后，吴芳菲一步都没走动，她一个人在家里等那熟悉的声音。可是每天等到日落西山也没听到齐明远的喊声。她十分的伤心，心里狠狠地骂自己，明知道他犟，何必同他较真。但她不信，他们几年经营的爱情就这样完了。有一天她径直到了他那个小村庄。齐明远的父母告诉她，齐明远已经去鸡公山乡报到了。她一回去就迫不及待给他打电话，然而一个刚去报到的小年轻谁又认识他呢。从此后再没了齐明远的音信。

　　吴芳菲不敢想下去，这几年就像做了一场梦一样。现在齐明远是她的寄托，也是她唯一生存的希望。不管他看到自己后会怎么想，怎么对待二茬花的自己，她都一定要找到他，跟他说清楚。就算他瞧不起自己，对自己吐上几个唾沫也无所谓，只要能看上他一眼，就心满意足了。

　　她这次运气好，刚走到县城府后路，去鸡公山乡的私人客车就开过来了。客车绕了几个圈，确认没人要上车后，终于在上班高峰过后开出了县城，吴芳菲长长地舒了一口气。

25　终于睡到了那张婚床上

齐明远打括的那天，天一亮，齐应天就使人叫醒了大女儿齐来香，问道："远仔醒来了没有？"齐来香摇摇头。他知道，连续两个晚上都闹腾到好晚，这小子一时半会醒不来。他迟疑了一会儿，又问："他婆娘醒了吧？"齐来香嗯了一声："正在洗漱呢。"

过了一会儿，齐来香喊："诗仪，我爸叫你呢。"

刘诗仪战战兢兢地走到齐应天面前，她不知道这个即将成为鳏夫的老头会问自己什么。她有点恼，这齐明远睡得又像死猪一样，如果他在旁边她就不会慌了。她两手靠在一起，垂放在胸前，哆嗦着叫了一声："爸。"

齐应天看到刘诗仪，又听到她叫他，病像是好了一半。他欠起虚弱的身体，说："明远婆，坐吧。"

"爸，你别站起来，你的身子骨好虚弱。"刘诗仪说。

齐应天嗯了一下，说："明远婆，今天你们打括，我有个事想跟你商量。"他看看她，又说，"打括是一世之事，按我们这儿的规矩，打括的当天要给女方发聘礼，我考虑，我已经拿不出更多了，我叫他大哥给你家捉两只鸡，提两只鱼，砍两斤肉过去，再包六百元现金和三块现洋，这三块现洋是我向你二太伯借的，我们这儿的规矩是归亲嫁女都要给现洋。不过鱼肉钱(男方付给女方的酒席钱)我就拿不出了，你看行不行？"

刘诗仪一听很是着急，忙道："爸，我不要。"

齐应天以为她嫌少，心里想，现天下哪个婆娘胃口都大，在这个问题上，城里和农村没有两分。他说："明远婆，本来我可以多拿两块现洋给你，可是……你也看到了，老大和他婆娘太难缠了，再说，现洋也值不了几个钱，你是受过教育的人，你就别同他们一般见识。"

"爸，我真的不要，不要什么聘礼、现洋，你留着防身。"

齐应天说："你不在乎，你父母会在乎的，我叫老大给你家送去。"

听完齐应天的话，刘诗仪的头都大了一寸，他们去送聘礼，不是戏没演先砸了？她一急不知道说什么好，怎么来阻止他们给家里送聘礼呢？她的大脑转得像发动机的飞轮，想来想去，只有走最险的一步了。"爸，真的不要送什么聘礼，我们没跟你说，我和明远的事，其实我父母是不太同意的，你一送，不是什么都砸了，我们想生米做成熟饭，造成既成事实后再告诉我的父母。"

齐应天嗯了一句，怪不得这小子死都不肯打括。他舌头又一转，又说："不过，这事迟早还是要告诉你父母的。我是八个孩子的父亲，我知道做父母的心思，他们一时想不通，过一段时间会好的。我们家是讲规矩的人家，这礼现在不送去，等你父母想通了再送去，我先给你暂存着。"

刘诗仪终于舒了一口气，说："爸，我听你的。"

一夜的折腾，齐明远十分的困，等他醒来时，已快到吃中饭的时候了。他一骨碌爬起来，看到自己老屋的几个门都贴了喜字和红对联。

正门贴的对联是：双飞紫燕迎日舞
　　　　　　　　红花并蒂朝阳开
横批是：百年好合
中间那个门贴的对联是：吐芳红梅喜成连理
　　　　　　　　　　含笑绿柳永结同心
横批是：璧合珠联
耳房房门上的对联是：银凤台前人似玉
　　　　　　　　　　金鸾枕侧语如花
横批是：笙磬同谐

齐明远走进耳房去一看，这个以前家里主要的会客室变成了自己的新房。

齐来香一看到弟弟进来，就呱啦呱啦说个不停："你睡得沉，没来得及与你商量，你的新婚床是你三姐摊的，今后她既是你的三姐，又是你的契娘。"

他这村有这个习俗，男女结婚，男方请契爹契娘，女方请妆花爹妆花娘。过去考虑到结婚的男女小，请个契爹契娘和妆花爹妆花娘在婚姻生活方面教他们两招。

齐明远仔细地察看了一下那张新床，这是一张农村普通的架子床，是他家里一年前就做好了的，上面漆的是黑红色的土漆，上面画的都是戏水的鸳鸯。架子上挂的是新夏布做的蚊帐，两个吊钩也镂刻了鸳鸯。床上铺的是大红被子，被子上放一个长条枕头。他想有这一张床已经想了十几年了，但今天，他一点兴致都提不起来，这哪是床，分明是一个小小的舞台，自己和刘诗仪是演员，脸上涂着粉，带着笑，心里流着苦水在演戏，演给父母看，演给亲朋好友看，这是怎样的无奈和悲壮。他感觉心里在隐隐作痛。

他想现在最紧迫的任务是要赶紧找到刘诗仪来，认真同她沟通好，别把戏给演砸了。

刘诗仪早就起了床。在耳房的楼上，齐爱花已经在给她梳妆。按规矩，刘诗仪应该是梳了妆再嫁过来，妆花爹娘由女方自己家请，但一切从简，实际上齐爱花夫妇既当了他们的契爹契娘，又当了他们的妆花爹娘。

刘诗仪两眉舒展，朵朵红云挂在脸上，笑得特别灿烂，她才不管是真是假，婚礼对她来说是第一次，浑身上下都透着一股兴奋劲。刘诗仪的头发短，齐爱花用农村的油茶枯饼浸的热水给她洗了头，然后慢慢地撩平梳直，等头发干了，只是在她的刘海处别了两个红色的金属发夹，三下两下就给她梳好了头。

齐明远的家里来不及给她准备打括的衣服，好在刘诗仪自己带了一条粉红的中长裙子。刘诗仪套上裙子后，齐爱花又在她的胸前别了一个自制的红花，洒了几滴农村治痱子用的花露水，浑身散发出一种淡淡的香味。梳妆就算完成了。

齐爱花用力拨她转了个身，一看，啧啧赞道："我老弟真有艳福，娶了个这么标致的老婆。"刘诗仪有点难为情，说道："三姐快别说了，我的脸都红了。"

正说着，齐明远登着楼梯爬了上来。齐爱花一看，忙说："去去，这就憋不住了，你还没给梳妆礼就想看新娘，没门。"齐爱花故意把他往下推。

"三姐，我有个事想跟她商量一下。"齐明远两眉紧锁。

刘诗仪一听，边问边往楼梯口走，说："明远，什么大事，脸绷得像个皮球。"

齐爱花一看她要走，慌忙叫起来："诗仪，你穿了新娘服，现在不要去见生人。"转而又对齐明远说："堵得慌了吧，快上来，我走，你们好说说悄悄话。"说完，就自顾自地下了楼梯。

齐爱花走后，齐明远反倒紧张起来，舌头都伸不直，不知道从何说起。他犹豫再三，说："诗仪，你真的同意了？"

"我是为你解围，这点你都看不出来，真是傻瓜。"她半是怜爱半是逗，"你要当真，是你的事，我可不管噢。"

齐明远全身一下子凉了，连神经末梢都冷寂寂的。

刘诗仪看他的可怜样，心里直觉得好笑，说："你是豆腐脑子做的大脑，一点都不浪漫，一点都不开窍。"

"那你的意思……"齐明远说到嘴边又缩了回去，他不敢再问下去，怕自己承受不了。他宽慰自己，哎，别太在意，开始就叫人家来演戏的，没必要纠缠太多。

刘诗仪看他欲言又止，本想问问，可他的神经那么脆弱、敏感，一不留神就可能伤了他的心。她想，这个时候不说比说好，再说，自己怎么跟他说呢？

两人默默坐了一会儿后，齐明远自觉无话，随便找了点借口就走了。齐明远独自在屋后的山坡上转了转，刚才，他虽然没从刘诗仪的口中得到明确的信息，但他的心中还是多少有点底。

一切都按打括的程式推进，时间一下子就过去了，太阳也知道这个村子有人要打括似的，一骨碌就跌到山后面去了。

在齐明远房族众厅里，平时的阴森肃杀一扫而光，厅堂里满是喜庆的气氛，大柱上披满了红绸缎，厅梁上挂着一个个大红灯笼，在厅堂的神案两侧，贴着一副大红对联：

上联是：彩日流辉迎凤辇

下联是：祥云呈瑞覆鸾妆

横联是：志同道合

按照村里打括的习俗，大太伯在厅堂门口喝彩："今朝新人归门的日子是相当好呦！"说完打了一下锣，齐应天带子女和亲戚站在门两边附和着："嘿呀！"大太伯又说："手提雄鸡是大吉昌呦！"大家附和："嘿啊！"大太伯又说："新人归门是万年长呦！"大家再附和："有啊！"

齐明远不愿看这种传统的俗套，他一人去检查酒席上的碗筷。今天他穿一套没有牌子的西服，虽不上档次，但烫得倒笔挺，加上他那高挑的骨架，看起来特别的帅气。他胸前挂一朵新郎花，脚蹬一双刚上油的旧皮鞋，看上去也油光锃亮，显得特别精神，只是脸上略显忧郁。

大太伯喝完了彩，他在人群中寻找齐明远，没看到就大声喊道："明远，快牵新娘来拜堂。"

听到叫喊，三姐催促齐明远快把刘诗仪背到众厅。齐明远有点难为情，作为契爹的三姐夫一个虎抱，把刘诗仪放在了齐明远的背上。齐明远把刘诗仪背到众厅门口才把她放下来。他牵着戴了盖头的刘诗仪走到主持拜堂的大太伯前。

大太伯说："新郎给新娘掀掉盖头。"齐明远照做了。大太伯是第一次看刘诗仪，虽然老眼昏花，但仍被刘诗仪的自然清纯气势所逼，忍不住也多看了两眼。在场的亲戚朋友和村民也啧啧称赞。

待他们两人站定后，大太伯宣布拜堂仪式开始。他说："我们全村人都在这为你们的打括做证，今后，你们要一条辫子撸到底，一定相亲相爱，恩爱终生，当着大家的面，你们都表个态，能做到吧？"

齐明远看看刘诗仪，半天不敢说话。他最担心就是这个，这样的誓言对他们来说没有很多意义，也许一回乡里去，他们就是路人，最多就是见面点头的同事。

大太伯在催，"你们快表个态。"又望望齐明远，"伢子，你先来，都是夫妻了，还害什么臊。"

刘诗仪偷偷地瞄了一下齐明远，知道他此时的复杂心理，她干脆自己先表了态。

大太伯有点不悦，心里说道，真是孬种，但当着大家的面不好发作。他仍然一脸堆笑，说："表个态难道要打腹稿，看样子也是婆娘管家的种噢。"

齐明远经他一激，竟有点气，心里想，说就说，反正都是演戏，誓言不可信。

盟完了誓，他们才拜了天地、拜了高堂，又进行了对拜。

拜完堂，族里的厅堂又平静下来。齐明远真想哭，他想，人生真是一出戏，可人家有头有尾，自己的戏说开始就开始，叫停摆就停摆，泛不起一点水花儿。他百无聊赖，独自一人在房屋中踱着，不觉到了停放他母亲的厅堂。他推开门，看到齐应天先来了。

齐应天拉过齐明远，说："仔啊，我已经同你母亲说了你们打括的事。要不，你自己同你母亲说说。"

"姆妈，你放心吧，我刚才已经拜了天地，我们会相守终身的……"话没说完，泪水就淌了满脸。

"仔呀，别哭，好事好头，哭泣什么，快去照顾客人。"说完，齐应天提步先走，齐明远也跟了出去。

农村打括十分热闹，家家户户都送来了贺礼，一般村民十元，同宗同族的二十元。吃喜酒时，每户都来两人。按这个村子的规矩，男方做酒正餐一般在晚上。平时只能放下二十张八仙大桌的齐姓众厅，在齐明远大哥的精心安排下，硬是挤下了二十六张大桌。吃喜酒的村民到了时间不请自到，他们自觉地按照辈分找准座位坐了下来。

六太伯是村里老一辈最有文化的人，他读过私塾。因为来迟了一点，虽然辈分高，但比起其他太伯来，他的年龄又轻，每桌的上席已被其他太伯坐满，其他席位空着，他又不甘心去坐。没了位置，只有等下一轮。他干脆在大门口研读起对联来，他念一句上联：红妆带绾同心结，头一扬，装作深思样，然后又读下联：碧树花开并蒂莲，又看看横批：百年好合。摇摇头，口里念念有词，一般一般。又看看厅中间的对联：花灿银灯鸯对舞，春归画栋燕双栖，突然眉飞色舞，好对，好对。村里几个年轻的村民看后，像是吃了一个酸萝卜，"你赶快找个位置坐下来，搜罗搜罗晚上'搞新人'（客家有闹洞房的习俗）的词儿，再酸下去，非掉了我们的大牙不可。"

六太伯气得胡子直打战，骂道："一群毛都没生齐的孩子，还跟我叽喳，我敲你两指头你们捡了打。晚上那词儿还要专门搜罗，你们把我看什么水平了。"

因为已上了菜，他们没闲工夫同他扯，让他一人品头论足。

齐明远和刘诗仪一前一后向这边的酒席走来，他们各人拿一个酒杯，是准备去向客人敬酒的。看到六太伯一人在众厅走廊上闲逛，齐明远赶紧走过去，给他让座。

六太伯说："伢仔，我来迟了，没了位置，我等下一轮吧。"他拍拍齐明远的肩膀，又说，"吃饭的事，你别操心，晚上'搞新人'你可要表现好一点。"

"都90年代了，还搞那一套？那是村规陋习，特别整人。"齐明远说。

六太伯感到十分没面子，一个伢仔竟然这么说话，没了一点大小，吃了两滴墨水，竟想乱村里的规矩。当着全村喝喜酒的人的面，六太伯不好发作，他撸了一下自己花白的胡子，脸拉了下来，说道："伢仔，你是这个村里的人，就要守这个村的村规哟，'搞新人'是打括必不可少的节目，你说想省就省了，这不是太没有体统。"

齐明远不好争辩，他安排人把六太伯安顿好后，自己和刘诗仪进了众厅内。

众人的目光唰地瞄向了刘诗仪，私下里都在评论这个城里的女孩。刘诗仪的脸一下子红了。她跟在齐明远的背后，硬挺着给大家倒酒，又跟着齐明远一桌桌地敬酒。那些小时候同齐明远一起放牛的娃儿吆喝着，硬要齐明远当众亲一下刘诗仪。否则，每人敬他一杯酒。刘诗仪扯扯他的衣角，就想开溜。没想到，两个壮牛似的同龄娃儿挡住了他们的去路。

齐明远一数，十二个一起放牛的娃儿，意味着自己要喝十二杯酒，不倒，也得烂两尺肠子。已有点醉意的齐明远看看刘诗仪，心里咯噔了一下。他警告自己，别以为和她拜了天地，就真是自己的婆娘，说亲就亲，说不定白挨两巴掌。

齐明远对着他们说，这十二杯算是我敬大家的，说完，他连倒四杯，一干到底。

刘诗仪看他脚跟有点抽虚，赶紧抢了他的酒杯，往桌上一放，说："别喝了，十足的一个傻蛋，不就是要亲一下吗？"她拉下他的头，轻轻地在他的脸上啄了一口。立时满堂哄笑。

农村酒席历来就晚，上了一轮又一轮，等筵席散尽，一般都到了月隐星稀。齐明远摇摇晃晃走出齐姓众厅时，已是十点多。他不知道是谁把他挟持到了族祠门口。他醉眼蒙眬往里一瞧，只见厅中间已经并排摆了四张四方大桌，上面铺了一块大红绸布，桌面上已经放好了花生、红薯片、豆子和橘子等"新人果子"。放了四大碗肉撮、六大碗鱼丸、两大碗"球子块"（肥肉）和其他一些杂菜。辈分较高的人都坐上了桌，刘诗仪已经被安排在主宾席的右首位置，左边的位置空着，自然是留给齐明远的。刘诗仪的边上坐着六太伯，按辈分他坐不到这个位置，但他多认得几个蚯蚓屎（文字），大家推他唱主角，自然占了一个好位置。空的位置的边上坐着大太伯，依次是二太伯、三太伯、五太伯和其他叔公。坐在席上的人的面前都放了一双筷子。厅堂里已经挤满了人，年轻一点的是想来看看热闹，趁机想占点便宜。小孩子是想来抢点"新人果子"，补补口福。

齐明远已经被架到了预留的位置上。待他坐定后，大太伯宣布"搞新人"开始。他说，按照祖上留下的规矩，"搞新人"重在娱乐，三昼没有大小，大家尽情放松吧。

接着，六太伯就迫不及待地进行了他的"第一搞"，他拿起了一根筷子，唱道：

"一根筷子是五寸长噢，夹个肉撮给新人尝，新人吃了是生贵子哟，生的贵子状元郎。"

唱毕，一个肉撮夹到了刘诗仪的嘴边，趁机长满花白胡子的嘴就要凑到刘诗仪的脸上。

刘诗仪吓得站了起来。引得满堂大笑。

刘诗仪气得眼睛冒烟，心里骂道，老没正经。她想走，但看到大太伯那僵直的目光，心里打了一个寒战，伸直的腿又缩了回去。

六太伯有一种大功告成的感觉，他向对面的二太伯使个眼色，轮到你了。

二太伯是个正宗的文盲，大字不识得一箩。"我能说什么呢，我不会说，老六你给我说说。"

六太伯说："不行，你白吃了几十年干饭。照猫儿画虎总会吧，按我说的那样唱就是了。"

二太伯用那种鸭公声唱道："一颗花生是寸把长噢，剥颗花生给新人尝，新人吃了是生贵子哟，生的贵子当军长。"二太伯唱毕，赶紧往下传。

六大伯大声喝彩，好，好，见二太伯唱完了没什么表示，脸拉了下来，说："你搞了几十年的新人，现在是越来越没什么名堂。"话没说完，后面一个年轻人伸手从刘诗仪后面摸了过来，在她粉嫩嫩的脸上摸了一把，随即，又唱了起来："今天是来瞧相唉，碰到你这个死流氓哟，呀依仔呀喝嘿……"

刘诗仪尖叫了一声，她呼地站起来。

齐明远实在看不下去了，他摇摇晃晃地移过来，对准那人就是一拳头，喊道："老子的老婆，你也摸得。"

大太伯猛拍一下桌子，说："反了，摸一下就会蚀掉什么，谁的婆娘没有被摸过，把他架出去。"

几个青年就要架齐明远出去，刘诗仪一声断喝："放开他，他自己会走。"刘诗仪正要扒拉开他们，只感到胸前伸来一个毛茸茸的大手，她大叫了一声："流氓！"朝那人就是一巴掌。只听，唉哟一声。引得满堂哄笑。

刘诗仪泪都流出来了，她扶起齐明远就往外走，只见一个青年突然撒来一把樟树末和辣椒粉。顿时，刘诗仪感到万蚁上身，奇痒难忍，又火烧火燎。她哭出声来，怎么也想不到，这里的人们这么野蛮和无聊。

看到他们走后，那些搞新人的老老小小索然无味，纷纷离开了那个族里的祠堂。几个去听窗的赖皮青年也被齐来香两瓢热水烫得呼爹叫娘，再也不敢回头。

刘诗仪回到房间后，已是午夜一点多，她痛痛快快地洗了一个澡，就走进了那个布置一新的新房。齐明远已先躺在新制的沙发上，他像一头猪似的发出呼哧呼哧的鼾声。刘诗仪喊了他几声都没反应，她干脆狠狠地拧了他两下鼻子。

齐明远迷迷糊糊地站起来，他的眼睛眨巴了半天，定定地看着刘诗仪，眼眶里浮现的是吴芳菲的影子。他心里骂道，见鬼了，分明是我和诗仪的假打括，菲菲怎么闯入了我的洞房。酒精已经使他的血液快要撑破血管了，他像是一头小公牛，浑身攒着劲儿。他不管眼前站的是吴芳菲还是刘诗仪，血性冲破了理智，他一把搂住了刘诗仪的腰肢，唰啦一声，扯破了她的睡衣……

刘诗仪大叫了一声"流氓！"赶紧用手护住了自己的胸部。她又羞又恼，怎么也想不到这个文质彬彬的家伙会做出这种事来。她忍无可忍，"啪"抽了他一巴掌。

这一巴掌可把齐明远的三十六根神经都打醒了。他揉着惺忪的睡眼，看了半天才缓过神来，说："你……是……"

"别装聋作哑，真卑鄙！"边说边钻进了被子里。

齐明远狠狠地抽着自己的嘴巴，骂道："我该死，我不是人……"

刘诗仪看到齐明远自己抽自己的嘴，心里的气消了一半，她心疼地说："别打了。"

"我不是人，是畜生，不打不长记性。"抽自己的嘴巴抽得更响。

刘诗仪看不过，稍整了一下衣服就走下床来，说："你再打，我真不理你了。"

齐明远见她气消了，心里宽慰了许多。他说："别凉着了，你快回床上睡吧，我在沙发上对付一下。"他看看她满腹狐疑的眼睛，说："我再不会做那遭天打雷劈的事情，你放心。"说完抱了一床线毯就自顾自地睡在了沙发上。

刘诗仪走到床前，准备放脚上床，又犹豫了一下，转过头来，说："你不会说话不算数吧？"

齐明远说："你一百个放心，我不是那种人。"

刘诗仪一骨碌爬到床上，她相信齐明远不是那种不讲信誉的人。

已是仲秋，山里的气候温差太大，白天能穿裙子，夜里可是寒意逼人。齐明远在沙发上蜷缩成"之"字形，他已发出了细细的鼾声。刘诗仪看了猛生了怜意，很想叫他一起到这暖暖的被窝里来，但她怕这红红的喜被会催出那难于控制的情欲，理智挡不住干柴烈火的诱惑，话到嘴边又被舌头卷了回去。但越是这样越是心疼，生怕冻着了他。她走下床来，将自己的裙子、齐明远的衣服和床上的双人枕头都一股脑儿地压在了他的身上。

好在夜已经很深了，瞌睡虫又不停地拨拉她的眼皮，她只是警惕了一会儿，就进入了梦乡。

第二天，齐明远还在做着梦，他二哥厅堂那边就传来了阵阵的哭声。齐明远被哭声惊醒，他突地从沙发上跳起来，一看床上空的，只留了一床折好的被子，刘诗仪不在那儿。他预感到什么，没有洗漱就直奔他二哥的厅堂。

厅堂里，齐家子女都在哭泣。刘诗仪已经加入了哭泣的队伍。齐应天对齐来香说："你们母亲的症候不好，赶快叫拢你们兄妹来。"

齐来香说："我们都在这儿，现在就明远还没看到。"

齐明远恰好赶到，说："爸，我在这儿呢。"他刚一站定，就听到了他母亲的喉咙里发出的拉风箱似的声音。他走近些，抚摸着母亲干柴似的手。齐明远母亲嘴角痛苦地扭动着，虽然早已失明，但眼珠鼓起，田螺似的。齐明远禁不住啪嗒啪嗒地掉眼泪。齐来香几姐妹不停地喊，"姆妈唉，姆妈唉……"她们又是给她压胸，又是给她舒腿，这时，只听到齐明远母亲的喉咙里"咯"的一声，就咽了气。齐明远赶紧把他母亲的眼皮合起来。一时齐留福的厅堂哭声震天。

26　思绪又回到了几年前

吴芳菲在长途汽车上折腾了五个多小时，下午到鸡公山乡时，感觉骨头都散了架。她找了个小旅馆住下来，冲了一下凉，往床上一躺，就被疲劳扯入了梦乡。等她醒来时，已是晚上十点多。她在街上的小饭馆里吃了碗手工面，就直奔那几幢一看就特别的房子，齐明远肯定在那儿办公。

乡政府是在街的对面，离街中心不足两百米，走过一座桥就是。吴芳菲走到桥边，心反而忐忑不安起来。她想，明远还是以前的明远吗？他还会不会像以前一样牵自己的手，搂自己的腰，他的唇是不是还像以前那样富有弹性和活力？她叹了一口气，自己是一个被人踹了一脚的女人啊。吴芳菲站在桥上木木地看着天边的圆月钻入云层，听着桥下汩汩水流越过藩篱。

她想，一切都是自己的错，自己赌气赌的代价也太大了，几年的感情就这么一下子丢进了大海里。如果自己当时别那么任性同他见了面，或者执意来鸡公山乡报了到，就不会让那港毛子趁机插一腿进来，情况就完全不是现在这样。她恨自己的父母，眼睛盯着的就是那几个铜板儿，看到自己同明远闹别扭，父亲乐颠颠的，烟熏得墨黑的两颗大虎牙常在嘴唇外跳舞。母亲更是整天神采飞扬，本来就不很大的眼睛乐得眯成了一条缝。不仅如此，而且还助纣为虐……

她的思绪又回到了几年前。

自从吴芳菲生日那天与齐明远吵了一架后，心里的那片天空一直下着雨。特别是到齐明远的那个旮旯村庄找他扑了个空后，吴芳菲的心情更加的糟糕。

她觉得自己的那颗心就像困在笼子里的小白鼠，不停地沿着胸腔肋骨翻爬蹿动。她在家苦等了几天，仍没见齐明远的影子，心里已经非常清楚，实际上戏已曲终人散。从此后，她连续几十天把自己锁在房间里，独自数着墙壁上石英钟发出的"嘀嗒"声过日子，只在吃饭时出来扒两口饭。她现在才知道，其实人心真的不古，即使自己割心撩肺给他的人也不例外。说什么女人的心说变就变，实际上男人的心才是三月里的天，没个定数。

那天从齐明远的老家回来，吴芳菲的心特别灰暗，天空又下着恼人的雨，窗外的景色什么都看不见，在这样的情景下，心情尤其烦躁。她一个人在屋里踱着，突然，一阵恶风撞开了窗户，窗子门把挂在窗头的吉他碰了下来，顿时，心中涌起一股恨意，一种被人戏弄的感觉从腹腔底部直冲喉咙。她朝那业已摔破了的吉他猛踏了一脚，就是这把吉他和齐明远那首自己作词谱曲的歌掳走了她的心。她感觉那歌曲又在耳边回响。

"梅花终会在风雪后开放，命运不是最后的交响，我的姑娘，请不要忧伤，不要忧伤，紧握我的手，我愿把你带到理想的远方；

"歌声定会在黎明后唱响，真情不是生命的绝唱，我的姑娘，请不要忧伤，不要忧伤，倚着我的肩，我会静静地安抚你受伤的心房。"

吴芳菲无心去收拾那踩碎了的吉他，她瞄了一眼墙壁上的日历，心里一惊，报到的最后期限到了。县里规定一个月内不报到就视为自动放弃分配的工作。她赶紧收拾行李，可一会儿她又停下来。去不去那个鸟都不肯落脚的地方，她真拿不准。不去吧，心里憋得慌，齐明远的影子融入自己的血液，嵌入自己的骨髓，瞄一眼他，哪怕是听一听他的声音，也能治好自己的那个心病。再说，十年寒窗，就这样一朝葬送，她心犹不甘。可去吧，与齐明远朝朝见面，爱恨情仇，是个什么滋味。经此一想，她下定决心不去鸡公山乡报到，让父亲再去找找关系换个乡镇。她想，与其看他挽别人的手让自己气得吐血，还不如从此不再见面，图个心里清净。她脚轻轻一踩，说："打过勺子换过柄。"

吴芳菲正想着，突然响起"咣咣"的敲门声。

王六斤在门外叫："妮儿唉，你已经把自己锁在房间里几十天了，这样会憋出毛病来。"她听听，看屋里没有动静，又叫，"没必要为那脓鼻子伤心了，现实看得出来，他不是什么好东西。开开门吧，我同你说两句体己的话。"

吴芳菲放下手中的旅行包，呼啦扯开了门，说："谁是脓鼻子，你看他少几个子儿瞧不起他，也就算了，何必作贱人家。"王六斤的话一下子摁到了吴芳菲的气穴。

"妮儿，你就想横倒我来，别好心当成驴肝肺。这段时日那小子的表现，我也看得出来，我只是替你说了几句公平话。"王六斤也动了气。

"他怎么对我那是我的事，再倒霉也是我自己认。"

"你毕竟是从我的肚子出来的，我不管谁管。"

"我不要你管了，你也不要认我这个女儿了。"

"你的良心被狗吃了，一把屎一把尿地把你拉扯大，又供你读了书，竟然说出这么绝情的话来。"

"哪一个做父母不是这样，天下何止你一把屎一把尿地把孩子拉扯大。"

"你滚……"王六斤气得差点吐出血来，她想女大不由娘啊。

吴芳菲转身想拿几件衣服走人，王六斤一脚跨进屋内用力一抢，一把将吴芳菲掀倒在床上。吴芳菲呜呜地哭了起来。她本来是想通过母亲给父亲说，再去找个关系，看能不能改派乡镇，现在好了，话还没说，跟母亲又闹翻了。

王六斤看到女儿哭得很伤心，心里真是后悔。她缓了缓口气，说："妮儿，做母亲的总是体恤自己的女儿，为女儿的前程考虑，难道还会害了你不成。"

吴芳菲感到自己有点过分，母亲再怎么自私也是始终想着女儿的，自己这样跟她吵，实在是不该。她的脸色稍稍收敛了一些。

王六斤坐下来，看看吴芳菲，说道："打过锄头换过柄，妮儿想开些，天下好男子有的是，现成的就有一个，在我们客厅里坐着，人家可是连等了你几十天了，你在小房间里闷着，他在我们客厅里苦挨，天下少有这样有恒心的男子哟。"

吴芳菲有点感动，平心而论，她对港毛子谈不上很反感，也谈不上好感，倒是对王六斤明显偏袒的唠叨特别的烦。她脱口而出："我又不是一张白纸，

说贴哪里就贴哪里，你叫人家回去，别让人家看了以为真是那回事。"

王六斤像是没听见，她看到女儿收拾的行李，心里特别复杂。她想，女儿去单位报了到，难免同那小子旧情复发，那就要眼睁睁地看着黄了与港毛子的婚事，那六万块就要从自己的存折上取出来，换成别人的名字。但她又不好阻止女儿去报到，毕竟女儿苦读了十年，现在苦出了头，有了一个落脚的地方。可王六斤还是忍不住问吴芳菲："你今天去报到？"

"不去了，你满意了吧。"吴芳菲头也不抬，埋在被子里说。想改派的事吴芳菲话到了嘴皮又收回去了。

王六斤暗地惊喜，但又有点怅然若失。"妮儿，工作还是不要丢，到时叫你老公给你换个单位。"她自言自语，"嫁个好老公什么事摆不定。"

吴芳菲很是烦，突地站了起来，说："你出去，让我一个人清静一下。"

我让他来陪陪你，王六斤话没说完，那港毛子就已经挤了进来。这是王六斤很早就预谋好了的，她上来敲门时，就把那港毛子带在身后。

吴芳菲一脸的惊愕道："你……"

王六斤像是抹了油似的，一下子就开溜了。

那港毛子不等招呼，就自己找了个地方坐下来。

吴芳菲赶紧抹干自己的眼泪，她本想下逐客令，但想，这未免太失风度。坐就让他坐吧，看他能挨多长时间。

一阵沉默后，港毛子终于忍不住了，他没有更多的拐弯抹角，说："芳菲，嫁给我吧，凭我的实力，能让你幸福的。"

吴芳菲像是没听见，她承认，如果嫁给他，绝对没有衣食之忧。但她想，金钱并不能买到一切。

"我对你可是真心的，这几十天，我丢下生意都没去做，每天都在你的家里守着，对你可是割心肝填肚子。"

"你这是乘人之危。"吴芳菲不屑。

"我觉得不是，我只是和他进行公平竞争。"

"你知道我与他有几年的感情？"吴芳菲停停，"怎么可能别人说同我结婚就结婚。"

"我听说过你们的事，但我知道他现在就辜负了你的感情，你们的感情经不起考验。"

吴芳菲的心就像被剑猛刺了一下，她无言。

他乘胜追击道："你别指望他了，他要真是个男人早就来看你了，你犯不着再为他伤神，你看你眼眶陷得这么深换来什么？一场空啊。"

她感觉自己心中的怒火和怨恨被撩拨起来了，她真的恨那个没心没肺的家伙，几十天的怨气、怒气都积到了牙面，她的牙齿咬得咯咯响。"你别说了，我即使跟你，也需要时间……"

他看她意志有些动摇，抓住时机说："我是个商人，在爱情上我也注重效率。"

她有些愠怒，说："我对效率不敏感，你走吧。"

"今天我不走了。"他有点嬉皮笑脸，一双大手抓住了她。

她惊叫了起来："放手，否则我喊人了。"

"喊吧，你父母就在楼下，没有他们的同意，我上不了一个台阶。要知道，一个多月了，我没了耐心，你父母也没了耐心。"

吴芳菲一听，立马头晕目眩，怒气攻心，父母就这样为自己的女儿好呀，竟然与港毛子同谋……她没有了一点招架的力气……

吴芳菲不愿再想了，泪水滴滴答答地流了出来，她呆呆地看着桥下的流水，看着水中的月在汨汨水流中圆了又破碎，破碎了又重圆。她想，人生的很多事就在那一两下敲定了，她和齐明远谈了几年的恋爱，几次差点破了红线，但就是……而毛子眨眼工夫就得手。她叹了一口气，一切都是命中注定。但她转念一想，实际上，也无所谓命运，一切都是人的安排。就像她自己的命运，先是拿捏在父母的手中，再就是被港毛子攥着，老天什么时候宠幸过她。

吴芳菲决意要拿捏一回自己的命运。决心已下，就没有更多的顾虑，她想再晚也要见上齐明远一面。

她用壮士断臂的勇气向前走去。然而让她意想不到的是，等她到了乡政府门口，一堵铁门把她挡在了门外。她喊了几声，门卫室也没有回音。夜深了，她只好气馁地回到了旅馆。

27 轮流为母亲守灵

厅堂里，齐应天在大女儿和二女儿的搀扶下，整理老伴的寿衣。一会儿后，他挣脱女儿的搀扶，颤微微地端着一盆水，用毛巾慢慢揉搓老伴那皮包骨的脸。他又要女儿拿来梳子，亲自给老伴梳头，他一绺一绺地抹平、梳直，嘴里不停地说："最后一次了，最后一次了，到了那边谁还会给你梳头哟？"说得旁边的子女亲人哭声一片。做完这些，他往后退了一步，然后远远地站着，可能是想最后看一看老伴的遗容。

齐应天看着老伴直挺挺地躺在厅右边用床板临时搭起来的床上，身上盖了一床白床单，床头一盏用灯草做的照脑灯孤寂地烧着，心头一凉，不觉潸然泪下，老泪纵横。人的生命也就那回事，出生时，攥着拳头带着希望来，死了，还不是伸直十指，悄无声息地回去。不管是王侯将相，还是普通百姓，死相都一样，不可能带走一毫一文。他真闹不懂老大老二撇下亲情竟然会为那一点东西而大打出手。他想，人两眼一闭，除留了一打子孙外，能带走的就是那份难舍难分的感情，还能带走什么。经此一想，齐应天愈觉难过，向老伴的遗体扑去，哭道："他娘啊，你就这样撇下我这个老头，我以后怎么过哟……"

齐来香几姐妹担心齐应天伤心过度，强行把他搀扶开来。她们一边搀扶，一边安慰他："爸，您别担心，我们会照顾好您的，要紧的是要保重好自己的身体。母亲不是到世下受苦，她是去享福的。"

齐应天被搀扶开来后，又是捶胸又是跺脚，头猛往墙上撞。齐明远家人一时慌了手脚，又拉又扯。大太伯一看，心想不得了，这样下去又要多埋一个尸佬。他断喝一声："应天，人死不能复生！你们这样闹哄哄的，闹得应天婆魂魄不得安宁。现在要紧的是赶快择一个吉日，把应天婆归个家。"

大太伯的一喝，把齐应天给镇住了。齐应天对齐明远说："远仔呀，你把你母亲的生辰八字和断气的时辰报给东村的王先生，让他给你妈择个归家的吉日，选个福地。"

齐明远知道，那王先生既会择日子，又会看风水。他本来最看不惯那一套，人过世了，找个地方安葬不就得了，还择什么日子。他明知道那是骗钱的把戏，但父命难违，只好违心地做了安排。

大家都还在淌着眼泪，等着齐应天宣布如何处理后事。

老二婆娘脑子转得快，她知道，那些风水先生都是整人的精，哪家死了人不是害得人家十天半月才能出殡，有的尸体已经发臭，还让人家守着。她挤过来，凑到齐留福的耳朵边嘀咕了两声，齐留福的脸立时拉了下来。他吞吞吐吐地跟齐应天说："爸，守灵的事……要安排一下。"

齐应天说："你妈睡你家厅堂，自然你家先守着，等择出了日子再作安排。"

齐留福觉得也对，便嗯了一声。

老二婆娘心里暗骂了一句，南门外的二傻蛋！她狠狠地踩了齐留福一脚。

齐留福"唉哟"一声，说："你……有病吧……"

老二婆娘没理会他，对齐应天说："爸，这怎么行，谁知道日子什么时候能择出来，这段时期我们和大家一样都累得挺不起腰来了，我看轮着守灵合适。"

齐应天的脸立即拉了下来，轮也主要是你两兄弟轮。老三和四个小姑那是泼出去的水。

老二婆娘看看齐明远，她想说，难道老四就不是你的子？虽说他刚打括，双方家什都还没有磨合，但碰到了这样的事谁有什么办法，胸中突地生起一股闷气。但她鬼得很，吐到舌尖的话都收了回来，心想，说出来，岂不得罪了老四和他婆娘，这种话还是让老大傻婆去说。她装出和颜悦色的面孔，说："爸，你这话说得对，按理说，就叫我家留福一人守灵也是天经地义，应尽的

孝心，可怕时间长，我们吃不消。"

经老二婆娘一点拨，老大齐得福的大脑激灵了一下，说："爸，我看，妹夫妹子也轮着守灵比较合适，她们也早有这个心愿。"

齐来香看看沉默不语的父亲，憋不住了，"你别担心女婿会有想法，家里都是我们这些做女儿的当家，我看几个妹妹也同意轮着守灵。"

"这总不好吧，我们家有几个男丁，还要女婿来守灵，传出去怕村里人笑话。"齐应天说。

齐得福接过话头，"这有什么，一个女婿半个子，守个灵理所应当。"

没等齐得福说完，老大婆娘就脱口而出，"不单做女儿的要轮着守灵，儿子也要全部参与守灵，不能肥一个，瘦一个，厚此薄彼。"

齐应天气得两根白胡子倒竖起来，说："你……远仔刚打括……"

齐得福也觉得自己的婆娘口无遮拦，破壳直出，像这样的话要说也不要当着老四的面说，这不明的树了一个挨打的靶子，他朝他婆娘狠狠地骂道："你嘴里嚼蛆，这儿没你说话的份，你死到前八里去。"

老二婆娘暗暗高兴，不知饱足的老母猪。

老大婆娘看到老二婆娘的那副神气样，心里就窝火，她冲齐得福嚷道："我是齐家的媳妇，凭什么我就没说话的份。守个灵咋了，不就是晚上的时候在那里躺一下。才打括，才打括，难道守一下灵就会影响他们传宗接代？"老大婆娘越说越来劲，她滚动着舌头，又说："不但要一起守灵，安葬的费用也要一起分担。"

"你狗嘴里吐不出象牙来，看我割了你的舌头。"齐得福没等自己婆娘说完，一巴掌就打在了她的脸上。立时，两人扭打起来。

老二婆娘大开了一下眼睛，她阴阳怪气地说，"别打了，惊得婆婆的魂魄都不得安宁。"

齐明远的几个姐姐好不容易才把他们拉开。刚一扯开，老大婆娘就往地下一倒，说："我不想活了，这样活着有什么意思……"

众人拖的拖，拉的拉，老大婆娘死活不肯起来。

齐应天气得心肝都要爆炸了，"你们死到崇子背去……"话没说完晕了过去。

看到齐应天晕了过去，老大婆娘自觉闯了大祸，偷偷地爬起来，溜了出去。

齐明远和他的几个姐姐赶紧掐齐应天的人中穴，方才把他救了过来。

齐明远说："爸，你不要为我考虑了，我是家里的男丁，为母亲守灵理所当然，我回来就是想尽这个孝心。他们不放心，晚上就从我这儿轮开始。"

刘诗仪也跟着附和："刚打括怕什么，不就是像大嫂说的那样，在那里睡一个晚上。"她心里想，怕什么，有齐明远在呢。

"你这个心，我替你家婆领了，我是怕你父母怪罪我们。我都是做父母的人，知道做父母的疼孩子的心思。"齐应天说得上气不接下气。

"爸，你放心，我父母会理解的。"刘诗仪怯怯地说。

齐应天点点头，说："这太过委屈你们了。"他又转身，对大家说："你们说要轮着守灵，我同意，今天晚上就从远仔开始，然后从大到小，往下轮，大家有什么意见没有？"

经历了刚才的吵闹，大家都无言。

此时已是日上三竿，大家才感到肚子空落落的，原来早餐都没吃。

28 看到一封没寄出去的信

吴芳菲昨晚一个晚上几乎没睡。她起了个大早，对自己进行了精心的修饰，感到满意后，才下到楼下的小餐馆吃了点稀饭。她赶到鸡公山乡政府门口时，除了看到几个晨练的人，再没看到其他的人影。大门倒是开了，她做贼般地溜进了院内。

乡政府是个四合院，南北朝向。大门边的是刚盖起来的四层钢筋混凝土结构的楼房，是乡政府的主楼，每间房子的门口都挂满了各个办公室的牌子。东西向是一层的小平房，看上去很像是乡干部的住房兼厨房。北面是五六十年代建的两层结构的土木楼房，楼的一半是干部宿舍，一半是乡机关招待所。院子大概占地二十亩，中心是一个用水泥垒起来的三层结构的花坛，坛中间种了一棵水杉树，已长到了二丈来高。院内，四棵高大的法国梧桐，叶子已经掉得差不多了。一排长条石凳孤零零地呆坐在院北。几个老鼠旁若无人地抢着水沟里的饭菜屑。给人的整个感觉是一个破败的无人修理的祠堂院落。

吴芳菲一个人在院子里踱着。她百无聊赖，偷偷地站在沟旁，看着老鼠争抢食物，偶尔听听四周传来的鼾声。

胡明生有早解的习惯，他穿一套秋衣裤，打着哈欠就往这边走来。

吴芳菲有点不好意思，但躲藏是来不及了，她干脆迎上去，说："领导，你知道齐明远住哪儿吗？我是他同学。"

胡明生看着吴芳菲，半晌说不出话来。在他记忆中，在鸡公山乡还没看过这样的美女，他不相信自己的眼睛，大清早的，他以为是仙女下凡。他眨巴着自己的小眼睛，说："刚才你说你是齐明远的同学。"

吴芳菲嗯了一句。

"以前，我可从没听他说有你这样一个美女同学。"胡明生的情绪调动起来了，憋在肚子里的大便仿佛也没了感觉。他定定地看着吴芳菲，嘀咕道，这小子金屋藏娇，艳福不浅，还装着在我面前叫苦连天。

吴芳菲被他的目光看得头都抬不起来。自言自语道："我们是中专时的同学。"

胡明生嗯了一句。他自我介绍说："我是鸡公山乡党政办公室主任，我姓胡。"

"噢，胡主任。"吴芳菲补充说。

"你怎么称呼？"

"你就叫我小吴好啦。"

胡明生觉得这样站着别扭，自己又穿着内衣内裤。更主要的是自己肚子里的大粪现在又开始大闹天官，不断撞击自己的肚皮。他说："你先到我的办公室坐坐。"不待吴芳菲应答，胡明生就转身走到了自己的办公室门口，打开了门。

吴芳菲想，与其在这里站着，倒不如到哪个地方坐一坐。但大清早的，去人家房间里坐，不太合适。好在他说是去他办公室坐。她跟着他，步入了屋内。

胡明生说："你随便坐坐，我先去轻松轻松，解决一下问题。"说完就往门口走去。

吴芳菲往屋内一看，心想，这哪是办公室，分明是住房。一条布帘把一个房间分成了两部分，前半截是办公场所，一张办公桌，一条旧藤椅，桌上放了一部红色的电话机和几个文件夹。办公桌的前面是倚墙放的一条农村会议室常看到的长木椅。墙壁上挂着一块木镜框，框内贴的是办公室主任职责，办公设施简单得不能再简单。她偷偷地往布帘后瞄了瞄，只见靠墙壁横放了一张床，床的对面是一台十四英寸的黑白电视机，床的旁边木椅子上放着一个皮箱子，这就是这个房子主人的全部家当。

就在她偷瞄帘子后的摆设时，胡明生踏进了办公室，他客气地说："坐坐，我这里像狗窝一样。"他进里面房间套了件外套出来，眨眨小眼睛，说："你说老齐

呀，我们是好朋友，可不巧，他母亲快不行了，回老家几天了。"

吴芳菲一听心里有点急，她从长木椅上弹了起来，急道："他母亲就不行了……齐明远心情好吗？"

胡明生感觉到她与齐明远关系不一般，心里猛生了一种妒意，齐明远算个什么人物，倒很有女人缘的，想我胡明生能说会写，左右逢源，没碰到一起好事。但他很快调整了自己的心情。"谁家死人心情会好起来，况且他家里催了他几年要早点对个象，可他还是萝卜一根，光棍一条。"

吴芳菲心里特别内疚，她喃喃自语，都怪我，都怪我……现在她唯一的愿望就是早点看到他，哪怕是安慰他两句也好。她想赶到他的家里去。主意已定，就想告辞。

胡明生看出了她的心思，"你想去他家里是吧，那可能要扑空。不就是处理一下后事，还会挨很长时间？"他自言自语，"按理说，这两天应该回来了。"

吴芳菲觉得他说得有理，又坐回了椅子上。

胡明生突然像发现了新大陆，"你是不是原来和老齐一起分在我们乡的那个吴什么来着。"

"是，我叫吴芳菲。"

"那你怎么没来报到上班？"

吴芳菲不知道如何回答，在一个不了解的男人面前，怎么能和盘托出自己的故事，她叹了一口气："一言难尽啊。"

"那你是他的……女朋友。"

"以前算是吧。"

胡明生噢了一声，然后目光在她身上不停地搜索，像是要穿透人家的衣服发现什么不对之处似的。他心里说，确实是个有味的女人，是属于丰满恰到好处，成熟中有几分单纯，让男人一见就心动的女人。特别是今天吴芳菲的打扮，把该凸出的地方都凸出来了，曲线异常分明。

吴芳菲在这种目光下，感觉就像被人脱光了衣服一般，特别的不自在。她欲起身告辞，说道："等齐明远回来了，我再过来，我先回小旅馆。"

胡明生听她一说，心里有点发毛，难得一见的美女怎么能说走就走呢。他的大脑转速达到了三千六百转，乡招待所又被县林业局来检查造林的人占了。这时他眼睛突然一亮，齐明远的房间不是可以住吗。他说："小旅馆你就别去了，那边治安不好，就住在齐明远的房间里。"他的眼睛里闪烁着一种骄傲，"我这个当管家的，没有什么特权，要说有特权就是掌管了乡里股级以上干部住房钥匙。嘿，这也是没办法的事，乡招待所才五个房间，财政又紧张，上面来了领导，长期住旅馆乡里负担不起，只好充分利用这些领导和干部的住房。"

吴芳菲连连说："这不行，这不行。"

胡明生说："这有什么不行，县里来下乡的女领导不也经常住那些男同志的房间吗？再说，这样齐明远一回来你就知道。"说完，胡明生在她的肩膀上轻轻推了一下，安抚道："走吧，没事的，我去给你开门。"

走进齐明远的住房，才知道他的房间乱得简直不像样，地长时间没打扫了，垃圾被踩成了碎屑。墙壁上挂的《中国青年报》也是几个月前的。他的房间也兼作了办公室，与胡明生不同的是，他没有用布帘把房间隔成两部分。也许是他的职位不如胡明生的重要，来找的人少的缘故，不需要把办公室和卧室分开。吴芳菲走到床前一摸，她差点叫出声来，哇，一手的灰。床上的被子也卷成一团，枕巾被磨出了一层油。扔在床头的衣服散发出难闻的馊味。床架上挂的两双臭袜子，在门口灌进来的风的吹动下轻舞飞扬。床边的木箱上放的方便面长出了绿毛，发出一种怪怪的味。

胡明生装出第一次来他这个房间的样子，脸上露出吃惊的神色，口里说："这个懒虫！"又对吴芳菲堆出一副笑脸，说："委屈你了。"

"没事，又不是长期住，对付就行。"心里想，只要能早点看到他就行。

一阵沉默后，胡明生觉得不好意思再在那里待，就知趣地走了出去，"你先住下，吃饭时，我来叫你。"

"别客气，胡主任，你千万别客气。"

"你是老齐的客人，就是我胡某的客人，也是我们鸡公山乡的客人，我不但要请你吃饭，而且要请我们老板来作陪。"

吴芳菲很是紧张，"这不行，我是私事来找齐明远的。"

胡明生像是没听见，只是自顾自地走了。

　　吴芳菲一个人在房间里愣了半天，等确定胡明生走后，才回过神来，感觉轻松了许多。她走到办公桌前，掀开桌面上放着的乱七八糟的文件，露出了一块玻璃板，玻璃板下横七竖八压着一堆照片。这时，她的心突地一跳，在那些东倒西歪的照片中，唯有她的照片还端端正正地摆在中间。这是她高中快要毕业时站在学校大门边照的照片，是齐明远最欣赏的一张，他说，这才像个学生，有点妩媚，又很是清纯。可她并不很喜欢，她总觉得，自己照得像个村姑，没有城里女孩的俏皮和活力。但她没有把自己的想法告诉他，怕他不高兴。他说好，就送给了他。但她没想到，他一直把这张照片带在身边。她胸中立即涌上一种感动，嘴里念叨着，明远没有忘记我，没有忘记我……

　　吴芳菲为这点感动，呆坐了好一会儿，也许是感情上受过挫折的女人特别容易走神的缘故。院子里吃早饭的钟响才把她搭错的神经重新接回去。她想应该为他做点什么，对，给她收拾一下房间。她等那些乡干部都去了食堂后，偷偷地到集中洗漱间提了一桶水，给他拖了地板，擦了桌子，又把他的被子晾到了阳台上。她很想给他洗洗衣服，但要到食堂的水池里去，又怕别人看到不好意思。房间里能做的事都做完了，她又开始百无聊赖起来。这时，她看到纸篓已经塞满了废纸，她像自己平时倒垃圾一样，找了一个塑料袋，然后把废纸都倒到塑料袋里。突然，自己的名字映入眼帘，只见一张只写了个称呼"菲"就没了下文的白纸，一张就写了"芳菲"开头也没下文的白纸。她发疯地扒，扒出来的废纸，展开都是写给自己还没有写完的信。她抓起一封没写完的信，默默地念起来。

　　菲：

　　近来好吗？今天，我是怀揣一颗滴血的心向你写信。我妈不行了，她永远也看不到我牵着女人的手进入婚姻的红地毯，她死不瞑目啊。我是一个无用的男人，在感情上我没有任何的手段，是我们的同学都知道，我到手的爱情都让我放飞了。菲，一切都是我的错，都是我的错，但已经没有让我改正的机会了。是不是真的有缘无分，是不是一切都是命运的安排？

　　菲，也许上苍根本就没安排我的另一半。我追求过、努力过，但是劳而无获，劳而无获啊！

　　菲，现在家里催逼得急，我咋办啊？本来我打算把脐橙基地建得有些模样，干出点名堂后再来找个婆娘，可我妈时日不多了，现在我到哪拉个女仔呢？我相信，如果你在我身边，即使你已是别人的妻子，也会帮我这个忙的，做一回我的合同新娘。

菲，我好恨你，恨你的心像铁石般坚硬，恨你根本没有把我们几年的感情当回事。难道你就忘了我们白桦林的牵手，光江河畔的漫步，柳河公园的亲吻，还有其他一切一切的好时光……但我不怪你，我怪我自己，我是个既自尊又自卑的农村孩子，正是我这种性格的劣根性，葬送了我们的爱情……

吴芳菲再也忍不住了，泪水夺眶而出，无力地倒在床上，呜呜地哭起来。"明远，明远，是我的错，是我的错，你骂我，打我都行……我好后悔，我们还可以重新再来……"

因为用情过度，再加上几天的疲劳，她不知不觉睡着了，带着她的无限怨悔进入了梦乡。

胡明生是在快吃中饭的时候去找吴芳菲的。他很风度地轻轻地敲了几下门，可是等了半天都没有反应，心想，难道真的是因为叫老大来陪她吃饭给吓跑了？他不信，一个城里女孩，什么世面没见过？有的活络女孩经常出现在各种社交场合。他尝试推了一下门，门居然开了。

他进门一看，简直傻呆了，吴芳菲正仰躺着睡，两个手交叉放在胸前，两腿一前一后自然弓起，弓起的脚，把裙子撑到了大腿部，露出了雪白的肌肉，看上去就是一尊放在床上的木雕艺术品。

胡明生定定地看了一会儿，头部血管叭叭乱跳。不是王乡长他们在等着吃饭，指不定他会干出什么事来。

他叫了几声："小吴，小吴，起来准备吃中饭了。"

吴芳菲睁开眼，一看胡明生站在床前，她突地坐起来，说："不好意思，睡得太沉，失态了，失态了。"

"没事，没事。走，我们下去吃中饭吧，乡里大老板下村去了，没办法陪你，二老板来陪，现在已经在餐厅等了。"

吴芳菲心里极不情愿，但看到他这么热情，也就不好再三推辞。再说，又是齐明远的上司，人家给脸，自己忸怩不去，对自己倒没什么妨碍，就怕因此害了

明远。

胡明生边走边说："老齐真能装，哭丧着脸说找不到老婆，这么漂亮的女朋友闲着，天天就知道种什么脐橙。"

吴芳菲记得齐明远塞在纸篓里的那封没发出去的信也说到了要建"万亩脐橙基地"，就问："我们这儿的主打产品不是毛桃吗，怎么又种起来了美国的脐橙？"

"这就要问老齐了。他把这作为他的梦想，说什么引导农民发展脐橙，脱贫致富，还要建设'万亩脐橙基地'，这哪儿是他作为一般干部考虑的，这不是跟领导抢风头吗？还跟领导写万言建议书，前任书记都烦死他了。"

"你们农村工作我不太懂，但在我的记忆里，乡村干部的主要任务之一就是引导农民发展农村经济，发家致富，引导农民种植脐橙不是可以让农民增收吗？有什么不好？"

"你们两人真是天生的一对。不能说引导农民种植脐橙不好，现在我们的首要任务是要把农业税、生猪税、车船税等各种税收和公粮、购销粮收起来，把过高的计划生育率压下去，把农村稳定好，这是国家大局，还要把乡统筹村提留收起来，否则乡、村两级怎么运转，我们自身难保，哪有精力推广脐橙种植？再说，现在哪个人不是多一事不如少一事，随个大溜就行了，就他爱出个风头，天天吵着要实现什么梦想，干部会喜欢他还是领导会喜欢他？"

吴芳菲不好说什么，她默默地跟着他往前走。

29 岳母突然出现

刘立公被送进医院后，张桂蓉忙得一塌糊涂，跑上跑下，挂号、交费、验血、验尿、心电图、脑电图，只要医院有的检查项目都要过一遍。累得眼睛都发青的张桂蓉感慨：什么都可以有，但不能有病。到了医院，不管你是什么人物，在医生面前叫你站你不能坐，叫你做什么就要做什么，大家恭恭敬敬的，都不愿意得罪医生。她还好，自己毕竟在妇联工作，认识不少熟人，一些医生碍于情面，让她少了很多环节。

刘立公被医生推出手术室后，他看到了跟在身边的张桂蓉。因为当时喝得太醉，他不知道自己发生了什么，也记不清楚当时的情况，看到自己被医生推着，心里十分疑惑，可能麻醉还在起作用，他对张桂蓉想说点什么，但还是说不出来。张桂蓉很想臭骂他一顿，但看到他刚刚手术完，就忍住了。

张桂蓉把刘立公安顿住下院后，感觉并无大碍了，她就谋划着怎么去找到自己的女儿。她问刘立公记不记得自己跟他说过女儿的事。刘立公耷拉着脑袋说自己大脑一片空白，这几天的事他一概不知道。

为了让他好好养病，张桂蓉并没有把女儿的事再告诉他。她想，他现在这个样子，告诉女儿的情况他也无法帮上自己的忙，只会加重他的病情。她想只有靠自己了。

刘立公乡下的妹妹是张桂蓉捎去信两天后才来医院的，也可以理解，现在农村都在忙二晚收割。刘立公在乡下还有老父老母，两个八十多岁了，张桂蓉不敢告诉二老刘立公的事，怕他们血压高，听到后一激动，又增加两个病人。

她特意交代小姑子别跟他父母说。小姑子到医院后，张桂蓉并没把女儿的事告诉她，只是说单位有急事出差几天，把老公的情况略作交代后，就骑车上路了。

张桂蓉按胡明生提供的齐明远家的地址，一路问过去。还好齐明远那个行政村没出几个大中专学生，能跳出农门捧上铁饭碗的，在村里的知名度都高。村干部画了一张草图给张桂蓉，她按图找路，不久就到了齐明远的村小组。

进村后，张桂蓉问一个去收割二晚的村民："你们在鸡公山乡工作的齐明远住在哪儿？"村民很热情，以为是来喝齐明远喜酒的朋友，就说："你才来呀，赶过饭餐背了，明远都已经打括了。"看到张桂蓉没听懂，村民补充说："明远前天就结了婚，你贺礼都送迟了。"

张桂蓉一听，大脑"嗡"地一下，差点晕倒。她想，自己不想发生的事还是发生了，原来以为只是演一场戏，女儿只是陪齐明远回家，让他快死的母亲知道自己的儿子找到了女朋友，装装样子，即使传出去，也只是自己的女儿去做了一回演员，造不成什么后果的。现在竟然和齐明远打括了！农村打括，就是拜堂、同房，孤男寡女同处一室，干柴烈火，就是齐明远有那种意志，遵守君子之约，恐怕女儿也会禁受不住诱惑。想当年自己和刘立公结婚，好酒的刘立公喝得一着床就想睡，在那种氛围，是自己禁不住，摇醒刘立公后做的那事。她不敢想下去，稍稍定了一下神后，问："你能告诉我他家住哪儿呀？"村民说："贴了红对联的就是他们家，这段时间全村只有他家归亲。"她径直往村里走，牙齿咬得咯咯响，如果胡明生和齐明远在面前，定要咬下他们一块肉来，但心里又一直祈祷：作为国家干部的齐明远是讲信誉的，他们一定只是演戏，不会假戏真做的。

张桂蓉走入村中间，就看到了三间贴了红对联的土砖房，房子虽然旧，土砖砌的墙也有些斑驳，但给人很清爽整齐的感觉。她想这应该是齐明远的房子了。但透过窗户看，房子里空无一人。她很纳闷，刚办完喜事，齐明远家人就下地了，齐明远和女儿难道已经回鸡公山乡了？正纳闷时，一个村妇走了过来，正是齐明远的大姐齐来香。她看到张桂蓉站在弟弟的婚房前东张西望，以为是鸡公山乡里来的同事，就说："领导，我是齐明远的大姐，你是来找我弟弟和弟媳的吧，快屋里坐，他们在我二哥的厅堂里。"

张桂蓉一听，立即气从心中来："谁是你弟媳，谁是你弟媳，没照照镜子！看看你弟挣几个子儿能娶我的女儿？"

齐来香丈二和尚——摸不着头脑，听到张桂蓉这样一说，立即明白了面前站的就是自己弟弟的岳母，要是以前，听到这种话，自己炮筒子早放开了炮，跟她干起了架，但今天她忍住了，亲家母第一次上门，再说弟弟和弟媳打括，弟媳的父母和家人都不知道，更没有按规矩给一分钱彩礼，做酒也没给一分鱼肉钱，人家有点气也是可以理解的，她锁紧喉咙，放缓语气跟她说："亲家母，你来了我们都不知道，失礼了。"

张桂蓉白她一眼，说："看清楚人来，别乱喊。"

"你不是诗仪的母亲我弟弟的岳母？"

"诗仪的母亲不假，你弟的岳母就不是！"

"你没看看我家贴的对联，我弟和诗仪都打括了，你怎么就不是我弟的岳母？"

"那是你弟欺骗我女儿来的，打括是假的，我们做大人的一个都不知道，我们都不认账。"

齐来香心里惊了一下，怪不得弟弟死活不打括。但转念一想，现在弟弟和弟媳都实实在在拜了堂，圆了房，我们喜酒都做了，全村人都来吃了喜酒，说打括是假的哪有那么容易？为了不伤和气，她还是和声细语地说："来都来了，还是先到屋里坐，我去叫他们过来。"

"不坐了，就在这儿站着。"张桂蓉口气很硬。

齐来香感到事态严重，赶紧去告诉父亲和弟弟妹妹他们。

刘诗仪听到自己的母亲来了，愣了半天，母亲怎么知道自己来了这旮旯里，胡明生不是说会保密吗？她一定知道了自己假扮齐明远女朋友的事了。接下来，脾气不好的母亲不知道会作出什么出格的事来？

一听到亲家母来了，大家都往外走，都想看看亲家母长得啥样子。

齐明远高度紧张，他有点手足无措。刘诗仪看到齐明远慌张的脸色，立即过去拉住他的手，说道："没事，我妈只是脾气不好，心地还是蛮善良，把情

况跟她说清楚，她会理解的。"

听刘诗仪这样一说，齐明远放松了不少。他跟在父亲的背后，赶紧往自己的住房走。

远远地看到张桂蓉一脸怒容，齐应天心里一惊。大女儿来厅堂只是说，亲家母来了，叫自己、远仔和诗仪快过去，除此之外没透露任何信息。看这架势，亲家母一定是来兴师问罪的，他真后悔听了刘诗仪的话，打括是人一辈子的大事，怎么能让人家父母都不知道呢，怎么能少了那些规矩呢，一条鱼，一两肉都没给，女儿养那么大，莫名其妙就成了别人家里的人，换着自己也不高兴、不答应。哎，就是为了老伴走得更落心，否则自己也不会这样急。他反复提醒自己，亲家发再大的火，自己都要忍住。

"亲家来了，我们本来应该到村口接，还要放一挂鞭炮的，现在我们都乱了规矩。"齐应天自责地说。

张桂蓉看到白发苍苍的齐应天，她不好发作，瞥了他一眼，说："快别这样说，会折我的寿。"

齐明远跟着叫了一声："岳母……"他本来是想叫阿姨的，但自己又打括了，为了不让父亲和家人看出什么，还是叫了一声"岳母"，刚叫出声来，张桂蓉就一巴掌打在了齐明远的脸上。这突如其来的举动，在场的人都没想到，刘诗仪也没想到。刘诗仪想，母亲平时脾气再不好，也不会随便打自己，更不消说打不熟悉的人。她冲过去，很是气愤："妈，你怎么打人呢？"

"你还有脸说……"又一巴掌给了刘诗仪。

刘诗仪眼泪汪汪，不知所措。她不知道母亲怎么变得这么粗暴？她感觉自己并没做错什么，不就是帮同事走了走过场，不宣扬，单位的同事谁知道。就是别人知道了，有些议论，我就嫁给齐明远又如何，齐明远个人条件并不差，相信他一定有出头之日。明远的父母是农村的，家庭条件差一点又怎样，多少城里女孩也都嫁了农村出生的老公，他们过得也挺幸福的。嫁个家庭条件好的，固然衣食无忧，但做保姆的日子未必好。

齐明远看到刘诗仪挨打后傻傻的，气愤异常，但他忍住了，毕竟是人家母亲管教女儿，他稳住语气说："你打我也就算了，是我的错，你怎么打诗仪？"

张桂蓉也不跟他废话，走过去拉住齐明远就要往外走，说："走，到你们领导那儿说去！"

"我母亲还没出葬，出完葬后我会去向书记乡长作检查的。"齐明远扎稳桩，就是不动。

齐来香见状，走过来说："亲家母，有话好说嘛，不要动手，大家都是大人了。"

张桂蓉见拉不动齐明远，就二话不说推自己的女儿走。刘诗仪哭着叫："妈，做事能不能别那么冲动，明远的母亲还没出葬……"

"你要不要脸，一个姑娘家，今后怎么嫁人！你不要脸，我还要脸呢！"

"妈，你这样说，我就不走！不走！"刘诗仪执拗起来，她坚决地说。

除了齐来香，齐应天和几个儿女一样，都蒙在那儿。齐应天想，作为岳母这一辈，教训一下自己的女儿女婿这也无可厚非，特别是作为女婿这一方，没规没矩，没花一文钱就把人家的女儿娶回家，人家发泄发泄，作作威风，也是可以理解。但不问明情况就推着女儿要走，难道拜堂成亲能当儿戏？我们是有错，但犯不着拉着女婿要去见书记乡长，这不是去见官吗？难道没摆那些礼数少了那些规矩就犯了王法，诗仪没同意，我们再大的胆也不敢强行拉你女儿跟我儿子打括。

齐应天正要同张桂蓉理论理论，没想到齐爱花看不下去了。她说："亲家母，我弟弟和诗仪没同你商量就打括了，这是不对，但你也看到了，他们是想抢在我母亲咽气前打括，这也是年轻人的一番心意。如果怨我家失了规矩，没给你家送彩礼和鱼肉钱，那你弄错了，虽然我们是农村人，袋子里没几个子儿，但有米都会踏三下空碓，我们已做了准备的，没送过来，是经得诗仪同意的……"

齐应天立即喝止齐爱花，他想，你这样一说，不是把矛盾全部引到了诗仪身上，不是火上浇油吗？"你不会说，就不要乱说，你不说话，没有人会以为你是哑巴。"齐应天有点生气。

齐爱花的话真刺激了张桂蓉，她跺着脚，对刘诗仪骂道："断命妮子，你

都听到了吧，你就这么贱呀，你看中了他什么？有钱有权还是家庭好。"

刘诗仪感到这样顶牛，事情会无法收拾，她拉开母亲到一边，小声说："妈，我真是来帮忙的，你别当真了，但做假也要做成真的一样，否则村里的人看不起明远的。"

"好，就算你来帮忙，做做样子，但你已经出来几天了，也要回去了。"

"妈，帮忙要帮到底，明远母亲还没出殡，我作为新媳妇怎么能走呢？这不是自己露马脚，明远会伤心的。"

"你不要左一个明远，又一个明远，我看你事事都为齐明远小子考虑，你是不是真喜欢他了。"

"明远是穷一点，但几天的接触，感觉他人正直，好学上进，会有好的发展前途的。"

"你已经中了他的魔了，你再不走，就真的会做这个山窝窝的儿媳了。"说完就猛拽着刘诗仪走，把刘诗仪拉得趔趔趄趄。

看这一阵势，齐明远的几个姐姐立即挡住张桂蓉，说："亲家母，诗仪是你女儿，也是我们齐家已过门的媳妇，他们都正儿八经拜了堂、圆了房的，我们母亲还没出殡，做儿媳的就走，怎么说得过去？到时村里人口水都会淹死人。"

张桂蓉一听，气得两眼冒火，真想再给齐明远和自己女儿几个耳光，但看到过来这么多女人，心里还是有点怯，虽然自己曾经当过乡妇女主任，经历过大风大浪，但面对几个女人横过来，自己提醒自己，千万别吃了眼前亏。她惊呼："你们想动蛮是吧，是欺侮我人单势薄是吧，千万别动手呦，小心吃官司。"张桂蓉显然有点心虚。又对着刘诗仪说："我再问你一次，你走不走？"

刘诗仪迟迟疑疑，齐爱花走过去说："弟媳，你妈一时生气，到时她会理解的，哪个做父母的会割舍自己的女儿。你现在进了我们齐家的门，还是先把我妈送上山，到时我们一起去向你父母道歉。"

刘诗仪心里是复杂的，一边是母亲为自己的名声考虑，好嫁更好的婆家，催促着自己离开，一边是齐明远成熟又无奈哀伤的目光和自己对齐明远说不清道不明若隐若现的好感，她真的难以抉择。但她听到齐爱花的话，感觉自己已然不是在演戏，而是在他们心目中自己就是齐家的媳妇。自己怎么办，她没有底。她很想跟齐爱花说，我和明远只是演演戏，帮帮明远这个忙，让你妈走得更安心，也圆明远这个孝子的心。她看看齐明远，她很想听到他的意见。

齐明远看到刘诗仪扫来的征询的目光。齐明远说："妈都来接你了，你走吧。"说完，脸很快就扭了过去。

刘诗仪听得出，这不是齐明远的内心话，一半是迫于母亲的压力，更多的是从她这个角度考虑的，但自己能这样走吗？他的母亲没有出殡，自己一拍屁股走人，别人怎么看自己，怎么看他全家人。她做了一个可能改变她一生命运的决定。她对她母亲说："妈，你先走吧，明远母亲出完殡我就去上班。"

张桂蓉气得差点吐血，"断命妮子，你会有吃后悔药的时候！"说完就往村外走。

齐应天大踏步向前，拉住张桂蓉说："亲家，吃过饭再走。"

张桂蓉手一甩，径直走了。

刘诗仪抱住齐明远，泪水婆娑，叫了一声"明远……"就说不出话了。

30　守灵时突破了界限

东村的王先生终于给齐家择出了日子，他捎来信说，一个星期后可以安葬。齐应天手指一掐，刚好八天。考虑到时间较长，子女们家里都有农活，他按照子女排序，排了一下子女守灵的班。没有排到班的子女可以回家做点农活。齐应天把齐明远安排在第一天守灵，主要两点考虑：一个是做给众子女看，二则让他守完灵，如工作紧张可以先回乡里，出殡时再回来。

齐明远和刘诗仪白天就开始守灵了。他们头戴孝帽，身穿孝服，腰间还捆着一根草绳，默默地在灵堂前坐着。

因为是白天，又有齐明远陪着，刘诗仪并不害怕。她看着一声不吭的齐明远说："安葬好你母亲后，你有什么打算？"

"还能有什么打算？乡干部做的不就是收乡村统筹提留、计划生育、纠纷调处、维护稳定、发展农村经济等鸡毛蒜皮的工作。"

刘诗仪沉默了一会儿说："我刚加入这个队伍，对农村工作并没更多的发言权，但我觉得这个工作很有意义，我们不仅要发展一方经济，还要保一方稳定。全国十亿人口，八亿农民，中央提出建设小康社会，没有农民的小康，哪有全国的小康？没有农村的稳定，哪有全国的稳定，乡村干部真是共和国的基石。这怎么是鸡毛蒜皮的工作呢？"

齐明远真没想到刘诗仪还没做一天农村工作，竟然对农村工作有如此深刻的认识。齐明远说："我一直在追求一个梦想，就是用我所学的知识，指导鸡公山乡的村民发展脐橙产业，慢慢把他们引上致富路。我一定要把万亩脐橙基地建起来，让鸡公山乡漫山遍野都飘着橙香。乡党委安排我在两个村试点，现在开局良好，那些示范户的脐橙今年挂果了。"说到这事，齐明远脸上有些喜色。

"我也要加入你的梦想。毕竟，对乡干部来说，人生的价值就体现在让农业强、农村稳、农民富上。"

他们聊人生、聊社会，从上午聊到下午，聊着聊着，夜就暗了下来。

齐明远见天快黑了，他对刘诗仪说："诗仪，今天你陪我守了一个白天的灵，太委屈你了。现在天暗下来了，你去我们的那个房间休息吧，这里我守着。"

刘诗仪说："这不行，人家要说闲话的。你哥嫂也不同意。"

"没事，有什么事我顶着。你受这种苦我心里过意不去。"

"你真把我看成外人了？"她有点不悦，又看看他，说道，"我喜欢和你在一起。"

"那我去给你找本书来看，好打发一下时间。"齐明远说。

"不要，让人看见不好。我们静静地说说话，时间一下子就过去了。我还要听你的梦想。"

齐明远和刘诗仪小声地说着话，相互间都有了进一步的了解。刘诗仪感到，齐明远真是一个很好的男孩，他正直、坦诚，有梦想，有担当，是个可依可靠的人。但他也不太识时务，言谈中对那种蝇营狗苟充满了厌恶。特别是对女孩，真不像时下的男孩子一样，嘴上抹了油似的，对女孩哄着、捧着。客观地说，他确实缺乏讨女孩喜欢的看家本领。但他的那种外刚内柔、坚强中透着忧郁，眉宇间那种沧桑，特别是强烈的家庭责任感和社会责任感，的确能牢牢地攥住女人的心。

时间在他们的愉快交谈中悄悄溜走，夜幕就像一床黑蚊帐笼了下来。

齐来香已经送来了晚饭。刘诗仪瞧瞧那雪白雪白的萝卜炒肥肉片和洋葱炒鱼，没一点食欲。她中午也只吃了一碗稀饭，本来她的肚子早就唱空城计了，但她现在连一粒饭都咽不下去。她弄不懂，为什么这两天的菜一点酱油都不放。她瞄瞄齐明远，见他也十分艰难地咽着饭菜，忍不住问："你家的酱油瓶子被人打掉了是吧，前两天的菜颜色好看得很，怎么这些天的菜都像是得了贫血病。"

齐明远说："你不知道我们这里的风俗习惯，红喜事的酒席菜不仅放酱

油，而且放食用红，白喜事的酒席菜都是不放酱油的，所以肥肉片儿看起来就像死人的肉，白皙皙的。"

刘诗仪噢了一声，她想，本来人家家里死了人，就够伤心的了，饭菜又不可口，岂不把身子拖垮了。她暗骂了一句，这害人的风俗习惯。

齐明远说："我叫我大姐给你再弄一份饭菜来。"

"不用。"刘诗仪说完，闭起眼睛吞下去了一碗汤，算是对付了一餐晚餐。

饭后，齐明远和刘诗仪又侃了一会儿。齐明远明显表现出倦意，话题也少了许多，对刘诗仪的谈资对东答西。刘诗仪看他上眼皮搭下眼皮的，不忍心再与他说话。

夜渐渐地静下来，屋外的狗吠明显少了许多。齐明远的二姐、三姐、四姐没有轮到班，下午回家处理农事了。亲戚因为折腾了几天，疲劳不堪，早早地上了床，再没有到灵堂这边来过。他的哥嫂也关了厢房的门。

刘诗仪估摸了一下，大概已是晚上十点多了。厅堂里，一个十五瓦的白炽灯发出泛黄的光，使厅堂的下半截有点光亮。上半截是搁齐明远母亲的地方，照脑灯虽然只是一根灯草沾油烧着，但在盖齐明远母亲白布的衬托下反而更加亮堂。白天时刘诗仪还敢瞄瞄厅堂的上半截，现在头都不敢转过来。可能是照脑灯里油沾了水的缘故，灯草突然烧得啪啪响，吓得刘诗仪心脏都提到了嗓子眼上。她身子突地向齐明远靠过去，抱住了打瞌睡的齐明远的肩膀，说："明远，你听是什么声音。"

齐明远侧耳听了听，没有听到什么，但他知道，刘诗仪是心里害怕，有点声响就让她毛骨悚然。他说："诗仪，你是怕了吧，这种环境哪个女孩都会怕的，我送你回房间睡吧。"

"我不回去，有你在我不怕。"刘诗仪说。

"你是担心人家说你闲话吗？这有什么，已经够委屈你了。再说，这么晚了有谁知道你回去睡了。"

刘诗仪支支吾吾："我怕什么闲话，不瞒你说，你不在那个新房里睡，我还不是好怕，你在我身边我反而踏实得多。"

这时一个偷油吃的老鼠爬上照脑灯，嘴巴正想伸过去，看到有人守着，吓得"吱"地叫了一声，惊慌地跳了下去。听到叫声刘诗仪呀地喊了起来，一头扎进了齐明远的怀里。

齐明远感到再这样下去，刘诗仪一定会吓出神经质。他说："诗仪，你到床上睡，我在床沿上给你守着。"

说是床，实际上是靠厅堂左侧墙壁用几块木板搭起来的简易台子，台上面铺一层篾笪，篾笪上放了一床草席和一床薄被子。考虑到秋蚊子厉害，外面还挂了一床苎麻纺的蚊帐。

刘诗仪确实有点疲倦，而且老趴在齐明远的肩膀上总不方便，经他一说，她觉得有理，胡乱扒掉了孝帽孝服就钻到了床上。齐明远如约坐到了床沿上。

刘诗仪睡到了床上，但心里仍不踏实。她很想抓着齐明远的手，但又不好意思，伸出的手又缩了回来。她将自己的身子往他的身边挪了挪，手又不自觉地靠近了齐明远的手，她屏住呼吸，斗胆抓住了他的手。

齐明远心里一热，但他装作不知，异常镇定地坐着。他默默地感受她那冰凉而柔软的手。他想，母亲的死使自己十分悲伤，但给自己困难的爱情又带来了一线希望。要是在平时，面对这种场景，他肯定忍耐不住，再保守的男人也会突破防线。但今天不一样，他不能乘人之危，他努力地控制着自己。

门外的狗吠声突然急促地响了起来，刘诗仪的心又提到了嗓子眼上。她记得小时候奶奶说，狗的眼睛能看到鬼，所以半夜狗吠不止，牛的眼睛能看到风，所以遇风流泪，猪的眼睛能看到神，所以人们杀猪求神。她本来是个无神论者，以前总认为迷信的奶奶讲这些是为了吓唬自己和弟弟，让他们在奶奶面前服服帖帖。但特定的场合，即使纯唯物主义者也难免俗。她想是不是阎王和小鬼来接齐明远母亲的灵魂了。她越想越害怕，忍不住说道："明远，外面的狗怎么叫得那么厉害，是不是看到了什么？"

刘诗仪这么一说，齐明远的心里突地跳了一下，他是不信鬼神的，但最近看了本《聊斋志异》的小说，又难免不让人胡思乱想。但他强迫按住自己弹跳的神经，故作镇静地说："农村狐狸多，狗一定是在抓偷鸡的狐狸吧。"

刘诗仪知道他在糊弄人，早已过了狐狸偷鸡的年代，现在只有在童话里才能看到狐狸偷鸡的故事。他越是这样说，她的心里越是抽虚，皮肤都起了鸡皮

疙瘩。她怯怯地说："你能上来陪陪我吗？我好怕。"

齐明远犹豫了一会儿，但很快就解了身上的草绳，脱了孝服上了床。

他像一根木头似的仰躺在床上，两手交叉托着头，独自想着自己的心事，始终与刘诗仪保持一拳头的距离。他想，自己现在虽然与她同床共枕，而且，看得出来，诗仪的内心是真的喜欢自己的，刚才又给自己传达了一个明显的信号。但他认为，越是这样，越是绝对要控制自己，别放飞了心头的那匹野马，一则人家是来帮你渡过难关，同你一起演好这出戏的，千万别黑了心肝，占人便宜；二则自己是在守灵，在母亲未寒的尸骨面前做那事，不仅伤风败俗，而且要受到天谴。

刘诗仪感觉踏实了许多，扑通扑通的心跳也明显放缓了，心中聚集的不仅是幸福感，而且有一种莫名的激动在胸中游动、升腾、起窜。她瞟了一眼齐明远，看他像一根倒下的水泥柱子似的，规规矩矩，严防死守，心里既好气又好笑，心里骂道，这个呆子，以为我会占你的便宜似的。她想用手碰碰他，但怕他误解，以为给他传递什么信号。她放缓呼吸，独自数着自己的心跳。

突然，一个足有斤把重的老鼠突地从蚊帐后面的墙壁上横穿而过，大概是体格过重的缘故，在墙面上走成了一条抛物线，到床的另一头时，已经掉到了床上。

刘诗仪吓得尖叫了一声，本能地双腿一缩，钻进了齐明远的怀里。尽管老鼠已经走了，但刘诗仪再也不想钻出来。她躲在齐明远的腋窝里，静静地听着他的热血撞击他的心房。

齐明远感觉到她的身体已经紧贴在自己的腰间，可能是刚才被老鼠吓得腿收得太快，她的一条腿压在了他的大腿上，肥软的小腹紧吸着他强健的大腿肌肉，它们像是久别重逢似的，贪婪地摩挲着。

她的手慢慢地靠近了他的胸脯。

他的手情不自禁地摸向了她的腰部。他把对自己的警告和守灵的一切禁忌丢到了九霄云外。

刘诗仪庆幸自己的贞洁献给了自己喜欢的男人，得到了二十多年来想得到而没得到的东西，体会了一次做女人的幸福，同时又挨过了害怕的守灵时光。

31 喝起了交杯酒

且说吴芳菲跟胡明生来到了鸡公山乡政府食堂就餐，一进食堂大门，就齐刷刷引来了一溜窥视的目光。因为乡政府来的女孩子少，特别是来的有气质的城里女孩子更少。就餐的干部们心头一振，大家都端个碗装着到大门口来透透气，趁机瞄上一眼。

吴芳菲被大家看得很不自在，她赶紧低下头跟在胡明生的后面溜进了食堂后面的包厢。这个包厢大概三十平方米，装修不算高档，但还算精致，墙壁粉刷的都是石灰。墙裙是用富丽板切的，窗子是一般的木窗。包厢中间放了一张足能坐下十六人的八仙大圆桌，桌面用的是贴胶漆，花纹是馆子店里经常看到的桌面花纹，黑底暗红花纹，椅子是靠背木椅。

吴芳菲一看，哇，桌边坐着好几个人，一个个腰粗腿短的，中部地区都已率先崛起，挺着个大肚子。

胡明生没等吴芳菲完全站进包厢，他就跑到王流水面前，说："老板，这就是齐明远以前的女朋友，她叫小吴。"

吴芳菲判断这人就是胡明生说的二老板王乡长，她更正说："我是齐明远的同学。"

呵，小吴啊。他伸出手来，热烈地与她握手，然后说："面若桃花，指如葱，真是貌若天仙啊！齐明远这小子好幸福呵。"接着，他又一一介绍了就餐的人。他说，"方书记下村了，只有我来作陪，你的接待规格蛮高嘛。"

吴芳菲有点受宠若惊，她晕晕乎乎地坐到了早被安排好了的位置上。等她

缓过神来，一看，自己坐到了王流水的右边，是正宗的首席的位置。她突地站起来，说："我坐这不合适。"

"这有什么不合适，你今天是主客嘛。你也知道我们鸡公山的干部很多都是婚姻困难户，齐明远也一直单身，你来了我们自然要高度重视。来，我们一起敬你一杯。"大家唰地一下都站起来了。

吴芳菲应该说有点酒量，但第一次同他们接触，又一个个都是男人，她想要保持点矜持，故意面露难色，"我不喝酒。"

王流水有点不悦，说："你不买我的面子，总要买大家的面子吧。"王乡长和几个班子成员端着空酒杯就是不加酒。

吴芳菲感觉再不能拿乔了，端起酒杯一饮而尽。王流水带头叫了一声好，大家也跟着赞叹不已。

在你来我往的咣当声中，吴芳菲感觉自己的腰粗壮了三寸，本来紧绷的裙子像是要爆裂似的，后脑勺的血管扑扑直跳，眼睛老是出现重影，大脑分不清东南西北。她说："不好意思，我去唱个歌。"说完，就摇摇晃晃往门口走。大家都知道她说要去唱歌是什么意思，也都没阻她拦她。

胡明生跟上去，他想扶她一把，王流水立即感到一种醋意，说道："胡明生啊，小吴想唱歌，你也想唱歌，真是很合拍啊。"接着，王流水白了胡明生一眼，又说："你唱什么歌啊，人家女人是张口就唱，你是半天找不到话筒。"引得在座的哄堂大笑。

胡明生被王流水戏弄了一下，脸红一阵白一阵，真想找个地洞钻进去。

三老板郑副书记看胡明生难堪，打个圆场，说道："明生也是从稳定压倒一切这个高度考虑问题的，别喝酒摔出个人命案来，你看她喝得……让明生去看看吧。"

王流水肚里像是吞下了一个大蟑螂，心里想，你卖什么乖，但在这么多人员面前，他仍然不动声色，只好说："三老板说得有理，你去看看吧。"

吴芳菲在外面转了一个圈子，她第一次来，哪找得到可方便的地方。好在胡明生来了，她僵硬地转动舌头说："胡主任，那……卫生间在哪呀？"

胡明生还在为刚才的事生着闷气，他脸无表情地说："我带你去。"

等吴芳菲进了女卫生间，胡明生也钻进了隔壁的男卫生间。胡明生已经上了两次卫生间了，并没有什么尿意。

乡下的卫生间大多是用木板一隔，把男女卫生间分开，如厕的男女双方都能听到对方发出的声音，有的还能通过木板缝隙把对方如厕的情景看个一清二楚。

胡明生拉开裤子拉链，象征性地滴了两滴就出来了。胡明生等了半天没见吴芳菲出来，心里咯噔了一下，他想，别出事儿，又赶紧跑到男卫生间里听听。他贴在木板上，听到"淅沥淅沥……沙"的声音，心中石头才落了地。他想，这女人的尿真的长，五六分钟还没有个终结。

胡明生跌跌撞撞冲出男卫生间。他的心仍扑腾扑腾地跳，看到她不知说什么才好，支吾了半天才说："你……好了。"

她朝他笑笑，趔趔趄趄地又进了包厢。

王流水看到吴芳菲坐到了座位上，三十六根神经又兴奋起来。他两眼放着光亮，目光在她身上游移着，说："小吴啊，你喝点酒更加红桃花色，活力四射啊。"

胡明生一看王流水放电的眼神，心里大叫不好，完了，被他看上了，他肯定要先捞一把了。但他一想这未必不是好事，他要利用好这张牌。

胡明生知道，王流水有一个癖好，接待客人，不管男女都喜欢与人喝交杯酒，一则表示对客人的尊重，二则活跃酒桌气氛。乡里的接待基本上都是王流水参加，本来是书记出思路，乡长抓落实，但书记太勤政，恰好王麻子又太懒政，方书记只好自己出的思路自己推动落实。王流水的大部分精力都放在协调方方面面的关系上，酒桌是重要的社交舞台，他这一招，屡试屡爽，在社会各界和上层留下了深刻印象。

胡明生叫起来："小吴，和乡长喝杯交杯酒。"

"什么……交杯酒？"吴芳菲愣了半天，她只记得在和港毛子的婚礼上，在闹洞房的客人的怂恿下，自己和港毛子喝了交杯酒。

往日接待客人，是王流水自己提出喝交杯酒，把气氛调动起来，但今天是个女孩，他故意装出点风度来，佯装正色道："唉，明生你怎么生出个这样的

名堂来，小心我罚你扫厕所。"但心里特别的受用，暗暗叹道，这小子真是我肚子里的蛔虫。

在座的也随声附和："小吴，交一下嘛，不会蚀掉什么的。"

王流水笑笑："不要吧，这太难为小吴了。"

胡明生说："小吴啊，你男朋友，噢不，你同学要不要进步呀，没有我们两位大老板的推荐，他想有什么前途？别不好意思。"

"你们是铁定了想看我和小吴出丑呀，那好，"王流水端起酒杯，"来，小吴，我们俩就表演给他们看。"

吴芳菲没有选择喝不喝的余地了，她被动地端起酒杯，头晕目眩地站了起来。只见王流水的手穿过吴芳菲端酒杯的手的腋下，两只手交叉地贴在一起，各自端着自己的酒杯。王流水的肘弯子正好压在了吴芳菲的胸前，她想挪动一下，但他的肘子有力地顶着自己的身体，使她无法动弹。她瞄瞄大家，他们并没有在意什么，她只好默默地忍受着。

王流水和吴芳菲在鸡公山乡班子成员的大声吆喝中，干完了第一杯交杯酒。大家又叫喊着，好事逢双。他们的手都没退出来，胡明生又往他们的酒杯中筛满了酒，王流水又一咕噜喝了下去。大家都在叫喊："小吴喝，快喝……"吴芳菲感到他们一个个的人脸越拉越长，可能是醉眼看人的缘故。这杯酒本来是不打算喝下去的，但王流水伸出另一个手来，托起她的酒杯，使她不喝也得喝了。

吴芳菲喝完这杯酒后，感到像是站在了一转球上，眼前的一切东西都摇摇晃晃的，那一个个吃饭的人都转着圈儿，一会儿神气地直立着，一会儿倒着站立，她再也控制不了自己了，跌倒在座位上。

王流水说："小吴是真的喝醉了，"他朝胡明生努嘴，"把小吴安排到齐明远的房间休息。"

32 家公给了儿媳一巴掌

躺在守灵大床上睡了一个晚上的刘诗仪，醒来时，天已经麻麻亮，晨光从齐留福厅堂的水窗中漏了进来。刘诗仪蹬蹬他，红着脸说："明远，天亮了，快起床，让人看见多难为情。"

齐明远一骨碌从床上坐起来，一看自己光着的身子，立马明白了一切，他猛抽了自己一巴掌，说道："诗仪，我不是人，我不是人……"

刘诗仪立即捉住了他的手，说道："你后悔了？"她看看他，"如果没后悔，就别折磨自己了。"她不好意思地低下了头，"我们都打括了，拜了天地，你还说这样的话。"她吞吞吐吐的，"再说是我同意的。"

齐明远愣了半天，他以为自己耳朵听到是电视剧里的声音，呆坐在床上。

刘诗仪柔柔地催促道："屋外都有脚步声了，还不穿好衣服，等会都来不及了。"

齐明远滑下床来，快速地穿好衣服和孝服。刘诗仪也趁机穿好了衣服。

齐明远坐在木凳上，他在认真地思忖着，回味着刘诗仪说的话。越想，齐明远的心里越热乎，他知道，一个女孩献出自己的贞洁，意味着什么，特别是像诗仪这种负责又认真的女孩。他怯怯地说："诗仪，你还不了解我，你……"

"明远，我相信我的直觉和我的眼睛，我不会看走眼的。你是我的初恋，也是我一生的爱人，我发誓今生你是我的唯一。我只希望你能爱我一辈子，疼我一辈子，守我一辈子。"

齐明远感到舌头有些僵硬，他的眼眶湿湿的，感动道："诗仪，谢谢你，

谢谢你，我是个对感情专一的人，你放心，我一定会对我的行为负责，一定会爱你一辈子，疼你一辈子，守你一辈子。"他说道，"只是苦了你，我家里穷，你跟我会受苦的。"

刘诗仪感到无比的幸福，虽然她没有听到更多的甜言蜜语，笨嘴拙舌的他，也说不出更多的甜言蜜语，但她满足了，她的胸中充满着无限的柔情，她拉住他的手，说："只要你对我好，穷一点，苦一点，没什么，我受得了。"

他用他那双大手紧紧地握住她，百感交集，胸中有千语万言、万般委屈不知从何说起，他嗫嚅了半天，但终久一个字都没说出来。

他们相拥而坐，心与心默默交会，情与情静静相融，长久无言。

大门外已经有了家禽扑棱翅膀的声音，时不时有人清着嗓子。老二婆娘也打开了厢房门。她揉着眼屎，边走边向他们走来。她仔细地瞅瞅，想发现点他们贪睡的痕迹来。但她有点失望，齐明远母亲头上的照脑灯依然亮着，那张大床上的线毯折得齐齐整整，像是没动过，她瞧瞧他们红肿的眼睛，才相信他们一夜未睡。老二婆娘假心假意地说："弟媳，守了一个晚上，着累了，别把新媳妇的家什儿给累坏了，那宝贝还要为我们齐家传宗接代哟。"

刘诗仪虽然只听懂她一半的话，但通过这段时间对她的了解，知道她的心眼里处处装着套儿，得小心她一下。她说："二嫂，不累，我们年轻，熬一个晚上没什么。"

正说着，齐应天在门外喊："远仔，开门，天都大亮了。"

齐明远赶紧走过去开门："爸，你这么早啊，你身体那么虚，怎么不多睡一会儿呢。"

"今天是你们打括的三昼，按我们这儿的规矩，你要带你婆娘回她娘家。看样子亲家还是很懂也很在乎我们县的风俗习惯的，你们打括，没走这些规矩，她都不高兴，现在假如又省了这些规矩，亲家又会不高兴的。你和你婆娘赶紧商量一下，我好给你备点东西。"

刘诗仪听得真切，她想，自己内心是喜欢齐明远的，自己的第一次也献给了齐明远，但真要居家过日子，她还要观察考验。现在就带齐明远去见自己的父母和家人，时机还不成熟。昨天母亲各给自己和明远一个耳光，说明母亲压根儿就不接受齐明远。现在正是气头上，回去不是找抽？带去的东西都会丢到光江河里去。再说自己都才参加工作，就带了个老公回去，岂不让亲戚笑掉大牙。她说："爸，这事不要再商量了，依我的意见，我们三昼不回去。新时代新规矩。"

老二婆娘心里有点酸溜溜的，"弟媳呀，你们吃公家饭的，规矩也不能丢啊，再说，又是家公亲自为你操办。"

刘诗仪没理她，她对齐应天说："爸，你已经为我们的事操够了心，你身体不好，就别再为我们的事操心了。"

"你不回去，也好，反正你家婆都还没归葬，省得你们跑来跑去，我按你们回去应准备的东西折个价。"齐应天迟疑了一下，"不过，这钱我现在拿不出，收的白礼所剩无几，到时候在你们几兄弟共同分担你妈妈的丧葬费里剔除。"

"爸，我们不要这笔钱。"齐明远说。

刘诗仪也说："我们没回去，没有花费这笔钱，我们得了这笔钱心里不安。"

老二婆娘有点急不可耐。她说："爸，四弟和弟媳妇考虑得有道理，人家毕竟是吃公家饭的，哪会要那点钱。拿那点钱，岂不给村里那些太伯太婆和妯娌姑嫂留下嚼舌根的把柄。"

齐应天的脸立即拉了下来，他心里恨死了这个死妇道，什么事都喜欢插一杠子，而且说话做事总是捅在你的伤痛处，哪里有伤疤火条就烫在哪里。他喝问："留福婆，有什么舌头根可嚼，你们两兄弟，哪个没花这笔钱，都是大担小担挑回你娘家去，我齐应天可少了你们一个子儿？"

老二婆娘打心眼里讨厌家公这种盛气凌人的架势，她本来就刁钻，心胸又狭窄，听齐应天这样一说，胸中如同放进去了一个氢气球，肺都气炸了，要是在平时，早就跟他火药对炸弹，真刀真枪地干起来了，但现在怕碍了老四和他婆娘的面子，特别是怕让那城里媳妇笑话自己不尊老。可不说，心里又不甘，她装出心平气和的样子，佯装轻描淡写，"爸，那钱，从丧葬费里扣除，我们是没什么，我家留福老实，由你如何搬都没意见。可老大比较难缠，要是不给

老大通个气，恐怕不发生世界大战，也要发生台湾炮战。"

"打括三昼回娘家带点礼物，是我们这里的规矩，我做大人的没有偏背谁，虽然他们说，不要这笔钱，但他们是他们的心，我是我的意，我要尽到做大人的责任。"齐应天越说越来气，"你们三昼回娘家时，我拿得出，让你们体体面面地回去，现在我老力无能了，拿不出这笔钱，大家分担些，这没有错。你们就是告到法院，我也不怕。"齐应天用力拉拉自己的衣角，继续说，"因为这点事，不要说发生世界大战，就是发生太空大战，我这把老骨头也跟他们干！"

老二婆娘感觉在老四和他婆娘面前特跌面子，她也动了气："爸，有几多钱就办几多事，你何必打肿脸来充胖子。"

齐明远和刘诗仪看到他们为这事斗嘴个不停，一个劝齐应天，一个劝老二婆娘。

"爸，我们真的不要那笔钱，拿了这钱，岂不拿去买了药吃。"齐明远虽然不动声色，但他的话里也夹着个话儿。

齐明远这样一说，更激起齐应天的火儿，他说："老么，这事你别管，我就要这样定，我就不信，我还没咽气，说话就没个准。"

刘诗仪也劝老二婆娘，说："二嫂，你别为这事跟爸较真了，爸即使给我们留了，我们也会一五一十还给你们。"

"弟媳啊，我本来不想同他较这个真。"老二婆娘看到刘诗仪过来劝，故意扯出点笑容来，她说，"我计较的是我们这些做儿媳妇的在他那里没一点地位。我刚才说得清楚，我们家是没什么意见，不要说给你们分担这笔钱，就是给旁人分担，只要他定砣了，我们都二话不说。我只是给他建议，怕不给老大通这个气，到时跟家公顶牛，可家公不领这个情。"

"别听她说得跟唱得那么好听，我看主要是她的肠子没撸直。"齐应天在一旁说。

"你说我的肠子没撸直，我看你的心肝没放正。"老二婆娘哪里肯示弱。

齐留福听到争吵，穿个秋裤蹿了出来，一看是自己的婆娘同父亲在斗嘴，心里多了几分恐惧，一边是父亲，一边是婆娘，到底来说谁，他惧内惯了，呵斥媳妇，他没这个胆量，呵斥父亲，不通情理。他真后悔，不该出来了。但此时不表个态，在老弟和弟媳面前，真跌面子。他谁都不敢得罪，瓮声瓮气地说："大清早的，吵什么，吃饱了饭是吧，黄泥丘还有两亩稻子没收割，快去出点汗。"

"留福，你家婆娘不讲道理，你一个大男人管不管。"齐应天说。

"留福，你评评理儿，弟媳妇说三昼不回娘家，爸说折个钱给她，到时在收的白礼金里扣，我又没说不行，我只是提醒一下他，同老大通个气儿，可他老糊涂了，硬是说我肠子没撸直。"老二婆娘抢过话头，发了一通连珠炮。

齐应天一听老二婆娘说自己老糊涂，心头的火就冒到了喉咙，喊道："你是什么人物，你肚里算计的是什么，我还不清楚，你左捣右捣，不是肠子没撸直是什么。像你这样的人撸得直肠子，除非铁树开花水倒流。"

"别以为你是什么桂花膏，你是什么货色我们也清楚，你这么做，算什么，你做人情我们出钱。不是我说你，你这是做的假人情，是死要面子！"

齐应天气得胡子一根根竖起来，他再也无法忍受了，他踏前一步，对准她的脸就是一巴掌，"看我不收拾了你这个乌鸦婆。"

老二婆娘看到老公和齐明远都在场，自是不敢还手，她呼地躺倒在地上，把齐应天的祖宗十八代都骂了个遍。

33 不拉女儿回来不罢休

张桂蓉离开齐明远家后一直咬牙切齿，她一路骂齐明远和他的家人，拣最恶毒的语言骂。快到县城时才记起，该告诉女儿，她父亲动了手术，正在住院输液。女儿是个孝女，如果告诉她，她父亲躺在病床上，等着她回去照顾，说不定不费气力就把她劝回来了。她骂自己笨，怎么老忘事。

从齐明远那儿回到县城后已是下午四点多了，她心里憋着一股气，不撒出来，肚子都要爆炸，她知道单位的人都下乡了，立即回到单位用公家的电话打通了鸡公山乡政府党政办的电话。接电话的是胡明生。张桂蓉立即咆哮起来："你个浑蛋，你有什么权力安排我的女儿去当人家的女朋友，说是演什么戏，你知道我女儿真的是去演戏吗？"

胡明生一听吓了一跳，是张桂蓉的声音，他说："大姐，你女儿是假扮齐明远的女朋友去看他的母亲的。"

"放屁！"张桂蓉忍不住说了一句粗话，"我女儿现在被骗跟齐明远拜了堂，圆了房。"

胡明生一惊，齐明远耍了什么手段，怎么就把一个刚认识没几天的女孩搞到了手，但他还是不相信，他说："即使拜了堂，圆了房，也只是演戏，不会当真，齐明远我了解，他是讲信誉的，不会动你女儿一根毫毛。"

"可我女儿的名声怎么保得住？一个姑娘家，你让她今后怎么嫁人？造成的一切后果由你负责。"

她想现在跟他说话没有屁用，只有找更大的领导。她立即挂掉电话，又打方书记的电话，可方书记电话一直没人接。她只好拨通了王流水的电话："王麻子，你们真大胆，没告诉人家父母，就敢把人家的女儿对了人家，你们真是父母官啊。"

王流水一听，是张桂蓉的声音，跷起来的二郎腿立即收正。他听明白了，就是胡明生前两天汇报的，齐明远借她女儿作女朋友去见他快死的母亲的事。他笑笑："这是同事间互帮互助，借你的女儿当女朋友演戏呢，别当真，你也知道，我们齐明远是婚姻困难户嘛，偏偏齐明远又是孝子。"王流水嬉皮笑脸。

"好你个王麻子，你这么好，为什么不把你女儿借给齐明远当女朋友呢？"

这样一问，倒是问住了王流水，王流水的女儿和她的女儿一样大，同在一个大学读书，他通过关系今年分在县一中教书，现在和一个大老板的儿子正谈得欢呢，十多天前才正式见双方父母。他停了停，说："我女儿不是已经有男朋友了吗？快要订婚了，这恐怕不合适。"

"你女儿不合适，我女儿就合适，你是怕坏了你女儿的名声，到时被大老板的儿子踢了？"

王流水无言以对，支支吾吾。

张桂蓉说："你们口口声声说演戏，说互帮互助，现在他们都打括了。"

"什么打括了？"

"就是拜了堂，圆了房！"张桂蓉有点哭腔。

"不要慌，拜了堂，圆了房，也只是做做样子，他们都是成年人，有自己的底线。"为了稳定她的情绪，他故意放松一下语调，"记得吧，当年你裤子都褪到了肚脐眼，我们还不是没发生什么事……"

王流水话没说完，张桂蓉骂道："你下流、卑鄙！就算他们间没发生什么，搞得那么大的浪，还能保得住密吗？王麻子呀王麻子，造成后果，你就等着收尸吧。"说完啪地挂了电话。

张桂蓉发泄完了就直冲医院，她要把女儿的情况告诉老刘，这是大事，让他这个做爹的来拿拿主意。可走进病房后，看到老刘皱着眉头的痛苦状，她又心软了，话到嘴皮上还是吞了回去，她怕老刘听到女儿的事，一激动伤口裂开，那更得不偿失。她感到十分无助，就像掉入深水的孩子，看到树枝和稻草都以为能救自己的命，一肚子的苦水不知道向谁倾诉。她想到一个人，就是小姑子，女儿的事听听她的意见或许对自己有帮助。

张桂蓉看到老刘一个人躺在床上，不见他妹妹，就问："你妹妹哪去了，她没有在这照顾你？"老刘本来一整天没看到张桂蓉，心里就不太舒服，没好气地说："去交医药费了，老婆靠不住，只有靠自己的妹妹。"张桂蓉想发作，但她还是忍了，她不想和他解释，也不想和他吵架。

这时小姑子交完费后进入病房。张桂蓉把她拉到医院的走廊上，一五一十地把女儿的事告诉了小姑子。小姑子也是个急性子，忙说："这怎么行，姑娘家家的，一定要把她拖回来。不但要拖回诗仪，还要齐家他们赔偿名誉损失费。明天再去，算上我一个。"

"我是想叫上几个人来，今天看到她们人多势众，我心里是有点胆怯，多有两个帮手，我捆也要把诗仪捆回来。这是为诗仪一辈子的幸福着想，动一下蛮，诗仪以后也会理解的。"张桂蓉说。

"男人不好出面，就我们女人上。我再叫上我两个表妹，她们都是利辣人。"

"那你哥哥怎么办，谁照顾？"

"我叫我表弟来顶一天。不过这个事还是要给我哥哥说说，毕竟我们是女人家，头发长见识短。"见说错了话，赶紧改口说，"你是公家人，见多识广，不像我们捏泥团子的，喷出的屁不会转弯。"

张桂蓉没怪她，说："我也想告诉你哥哥，但怕他听了受刺激，影响治疗。"

"医生说我哥的伤口恢复得很好，男人这点事都扛不住，枉做了一回男人。你刚好回来了，我今晚先回去，一则通知我表哥和两个表妹，二则腾好谷仓，家里后天请人抢收二晚。诗仪的事，今晚你还是要跟我哥哥说说。我想他一定会支持我们的。"

"管他支持不支持，我们都这样干了，嫁到那个穷窝窝里，诗仪白读了几年大专。"张桂蓉掷地有声。

老刘的妹妹走后，张桂蓉就把女儿的事告诉了老刘。老刘一听，也气得半死，但很快冷静下来，他说："女儿和齐明远打括，不管是演戏还是当真，相信她认真考虑了，她成年了，她做的任何决定，后果她都要自己承担，况且她是大学生，比我们更有见识。"

"跟你说就是白说，我怎么会眼睁睁地看着女儿名声受损？而且看这个架势，多待几天，女儿真会被齐明远的迷魂药蒙蔽，天天同处一室，干柴烈火，谁能挺得住诱惑，那真会嫁到那个穷山窝。"

"我们女儿已经上班了，齐明远也有正式工作，再穷也穷不到哪儿去。"

"这个你不懂，对女人来说，不是工作改变命运，而是嫁人改变命运。我要想方设法让女儿嫁个好婆家。"

刘立公没力气跟她争论，他知道不管他怎么说，张桂蓉都不会听他的，只有依了她。

张桂蓉一夜未眠，第二天一早，她带上刘立公的妹妹和他的两个表妹就出发了。

34 誓死护住洁白身

吴芳菲吃完招待饭回来后，在齐明远的房间里睡了一个下午了，现在太阳已经滑过了对面的山梁，她仍然没有醒的迹象。胡明生去看了她三次，除了远远地看，静静地欣赏，他什么也不敢做。他看得出来，二老板对她有一种特别的意思。他想，为了自己的前途，即使摆在自己面前的是一盆鲜艳欲滴的花也不敢去采摘。

胡明生清楚地知道，在鸡公山乡，说是党政都是一把手，实际上二老板说话更管用。方书记一心干工作，精力都放在将有限的财力用在解决乡里的民生实事上。但二老板不一样，他三天两头往县里跑，各个单位的关系搞得都很好，二老板取代老大只是时间问题。仗着有关系，二老板说一不二。

现在的人聪明，看到二老板得势，纷纷选边站队，乡纪委、派出所的头也都往二老板这边靠。二老板看不惯谁，谁必定倒霉。就拿这提拔干部来说，本来是方书记管干部，但他按程序推荐的名单经常落空，倒是二老板口头举荐的人，常常高中红榜。

胡明生想，要好好地托一托二老板的屁股。现在总算机会来了，他重重地朝地上吐了一口痰，该我发牌了。

吴芳菲依然深睡不醒。胡明生暗暗庆幸，他希望夜幕早点来临。

胡明生只匆匆扒了两口饭，先侦察了一下老大方书记有没有回来。今天本来除安排四个领导，分成两个组带队抓计划生育外，方书记带王流水和其他班子成员都去了尼清河拦河大坝的建设一线，组织群众清基。因为清基进度慢，方明亮要王流水同建设指挥部好好研究研究。王流水象征性地和指挥部的人聊了聊，就偷偷溜回乡里了。胡明生看到书记的房门紧锁后，就溜到了二老板的房间。好在今天乡里没有客人，二老板早就在小餐厅用了餐。他洗了个澡，穿着秋裤坐在沙发上看电视，像是心有灵犀，专门等胡明生来似的。

胡明生进门后，先是给王流水的杯子里加了点水，然后又帮他收拾了一下乱丢的衣服。他肚子里打着鼓，怎么来说这事，既把自己晚上的安排告诉他，又把自己提拔的事说一说。这么多年的磨炼，他的肚子不仅能一次性容纳至少十瓶的啤酒，而且特别能容事儿。但这时，他显得很是焦急，一则怕吴芳菲酒醒了；二则怕自己的莽撞搅了二老板的兴致，反而坏了自己的大事。

王流水看到胡明生一进门就默默地做事，心里就揣摩到他的心事。这么多年在一起，他们都互相知根知底。胡明生了解他肚子里有几条肠子，他也晓得胡明生肚子里藏了哪些烂事。如果不是因为胡明生是吃牛粮的招聘干部，一次一次被县里卡住，他早就把他提拔了。

王流水倒是先说话了，他叼着个烟头，猛吸了一口，又朝上吐了一口烟圈，装出深不可测地问："明生啊，你跟我时间也不短了，感觉我这个人如何啊？"

胡明生一听吓了一跳，他不知二老板今天说这话什么意思。他知道，大老板和二老板面和心不和，很多时候观点不一致，几次会议上还出现严重分歧，两人还拍了桌子。但在乡村干部面前，他们又装着什么事都没有。平心而论，方书记人品官德都很好，全县找不出几个像他这样对农村工作熟悉，对"三农"有感情，领导经验丰富，又一心为民、政绩明显的领导，可县里面就是不提拔人家。二老板不干事，但风凉话不少，大小场合推广什么"无为而治"的理论，精力放在平衡上下和左右的关系上。尽管不干事但一直顺风顺水不出问题。胡明生和大多数党员干部实际上心里不喜欢二老板，但在测评时，这些干部又都违心地打了二老板的勾。现在二老板说这样的话，是不是对自己不偏不倚地处理两个头的关系不满意。他想，不能急于回答，先摸摸他的脉。他朝王流水不可捉摸地一笑，支吾了半天，终究没有说出来。

"我知道你不会说的，说了就不是你胡明生了。过两天，组织部就要来考

察了，你有什么想法呀？"

"老板对我像兄弟一样关照，我在老板身边干得心情很舒畅。我一个脓鼻子，能当党政办的几朝元老，继续为您服务，就凭这，就要千感谢万感谢您的知遇之恩了，我不敢奢望什么提拔，还留在您的身边工作。"

"这不是你的心里话吧。虽说前两次你的提拔都黄了，但怨不得我哟。"

"谢谢老板厚爱，我知道您为我的事操碎了心，上次换届，不是地委统一发文，不提拔乡镇招聘干部，我早就……"他叹口气，"怨不得谁，只能怨我自己的命。"

"虽然政策压死人，但事在人为呀，有的乡镇，像你这种情况的也提拔嘛，说明没掌握对的方法，要看懂图纸哟。"

胡明生茅塞顿开，看到这个活菩萨，说话时嘴巴开始有点卷："我愚笨……愚笨。"

"你放心，这次不是换届，属于乡镇班子小调整，不要报地委备案，县里说了算。"他呷口茶，"因为范围小，影响不大，不会有太多的人关注，我这次……"他突然打住了，他感到不能说得太死，万一又有什么变故，岂不自打嘴巴，这个在政治上摸爬了十多年的家伙立即放平舌头，改口说："到时再看看吧。"

虽然王流水没说完，但胡明生依然听出了弦外之音，他感激涕零，半天不知说什么好，竟有点口吃起来。他吞吞吐吐地说："你对我恩重如山，我不知如何报答。"

"唉，你这说什么话嘛，现在八字没有一撇，别以为就能提拔了。就是提拔了，报答的也是组织的培养，怎么报答我王某呢？"他一本正经起来，"你犯了自由主义哟，以后这样的话不能说。"他放下跷起的二郎腿，"哎，那个小吴的酒醒得怎么样了，要不要去看看她。"

经此一提醒，胡明生才记起自己来的另一个目的。胡明生心里骂了一句，原来心里惦记的是那婆娘，还给我绕弯子。但他仍然和颜悦色地说："她还醉着呢。"对王流水的下一问，倒是煞费思量，胡明生清楚得很，他说去看看她是什么意思，这羔子色心上来了。并不是担心王流水没那个胆子，他知道老板的色心上来了，胆子大得很，根本就天不怕地不怕，也不在乎钱。去年，一个来投资办香菇厂的老板，和妻子一起住在鸡公山乡，他老兄看上这个嫩得滴水的妹子，硬是趁那老板进山运杂木的时间，上了那老板的妻子，那女人也忠，死活不干，但哪抗得住那壮牛，上还是上了。但最终被那女人告发了，花了五万元才摆平。他想，不同他去是不行的，但直接带他去，未免太露骨了。

胡明生说："老板，我都安排好了，保你满意。"话没说完，就后悔了，他担心那婆娘酒醒了，又没预先做好工作，反被二老板责怪。

王流水正色道："小胡啊，你这什么意思呀？啊？我们是去看看，也算是对我们乡干部家属的关心嘛。"他感觉说得不对，又说，"管她是家属还是同学，来到我们乡的就是我们乡的客人嘛，对客人总要热情一点哪。"

胡明生赶紧抽自己的嘴巴，说："对对，老板说得对。"他有点倒抽冷气，要当婊子，又要竖牌坊，明明是想人家嘛，还说得那么客气，以前可不是这种性格。他知道，女人都死要名声，闹出去了倒霉的还是女人自己，大多数婆娘都暗记归声，大不了给她男人安个职位。是农村户口的，就让她男人到乡属办单位工作。不要官的就给点钱。

原本胡明生是想绕个弯子，说"乡妹子"按摩店来了个妮子，他已经安排在政府院里住下了，请他去看看，再带他到齐明远的房间，像往常一样，管他是骗也好，诱也好，他自己把握。现在看来不行，二老板想要她，又不想闹出事来，说明老板心里还有点虚。他要做细工作。胡明生说："老板，我先去看看她有没有醒，会不会走动。"

在齐明远的房间里，吴芳菲依然睡得那么沉，像是一头喝醉了酒的小香猪，蜷曲着身子。他叫了几句，可她一点反应都没有。胡明生急得团团转，突然猛拍了一下床板，终于把她吓得从床板上跳了起来。

胡明生说："我以为你……过去了……"

吴芳菲略带歉意，她揉揉眼睛，说："你们可害惨了我。"

胡明生没有理会她，只是沿着自己的思路说："我们二老板等下会来看你。"

"不行，不行，千万不行，你看我像什么样子。"吴芳菲轻轻跺着脚说。

"这是二老板对你的关心，当然，这也是二老板看在齐明远的面子上。"

"你代我谢谢他，也代齐明远谢谢他。"

"等会，你自己和他说。"

"胡主任，你给王乡长说，我笨嘴拙舌的，不会说话。"她理理自己的头发，又说道，"还请你告诉他，我没什么大碍，别劳他大驾了。"

"哎，你也别多费口舌。"胡明生正色道，"跟你说白了，看是一定会来看你的，二老板对你的印象特别好。"他补充说："就是很喜欢你的那一种。"胡明生的嘴角掠过一丝不易捉摸的笑。

吴芳菲心里一惊，她读懂了他的笑，说："你们想干什么，想干什么？"

"组织部快要来考察了，为你过去的恋人做点贡献吧。"他吞吞口水，"你以为你是金枝玉叶。嗨，也没什么，不就是纸一擦，水一洗，还能留下什么痕迹，得了快活，又做了人情。"

吴芳菲一听，第六感觉告诉她，危险就在面前。她愤怒地说了一声："让你的老婆去做这个人情吧。"她想都没有多想，就往门口走。

胡明生那木桶一样的身体堵了门口，说："走是走不了了，今天是行也行，不行也得行，乖一点，兴许能为你的前任男朋友挣个好职位。"

正说着，王流水已经到了门口。"小吴啊，胡主任欺侮你了，来跟我说说。"

胡明生顺势退了出来。

吴芳菲看着空空的四壁，竟然没有一样可以防身的武器，无边的漆黑包围着她，她后退着，后退着，两眼发黑，两腿发软，喊道："你别过来，别过来，我喊人了。"

"喊也无用，机关的人都下乡了。你别紧张，我只是来跟你说说话。"王流水边说边向她的身边靠过来。

吴芳菲惊恐地后退，她已经退到了墙角，没有任何的退路了。她警告说："你再过来，我就撞墙了！"

王流水步步紧逼，手已经伸到了她的胸前，说："你这个年龄也是过来人，怕什么？"

正当吴芳菲绝望时，墙角脸盆架上的一把剪刀映入眼帘，她操起剪刀猛烈划动。

　　王流水一惊，眼睛差点戳瞎，拉开房门，灰溜溜地走了。

　　吴芳菲失魂落魄，门砰的一声关上了，顺手锁死了房门。她惊魂未定，呆呆地坐了好一会儿。确认安全后，她抓起手提包冲出了房门。

35 突然出现一个不认识的女人

　　齐明远母亲的尸骨放在齐留福的厅堂里已经有三天了。虽说是深秋，但白天的气温仍然有些高。齐明远母亲的尸骨开始散发难闻的味道，在放尸体的厅堂上部，因为气味太浓，压根儿就不能站人。尸骨还渗出了些黄黄的水，流到了床板底下。为了阻止黄水的流出，齐应天在他老伴的身子骨底下，垫了好几层的毛便纸。

　　齐明远很想和他父亲商量，把自己母亲早点盖棺入殓。他不愿看到自己母亲死后这种流臭水、发臭味的惨状。但他知道，他这个村，没有到守灵时间，就盖了棺，会视同大逆不道，村里也相信，这样做会给后人带来凶气，家道容易中落。可齐明远想，这其实都是村里的陈规陋习，有的明显是迷信的说法。

　　齐明远也是藏不住事的人，有了这想法，心里头就像是坠了一块石头似的。他踱到了他母亲的灵堂里，看到齐得福和她婆娘坐在厅堂下部打着盹儿。本来昨天是齐得福守灵，但老大请人打帮秋收，预计半天的工时，拖到昨天下午才收割完，只好同齐留福商量对调了一下。齐明远有点生气，这哪像是守灵，分明是秋收完后的休闲。但他一想，也难怪，这气味也确实难闻，轮到谁都会远远地避着那臭气。

　　齐应天又在他老伴的遗体底下塞毛便纸，堵住那渗出来的黄水。齐明远不自觉地走了过去，一看，盖在他母亲脸上的那床白床单有圈圈点点的黄迹，他掀开来一瞅，母亲脸上仅留的那层皮开始出现腐烂。

　　齐明远再也忍不住了，说："爸，我有个事想同你说说。"

齐应天没有停下手中的活计，说道："爸听着，你说吧。"

"你到外面来，我再说。"齐明远自己挪动了步子。

"吗子事嘛，这么神秘。"齐应天边说就跟着往门口走。

待齐应天站定，齐明远说："爸，照这样下去，也不是个事，母亲在生时，已经吃够了苦，现在又让她遭这个罪，我看还是早点把母亲入殓安葬吧。"

齐应天一听，花白的眉毛倒竖，骂道："你说什么啊，我以为你多吃了几年墨水，又端上了金饭碗，会更有孝心，没想到你的良心也涂了墨。"

"爸……"齐明远想申辩。

齐应天不容分说："你别叫爸，我们齐家房族里没有你这样的逆子。"

"妈的身子骨已经变味，整个厅堂站不住人了。母亲已经过世，别让活人受罪。"齐明远还是抓住机会，一吐为快。

"就是这味道，考验她的子孙后代的孝心。"

正当父子俩吵得不可开交时，张桂蓉带领小姑子等一干人站到了他们面前。她们先到贴红对联的齐明远的住房那边，没见着人，邻居才带她们到了这儿。

齐应天看到张桂蓉她们来了，讨好地走向前。齐明远怯怯地跟在身后。齐应天说："亲家来了，快来去我那边房子坐。"

张桂蓉在老人家面前还是注意了一下分寸，她没正面回答他，也没对他耍横，而是转向齐明远："我女儿哪去了？我们要带她回家。"今天她搬来了救兵，底气十足。

齐明远不敢正眼看她，他吸取上次的教训，怕吃嘴巴子，没叫她妈："阿姨，诗仪跟我大姐和四姐上山转悠了，我去叫她回来。"话刚说完，齐应天就猛拍了一下齐明远的肩膀："刚才你怎么叫的呀？没大没小，怎么叫阿姨，你们都已打括，要叫岳母！"

齐明远没理他父亲，正要撒腿走人，恰好刘诗仪跟着齐来香、齐红英姐妹俩从山上下来。刘诗仪看到自己的母亲和姑姑、表姑来了，既惊又喜，早没了挨母亲巴掌的怒气："妈，你和姑姑、表姑怎么都来了？"她抱抱妈，又拉拉

姑姑和表姑的手。

张桂蓉没好气地说："这要问你，我们为什么都会来！"边说边拉着刘诗仪的手，又说："今天我和姑姑、表姑来接你回家。"

刘诗仪姑姑也接过话头："是啊，一个大姑娘，大脑也太简单了，你今后还怎么嫁人？"

刘诗仪站在那儿默不作声。齐红英走过来："亲家母，她姑，诗仪和我弟弟都已经打括了，她怎么还要嫁人？"齐来香也跟着说："亲家母，我们是少了一些规矩，但他们拜了堂圆了房是全村人都可以证明的。"齐来香又转过来对刘诗仪说："诗仪，你说是吧？"

刘诗仪不知道怎么回答，能说这是假的，是演戏吗？不能！自己真的跟齐明远拜了天地和高堂的。圆房虽然没做那事，但守灵的那晚自己与明远又有肌肤接触。再说，如果说这是一场戏，那齐明远的父亲和哥哥、姐姐不会要了齐明远的命，齐明远的两个嫂子不是要笑掉大牙。但扪心自问，自己真的要嫁给齐明远吗？虽然自己是喜欢他，但要谈婚论嫁，自己真的做好了准备吗？面对齐家两姐妹的追问，她无法回答，她转向张桂蓉说："妈，我昨天不是给你说了，送完明远的妈妈上山，我就回来。"

张桂蓉一听，气得浑身发抖，喊道："齐明远给你吃了什么迷魂药，几天的工夫就超过了妈几十年的养育吗？"

"妈……"刘诗仪不知道说什么好。

"今天必须回去，没有商量的余地。"

齐红英听得很不是滋味，说："亲家母，你是嫌我们少了规矩，还是就不满意这门亲事？早就是新社会了，哪有像你这样干涉自己女儿婚姻的？"

齐来香也跟着说："我听诗仪说，你原来是乡妇联主任，现在又在县妇联，本来都是做别人工作的，要求别人要尊重儿女的选择，怎么轮到自己身上，就血旮旯堵死人了？"

"我不跟你们废话，叫你的弟弟过来，让他把真相告诉你们。"

齐明远真不知道事情会发展到这种地步，他站在边上静看事态的发展。他想诗仪开始是抱着来演戏帮忙的，但慢慢还是喜欢上了自己，这个他有一定的把握，但一下就嫁给自己，估计诗仪并没考虑成熟。本来是演戏也好，当真也好，就几天了，先把母亲送上山。但现在诗仪母亲苦苦逼问，只有如实相告了，他做了最坏的打算，让父亲和家人臭骂一顿，让亲戚朋友和齐姓村民耻笑一番，让老辈骂自己不孝不义。他正要开口，刘诗仪抢先一步说："妈，不要再问明远了，我不同意来，谁还敢拖着我来吗？胡明生真的有那个胆吗？我不愿意陪明远拜堂圆房，谁还敢用枪逼我吗？"

"死妮子呀死妮子，你昨天不是说来演戏帮忙的吗？"张桂蓉气得跳脚。

"妈，实话告诉你吧，原本是来走走场的。"她边流泪边说，"我不怕明远的家人也在这，明远还没女朋友，为了明远的妈走得更安心，也为了圆明远的孝心，我演了一回这个角色。但戏越演越真，让我真心喜欢上了明远。当然这也要感谢你步步紧逼，把我推向了明远。"

"好，没什么说的了，叫齐明远拿十万元彩礼来，你就做这个山沟沟里的媳妇吧。"说完又对着齐明远说，"你有吗？你有吗？"

齐明远像是胸口被人捅了一刀，不要说十万元，一千元积蓄也没有。每月一百六十多元的工资，每年还有几个月欠着，况且自己的母亲常年有病，还要经常寄点钱回去抓药，能攒多少钱？乡里有几个单职工已经"下海"打工了，但齐明远没走，不仅是考虑自己好不容易端上的铁饭碗，在村里人看来是多么的骄傲，不能随便丢了，更主要的是自己学的林校，专业对口，在农村有广阔的用武之地，特别是自己还有个"万亩脐橙基地"的梦想没实现。他相信自己的价值终究能得到充分发挥，通过自己的努力，终究有一天会把村民带上致富路，家家户户都种植脐橙，一个个村民的脸上都洋溢着幸福的笑脸。这是自己的理想，但理想不能当钱用，自己干瘪的口袋里只装了从乡财政所借的八百元现金！面对刘诗仪母亲的追问，他不知道怎么回答。

看到齐明远痛苦的脸，刘诗仪立即喝止自己的母亲："妈，你怎么钻进钱眼里去了？"

"我养大你容易吗？我培养你容易吗？今天你不回去，我们母女关系一刀两断。"

"妈，我真的要讲信誉，我答应的事不能不作数。"刘诗仪有点哀求。

诗仪的姑姑听到诗仪的这番话，知道诗仪不是来演戏这么简单，看得出她已经喜欢上了齐明远，就是读书人说的那种一见钟情。她拉刘诗仪到一边说："诗仪，你要考虑后果，你刚参加工作，你对齐明远并不了解，你就这么把自己的终身托付给他？我没读什么书，我总感觉这样不妥。"

"姑，你们结婚不是也靠媒妁之言吗？"

张桂蓉农村干部作威惯了，特别是今天自己带了人来，胆子就肥了，她二话不说，就拽着刘诗仪想走。

齐红英姐妹俩一看这架势，立即挡住她们的去路，忙说："诗仪的话你刚刚也听了，不是来演什么戏的。他们才打括，我母亲还没上山，现在就走，道理上怎么说得过去？你让我家的脸往哪搁？"

张桂蓉怒道："别再说什么打括打括，否则我会不客气，让开！"张桂蓉手一推。

齐红英有些踉跄，但马上定稳脚步，她也不是善茬，又在外面闯荡多年，有点见识，干脆顶住了张桂蓉的身体，说："你当干部的难道想以权压人，想打我们这些捏泥团的，那我穿草鞋的不怕你穿皮鞋的，今天除非从我的尸体上踩过去。"

齐来香也耍起泼来："亲家母，怎么不能说他们打括了？全村老少哪个不知道？难道我家喜酒白做了，就这样带人走没那么容易，我们几百齐姓村民都盯着呢！"

齐应天大声制止自己的两个女儿，不要伤了和气。

这时人群中蹿出一个人来，正是吴芳菲，她从胡明生那儿得知齐明远回到老家看母亲最后一眼，赶紧又追了过来。她一路问过来，才到齐明远这儿。她在人群中站了好一会儿，还没完全搞清事情的脉络，但听懂了事情的一些大概。她说："刚过门，就要带回娘家，这怎么说都不厚道。况且还有一个婆婆要送上山，怎么的也要尽到做儿媳的本分来。"

齐明远惊得差点叫出声来，她赶紧制止他。这时大家的目光都齐刷刷地扫向吴芳菲。

张桂蓉看到一个生人出来咋呼，妇女干部的脾气又出来了："你是什么人，不了解情况不要多嘴多舌。"

"我是齐明远的同学，你别嫌我多嘴，我是实在看不下去了。"

"我看不仅是同学那么简单吧，应该还有更深层次的关系吧，要不闲事也管得太宽了。"张桂蓉特意提高调门说。

"我和齐明远什么关系你不用再猜了，我在人群中听了好一段时间了，大家都在议论你太过霸道，蛮不讲理，你不怕这些村民吐你的唾沫星子撕你的嘴？"

吴芳菲这样一说，张桂蓉才注意到一群看热闹的村民围在她们周边，这些人都是齐家的公公子婆婆孙，如果自己动蛮，只要齐家开个口，就会把她们踩成肉泥。

刘诗仪对这个突然冒出来的女孩本能地有点抵触，甚至讨厌，说是同学，有哪个同学会像这样站出来指责一个陌生人，肯定关系不一般。但胡明生不是说齐明远没女朋友吗？如果有女朋友，为什么要我来走这个场子，糟糕的是现在自己对齐明远有了感觉，甚至有了肌肤接触，如果真冒出个女朋友来，自己后面不知道怎么办。她不敢再想下去，现在关键是按住妈别乱来。她说："妈，你是嫌浪搞得不大，想让全县的人都知道是吧，你是真要我的好看，要我出丑是吧，再闹腾下去我就撞死在墙角上！"

刘诗仪的姑姑看到事情发展到有点不可收拾，赶紧扯扯张桂蓉的衣角，劝她别搞得太难堪，怕诗仪受不了，整出个大事来。张桂蓉心领神会，缓了缓脚步。诗仪姑姑想，要让诗仪快点离开这儿，只有抛出另一个撒手锏了，她说："诗仪，你爸爸胃穿孔，动手术住院，这个时候正需要你照顾，你不会不回去吧？"

刘诗仪将信将疑，她用征询的目光看着她的两个表姑。两个表姑异口同声地说："你爸爸是在住院，他动了手术。"

张桂蓉趁机说："死妮子，你假如有良心的话，就抓紧回去，和我轮着照顾你爸。"

听到刘诗仪的爸爸住院，齐明远说："诗仪，那你回去吧，你家里需要你。"他看看刘诗仪又说，"你赶快去收拾一下东西。"

　　齐来香姐妹俩也明理，虽然自己的母亲还未上山，但人家的爸爸住院，回去照顾也是理所应当的。齐来香说："我跟你四姐一起去帮你收拾一下。"

　　刘诗仪说："还有几天，母亲就出殡，我还要过来，行李我就留在这儿。"

　　张桂蓉一听，脸立马拉了下来，正要发火，诗仪的姑姑看到后，扯了扯她的衣角，小声说："能早点跟我们回去，就谢天谢地了。"

　　齐应天跨前一步，说："明远你也去照看一下你岳父，街上带点营养品。反正你母亲归家还有几天，到时再回来。"

　　齐明远一听有道理，不管自己同诗仪真结婚还是假结婚，一同去照看一下她父亲也应该，人家帮自己这么大的忙，现在正是需要自己为她出力的时候。他正想迈步时，张桂蓉冷冷但十分决绝地说："不用你去，受不起。"

　　刘诗仪看到齐明远很是难堪，对他说："明远，我爸应该没什么大问题，我先回去看看，我还会回来，你母亲出殡的头天下午到国道岔路口来接我。"

　　齐明远点点头，说："那我送送你。"

　　张桂蓉吼道："别送！"说完，就拉着刘诗仪走，生怕她改变主意不回去。

36　即使相逢也不识

刘诗仪走后，齐明远带着吴芳菲走向自己的住处，他又惊又喜，又爱又恨，恨不得把自己一肚子的相思和苦水倒给她。但他不能，特别是现在，管他是真是假，他毕竟和刘诗仪拜了堂，圆了房，而且诗仪在自己心中已有了位置，看得出诗仪对自己也动了真情。要是前些天吴芳菲能出现，他怎么也要拉她帮帮自己，见见母亲和家人，省得诗仪的母亲这样作践自己。

看到齐明远住房两边贴的大红对联，吴芳菲心里酸酸的，她问齐明远："就是前些天结的婚是吧？那女孩是谁呀？"

齐明远不知道怎么回答，本来是叫刘诗仪来帮个忙，一起见见快要闭眼的娘，然后悄无声息地回去，不造成任何的影响。没想到父亲搞了这一出，逼自己与诗仪拜堂圆房，居然诗仪又同意了。虽然圆房当日自己什么都没干，但全村的人都喝了喜酒，糟糕的是自己守灵那天又做了那事。自己都没把握这样子算不算结了婚。他知道刘诗仪内心是喜欢自己的，但跟自己结婚过一辈子不知道诗仪想好了没，如果她还没想好，自己也要信守那天的保密承诺。他不想吴芳菲外传他与刘诗仪的事，所以吞吞吐吐说："乡里新分来的同事，叫刘诗仪。本来是请人家帮个忙，走走场子，你懂的。"

吴芳菲有点恼，本来自己想来找下一段婚姻的出路，没承想看到这种结果，她说："我不懂，大红对联都贴了，都拜了堂，敢说过过场子，谁会开婚姻的玩笑。你不满意人家？那个女孩长得可水灵啦。"

"我哪有对人家不满意的本钱，人家是城里女孩，是大学生，人又长得

好，但你也看到了我的条件，我的家境，所以她母亲反对得那么厉害。"

吴芳菲听到齐明远刚才说刘诗仪是来走走场子的，感觉自己还有一点希望，但齐明远现在这样一说，自己的希望一下就被掐灭了。听得出来，他对那个女孩是喜欢的，不仅仅是请人家来走走过场。她的内心非常矛盾，一边希望心爱的人早日结束单身生活，一边又希望他这次真的走走场子，给她自己留一点期许的空间。但转念一想，自己都嫁给了港毛子，自己有什么权力要求人家给自己留下婚姻的期许呢？

齐明远察觉了她内心的变化，别看她雍容华贵，他判断她跟港毛子过得并不幸福，他顺口问："你过得还好吗？我一直没你的音讯。那年，你过完生日后，我找过你几次，我在你楼下拼命地喊，可……"

吴芳菲一听，心脏感动得抽搐了一下，泪水立即流了下来。她很想把自己的一切告诉他。告诉他，自己生日那天与他吵架后，自己一直在等他，他与港毛子结婚是被迫无奈，港毛子喜新厌旧又找了女人。告诉他，自己是多么多么爱他，自己很后悔很后悔，不知还有没有重新开始的可能……她怪自己使性子，当年看到他在自己的楼下大喊，急得团团转自己也没下去，也怪自己立场不坚定，走入了父母扎好的婚姻笼子。但她什么也没说，也说不出来，只是呜呜地哭。

齐明远给她擦干眼泪，说："别哭了，我就怕女人哭。"

吴芳菲别过身去，说道："明远，是我不好，那年你在我楼下喊，我就差一点应你了，但我终究没应出口来，我想你第二天一定还会来……"边说边哭，眼泪就吧嗒吧嗒地掉，身体不自觉地向齐明远这边靠过去。

齐明远看到吴芳菲倒过来的身体，要是以前他一定会充满爱怜地把她揽入怀中，把她抱紧。但他今天没有，只是本能地接住她的身体。他要对刘诗仪负责，心里始终和吴芳菲保持着一种距离。

她靠在他宽厚的肩膀上，静静地听着他的心跳，这是多么熟悉的心跳呀，可惜已不再为自己跳动了。别看齐明远现在穷得连老婆都找不到，但真的是有潜力的可依靠的优秀男人。凭女人的敏感，看得出那个叫刘诗仪的女孩已牢牢把他抓在手中，即使她母亲强力反对，她也不会放手，而且她母亲反对得越强烈，她会抓得越紧。

齐明远把吴芳菲身体扶正，说："你还没回答我问题呢，这些年过得好吗？"

吴芳菲停下哭声，说："好，能吃饱喝足。"她有点口是心非，知道自己的哭声已经暴露了自己，但她还是尽量说得轻松点。接着她问："你呢，明远？"

齐明远没急着回答，他想，参加工作以来，自己一直想利用所学的专业帮助农民发展果业，改变贫穷面貌，实现脱贫致富，特别是这边有得天独厚种植脐橙的条件，很想宣传推广种植，这是自己到鸡公山乡工作最大的抱负。那时自己一说这个想法，就遭到了乡领导的反对，斥责自己没事找事，中心工作没完没了，乡财政又穷得叮当响，哪来的时间和资金推广脐橙种植？个人的力量太小了，每天只有和其他干部一样沉浸在琐琐碎碎的农村工作中。好在方书记来了，他支持自己先在两个村搞脐橙种植试点，才让自己的梦想往前跨出了一步。应该说，几年来自己带领青年突击队努力完成乡里安排的中心工作，成绩是突出的，空余的时间都用在带领村民种植脐橙的试点上。可糟糕的是，自己工作成绩明显，经常受到方书记的表扬，这反而得罪了王乡长。王乡长把他划在了方书记那边的人，不但工作线上有限的补助经常拿不到平均数，而且党委推荐提拔的名单报了几次，都被王乡长"酝酿"掉了，后备干部一直候着，变成了"厚皮"干部。现在连个女朋友都找不到。

吴芳菲见他迟迟不说话，就说道："我知道你在乡里混得并不好，那个胡明生说你清高，不愿意跟干部群众打成一片，组织部来考察，你的得票不冒尖，不少人不投你的票，叫你跟大家要多联络联络。"

齐明远一听，心里就来气，他打断她："联络联络就是学他的样去送礼，就是去陪他们喝花酒，同他打牌赌博，这个我做不来，我不相信县里的干部政策会一直这样下去，如果不改变，那我就当一辈子的一般干部。"

他好奇怪，问道："你认识胡明生？"

吴芳菲没直接回答他。她自顾自地说："我虽然没端公家的这个铁饭碗，但这些年我看得多了，吃公家饭，要出人头地，一般来说，工作必须作出成

绩，工作做不好，那不行，这是前提。但也要善于把握机遇，'既要低头拉车，也要抬头看路'，方向错了、偏了，不但不能进步，可能还犯错误。人们常说'实绩突出，群众公认'，实绩也要是领导和群众都认可的实绩，这是关键，否则就是打白水。就拿你引导农民发展脐橙来说。"

齐明远打断她："你怎么知道我想组织农民发展脐橙？"

她没有说他那封没发出的信写了，而是说："胡明生跟我说的。"

吴芳菲继续说："种植脐橙，虽然鸡公山乡有得天独厚的条件，但那里的村民没这个种植习惯，而且当时乡领导思想认识不到位，你即使天天说，工作也难于推动，而且干部还认为你标新立异出风头，领导也觉得你异想天开想当然。即使方书记来了，鼓励你大胆组织农民示范种植脐橙，但其他领导并不认可，虽然你引导农民示范种植脐橙很快就有成绩，但还是白忙活了。"吴芳菲叹口气，又说："你想发展脐橙产业，可以动员你老家的村民种植，叫你的兄弟做个示范呀。"

齐明远有些不耐烦地说："老家的冬季，零下5度的天气就有十多天，种不了脐橙，一打霜，脐橙就冻死了。"他没好气地说，"想引导农民发展脐橙，脱贫致富有什么错？"

话没说完就被吴芳菲打断了，"脐橙脐橙，群众不认可有什么用？群众公认，这是干部提拔的基础，没有票数，怎么说明你优秀？你怎么凸显出来？领导怎么提拔你？"吴芳菲感觉自己语气有点重，放缓语速说："当然'群众'也有活思想，有些人不一定会考虑农村的发展、农民的增收和组织的需要去投出民主的一票，一包烟一桌饭就可能改变了投票的方向。所以为什么说'看票但不唯票'。但'看票'是前提呀，所以王流水警告你要跟干部群众打成一片，多和干部职工联络是有道理的，不要'闷'在那里做工作。"

他突然警惕地问："你怎么熟悉王流水的？"他心里清楚，王流水是个有名的好色家伙，猎色很少失手。齐明远立即紧张起来，问："那他有没有对你……"

吴芳菲说："忘了跟你说了，来你家之前，我已到鸡公山乡，想去那儿找你。"

齐明远也知道这些情况，但他不愿意踩进这摊污泥浊水中，这些年来他一直坚守自己那块干净的处女地。吴芳菲的话他没有完全听进去，现在他关心的是王流水有没有对她动手，他又追问："问你呢，王流水有没有对你怎样？"

　　这时吴芳菲突然哭起来，委屈道："王流水就是个流氓，胡明生也不是什么好鸟，他俩联手，我差点被王流水这个流氓给玷污了，是你脸盆架上的剪刀救了我……"她靠在齐明远的肩膀，泪水涌流。

　　齐明远一听青筋暴突，歇斯底里地吼起来："王流水就是个畜生，现在我就要回去杀了这个挨千刀的！"说完就要往外走。

　　吴芳菲知道齐明远是个眼睛揉不得沙子的人，血管一下曲张就会干出点大事来。她赶紧截住他，把他拥入怀中，安抚道："你要冷静，冷静，你是我什么人，凭什么为我出头？"她不停地抚摸他的头，让他稳定下来。

　　是啊，凭什么出头？自己是她什么人？人家有父母有丈夫，自己最多就算是她的前男友。

　　吴芳菲见他心情稳定后，说道："明远，我来这儿跟你聊这么久了，还没去看你过世的母亲，你带我去灵堂给阿姨叩个头吧。"

　　齐明远目光有些呆滞，可能是这些天处理丧事累的，也可能是被刘诗仪的母亲急的。他深一脚浅一脚领着吴芳菲来到二哥的厅堂。厅堂里母亲的遗体有些异味，大家都在门口站着。吴芳菲不顾异味，跪在齐明远母亲的遗体前哭起来。她是真心地哭，也许是想到自己与齐明远无果的爱情，也许是想到自己不幸的婚姻。

　　齐来香扯扯齐明远，小声说："她是谁呀？不会是你的另一个老婆？"

　　齐明远没好气地瞪她一眼，说道："是同学！"他走过去，递一张纸巾给吴芳菲，说："别哭了，人死不能复生，谢谢你这么看得起我。"说完，齐明远把她扶起来，又说："现在我家里这样的情况，我不留你了，你回去吧，我送你出村。"

　　"我不回去，我要和你一起把伯母送上山。"吴芳菲坚持说。

　　"我母亲出殡还有几天呢。"齐明远把吴芳菲拉到门外说，"我这条件差，怕你住不习惯。"

"你就这样对待客人的呀，人家想到我们家住几天，哪有把人家赶走的理？"齐来香白了齐明远一眼，又过去拉着吴芳菲的手，"别理他，没事就别回去，我带你到山上转转。到时就跟我们几姐妹住一起。"

齐明远无奈地目送吴芳菲和齐来香走了。

37 受伤的不是脚，而是那颗心

齐来香带吴芳菲爬上了齐明远家的后龙山。映入眼帘的是农村的一幅秋景图，山的对面，稻田呈现一片金黄，阵阵秋风下，金黄色的稻浪，一波赶着一波。稻浪里东一个西一个打谷机在作业，看过去就像是稻浪里的一叶叶扁舟在航行。山的后面是连绵的群山，树木层层叠叠，红黄相间，层林尽染，仿佛站在了一幅巨大的秋景油画前。天空瓦蓝瓦蓝的，偶尔一两朵白云飘过，像是巡弋天空的哨兵。

实际上吴芳菲是没心情看这农村秋景的。她跟在齐来香的身后，脚步有些沉重。她来齐明远家之前，还心存幻想，看能不能为自己的不幸婚姻找到出路。但自己靠在齐明远的肩头，他都没把自己揽入怀中，而像路人一样生分，她的心一下凉了半截。她都有点不认识齐明远了，这么多年的感情就这么一下子淡漠了。但齐明远房间的纸篓里那封写给自己的信又写得那么情深意切，她真的无法理解。她想，一定是那个叫刘诗仪的女孩攥紧了他的心，想到她的名字，心里就恨得牙痒痒。

齐来香走在前面，回过头来对吴芳菲说："妹妹，忘了问你叫什么名字了。"

"我叫吴芳菲，是明远的同学。"吴芳菲说得有气无力。

"我看你跟我弟弟不像是一般同学那样简单，我是过来人，你们之间一定有故事，能否说来听听。"齐来香说。

本来吴芳菲很想告诉齐来香，自己曾经是齐明远的女朋友，但现在自己是

二茬花，而且并没有和港毛子离婚。齐明远又刚刚与刘诗仪拜堂打括，全家人的脸上都洋溢着喜悦，如果说自己曾经是齐明远的女朋友，不是打自己的脸。她不知道怎么回答，只感到泪水在撞击自己的眼眶。

看到吴芳菲一直无言，齐来香想，一定是自己的弟弟做了对不住人家的事，现在的男人都想手里牵一个，嘴里含一个，把天下的美女都揽入怀中。她打心眼里讨厌对女人不忠的男人。当年自己要和邻村一个共同串联的同学结婚，父母坚决不同意，说他三代单传，更主要的是全村只有他一户别姓，势单力薄，嫁给他会吃亏，但齐来香寻死觅活，非他不嫁，父母无奈，只有同意。齐来香结婚后过了几年和和美美的生活。打工潮盛行后，齐来香的老公闹着要去打工。齐来香知道，自己长期不在老公身边，老公挺得住一两次的诱惑，也顶不住女人连番的进攻，她一口气回绝了。但禁不住老公软磨硬泡和信誓旦旦，她同意了。老公跟着同村的人去了深圳打工，在一家模具公司上班。因为肯吃苦，不怕累，老公很快当上了作业班长，工资也高出一般工人一大截。长期在外，加上在公司有一点地位，骨头很快轻起来，他和同乡的一个打工妹好上了。一开始同在深圳打工的村里人告诉齐来香，她老公在深圳有了女人，她打死也不相信，为了验证，她独自坐长途班车杀到了她老公的住处。因为是晚上到的，连续敲门迟迟不开，她知道老公晚上不上班，房间里有灯，一定是在做什么苟且之事，她预感到问题严重，脑袋"嗡"地一下，她猛一踹门，捉了他们一个现行。老公嬉皮笑脸："我只是为了解决一下生理需求，我会对家里负责的，我会给你们寄钱的，我不会散了家的。"齐来香眼睛哪容得沙子，说道："你以为钱能解决一切？没有什么商量，要么休了这个婊子，跟我回家，要么儿子归我，我们一刀两断。"她那个老公哪舍得深圳的生活，见她开的条件这么低，当即答应了。齐来香带着一颗血淋淋的心回家了。后面又嫁了父母原物色的、自己看不上的老实巴交的现在的老公。

齐来香不愿再想自己的过去，说道："你告诉我，如果是我弟弟做了对不住你的事，我一定说服我爸，叫我爸替你做主，我也是女人。"

吴芳菲再也忍不住，趴在齐来香的肩头哭起来，说："我和明远谈了好几年，是我父母逼我嫁了个港毛子，是我对不住明远……"吴芳菲眼泪吧嗒吧嗒地掉下来，把自己的故事一股脑儿地说给了齐来香听。

齐来香听后心里倒平静了，心里想，在婚姻这个问题上，不听父母的不行，就像自己，原来执意要嫁自己相中的郎君，没想到他是个负心汉，最后还是嫁给了父母为自己挑选的对象，现在生活也还幸福；完全听父母的，也不行，像吴芳菲舍弃自己的弟弟嫁给了有钱的港商，现在也面临离婚。婚姻都有走眼的时候，即使磨尖了眼睛也看不透。

看到齐来香走神，吴芳菲赶紧说："别责备明远，也别告诉你爸，这责任全在我自己，是我没有把握好。"

她们边说边走，不觉来到了齐来香的责任田边。齐来香的老公正踩着打谷机脱谷粒。齐来香说："你边上站站，我来替换一下我老公。"说完就把老公支去割稻子，自己站到了打谷机上。

长期的农事让齐来香练就了一副好身板，她把打谷机的飞轮踩得很快，握禾秆的两手不断地变换着，谷粒在打谷机的撑篷里跳跃着。

吴芳菲从来没看过打谷脱粒，目不转睛地看着齐来香两脚一上一下地运动，不久就来了兴趣："大姐，我来试试。"

齐来香说："这是我们头世杀了人才干的体力活。你弱不禁风的，怎么会打谷？"

"让我试试嘛，特好玩。"吴芳菲求她。

齐来香说："你力气不够，我来带，你站在我边上，跟着踏板上下走，你先不要抓禾秆，扶住打谷机挡板。"

吴芳菲照齐来香说的做，感觉并不要使很大的力，就大声说："大姐，不费力呀。"

齐来香也大声说："是我在用力踩，你才不费劲。"

吴芳菲说："我也要打谷脱粒，蛮有味道的。"

齐来香拗不过，就同意了。吴芳菲抓了一小把禾秆试试，一下子就脱完了谷粒。她的胆子大起来，抓了一大把禾秆往打谷机的飞轮上放。两眼只顾盯着禾秆在飞轮上跳动，脚就渐渐跟不上齐来香踩动的节奏，一下就碰到了打谷机的木板上，她"哎哟"一声坐在了打谷机的踏板上。

　　齐来香大叫不好，赶紧停了打谷机。她把吴芳菲扶起来，一看她的膝盖擦破了一块皮，站立不稳，二话不说背起她就往村卫生室走。

　　到了村卫生室，吴芳菲的膝盖肿得好大。医生扯了几下吴芳菲的脚，问她痛不痛。她摇摇头。医生又按按她的膝盖，每按一下，吴芳菲就叫唤一下。医生说："应该没伤着骨头，只是肌肉受伤。"齐来香一听，心才放到肚子里。待医生简单处理了一下后，她把吴芳菲背回齐明远家。

　　齐明远看到大姐背着吴芳菲回来，紧张地迎了过来："怎么了？怎么了？"

　　齐来香说："都怪我，让芳菲和我一起踩打谷机打谷子。"

　　齐明远见吴芳菲脸上渗着汗珠，知道她肯定痛得不行，只是不好意思哼出来，强忍着，他心里老大不痛快，说："大姐，你怎么让一个城里的女孩干那重活？"

　　"不怪大姐，是我自己好玩的，没事。"吴芳菲说。

　　齐来香也不说话，直接把吴芳菲背到了齐明远的新床上，就默默地退出来。

　　齐明远见齐来香走后，挽起吴芳菲的裤子。

　　吴芳菲按住说："没事，我说没事就没事。"

　　"你看你的额上都冒汗珠了，还说没事，是痛的吧。"他移开她的手，把她的裤子挽到大腿部，只见她的关节肿得像个馒头。他心痛得眼泪都快掉下来了。他俯下身子，用嘴就要吸吮她的膝盖的淤血。

　　吴芳菲推开他，说："我的膝盖涂了红花油。"

　　齐明远说："涂了红花油怕什么？淤血不吸出来会发炎的。"他用力地按住她膝盖，一口一口把她的淤血吸出来又吐掉。

　　吴芳菲感动得泪水涌流，迅速把他的头搂入自己的怀中，嘴里喃喃道："明远明远，当年是我任性，是我不好，我现在好后悔，你恨我吗？"

　　齐明远也不回答，只是拼命地吸吮着她腿上的伤口。

38 再劝也要去送家婆一程

刘诗仪被张桂蓉接回来后直接到了医院，她看到父亲躺在病床上，脸色不错，还两眼炯炯地看着病房里的黑白电视，心一下子就宽了。"爸，你没事吧？"

刘立公说："没事，一个小手术而已。"

张桂蓉接口说："说得那么轻巧，命都差点交给阎王爷了。"她又转向刘诗仪："女儿，我没骗你吧，你爸是住院了吧，这几天就好好照顾一下你爸爸，哪里都不要去，我来给你乡里请假。"

刘诗仪说："那不行，过几天齐明远的母亲出殡，我要去送一下，这都已经说好了的。"

张桂蓉暴跳起来："女儿，你怎么一根筋呀，你真的要嫁给那个齐明远？你说到天我也不会答应的。"

看到张桂蓉发飙，刘立公欠欠身体，说："女儿大了，你不要大吼大叫的。"

"爸，你不是常常教育我，人要讲信誉的，我答应同事去走走场子，满足一下老人的心愿和同事的孝心，这有什么不对？"

刘立公没有完全听懂她们的对话，云里雾里的，一时没有回答。他妹妹走到床前简单地说了一下今天事情的经过。

没等他妹妹说完，张桂蓉就打断："用自己一生的幸福去博一下人们的好评，傻瓜才做的事。况且，你现在不是去走走场子、演演戏，满足一下人家的

孝心那么简单了，都已经和人家拜了天地，进了洞房！现在还要去尽儿媳之责送婆婆上山，你能说是假的吗？一旦传到你乡里，口水都会淹死人的，后面你怎么嫁人？"

刘立公是第二次听到女儿拜了堂圆了房。前两天张桂蓉说了整个事情的大概，他以为年轻人只是好玩，帮个忙假装女友去见见齐明远的母亲，当时生气是担心女孩子名声受损。现在他老婆这样一说，让他吃惊不小。虽然刘立公对女儿一再守约帮忙感到欣慰，但确实觉得这样一而再地走场也好、演戏也好难以把控尺度，对自己的女儿名声不利，而且看女儿这么坚决要送齐明远的母亲上山，的确不是演戏那么简单。妻子看到的是女儿嫁一个穷小子未来日子不好过，他的内心更担心的是女儿对齐明远并不了解，毕竟刚刚认识，今后要嫁给他，婚姻能不能稳固。现在要摸准的是女儿到底是否真的喜欢齐明远。刘立公看着刘诗仪说："听你们交谈，看得出你真的喜欢齐明远啰，但你对这份感情到底有多少把握？到时不要后悔哟。"

刘诗仪经这样一问，停顿了好一阵子，自己从来没谈过恋爱，现在对齐明远的这种感觉是不是恋爱中的感觉心中没底，而且糟糕的是一恋爱就献身了。但她相信自己的直觉，齐明远这个人不错，虽然家庭条件差一点，身份地位也低，但感到他这个人本分、正直、责任心强，又善于体贴人，还是值得托付和依靠。在父亲面前她想还是把真实想法说出来。她有点不好意思，脸上飘起一朵红云，说道："爸，前面真的是帮忙，想演个戏给齐明远的母亲和亲人看，后面就不知不觉喜欢上了他，但要同他结婚过日子我确实还没完全想好。"

"但你都同他拜了堂，圆了房，现在还坚持要去尽儿媳职责送葬，你敢说没想好？你怎么会这样冲动？真的不可理喻！"张桂蓉越说声调越高，"为了让影响降到最低限度，我是坚决不会让你去齐明远家的，这几天你休想离开这个病房！"

"妈，你这是法西斯，我不会听你的。"

刘立公看到母女俩针锋相对，赶紧圆场："争吵解决不了问题，你们不要吵了。"他又对刘诗仪说："说老实话，我不反对你帮同事忙，按你们的说法去走走场，但怎么就到了拜堂圆房的程度？你说你后来喜欢上了他，这明显有赌的成分。当然，你已经成年，还参加了工作，你有权决定你的人生，我们做大人的不应该干涉过多。"

"你放屁，这事我管定了，我怎么会让我的女儿用一生的幸福去冒险？"

刘立公清楚，当年张桂蓉就是看中自己是老革命的后代，生活比一般人优越不说，靠着老头子的影响，看病、坐车都能沾点光，最实惠的是不费吹灰之力就脱离了农村工作这个苦海，到了县妇联。现在看到女儿要选择一个穷小子，她能心甘吗？他不愿意同她吵，不仅是自己动了手术，怕争吵裂了伤口的缝线，更主要是因为她强势彪悍惯了，吵，最后也是向她让步。

看到老公和女儿都不吭声了，张桂蓉也悻悻然闭紧了嘴。她想，要断了女儿不再与齐明远好，就只有早点给她找个婆家。这时，她的脑海里蹦出个人影来，县公安局钱副局长的儿子，是县妇联主任介绍的。她带她偷偷地去看过，这个人一米八的个头，长相没的说。他父亲当了十多年的公安局副局长，家庭条件肯定也好。她试探性地对刘诗仪说："女儿，我单位头儿给你介绍了一个对象，人长得帅、工作单位好不说，家庭条件也是百里挑一，他爸爸是公安局副局长，这两天抽空去见见面。"

张桂蓉话一停，刘诗仪就迫不及待地说："妈，在我没把齐明远的母亲送上山之前，别跟我说什么介绍对象的事，我也不会去跟任何人见面。"

刘立公听张桂蓉说后也觉得不错，说："只是见见面，不是非得要嫁给他，我感觉可以考虑。"

张桂蓉接过话头说："你不要那么犟，错过了这个村，恐怕就没这个店，他这样的条件，多少女孩盯着。"

刘诗仪的姑姑也说："女人嫁个好婆家，比出生在一个好人家还要好，后半辈子就不用愁了。"

"对女孩子来说，选择比努力更重要。"张桂蓉补充说。

"你们说得有道理，我也知道挑个好婆家，日后条件肯定更好。但幸福是一种感觉，自己感觉幸福就幸福，有时物质的充裕不一定是幸福，而是累赘。"刘诗仪尽量放低声音说。

张桂蓉脾气上来了："你怎么就死脑筋呢？你就是不去与人家见面，也不

能再去齐明远那个穷小子家了。"

"你们说到天黑，我也不会听的。送齐明远的母亲上山是我承诺了的，说到就必须做到。"刘诗仪斩钉截铁地说。

张桂蓉听后很是失望，但她没有灰心。自己就这个女儿，女儿就是自己和老公的依靠。为了女儿的幸福，实际也考虑自己的将来，她什么手段都要用上。她的脑子里已经有了下一步的行动方案。她想，自己女儿吃了秤砣铁了心还要去齐明远家送葬，要和他好，靠自己和家人的力量根本无法阻止，特别是老公又态度模糊，现在只有给她的组织施加压力，让乡政府出面做她的工作了。她决定明天一早就去鸡公山乡政府找他们领导。

39 寻求组织出面做工作

天还没亮张桂蓉就走了。走前，她用没有商量余地的口吻写了一张纸条给刘诗仪，"这几天我要随单位下乡抓计划生育，你要照顾好你爸"。她这样，一则用孝心拴住了她，二则又没暴露自己的意图和行踪。

张桂蓉坐的是清早去鸡公山乡的客车。私人经营的客车，没把客车挤满，是不会出城的。客车在县城兜了个圈，到五点了，装满了人货才出发。十点多张桂蓉才到鸡公山乡。

她冲进乡政府党政办公室，看到胡明生正在看报纸，"啪"的一口唾沫吐在了他看的报纸上，说："胡大主任，你做的好事，叫我女儿去演别人的老婆，现在让我女儿今后怎么嫁人？"

胡明生吓一大跳，赶紧站起，忙问："出什么大事了，大姐？"

"我女儿和齐明远拜堂了，你说怎么办？"

胡明生一听，感觉不太可能，他们认识才多少天呀，自己当时安排刘诗仪是陪齐明远去演戏的。前几天张桂蓉电话中也是这么说的，他总认为张桂蓉是在咋咋呼呼，但现在看她这么火急火燎，心里也没了底。他稳定她说："大姐，可能是装装样子给齐明远母亲和家人亲戚看，两个年轻人都不会认真的，他村里也没有我们乡里同事认识的人，不会有什么影响的。"

张桂蓉气得牙齿咬得咯咯响，喊道："不会叫你老婆去装装样子呢？"说完顺手将一把扫帚甩了过去。

胡明生吓得半死，赶紧逃命，向乡政府院子空地跑去。张桂蓉跟着追了出

去，边跑边骂："杀千刀的，害人不拣日子。"

乡机关的干部大多下村去了，只有通信员、炊事员和财政所、计生服务所的干部留在乡政府上班，看到胡明生被追打，赶紧出来劝架。新来的炊事员老宋以为是胡明生的老婆来了，夫妻不和在打架，说道："胡主任，是不是又到外面打狎，没货交人被老婆发现了？老婆面前认个错嘛。"

胡明生边跑边说："是新分来的大学生刘诗仪的母亲，她说她的女儿和齐明远拜堂了……反正跟你说也说不清，你先拦着她，叫她别乱来。"

张桂蓉把高跟鞋脱下来，穿着袜子在院子里追了几圈。好长时间没运动了，张桂蓉的脸上红彤彤的，系个马尾巴的头发散了又全部飞起来，嘴里不停地喘着粗气。她见几个乡干部左挡一下右拦一会，追不到胡明生，干脆停下来。她拢拢头发，说："老娘不找你了，我找你们老大方书记，让他来评评理。"说完就直接到后排平房去了。

胡明生不敢耽搁，赶紧追过去，怕她惹出更大的事端来。

胡明生走后，大家议论纷纷："老齐真有手段，一下就把新来的刘诗仪拿下了，但没听说就拜了天地呀。""前几天刘诗仪的母亲闹了一下我们才知道点事情的大概，现在的大学生真是开放。""你真是两耳不闻窗外事，干部职工都传开他们的事了，只不过大家传的是新来的大学生去帮齐明远的忙呢，让齐明远的母亲走得更安心，我们还为她感动呢，没想到发展这么快。"大家边议论，边往后排平房走，表面是去帮他们解个围，实则也有看热闹的成分。

在后排平房，方明亮的办公室和接待室、卧室相连。在接待室，方明亮正向县计划生育检查组汇报计生突击月的战况，边汇报边自我检查。他怨死了自己，对计划生育工作认识不到位，作为一把手牢骚满腹，真不该。牢骚也好，发脾气也好，这是国策无法躲避，工作还是你去抓，板子还是打在你的身上。他自己都觉得好笑，前两天还在跟计生委的人理论，说我国人口专家判断中国的人口红利接近零红利，这样抓下去迟早会后悔的。自己思想稍一松懈，班子成员就跟着抛锚，行动减缓，现在全县计划生育的排名通报已经出来，鸡公山乡各项指标都处在后六名，综合排倒数第三，还好，没倒数第一，否则直接挂黄牌，现在严令限期整改。县委办、政府办和纪检、组织部联合督察组前脚刚走，计划生育检查组又来，他们钦差大臣般责问、恐吓真让人受不了，但无奈，顶了这个乌纱帽只有低头认错。

张桂蓉看到方明亮在接待室谈话，她顾不得那么多，二话不说就闯进接待室，诉苦道："方书记，你们怎么安排我女儿去冒充别人的老婆啊，一个黄花闺女，后面怎么嫁人？"

方明亮一下子没反应过来，这时胡明生进来，吞吞吐吐说："就是新来的干部刘诗仪去帮齐明远的忙……装装齐明远的女朋友。"

胡明生一说，倒是提醒了方明亮："噢，就是你做的好事，后面我再来收拾你。"他又转向张桂蓉说："那天，我不是派了车送你去追他们，如果你们做父母的不同意，就叫你女儿别帮这个忙了？"

方明亮看到县里下来检查工作的人员一个个投来探询的目光，赶紧简要地说了说事情的经过，接着嘟哝了一句："我个人不支持也不反对这样做，这不是组织安排，应该是他们个人行为，当然我觉得没多大的事，就是同事间帮个忙，圆个场。"

话音未落，张桂蓉就发飙了，往地下一坐，说："你当书记的都这样说，是个人行为，没多大的事，你知道吗？是你的办公室主任安排去的，现在他们都拜了堂，圆了……"她感觉到这么多人在这儿，说出来怕传出去不好听，又赶紧收住舌头，又说："总之你们乡里要负责，否则我就死在这里。"

外面站的干部看到这个情况，赶紧进来做劝解工作。县检查组的同志有的认识张桂蓉，也劝她快起来，不要坐到地上，毕竟是县里的干部，别像村民一样耍赖。他们又宽慰她："你不要急，他们只是走走过场，会有分寸的，现在很多年轻人都会这样做，婚姻困难户太多了。再说山沟沟里，没几个认识的，不会造成什么影响，就是传出去了，人家只会赞扬你女儿善于帮忙，人品好。"

"事情非常严重了，本来我从齐明远的老家拖我女儿回了城，但我女儿像吃了迷魂药一样，坚持要去送那小子的母亲上山，像儿媳一样行九叩之礼，浪越掀越大，到时怎么保得住密？"她停停说，"我就这个女儿，我还图她找个好人家呢。"

"可能你女儿真喜欢上了这干部，那不是白捡了个女婿，多好啊。"计生委的人调侃说。

"好个屁呀，我就担心这事。那小子家里就三间土坯房，家里穷得水洗的一般，什么都没有，我来养他们吗？我要尽快浇灭他们刚起的火苗。"

"那你说要我们怎么做吧？"方书记说。

"你们以组织的名义叫她回来上班，越快越好，让她去不成齐明远的家，没有几天，齐明远家就要举行葬礼。你们可以打电话到县医院让她接，我已经骗她回去照顾我住院的老公了。"

"如果这样，你自己也可以叫她不要去齐明远家呀。"方书记有点不耐烦了。

"她会听我的话，我今天就不来了，我女儿刚参加工作，人很单纯，单位的话她一定会听。"

方明亮对胡明生说："你去落实一下，想方设法电话联系到刘诗仪，告诉她回乡里来加入青年突击二队，参加尼清河河沙清基工程，下午就搭王乡长的车回来。这边你再设法联系到王乡长去接一下。"

张桂蓉补充说："胡明生，你还不能说我来找了方书记，否则我那个犟女儿她不会听的。"

40 差点让他得手

刘诗仪是吃中饭前接到胡明生电话的，电话打到了县医院住院部值班室。

电话里胡明生说："方书记要求，你下午搭王乡长的车回乡加入青年突击二队，参加尼清河清基工作。"

刘诗仪搞不明白，胡明生安排的这个任务都没完成，就要赶回乡里参加青年突击二队工作，难道这个工作就不是工作吗？还有几天就可以完成了。再说多我一个新人少我一个新人会影响尼清河清基工作吗？她怯怯地问："怎么这么急呀，胡主任，能缓几天吗？"

胡明生不容分说："不能缓，季节不等人，洪水不等人。"

刘诗仪又试着问："齐明远要不要回去？"

胡明生暗骂，真不要脸，就几天工夫，就培养出感情了。他不耐烦地说："别人的事，你不要管，人家家里都死人了，没出完葬谁敢叫他回来？"

"我这个事也是你安排的呀，还有三天就可以完成了。"

"下午返回乡里是党委的安排、方书记的命令，别说了，吃过中饭王乡长会来接你。"胡明生口气很硬，自己说完就挂了。

刘诗仪愣了半天，才把电话放下。她想，只有先回乡里了，回去后看看再说，到时再坐班车去齐明远家送他母亲最后一程。说实话，几天不见，她真有点想齐明远，感觉他的身影一直在她的面前晃动，不是她妈不打招呼就把照顾爸爸的事交给她，姑姑又回老家去了，她上午就去了齐明远家。

刘诗仪回到病房就把乡里的电话通知告诉了刘立公，刘立公说："单位上

的事重要，你回乡里去吧，下午你姑姑会来换班，我这边你别牵挂。"

刘诗仪边听边整理好病房，把要吃的口服药放好，提醒她爸爸要看住吊瓶里的药水打没打完，及时按铃叫护士换药。做完这些就去县医院食堂打饭了。

刘诗仪草草吃了点饭后，按照医嘱给她爸爸带了一点米汤回来。刚到病房就看到王流水在跟她爸爸聊天。刘诗仪赶紧上前打招呼。

刘立公说："你的领导多好啊，这么关心部下，亲自来看望我，你要多听领导的，到乡里要好好工作，回报组织的关爱。"

刘诗仪看了看床头柜上放的花篮，都是些国外的水果，边上还放了两罐高档营养品，心里想，这家伙出手真是大方，怪不得齐明远说乡里二老板蛮有手段，算是见识了。她说："领导，你真是太客气了。我一个刚参加工作的小干部，你都这么用心，让我真有点紧张啊。"

王流水认真地打量着刘诗仪，那天财政局的刘局长送她来报到，碍于两个比自己大的领导在一起，不方便细看，今天他不自觉地扫视她，从上到下认真地过滤她的脸和身段。

面对王流水扫来的目光，刘诗仪脸倏地红了。

王流水感觉到自己的失态，暗暗地骂自己，在人家父亲面前都表现得这么变态。但毕竟在官场打磨有些年份了，他立即调整过来，说道："关心年轻干部，就是关心我们鸡公山乡的未来，就是关心我们的'三农事业'，这是我们做领导的本分，应该的嘛。"

实际上刘诗仪并不喜欢眼前的这位领导，虽然是第二次见面，但他说话酸溜溜的，特别是他那带钩似的眼睛，给人的感觉并不好，让人特别不舒服，但她还是耐心地赔着笑脸。

王流水认识刘立公是因为他是全县有名的农业土专家，但相互间并不十分熟悉。平时刘立公来下乡，都是分管领导或农技站站长陪同，乡里的一、二把手看到县直单位的一般干部来都是象征性地握握手，打个哈哈，吃饭都不陪同。上面来的一般人员也理解，上面千条线，下面一根针，领导都陪不过来，怎么会陪来下乡的一般干部。今天他为了在刘诗仪面前显摆一下，放下身段来和刘立公高谈阔论。

这时，刘诗仪的姑姑来了，刘诗仪提醒王流水说："王乡长，我们是不是该出发了。"

王流水说："是哟，只顾说话了，老刘啊我们该走了，否则晚饭都赶不到，下次来看你。"说完就作个揖走了。

乡政府的车停在住院部的大坪上，王流水径直走到驾驶座，说："今天驾驶员请假了，不是说急着送你回去，我是一般不开车的，你今天享受正厅级待遇呀。"

刘诗仪朝这辆四门六座的"跃进"牌公车转了一圈，也没发现第三个人，好奇地问："王乡长，就我们两人去乡里吗？"

"是啊，难道还有第三人？本来我今天上午在县里开会，下午可以休息一下，明天再去，方书记叫胡明生来电话，要我接你回乡，说是要参加青年突击二队，今晚就要赶到。"

刘诗仪说："我也接到了胡明生的电话，但搞不懂这么急。"说完就去拉后排座位的车门，但女孩子力气小，一下没拉开。王流水赶紧下车，说："小刘啊，坐前排嘛，你怕我是领导吗？"

刘诗仪支支吾吾："我习惯坐后排。"王流水见拗不过，只好打开车门，又装着很绅士地让刘诗仪上车。

一路上就王流水说着话，刘诗仪默默地听着。因为这车噪声大，又是砂石路，王流水要大声说话刘诗仪才听得到。王流水说："小刘啊，一路就我说，我肚子里的货都全倒出来了，你也说说吧，否则我开车会睡着的，那是很危险的。"

"我不会说话，不知道说什么？"

"说你们学校的事呀，同学间的趣事呀。"

刘诗仪半天没说话，在一个大自己二十多岁，他女儿都是自己同学，现在又是自己的上司面前，没什么说的。

看到又是一阵沉默，王流水说："那就讲个故事来听听吧，讲故事是你们大学生的专长。"

刘诗仪考虑到行车安全，消除他疲劳，是该说说话。她想到了刚在医院看

报纸看到的一个故事。她说："我说一个故事，但我说得不好，不要见笑。"

"谦虚了吧，大学生都是故事大王。"

刘诗仪开始讲："有一个女老师教小学生读'眼睛'的英语单词 eye，她先带读了十来遍后，就用启发式教学，'你们知道这个英语 eye 什么意思吗？'老师停顿了一下说，'它是我们身上的一个器官，你们知道是哪个器官吗？'小学生一齐说不知道。老师指着自己的头发说：'你们知道头发下面是什么？'学生答道：'是眉心。'老师又指着自己的眉心说：'那眉心下面是什么？'学生答道：'是眉毛。'老师说：'那鼻子上面是什么呢？'刚好老师的两眉之间有一个雀斑，小学生异口同声：'是雀斑。'那女老师哭笑不得。"说完，王流水听得哈哈大笑。

大笑后，又是一段无语。王流水说："不讲故事，我就想打瞌睡了，还有几个小时的路呢，这车我不敢开。"

刘诗仪没办法，只有搜肠刮肚想故事。这时她想到了上大学时老师讲的故事，她说，那我就再讲一个故事，我也江郎才尽了。

她说："一村干部去做他联系的拆迁户工作。刚到她家门口，这位农妇看见村干部来了，一转身舀起一瓢水猛泼过来，村干部机灵地一躲，但袖子仍然被泼湿了。村干部正要发作，还是忍下来了，说道：'这是国家工程，大家都要支持。再说，我们之间没有什么恩怨，不是我个人要你拆这个猪栏，又何必把气撒在我身上呢。补偿标准全乡一样，你提出的要求，我们确实没办法解决，请你理解。'这农妇看都没看村干部一眼，一口痰重重地吐在地上。村干部见无法沟通，悻悻地想走，这时农妇的儿子回来了。村干部为了改善关系，蹲下来帮这小孩摘下书包，和颜悦色地问：'几岁了？'小孩答：'九岁了。'村干部说：'很好，长得像个男子汉了。读几年级了？'小孩答：'三年级。'村干部说：'很好，小小年纪就上三年级了。今天老师上了什么课呢？'小孩答：'老师给我们上了分数的加法。'村干部说：'很好。老师怎么教的分数加法呢？'小孩兴奋地说：'分数相加，等于分子相加，分母也相加。'村干部说：'很好，但……'没等村干部说完，农妇从屋子里冲出来，骂道：'好个屁，分数相加，怎么可能分子相加，分母也相加呢，你们让我养不成猪，还想害我下一代。'一瓢水猛泼在干部身上，农妇说：'儿子，分数相加，等于分子相加，分母不变。'村干部说：'要先通分……''不要脸，我当一辈子寡妇，也不通婚！'农妇说。"

刘诗仪讲故事，不笑，一本正经，王流水笑得前仰后合，早把瞌睡虫踢到爪哇国了。他停下笑，说："我也想到一个故事，说给你听听。某村一暴发户，有了几分钱后就在外面找了个二奶，为此，他不得不在两个女人间周旋。但世上没有不透风的墙，有一天终于被他老婆发现了。他老婆顾及自己和老公的面子，躲着孩子和娘家偷偷闹。这暴发户给老婆摊牌，看不下去那就离婚。他老婆不舍得这优裕的生活，只得忍气吞声，但约定：一个星期，三天在家，四天在二奶处。考虑到要保守秘密，又约定了一个暗号：在家陪老婆就说'喝白酒'，出外陪老二就说'喝红酒'。这暴发户见事情摆平，早把约定丢在脑后，十多天都窝在二奶处。有一天，这暴发户回到家，吃饭时老婆急不可耐地问：'这几天是喝白酒吧？'这暴发户说：'喝红酒，等会就走'。他老婆当着桌上的家人不好发招，只有默不作声。过了几个月这暴发户回来了。他老婆问：'今天是喝白酒还是喝红酒？'这暴发户嬉皮笑脸地说：'想来想去还是红酒好喝'。他老婆气得吐血，几个月不回家，回来一天还念念不忘那婊子精，她顾不得儿女和家人的满腹狐疑，大吼道：'天天喝红酒，那我这个白酒就招待别人了！'"

故事说完，刘诗仪没有笑，并不是觉得故事不好笑，而是她的心早已经飞到了齐明远那儿，那个突然冒出来的他的女同学是她的心腹大患，难道自己变成了第三者，想到这里，心里老是七上八下的。她也不知道，到底齐明远哪点让自己这么丢魂失魄，说实话，齐明远现在的条件，按过去自己的择偶标准那是差远了，但他身上总有一种或挠或扯的东西在撕扯着她，不仅仅是自己与他的那次肌肤接触留下的无限回味。

王流水讲完故事后哈哈笑个不停。正笑着，一转弯看到一长蛇阵的车队停在路上。他赶紧刹车，嘴里嘟哝："肯定是出车祸了，晚饭都可能要在路上吃了。"王流水下车，前往察看。一会儿后回来说："两辆大货车相撞，其中一辆大车横卧在路中间，交警和拯救车辆都没来，路不知道什么时候能开通。"

刘诗仪没接他的话，她独自想着自己的心事。她想，齐明远母亲的后事处理完后，齐明远一回乡，她就立即和他确定关系，本来自己就和齐明远拜了堂、圆了房，按农村的习惯他们就是夫妻了，别遮遮掩掩。她决定，不管母亲怎么反对，她都要为自己做一回主，毕竟还是自己找老公。但她担心的是突然闯进来的齐明远的女同学，会把自己和齐明远的命运引向何方。

王流水烦躁地走来走去，他明白，刘诗仪并不喜欢和自己聊天，刚才她愿意讲故事，是怕自己开车没人搭理容易瞌睡引发车祸，一定程度上被逼的。现在他想主动与她攀谈，她也未必会回应，反而倒了自己的架子。说实话，自从看到刘诗仪的第一眼起，他的那颗小心脏就不安分了。她不仅长得美，有一张瓜子脸，一双会说话的眼睛，而且皮肤白净，身材高挑。特别让人无法释怀的是她那种气质，淡淡的书卷味，说话做事得体优雅，笑不露齿，同样是大学生，远比自己的女儿有女人味道。他无法理解，像张桂蓉这种打屁不会转弯的女人怎么能生出这种尤物？当然不能说张桂蓉不漂亮，张桂蓉年轻时姿色也算出众，但她一根肠子撸到底的性格，很多人是受不了的。今天可能是老天帮他，方书记叫他去接，司机又请了假，他自己亲自驾驶，现在又碰到了一起车祸，让他们能挨到天黑，说不定今天就能实现自己的愿望。他不断地盘算着如何得手，又不致遭强烈反抗。他心里有事，反而走起路来脚步显得有点沉重。他走到前面一堆的司机面前，想同他们说说话，排解自己的不安，但考虑自己的身份，他还是堵住了自己的嘴。他百无聊赖，来到一伙"挤五分"小赌的司机前，想让他们惊呼手气的咋呼来稳定自己的心跳。

天色暗下来也没见到拯救车辆来，货车司机开始三三两两走路到前面三百米左右的路边店吃饭。这个路边饭店，王流水很熟悉，他去县城开会或路过经常在这店吃饭。这个店不仅菜炒得好，有几个菜王流水特别喜欢，如大蒜炒鸭舌、焖炒小河鱼、炒肉撮片等都是下酒的好菜，而且这里的服务员嗲声嗲气地说话使人丢魂，扭动的腰肢让人心花怒放。王流水也经常借吃饭的机会在这儿打个狎，调个情。

王流水走到汽车后座边叫："小刘，看样子一时半会拯救车辆到不了，我们先吃点东西再回鸡公山乡。"

刘诗仪没有食欲，说："王乡长，我不饿，你去吃吧。"

"还有一个多小时的车程，不吃饭那怎么行？"

"没事，我有时晚上还不吃饭呢。"

"你不去吃，我一个人去吃有什么意思。下来吧，就算陪陪领导吃饭。"

说到这个份上，刘诗仪不好再躲在车上，她打开车门，跳下车来。

到了路边饭店，熟悉的服务员妹子跟王流水挤眉弄眼，说道："领导真有艳福，今天又换了一个美女。"

王流水考虑到身边跟着刘诗仪，故意装出一本正经来，"别乱说，把我说得那么好色。这是我们乡里的美女干部。"

服务员妹子也识趣，不敢跟他调笑，正色说："领导要坐哪个包间？"

王流水说："老地方吧。"服务员妹子心领神会，把他带到了他经常光顾的那个带床的包间。

刘诗仪跟着王流水进入包间，一看这哪是吃饭的，分明就是一个带餐厅的卧室。刘诗仪心里一惊，这个王流水别看他人模狗样，看样子是个下流胚，得小心他一下。她赶紧说："就两个人，别浪费这个大包间，我们到外面的大厅吃饭吧。"

王流水说："那怎么行？你第一次跟我单独吃饭，得有个仪式感，要讲个排场。"

服务员妹子附和："领导在大厅吃饭，多没面子。"

刘诗仪说："领导更要和群众打成一片，你说是不是？在这个包间吃饭，那有脱离群众之嫌哟。"

"不就是吃个饭，哪能上纲上线？当领导的在僻静的地方吃个饭，就是为了更好地思考工作。"王流水说。

"那我不吃了，我本来就不饿。"刘诗仪说得很坚决，准备往外走。

王流水很是不悦，本来他盘算就在这个包间做完那事。他心里想："别以为自己是神仙妹妹，老子能看上你，是你的福分。"没办法，他跟服务员妹子说："那就在大厅吃吧，找个角落，用屏风围起来。"

一会儿，王流水喜欢吃的三个菜就上来了。刘诗仪没什么食欲，她只点了

个素菜。王流水看到都是很好的下酒菜，就要了一瓶小瓶装的白酒。

刘诗仪说："领导，你要开车呢，最好不要喝酒。"

王流水边开着瓶盖边说："喝点酒，车开得更快，没事，相信我的车技。"

刘诗仪随便吃了点，就起身到大厅外透透风。她一直想着齐明远，大脑里蹦出来的都是齐明远的影子，根本就没食欲。

喝得有点感觉的王流水大喊大叫："服务员，去叫那个美女进来陪我喝酒。"

服务员妹子应声而来，她扭动腰肢走到王流水的桌子边。王流水瞅准机会狠狠地在她屁股上掐了一下，服务员妹子本能地跳了一下，笑骂道："死鬼。"

"我喝闷酒呢，去给我叫那个美女进来，就说是我的命令。"说完夹一块鸭舌放进嘴里。

服务员妹子屁颠屁颠去叫了。实际上刘诗仪听到了王流水的叫喊，她有点厌恶，装着没听见。

刘诗仪没理会那个服务员妹子。服务员妹子又扭动腰肢去复命："叫不动哟，还是妹妹陪你喝。"王流水见刘诗仪没进来，有些失望，但看到服务员妹子进来了，马上来了精神。王流水把服务员妹子揽进自己的怀里，她也不反抗。只是说："你这样，不怕你的干部举报你。"

王流水夹起个小河鱼说："这算什么，顶多算生活小节问题，只要不把公家的钱装进自己的袋子，就不怕。"

服务员妹子自己打开了一瓶三两三的白酒，给王流水倒满，自己也倒了一点，端起杯子敬王流水，说："你有一段时间没来了，我都怪想你的。"

"想饭菜酒水的提成吧，好，我路过这就在你这吃饭，还点你服务。"王流水又在她的屁股上拧了一下。

服务员妹子神经似的跳起来，飞也似的逃走了。王流水一个人喝酒，索然无味，一口牛饮把杯中的白酒喝进肚里。他走出饭店，对刘诗仪说："小刘，走，我们赶路回鸡公山。"

车辆走了几十分钟就从国道进入去鸡公山乡的县道。这已是鸡公山乡的地界了。鸡公山人口少，又是山区，经济薄弱，路上走的车辆很少。王流水看到只有自己的这辆车在走，他想这个时候不动手就很难动手了，在酒精的作用下，他突然把车拐进一条小村道，说："我方便一下。"说完就下车了。转而立即拉开第二排车门，强行坐了上去。

刘诗仪大吃一惊，高度紧张说："王乡长，你干什么？"

"小刘啊，齐明远这几年当团委书记当得不咋地，年轻干部都反映青年人的业余生活死气沉沉，这个位置你比较合适，我给方书记建议一下，你当十拿九稳。"

刘诗仪战战兢兢地说："我不合适，我不合适。"

王流水说："紧张什么？对你们女孩子来说，一点损失都没有。"

刘诗仪大声警告："别乱来！别乱来！你乱来我就去纪委告你。"边说，自己边向另一边的车门挪动身体。

"你可能不熟悉现在的规定，你去告我也就是个生活小节问题。咳，月黑风高，天知地知你知我知，除此之外谁知道我们做了苟且之事呢？再说你也不是冰清玉洁，你陪齐明远去他老家，孤男寡女，早就献身了吧，乡机关都在传你们的事。"说完就往里挤。

刘诗仪大惊失色，大叫："你别过来，否则我叫人了。"

"荒郊野岭的，叫人有什么用？"说完，王流水的手就伸到她的大腿边来。刘诗仪恶心得像吃了一截生大肠，她本能地一踹，说道："卑鄙，流氓！"

王流水的手又向刘诗仪的胸脯摸来，酒气哄哄的嘴巴也跟着凑过来，她猛一抬手给了他一巴掌。王流水愣了一会儿。刘诗仪借机跳下汽车，逃进了黑乎乎的村道。

王流水找了一会儿，不见人，心里有点紧张，还好这里是鸡公山乡管辖，他赶紧找到所在地的村干部，一起找。

41 不得已从水缸里爬出来

刘诗仪又惊又怕，摸黑朝着灯光像萤火虫一闪一闪的村庄小跑。她走了一段机耕道立即转入羊肠小道，跌跌撞撞到了一个自然村。确认身后王流水没追来后，她就来到一户农户的门口。她急切地敲着村民的门。村民打开门时，刘诗仪因为惊吓过度差点晕倒。村民把她扶进屋里，又给她倒了点水。她喝了点水后才渐渐平复下来。她自我介绍是乡里新分来的干部。村民一听，立即警惕起来，那个挺着个肚子的女主人赶紧往里屋走。

村民说："你是来摸计划生育情况的吧，上午来过一拨人，他们查过了，我符合生育政策。"

刘诗仪没力气回答。村民见刘诗仪不说话，就自己说："我家的生育情况，村里有报表，乡计生办也清楚。我符合生育二胎，我的第一个孩子是女孩，差两个月就五岁了，符合间隔五年生育的年限。"

刘诗仪没心思答他的话题，她不懂计划生育政策，不敢妄下结论。现在自己处境危险。她结结巴巴："我不是来摸计划生育情况的……"

"那你是来动员我们冬种的，下午也来了一拨人，我已经告诉他们了，我那六亩地一收割完二晚，就会种上油菜。现哪家不要吃油啊，剩下的菜籽油还可以到街上换点零花钱。这个不要你们操心，我们自然会做好。"

刘诗仪心怦怦跳，两耳紧张地听着屋外的动静，她压根儿就没认真听他说什么，顺口说："我也不是来动员你冬种的。"

"那你就是来教我们种脐橙的，那帮乳臭未干的孩子在乡团委书记齐明远的带领下，前些日子三天两头来上户，吵嚷着种脐橙，说什么价格多好，每亩能赚多少钱，我就不信，美国佬的果树，我们能种好。如真能种脐橙发财，其他省份早就种开了，还轮得到我们山旮旯。"村民看看她，"瞧你这个年纪，应该是跟他们一伙，是搞什么脐橙示范种植推广的。但工作也没必要这么扎劲呀，你看你累得脸色发青。你就是把命豁上，我还是那个态度，我自己不去示范种植，天上下票子也让那些胆子更大的去捡。我家里的两百多亩责任山也不租出去种脐橙，我还要靠它提供柴草哩。"

刘诗仪一听到"齐明远"三个字，大脑激灵了一下，仿佛一下有了依靠，她心里有了短暂的平复，也就多听进了村民说话的一些内容。听村民一说，她更理解齐明远推广脐橙种植的难度。刘诗仪打断他："种脐橙确实能发家致富，这个你不要有什么怀疑。不过，我今天也不是来动员你种脐橙的……我就到你这儿躲……"

正说着，外面的脚步声嘈杂起来，狗也狂叫起来。村民说："你们团委的那帮人来找你了吧？告诉他们，我这一户下次别来了，来也是白来。"

刘诗仪说："那不是乡团委的人，我也真不是来动员你种脐橙的。"她判断，一定是王流水来了，现在自己一个人，如果再跟他坐车回去，那肯定逃不脱他的魔爪。她跟村民说："你这儿哪可以躲一躲，你帮帮我，求求你。"

村民愣了半天，说："你是乡里的干部，谁还敢……你是做错事了，还是得罪人了？"

刘诗仪说："一时半会跟你说不清，你先帮忙把我藏起来。"

村民满腹狐疑，刚才她差点晕倒，自己还以为女孩子下村上户走的路多累的，现在看她惊恐的脸色，他猜，这个女孩肯定是遇到难事、麻烦事了。本来他最怕招惹是非的，但现在看到她哀求的目光，村民心软了，先把她藏起来再说。他把她藏在了一个大缸里。

王流水敲了半天门，见没来人开门，就用力一推，门开了。他带领两个村干部走进屋里。王流水说："我是鸡公山乡政府的，他俩是村干部，你应该认识。"

"认识，认识，你也认识，乡里的王乡长。"村民战战兢兢地说。

"我们配合公安搞治安联防联控，看有没有可疑人员进入你家。"王流水说。

"我们都是老实本分的人家，都是守法公民。"

王流水和村干部一个个房间查看，并没发现什么可疑的人，他们回到厅堂。

村民的大肚皮老婆跟着走出来。村民的女儿也惊醒了，衣服没穿，惊恐地跟在她母亲的身后，扯着母亲的衣角。

王流水装着指指村民的小女孩说："她多大了？"小女孩吓得哇的一声哭起来。

村民心里想，不是说治安联防联控吗？难道是……他搂着女儿说："别哭，我们没违反计划生育，"又转向王流水，"乡长，我女儿还有两个月就五岁了。"

王流水装着又指指他老婆："这个大肚婆是什么情况？"

村民把自己的老婆拉过来说："她是我老婆，我们有结婚证。她怀孕了，符合五年的间隔期限生育，乡计生办有底。"说完，他从抽屉里拿出结婚证和自己女孩的准生证、出生证给王流水，"我们是合法夫妻。看我女儿出生证的时间，就知道我没违反计划生育政策。"

王流水拿着腔调说："我们本来是搞治安联防联控的，你们也知道，我们是看到什么情况就做什么工作，顺带检查一下计划生育。老表，计划生育政策是国策，国家有国家的考虑，地球就这么大，资源就这么多，你也超生我也超生，到时大家吃什么？喝西北风？刚才推门而入，你不会有意见吧。"王流水翻动着自己的三寸不烂之舌。

村民说："理解理解，没事没事。"

王流水根本不是来搞治安联防联控的，更不是查计划生育的，刚才的那一番话纯粹是说给在场的村干部听。他今天是借搞治安联防联控之名想找到刘诗仪，跟村干部和村民怎么好说是晚间找一个女孩呢？但现在突然进来也没见着刘诗仪，他心里有点发慌。这时，他最想知道的是刘诗仪有没有躲藏在他家，他家离自己停车的地点最近。按照她逃跑的路线，他判断，刘诗仪最有可能就躲在他家。他不想绕圈子了，管他这两个村干部怎么想，他要赶快转到主题上来，王流水眨巴着眼睛，说："我最后问你一次，有没有什么人躲在你这儿？"

村民的头摇得像拨浪鼓，说："乡长，没有没有，我不会窝藏坏人的。"

"不是什么坏人，是我们一个刚分来的女干部，我批评了她几句，她就受不了，使性子躲起来了，天这么黑，我要把她带回乡里去。"

村民停顿了一会儿，一看他那个表情，就感觉他没说真话，他想到了那女孩惊恐的眼神和吞吞吐吐欲言又止的样子，更相信了自己的判断，他终究没有说出刘诗仪藏在哪儿。

这时村民的小女孩说："伯伯，我知道阿姨藏在哪里，就藏在水缸里。"

小孩的母亲愤怒地骂她："你看到鬼了。"村民也狠狠地打了一下她的屁股，小孩哇的一声哭起来。

王流水说："你看你们不太老实，还是小孩说真话。"他得意地笑着走到水缸边，拿捏着声音说："小刘啊，批评一下就受不了啦，那以后怎么工作，怎么进步啊，挨批是常事呀。"

刘诗仪听到他声音就厌恶，如同感觉他那毛茸茸的手又向自己伸来。

王流水说："水缸盖还是你自己打开吧。"

刘诗仪没办法，移开水缸盖，看到屋子里的人都看着她，只有尴尬地从水缸里爬出来，她说："王乡长，你回去吧，我受不了你那车的汽油味，坐你的车会晕车。"

那两个村干部看电影似的，眼睛瞪得田螺般大。他们都清楚王流水是个好色的家伙，一听就知道是怎么一回事，肯定是王流水对人家图谋不轨，人家不从才躲起来的，但拍王流水的马屁，说："还是坐王乡长的车回去，就三十多分钟的路程了，忍一忍就到了。"

"我一刻也忍不了，你们走吧，我就住在我这个远房亲戚家里。"刘诗仪急中生智，说这个村民是自己的远房亲戚。村民一听也愣了一下，但他看到她使来的眼色，心领神会没有戳穿。

王流水想，自己这么多年在鸡公山乡工作，怎么没听张桂蓉说起这里有远

房亲戚，管他是不是，他说："那不行，方书记说了今晚必须回乡里。"

"那我就叫我这个远房亲戚骑摩托送我回乡里，我实在受不了那汽油味。"

村民也看出了端倪，这个家伙绝对想做那见不得人的事，怪不得这个女孩惊恐万状躲进自己的家里。他接口说："既然她坐汽车会晕车，那我就送她回乡里吧，保证晚上送到。"

王流水没办法，只能悻悻地走了。

42 组织的压力是强大的

张桂蓉一早就去敲刘诗仪的门，她一刻也不能耽搁，要让乡里青年突击队的紧张工作把女儿拖住，让女儿再不能去齐明远家了。她昨天晚上在乡里等了好长时间都没等到女儿，女儿住的招待所，房间小又只有一张床，来乡里检查计划生育工作的人又把招待所的其他房间占了，她只有到街上的小旅馆对付了一夜。

刘诗仪因为惊吓，一回房间就把房门拴得死死的，她怕王流水再来骚扰，前半夜她基本没睡，老感觉王流水在窗户边偷看，天快亮时才迷迷糊糊地合了一下眼。听到敲门声，刘诗仪迷迷瞪瞪地走到门边，从门缝里看到母亲站在门口，赶紧开门。张桂蓉一进房间，刘诗仪就呜呜地哭。张桂蓉以为女儿被乡里叫回来参加突击队去不成齐明远家而委屈地哭，就安慰她："不要哭，哪里没有老公嫁，十个癫痢婆唔经得一夜嫁。就齐明远的条件，哪里配得上我女儿，随便找一个，也比齐明远条件好。"

刘诗仪说："妈，你说什么呢……"

"齐明远有什么好，那条件不是明摆着吗？"

刘诗仪也不回应，只是呜呜地哭。张桂蓉看到她哭，有点不耐烦了："你到底哭什么？如果只是为一个穷小子，那就不值得。"

张桂蓉这一喝问，倒是把刘诗仪震住了。刘诗仪知道自己妈妈是个暴脾气，一旦她知道昨晚的事，肯定会扒了王流水的皮，她是什么事都会做出来的，本来王流水对自己的伤害没有得逞，如果她一闹，反而让人产生联想、猜疑，必然搞得满城风雨，那时自己的脸皮反而比涂臭狗屎都更臭。想到这，她赶紧收住哭声，问："妈，别问了，我没事。"她突然记起什么似的："你不是说随你们单位的人员去参加哪个乡的计划生育工作了吗？你怎么到鸡公山乡这儿来了？"

张桂蓉怕她知道自己为阻止她去参加齐明远母亲的葬礼，特意来找鸡公山乡政府的麻烦，怕她顶牛，就撒谎说："富竹乡考虑近段时间突击队连续工作，决定昨晚休整一下，让大家补一下睡眠，我借这个机会就来鸡公山乡看一下妈年轻时的一个姐妹。听你同事说，你昨晚会坐王流水的车回乡里，我就来这儿看你了，但我等了你好长时间没看到你，实在太困了才去街上的旅馆住下来。"

昨晚的事，刘诗仪不敢露一句口风，怕自己的母亲产生怀疑。她没有说话，就默默地听。

"你坐那个老色鬼的车回来，他没乱……"

张桂蓉话没说完，刘诗仪就打断她："没有，没有。"

"没有就好。等会我们吃点早点，吃完后就去找方书记安排工作。"

刘诗仪稍稍梳了一下妆，就陪张桂蓉下楼了。在去餐厅的路上，大家看到她都投来异样的目光。她想不通，自己就去配合齐明远演了个戏，除齐明远、胡明生，乡里并没其他人知道。昨天晚上的事，就更没人知道，怎么大家都想从自己身上发现点什么似的。她想，难道昨晚王流水说乡机关都在传她和齐明远的事是真的。实际上，她和齐明远的事，经她母亲闹了两次，干部中都炸开了锅，只是她自己不知道。她老感觉背后有人在指指点点，心里特别不舒服。她问张桂蓉："乡里的干部都怎么了，一个个都怪怪的。"张桂蓉也感觉出点什么，她想，可能是自己前几天搞的事，动作大了点，但现在她不敢跟自己女儿说。张桂蓉说："别那么敏感，你又没做什么。"

"我敏感什么，齐明远我就喜欢他，我就要嫁给他，看他们有什么议论？"

"你是被他迷住了是吧，你会后悔的。"

"爱没有什么后悔不后悔，只有功利的爱才留下了后悔的空间。"

张桂蓉怕刺激女儿，她没有再回话。两个人默默走向食堂餐厅。

乡政府的早餐是雷打不动的水煮粉干加萝卜干，刘诗仪没食欲，草草吃了几口就对付了一餐早餐。

吃完饭后，张桂蓉就带着刘诗仪来到了方书记办公室。

方书记让座后，说："小刘啊，你报到后我都还没找你谈话哩。我们乡离县城远，乡里的条件比较差，你要做好吃苦的准备。当然年轻人不吃一番苦中苦，后面怎么挑重担？我们都老了，铁打的营盘流水的官，我们迟早是要交权的。毛主席老人家说过，世界是你们的，也是我们的，但归根结底还是你们的。"他叹了一口气，又说，"别人不好说，像我这种脾气的人，升迁无望，调动无望，退休工资都可能在你们手里发。"

刘诗仪感到方书记人很和蔼，就大胆说："书记，我既然选择了乡镇，就做好了吃苦的准备。本来我是学师范专业的，当老师有寒暑假，对我们女孩子来说特别好。但组织部门来挑选干部时说，全国十亿人口，八亿农民，没有农民的小康，就没全国的小康，带领农民奔小康的责任就压在了乡镇干部的身上，作为青年学生要勇敢地加入乡镇干部的队伍。当然加入这个队伍，就要做好脱一层皮的准备，那时我就说了，既然选择了乡镇干部这个职业，我就不怕吃苦。"

张桂蓉也附和。

"那很好。这次乡里叫你紧急返乡，是乡里考虑成立青年突击队二队，准备从机关干部和原计划生育突击队中抽部分干部组成二队，队长由齐明远担任，主要任务是参加尼清河河沙清基，确保尼清河大坝基础在元旦前能施工，春节前完成大坝基础浇筑工程。不能及时完成尼清河清基，就无法浇筑大坝基础，明年洪水一来，我们原来已经完成的清基就全部归零，投入的几万元就丢到大水河里去了。"他叹口气，说，"现在我们乡的计划生育工作的形势又很严峻，被县里限期整改，如果在规定的时间内不能改变面貌，人口出生的有关指标不能提高，就要挂黄牌，我去县里的大会作检查那是小事，个人的荣誉无所谓，影响干部的调整晋升是大事。你不知道，你妈知道县里的规定，黄牌警告，一个荣誉奖项都拿不到，一个干部都不能动，那我们一年下来就白干了。

时间不等人啊，现在只有弹钢琴，分成两个突击队上。"

"是是，快听方书记的安排。"张桂蓉说。

"突击二队队长齐明远都还没返乡，群龙无首，这工作怎么开展？"刘诗仪说。

"他母亲过世还没入葬，情有可原嘛，我已经叫了分管领导牵好青年突击二队这个头。"

"胡主任安排我陪齐明远去送送他母亲，明天他母亲上山，我答应了参加他母亲的葬礼，就一天时间，应该不会影响工作。"刘诗仪有点急。

方书记停了停，显然他觉得刘诗仪说的话有道理。

这时张桂蓉立即接过话茬："现在尼清河的清基工作和计划生育工作都到了火烧眉毛的程度。尼清河的清基我不是太清楚，但计划生育耽搁一天，各项指标就会落后其他乡镇一大截，当下各乡镇都憋着一股劲在抓，你追我赶，互不相让。现在乡里正是用人的时候，你还有心思去参加别人的葬礼？"

"你妈说得对，不管突击一队还是二队，多一个人就多一份力量，齐明远家你就不要去了。"方书记心里有点佩服张桂蓉。

"书记，我没加入这个队伍之前，对乡镇干部并不了解。当了乡干部才知道，实际上他们工作量大，稳定的压力大，发展的压力更大，是真正的共和国的基石，可他们的经济状况并不好，干了十来年也没什么积蓄，不少人是婚姻的困难户，他们的父母都希望他们早日成家，就这样的愿望都很难实现。我这次陪齐明远回去，才感觉到，他家的生活苦，实际上他的内心更痛苦，我答应了帮他走走场，就要帮到底。"

方书记听了之后好长一段时间沉默，他看看张桂蓉后说："你还是尽快按照组织的安排到你现在的工作岗位上去。"

"书记，我不能说话不算数，做人不能不讲诚信。"

"你怎么这么犟呢，听书记的，尽快投入工作。"张桂蓉立即插话说。

"妈，你别打岔，我跟书记汇报清楚。"刘诗仪又转向方书记说，"这也是胡主任安排的工作，关心干部才能调动干部积极性。"

"组织有组织的考虑，你就别犟了。再说胡明生是代表谁在安排工作，怎么可能随便左右一个人的幸福，父母都没这个权力。"张桂蓉立即抢白说，实际上她的后一句是说给方书记听的，是给方书记施加压力。

方明亮感到这个小女孩不一般，说的句句在理。他不能说胡明生安排的这不是工作，从内心讲，从关心干部这个角度说，他是支持刘诗仪去帮这个忙的，毕竟自己的干部在这儿工作，不能圆父母的心愿，特别是在母亲闭眼之前没成个家，总是人生的一个缺憾。站在这个角度来看，自己是有责任的。但自己怎么能随便改口同意呢，作为党委书记，怎么好支持做这种假呢，张桂蓉撒泼不说，一旦出什么问题还要面对没完没了的舆论压力，自己还要承担领导责任。但面对张桂蓉施加的压力，他只有把话说得强硬一点："小刘啊，一切工作都要为尼清河清基和计划生育工作让路，希望你明白这一点。"

"书记，我不明白，组织上怎么会这样考虑？我是一定会去送齐明远母亲上山的，挨处分我也会去！"

"那你要考虑后果，年轻人！"方书记说得短促而有力。

刘诗仪听后一下子定在那儿，两眼发直。

"诗仪，你怎么这样跟领导说话，服从组织安排是公家人的本分。"张桂蓉知道，组织上所做的工作已经起到了作用，别看自己的女儿嘴硬，但方书记的话还是震住了她。张桂蓉转向方书记说："方书记，你不要介意，我这个女儿就是这个犟脾气。"说完就拉着女儿去找分管水利的领导张副乡长去了。

43 为见心上人，她撒了个谎儿

刘诗仪面对方书记的强大压力和母亲的阻挠，她只有暂时妥协，跟着张副乡长和青年突击二队的同事去尼清河工地了。看到女儿已经下村，张桂蓉心中的一块石头才落了地，她赶紧去车站等班车去富竹乡。

刘诗仪加入青年突击二队，立即让这个突击队炸开了锅。大家的眼睛都齐刷刷地看着她。有人私下酸酸地说："这么好的脸蛋这么好的身材，不知道又会好了哪个光棍。""乡干部肯定别打那个主意，看人家什么条件，我们什么条件。"听到有人议论，一个干部凑过来："谁说乡干部别打主意，人家已经上了齐明远队长的门呢，听说她母亲不同意还闹到乡领导那儿。""人家是城里女孩，又是大学生，肯定是组织部培养的第三梯队，怎么看得上老齐？""我们突击队的都在下村，听后勤的人说，她与齐明远都拜了堂，入了洞房，想做的事都做了。""不会这么随便吧，她才来几天，互相都还不认识，你说的不可能！""有什么不可能，你去问问后勤的人就知道，哎，现在的女人……"刘诗仪隐隐约约听到大家在议论自己，她想肯定不是什么好事情，她干脆站远一点。

张副乡长从工地指挥部出来，看到大家在嘀嘀咕咕，大声喝止。他在简单介绍了一下刘诗仪的情况后说："小刘是我们队里唯一的女队员，刚到乡下工作，对农村的情况不熟悉，我们大老爷们一定要照顾好她，要保护好这个独苗苗，如果少一根汗毛，她母亲也不会饶过我们。"说完后又转向刘诗仪，半开玩笑半认真："小刘，你说是吧？"

刘诗仪低下头，不好意思地说："我妈没那么厉害吧。"

张副乡长没有接他的话头，他对着大家说："同志们都过来，我跟大家说说。"

等大家围拢过来后，他说："你们现在看到的就是尼清河，县里投资建设尼清河拦河大坝，目的是解决河两边八千多亩耕地的灌溉，同时安装水轮发电机，解决河两边四个行政村的用电问题。"

队员们一听叽叽喳喳："工程是个好工程，建成后群众肯定一片叫好。""这么宽的河道，靠人工肩挑手提，什么时候可以清完基？"

张副乡长说："大家静静。是的，刚才有人说，靠人工肩挑手提，什么时候可以清完基？我告诉大家，乡里的决定是元旦前清完基，春节前浇好水泥基础。但你们也看到了，现在清基的队伍，一个个村民无精打采的，反正来一天，村里给他记一个积累工，年底结算，谁也不会少拿钱，当然谁也不会尽全力干。照这样的速度，明年这个时候也清不好基础，那么，上春了，洪水一到，不仅他们原来清的基础又会重新被河沙淹没，已经投入修便道、搭桥等五万多元也打了水漂。"

张副乡长一说，大家都走到河边上看个仔细。只见六十多米宽的河道才挖下去两米多深。工地上村民互相打着哈哈，晃悠悠地挑着河沙走向贮沙场，有的干脆坐在沙坝上吸口偷懒烟。

"大家别看了，从十二个行政村抽来的两百四十个村民，两个多月挑沙清基，只清了两米多深。技术员测量，河沙有五米多深，现在最多完成了一半的清基任务。要清到硬底，按目前进度，至少还要两个月。考虑到作业面，又不能过多地增加劳力。现在时间不等人，离元旦还有一个月零二十天，任务十分艰巨。"

大家一听，议论开了："这不是要我们突击二队的好看吗？这是明显完不成的任务嘛。"

张副乡长示意大家安静，说道："这个任务必须按时完成！乡里成立尼清河清基突击队，就是要通过加入我们的血液，让整个河沙清基队伍活起来，带领从各村抽来的村民加快清基进度。不过乡里并没有给我们具体的措施，一切要靠我们自己。我想，不可能靠我们十二个干部拼命挑沙来带动村民的积极性，当然不能说这不是办法，但这是最笨的办法。大家也可以出出主意。"说完，张副乡长看看大家，可十二个人一片沉默。他对刘诗仪说："小刘啊，你是大学生，脑瓜子肯定比我们灵活，你有什么好想法？"

刘诗仪在想齐明远母亲出殡的事，琢磨着怎么向张副乡长请假。听到张副乡长叫她，她一时没听清楚他说了什么，两个眼睛瞪得大大的。

有一个队员听了心里酸酸的，他揶揄说："张副乡长说你是大学生，问你有什么办法，确保在这一个多月的时间里完成这至少还有一半的清沙任务。"

"我能有什么好办法，你们都是农村工作的老手，你们的办法肯定比我多。"实际上，刘诗仪想到了一个办法，但她觉得这很幼稚，没敢说。

张副乡长说："你有什么想法，说说嘛。"

经张副乡长一鼓励，她大胆说："我刚才听您说，村民用了两个多月的时间完成了整个清沙任务的一半，还剩下大概一半的清沙任务，现在只留下了一个月二十天的有效时间，为了按时完成清基，我建议把十二个村已经登记的积累工天数统计出来，按每个积累工的补助标准算出现在应付给村民总的费用，以这个经费为基数，测算出每方要付多少钱，从而测算出每担沙要付多少钱，我们对村民实行按劳取酬，多挑多得，我想村民的积极性肯定能上来。"

"对，有道理。"张副乡长脸上的愁云一下子散开了。

有队员立即说："怎么能测算出每方要付多少钱？每担要付多少钱？"

刘诗仪说："技术员那儿肯定有现在完成的清沙方量数。"

"有。我刚才到指挥部，他们那儿有已经完成清基的方量，这样就可以算出每方应付的钱，一般，十二担沙一方，这不，每担沙要付的钱不就有了吗？"张副乡长高兴地说。

"当然，这个不可能很精准，肯定和原来预想的有些出入，这个出入怎么办？"刘诗仪说。

"我负责，没有大不了的事！我用同样的钱，按时完成了任务，领导高兴都来不及。"张副乡长停停，"这样，我考虑我们十二个队员每人负责一个村，协助派驻工地的村干部管理好所在村的挑沙村民，同所在村的清基村民吃住在同一个工棚，每天和他们一起出工，你们负责登记村民挑沙的数量，到时按这个登记付钱。"随后，他宣布了十二个队员具体负责的村和工棚。说完，他向指挥部走去。

不久，工地哨音响起。一会儿后二百多个村民全部集中在河滩上。张副乡长单刀直入，宣布新的挑沙清基和结算方案。村民一听，一片哗然。张副乡长说："同志们，这个工程是我们乡的民心工程，如果我们不能按时完成清基，不能在春节前浇好水泥基础，一旦洪水来了，你已经完成的河沙清基就是白瞎，所以我们一定要抢时间抢进度，保证大坝基础按时浇筑。村里安排大家来，不就是让大家少花时间多挣钱吗？早点完工有什么不好？"

村民们热烈鼓掌。也有村民大声喊："我们就怕任务早完成了，拿不到钱。"

"这个不用担心，到时我会交代乡财政所和村会计到现场来办公，保证一分钱不少你们的。"顿时，河滩上响起一片掌声。

会议一散，村民拿起扁担家什就下到工地现场，大家比赛似的挑沙，通往贮沙场的路上都是村民匆匆的脚步。

突击队十二个队员全部到岗，他们拿一个本子一支笔坐在通往贮沙场的路上，挑沙的村民经过一个，他们在本子上画一下，又发给他们一个牌子，下班时，牌子数和"正"字数一致，双方签字确认挑沙的数量。

一个上午很快过去了，刘诗仪到自己负责的村所在的工棚吃午饭。为了调动积极性，她把二十个村民挑沙的数量当场进行了宣布。

有一个村民当场发飙，喊道："我的搞错了，我一个上午怎么才挑三十担沙？"

刘诗仪翻出记录本，说："这是牌子数对的'正'字数，字也是你自己签的，怎么会有错？噢，我知道了，你就是隔三岔五吸'偷懒烟'的，你不努力，后面还会比别人少挑。"

"你们这种做法，我们不干了。还有不干的，跟我走。"那个村民一喊，一下跟过去两个人。

派驻工地村干部过去拦住他们。刘诗仪喝道："让他们走！像这样偷奸耍

滑的人，留着反而影响整个队伍的积极性。下午你回村里去找三个本分的村民进来，我不相信，有钱挣，还会没有人来。"

刚吃完中餐，刘诗仪就接到口信，要求立即去指挥部开会。她一进门，张副乡长就劈头盖脸地质问："谁给你的权力擅自批准村民离开工地，你不知道我们任务艰巨吗？"

"我就见不得那种偷奸耍滑的人！他每次挑的沙不满不说，还常邀村民去抽'偷懒烟'，他想走就让他走，我已经安排派驻工地的村干部，利用中午休息的间隙出去再叫三个村民进来。"

"我们要善于做村民的思想政治工作，再懒的村民也要教育。"

"我多次提醒过他，但他不是说要上茅厕，就是要吸烟。他留下，只会影响我们村整个队伍积极性。"

"你擅自同意他们走人，就是目无组织目无领导！"张副乡长的脾气上来了。

刘诗仪一听委屈地哭了，但一会儿后就抹掉了眼泪，说："我没向你报告就让他们走了，这是我的不对，今后我会注意。"

张副乡长见她认错了，就说："我刚才看了指挥部提供的数据，你们村村民上午挑沙的方量最大，这是要表扬的，后面要保持。"

刘诗仪抹干眼泪说："张副乡长，借这个机会，我想跟你请个假，我父亲刚做手术住院，下午必须回县城，我后天下午返回乡里。"

"尼清河清基，这是一场特殊的战役，时间紧任务重，我没这个批假的权力。再说，一个萝卜一个坑，你走了，难道我去顶你的岗？"张副乡长说。

"我问过了，两天内的假，你可以批。"刘诗仪对他的后一问，没回答。见张副乡长不说话，她又转向其他队员，"你们说是吧？"

大家都沉默不语，都知道乡里有这个规定，两天以内的假，分管领导可以批，但看到张副乡长铁青着脸，都不敢说。

张副乡长见大家的神情都站在刘诗仪这一边，只好缓了缓口气，说："你刚才说话我没听清，什么大事非得今天要请假，不说清楚我是不会准假的。"

刘诗仪知道，如果说去送齐明远的母亲最后一程，他肯定不会批假，她相信，方书记一定给了他交代，她母亲也给了他嘱咐。她动了下脑筋说："按乡里的要求，昨天晚上要赶回来，当时走得匆忙，我爸爸的药单子还留在我身上。我爸爸胃穿孔做手术住院，我妈单位又派她下乡了。"

张副乡长听到这个理由，如果再不同意，就会遭到其他十一个队员的唾弃。"好吧，只有我去顶你的岗啰"。

刘诗仪一听，撒腿就走。她没回乡里捡拾行李，而是直奔路途客车招呼站。她的心早就跑到齐明远那儿了。

44 看到自己的婚床上躺着个女人

齐明远给吴芳菲涂好红花油，随便吃了点中饭就走了，他要早早地去入村公路岔路口等刘诗仪，接她进村。

齐明远想，尽管刘诗仪母亲强烈反对他们的婚事，但相信她一定不会失约的。他走路东倒西歪，一点力气都没有。吴芳菲膝盖受伤后，肿得很大，行动不便，为便于齐爱花她们照顾，齐明远把受伤的吴芳菲安顿在自己的新床上对付一晚，而自己借宿在大哥家，因为认床睡不着，加上筹划他母亲的丧事，他一夜都没睡好，现在的脚像是灌了铅似的。

走了好长一段时间，齐明远才走到进村的公路边上。他站在进村的凉亭门口，看着一辆辆过往的汽车，盼望着有一辆车在凉亭的边上停下，刘诗仪袅袅婷婷的身影从车上下来。然而几小时过去，小车和客车过往无数，仍然没见到刘诗仪从哪辆车上走出。

他百无聊赖，默默地看着太阳向下西沉和自己的影子随着太阳余晖逐渐消亡。他想一定是刘诗仪的母亲采取了非常手段控制了她，让她脱不出身。他提醒自己，太阳都快下山了，诗仪肯定来不了了，回去吧，自己准备挪动脚步往回走。这时一辆路过的客车在齐明远身边停下，他看到了窗玻璃内移动的熟悉的身影。他的心都要跳出来了，"是诗仪，是诗仪。"他嘴里喃喃道。

刘诗仪也看到了齐明远，几天不见如隔三秋，她很想扑上去狠狠地咬他一口，但女人的矜持和车上几十双眼睛的扫视又抑制了她的冲动。她快步走下车，叫了一声"明远"，就止不住泪水涌流。刘诗仪很想把这几天的事一股脑儿地全告诉他，但大脑提醒她，自己对齐明远并没有很深入的了解，无法预测他会有什么反应，所以她还是什么都没说，只是默默地垂泪。

齐明远看到她只是落泪，心痛地问："怎么了？你妈不让……"

"不是，别猜了，我们回吧。"

"你没有在医院照顾爸爸，你回到乡政府了吗？"齐明远还是不停地问。

"乡里通知说要我加入青年突击二队，参加尼清河大坝河沙清基工程。你也调到青年突击二队当队长了。"

"我没接到通知，再说，我负责的脐橙示范种植还有几个村小组的山地没有落实下来，我怎么又调到青年突击二队了？"

"你没到岗前，现在由张副乡长负责领导突击二队。"

"胡明生要求我昨天晚上必须到乡里报到，乡里的车到医院接，我就赶去了，今天下午好不容易才请假来。"她不想多说，怕说漏了王流水欺侮她的事。她催促着齐明远走。

"乡里的车到医院接？"齐明远心里总有一个问号，但刘诗仪说了别多想，他只好默默地带着她前行。

为了打破沉寂，刘诗仪一路说着自己大学时的趣事。齐明远边听边附和着，但他的心还在想着刘诗仪流泪的缘由。他想一定是她母亲用了最狠毒的语言在刺激她，用了难于想象的手段在阻止她。他不去再想了，不管怎么说，现在诗仪都已经来了。

一路说笑，他们一会儿就进了村。村民看到了都跟他们打着招呼，有的叫她"明远祖奶"，有的叫她"明远婶婆"，有的叫她"明远祥婆"，不管年龄大小，他们都按齐明远的辈分称呼刘诗仪，让刘诗仪怪不好意思的。

到了齐明远的家里，一进入自己的"婚房"，看到有一个女人躺在床上，刘诗仪的心脏突地撞击了一下胸壁，她惊愕地停在那里。

吴芳菲也十分尴尬，她不知道齐明远会去接刘诗仪来，人家拜堂同房才几天，自己就躺在别人家的婚床上，这让人怎么不浮想联翩？她的膝盖还肿着，痛得不行，只有欠欠身子，说："妹子，我脚受伤了，他家里安排我昨晚在这儿住了一宿，你千万别多想啊。"

齐明远走得匆忙，加上这几天大脑连轴转，并没考虑到她们在这见面的尴尬。他赶紧说："她是我同学，叫吴芳菲，前几天你们见过，昨天她陪我姐去

收二晚稻谷，学踩打谷机时膝盖受伤了，我家没更好的房子，我姐就安排她在我们房间住了一晚，我在大哥家借宿。"

刘诗仪本来对齐明远这个天上掉下来的"同学"就心存芥蒂，早不出现，迟不出现，偏偏出现在她妈数落齐明远的场合上。早出现，她肯定会帮这个忙，胡明生就不会要我来了，也就可能没这段情缘，现在又躺在自己睡过的床上，是我们的婚床呢。女人的本能，让她对这位"同学"十分反感。心里暗想："你姐干吗不安排你们住在一起温存呢？鸠占鹊巢，我刚离开，我的婚床就换了新人，齐明远，你还要不要脸？！"但她还是忍住了心中的不快，脸上荡漾着笑脸。

虽然刘诗仪不动声色，但齐明远还是感觉到了她内心的变化，在这个场合，他不好说什么。

为了打破尴尬，刘诗仪对吴芳菲说："芳菲姐，没事，你膝盖受伤了，那就在这好好休养。"说完她走出房间，刚好和齐明远的家人碰了个正着。

齐明远的家人看到刘诗仪来了，都十分高兴，齐来香、齐爱花她们拉着她说个不停。这时齐红英也来了，她绕着刘诗仪转了一圈，又上下端详了一会儿。刘诗仪被弄得脸红红的。

齐来香说："红英，你干吗呢？弟弟和弟媳同房几天，你就想看到弟媳的身体变化，想抱侄子都想疯了吧。"

"我哪有那么猴急，我是看看诗仪陪她妈回去后身上有没少什么，脸上颈上有没有被掐的指甲印？"齐红英说。

"四姐，我妈没那么厉害吧。"

"疼还来不及呢，哪里舍得掐。"齐来香说。

齐爱花也朝刘诗仪仔细打量，说："该有反应了吧，我弟弟那么壮实，生产力强着呢。"

"你以为你，还没打括，就跟姐夫有了好事，打括时，箩担细仔轿扛新人。"齐红英笑着说。

"就我一个人没打括有了身孕？好像不只我吧。再说，现在新社会，流行试婚，弟弟和弟媳可能早就试了婚，这没有什么不光彩的，是不是，诗仪？"齐爱花说。

刘诗仪脸红红的，她不好意思回答她，就转口问："妈出殡的准备工作都准备好了吗？"

"都准备好了，我的弟媳妇，保证让你做儿媳的很有面子。"齐来香说。

这时齐明远也过来了，他把刘诗仪拉到一边。

齐红英说："你干吗呢？几天不见，就耐不住了，不让我们姑嫂说几句体己的话。"

齐明远白她一眼："就你长了嘴，我跟诗仪有话说。"

刘诗仪知道他要说什么，她有点不情愿，但又不太愿意听这些过来人说的那些粗野的话。她只有跟着他到了一个偏僻处。

"诗仪，我跟吴芳菲是中专的同学……"

"恐怕不是同学那么简单吧。"刘诗仪打断他。

"你听我说，我们真的是中专同学，昨天我姐带她去收割稻子，让她的膝盖受伤了。"

"就是同学，就是膝盖受伤，也不好安排睡在我的婚床上！这是我们的婚床呢。"刘诗仪的醋意上来。齐明远看到她怒气冲冲，心里实际是幸福的，说明她心里有他，在乎他，他的心头涌上一股温暖。

他感觉应该告诉刘诗仪真相，在吴芳菲这个事上，他不能对刘诗仪躲躲闪闪，他说："参加工作前，我跟她是谈了几年恋爱，但她父母不同意，逼她嫁给了一个港商。"

"你接下来不会说，她的婚姻不幸福，现在离了婚又回来找你吧。"

"她到鸡公山乡政府，得知我母亲不行了，就来送送我母亲。"齐明远看她的脸色明显好转，心也宽了，"你不会胡思乱想昨晚……"

"你不是说昨晚在你大哥家借宿吗？我不是那种爱胡思乱想的人。"说完，她在齐明远的肩头狠狠地咬了一口，爱和恨都使在了牙齿上。

齐明远摸摸自己的肩头，他分明感受到了刘诗仪的爱意，肩头虽然还丝丝地痛，但心里暖暖的。他说："是是，我住我哥家，我是怕你心里有疙瘩。"

"你把我看得那么小气，没事了，你抓紧准备好你母亲的殡事吧。"

45 拦棺拦出人命

又一个晚上过去了。山村的清晨本来是宁静的，除了还有一两个忘时的公鸡在打鸣，就只听得到赶牛出栏的吆喝。这时一声清脆的唢呐打破了山村的宁静。

齐明远的家人和至亲都披麻戴孝站在齐明远二哥的厅堂里。男丁站一边，齐明远的嫂子、姐姐和刘诗仪及女客站一边。他们正在送齐应天和齐明远几兄弟去村口的井里为母亲买水。按这个地方的风俗习惯，人死后是要买水上路的，这样，到黄泉的路上才不会口渴，才不会当渴死鬼。

齐明远挑着两个小木桶，后面走着齐应天和齐应天的几个儿子，唢呐手跟在后面吹着凄凉的哀乐。说是买水，实际上就是在水井里丢下几个硬币，再象征性地打两桶水，然后洒在棺材将要经过的主路上。

齐明远和齐应天他们洒完水后回到齐留福的厅堂。这时厅堂里和厅堂周边站满了齐明远的亲戚和同宗叔伯及村民。场院外摆满了桌椅和碗筷，这是做白喜事酒席。齐明远的两个嫂子和姐姐很早就起了床，协助请来的厨师做菜。按做白喜事的规矩，更亲的同宗叔伯还煮来了稀饭，做来了很多米果。

日头已爬上山头丈把高的时候，齐家的所有亲戚才全部到齐。齐应天和齐明远兄弟组织大家入席吃饭。白喜事的菜是不放辣椒和酱油的，炒出来的菜白皙皙的，特别是肥肉片，让人看了瘆得慌，没有一点食欲。

吃完饭后，大太伯开始组织齐明远的家人和同宗叔伯及亲戚同齐明远的母亲作最后告别。他们按照次序，一家家或一对对把点着的香插在齐明远母亲棺材前的香钵里，然后在棺材边三跪六拜九叩头。

吴芳菲是齐明远的大姐扶着来到齐留福的厅堂的。按风俗，外来的亲戚朋友如果是女眷，是要配一个男的一起来跪拜的。齐来香知道她和齐明远的关系，就叫齐明远一起配合。吴芳菲用期盼的目光看着齐明远。齐明远正要迈腿，刘诗仪悄悄扯了一下齐明远的衣袖，齐明远心领神会，止住了脚步。吴芳菲感到心凉了半截，但仔细一想，人家刚刚拜堂，怎么会和自己一起跪拜？齐明远不愿不敢也情有可原。现在自己来都来了，只有和齐来香安排的一个年轻男村民一起到棺材前跪拜了。

齐明远排最小，又是齐家唯一吃公家饭的人，大家都尊重他杀尾叩拜。齐明远跪在母亲的棺材边，很久没有叩头，他呆呆地看着漆着朱红色的棺材木，想到了母亲艰难的一生，想到了自己第一次背起书包的情景，想到了和人打架被人在母亲面前告状的情景，想到了和吴芳菲分手时，母亲抚摸他的头一起哭泣的情景，一幕幕映现在脑海里，他哇的一声放声痛哭，不停地用头叩击着棺材木。刘诗仪被他感染了，也放开来哭泣。

齐应天把他们拉起来说："你妈最担心的就是你，现在你也打括了，你母亲也放心了。"

齐明远和刘诗仪跪拜完后已是上午十点多，大太伯宣布起棺。顿时哭声震天，像是要把屋顶的瓦梁都要震塌。

棺材出了厅堂，他们跟在后面，边哭边撒招魂纸钱。按当地规矩只有儿子和他的家人才要跪棺迎候，嫁出去的女儿只要护棺送行。齐明远的姐姐和同宗叔伯及亲戚一路护棺。齐明远几个哥哥带着自己的老婆和小孩提前走在棺材前面，轮着跪在路上迎棺。几个嫂子比赛似的，跑着往前走，再回过头跪着迎候，一是做给朋友亲戚宗族叔伯看，表示自己对大人的孝心，二是传说谁更积极谁发家发得快。齐明远不信迷信，但考虑村里的风俗习惯不能逆，也跟着跪棺迎候。连续的跪棺，膝盖都肿起来了。本来他是不让刘诗仪去跪棺的，但刘诗仪执意要去。她说："不跪棺，怎么是齐家的媳妇？怎么过亲戚和同宗叔伯的眼？"齐明远拉着刘诗仪的手，轮着跪棺往前走，亲戚和同宗叔伯都投来敬佩的目光。

棺材一路前行，形成一路哭声。

齐明远母亲的墓地是选在公路边靠近邻村的自家的自留山上，离村庄有点远。离开了村界，进入公路，按风俗，神炮手放炮三响，接着唢呐再起，喊声震天，路人纷纷驻足围观。

这时送葬的队伍不走了，这是当地人的大忌。大太伯和齐应天赶紧走到前面。原来是张桂蓉和鸡公山乡的张副乡长带几个人堵住了去路，要刘诗仪跟他们走。

张桂蓉对齐明远他们吼着："把我女儿的孝服扒下，让她跟我走，棺材就可以前行！"

"妈，你疯了！"刘诗仪呵斥张桂蓉。

张副乡长也扯扯张桂蓉："有话好好说，你就做你女儿的工作，别激化矛盾。"

"就是你擅自批假，才导致这样的后果。好在我昨天晚上又去了鸡公山乡才知道你放跑了我女儿。"

张副乡长没理张桂蓉，他瞪着刘诗仪，说："你有能耐，刚参加工作就知道撒谎了！你知道，你母亲得知你走了，又没去医院，把尼清河工地都闹翻了。快听你妈的话，脱掉孝服回乡里去，这样，什么事都没有，否则，你知道的……"

齐明远说："张副乡长，我们在出殡，死人为大，送葬是不能停的！你领导都会当，难道不知道这规矩？"

张桂蓉一听，一巴掌就打在了齐明远的脸上："你真不要脸！"

齐明远的脸火辣辣的，但心里更痛，他恨自己没有女人缘，才找个假的来圆母亲的心愿。不是看在诗仪后面真的喜欢自己，自己也真的爱着诗仪，要是以前，在这么多人面前，被这样羞辱，这样欺侮，早就把你打得手断腿折。但他没有还手，只是投去了恼恨的目光。

"妈，我自己的事我做主！你这样打人撒泼，还顾不顾女儿的脸面了，你再乱来，我一定跟你翻脸！"刘诗仪哭着说。

"你还有脸说，你长本事了，一个大姑娘做这种出格的事！"

"她怎么了，她是我家儿媳妇，家婆去世，披麻戴孝送葬，这有什么跌脸的？亲家，我家今天做正事，你别在这碍手脚。"齐应天也怒了。

"什么儿媳，她跟你儿子去办了结婚证了？结婚前，我们做父母的同意了？"

她这样一说，倒是问住了齐应天，但齐应天立即按照农村人的思维回答："他们拜堂打括总是真的吧？我们做他们的结婚喜酒，全村人都来了，这也是真的吧？"

"没有那么多真的，你儿子找不到老婆，为了圆他母亲的心愿，要我女儿帮你儿子的忙，演个戏给你们全家和全村看！"

"妈，你……"刘诗仪气得脸色铁青。

大家一听都惊在那儿，齐明远就差在地上找个缝了。齐应天望着儿子，质问："齐明远，她说的是真的吗？"

齐明远很无奈但又很认真地说："是真的，爸，我没用，我对不住家人，妈的墓碑上抹掉我的名字吧。"

齐应天一巴掌打在齐明远的脸上。刘诗仪冲过去护住齐明远，说："爸，我妈说对了一部分，开始我是来帮忙走场的，圆妈的一个心愿，但我后面真喜欢上了明远，不喜欢明远，用枪逼我也不会去拜堂，我就是齐家的儿媳妇，我和齐明远是打括了的。"

大太伯听得真切，气愤地说："亲家，你都听到了吧，现在是新社会了，没想到你比我们的思想还落后，还是尊重孩子的选择吧。"他果断宣布："起棺！"

张桂蓉听到起棺，呼地躺在了棺材前面。

张副乡长看不下去了，他凑过去："快起来，别人在出殡，这样不好，会惹出大事来的。我陪你来是按照王乡长的指示，帮你一起劝你女儿回乡里的，这是公事，你不顾别人的风俗习惯乱来，出了问题谁负责？你这样，跟农村妇女撒泼有什么区别？你别忘了你是公职人员，是妇女干部。"

"还不是你们乡里做缺德事，我管不了那么多了，什么公职人员、妇女干部，我只知道我是一个母亲，我要考虑我女儿的幸福！"

大太伯给齐得福、齐留福的婆娘和齐明远的大姐使了个眼色，她们心领神

会，立即过去拉拽她。张桂蓉在几个妇女中间左右撕扯，但终究挺不过几个农村妇女。她气冲冲地逼住大太伯说："停棺。"大太伯对着她用力一推，说道："站开，别挡死人的路！"她恼羞成怒，扎劲一挡推来的手，没想到，大太伯倒在地上，口吐白沫。

大家看到大太伯倒在地上，都傻眼了，齐明远赶紧叫停抬棺。齐得福和齐留福两家人还在轮流往前赶着迎棺。齐应天大叫："得福、留福快回来，你大太伯倒在地上。"

刘诗仪走到张桂蓉面前："妈，你怎么这样，现在惹大事了！"张桂蓉两眼发直。

张副乡长一看，暗叫不好，但毕竟处理突发事情多，经验丰富，他临危不乱，立即朝几个乡干部叫："人命关天，赶紧把老人抬到镇上的医院，齐明远你也去，这里的事就留给你父亲和你哥哥他们。"

齐得福赶过来，看得真切，他对张副乡长猛地一推："你们就这样做工作，我们是在送死人上山！你们知道吗？你们是在逆天理！那是要遭报应的！"

张副乡长心里一下蹿起一股火，但他很快平复自己，张桂蓉惹出了大事，他哪敢出这口恶气。他想，张桂蓉虽然不是鸡公山乡政府的，但自己是按王乡长的要求带人陪同她来做工作，她惹了事，他哪里脱得了干系，自己只有吃这个眼前亏。他对张桂蓉吼道："还不赶快一起送老人去医院！"

齐明远扒下孝服，背起大太伯一路小跑奔向镇上的卫生院。张桂蓉、刘诗仪和一群乡干部跟在后面。

46　死在医院里

齐明远把大太伯送到镇卫生院后，医生一看，立即组织抢救，边打强心剂边问："老人家原来是否有高血压、心脏病什么的。"大家面面相觑，谁都答不上来。

张副乡长简单把大太伯倒地的经过给医生说了一遍，医生听后，心中有数，说道："我们卫生院设施落后，我们没这个能力救他，你们赶紧送县医院。"

张桂蓉这下感到真出了大事，心里害怕起来，她求道："送县医院怕来不及了，你一定要想想办法。"

刘诗仪和齐明远也一起过来，说："是啊，帮帮忙！"

医生说："我们真没这个条件，实话说，老人的脉搏、心跳都很微弱，瞳孔开始散开，留在我们这儿一点希望都没，你们去县医院兴许还有救……"

张副乡长一听，马上说："赶紧送县医院。"

到了县医院，刘诗仪还没办完手续，大太伯就完全停止了心跳。

看着躺在急救室的大太伯，张桂蓉神经质起来，说："不会是一倒地就死了吧，我杀人了？我杀人了？"

张副乡长不屑地看了她一眼，心里骂道：你这个煞星，把我也害了，你吃官司赔钱，说不定我还要垫背，这帮干部里面就我是领导，组织上不知道会追我什么责，真倒霉。他憋着一股怨气说道："你这个人真无法理喻，自己当过乡村妇女主任，现又在县妇联，做过千千万万人的工作，怎么事情到自己的身

上，头脑这么简单！"

张桂蓉歇斯底里："我做母亲的为自己女儿的幸福考虑有什么错？你责怪我，我问你，乡里为什么不经我同意就安排我女儿去扮演假妻子，考虑了人家的感受没，考虑了人家的名声没？再说，女儿女婿都在乡下，他们怎么过日子？怎么养孩子？怎么养父母？"

"你口口声声说为了女儿的幸福，为了女儿的名声，你昨天得知你女儿去了齐明远家，差点把乡机关闹了个底朝天，就差没去广播了，全机关的人都从你口中知道你女儿跟齐明远拜了堂，同了房，她即使愿意离开齐明远，条件好的谁还会娶一个二荏花？"

刘诗仪办完大太伯的手续回来，听了个真切，气愤地说："妈，你怎么做那么傻的事呀？你这不是为我好，而是害了我。我跟你亮个底，你就是把地球翻过来，我也跟定齐明远了！"

"你听听，你女儿不要人家安排，人家也跟定齐明远了，你真是咸吃萝卜——淡操心。"张副乡长揶揄她。

"除非我两眼闭了，否则你休想？"张桂蓉把所有的怨气都发泄到齐明远身上，她对齐明远又扯又掐。这个时候，齐明远才感到她是多么可怜，他任由她胡来。

"妈，你真的要当泼妇吗？再不停手，我报警了。"刘诗仪气得直跳脚。

张副乡长也不劝，直接走向传达室，立即用县医院的电话向乡里汇报。方明亮下乡，王流水接的电话，他斥责道："你是怎么把握的，怎么让一个疯婆娘惹出这么大的事？一条人命呢。"张副乡长不敢吭声。王流水按住话筒自言自语："我怎么会表态叫我们的干部陪那疯婆娘去做工作，这不成了老方做我局的口舌，我还要扛领导责任，自己真是大脑烧坏了。"他放开压住话筒的手说："立即把齐明远和刘诗仪带回来，我要好好收拾一下他们。"他停停又说："先通报县妇联，让她们一起做工作，县'两办'和政法委先稳稳再报，别急。"

刚放下电话，大太伯的女儿女婿就围拢过来："出了人命，你是领导，你说怎么办？"

张副乡长没有吭声，他处理这类事情太多了，在死者家属伤心的气头上，说错一句话，不仅会让这个不稳定事件处理起来更加艰难，而且激化矛盾，可能遭到死者家属的殴打。他默默地走向急救室。

　　急救室已经围了很多人，除了一些围观的病友，大多是大太伯亲戚和同宗族人。按照这个村的习惯，同宗族人遇到此类事，一个吆喝就聚集起来了，即便刚刚吵架，只要受到外来欺侮，一下子就不计前嫌，一起上阵。本来还有些人来，因为齐明远母亲上山安葬，一些族人去那边帮忙了。大太伯没有儿子，只有三个女儿，她们都嫁在附近村庄，听到这个消息，女儿女婿都赶到了县医院。

　　医院在催促，抢救室不能长时间存放尸体，必须尽快将尸体运往殡仪馆或存入太平间。

　　大太伯的三个女儿和同宗族人都坚决不让移动尸体，明确表示，没有个说法，尸体不能动。

　　面对医院的催促和大太伯亲戚族人的强硬态度，张桂蓉也慌了手脚，本来她作为农村干部，此类事情遇到也不少，但事情到了自己的身上，她不知道该怎么处理。她想先脱身咨询一下，又被大太伯的女儿和族人堵住。他们情绪激动，对她左推右搡，说："事情没处理就想开溜，没门。"她也知道，自己这时来硬的，只会招来一顿暴揍。她把张副乡长拉到一边，低声下气地问："张副乡长，你说该怎么办？"

　　张副乡长知道，按以前处理同类事情的一般经验，要让比自己职务更低的人先说，省得自己表了态后没有退路。特别是今天张桂蓉大闹出葬队伍，已经激起了民愤，这些齐姓村民肚子里都装着一根松光柴，一点就可能爆燃，他怕引火烧身，不愿表态，对她的话，如同没听见。

　　张桂蓉走到齐明远身边："就你个丧门星，让我们碰到这个事。"

　　刘诗仪以为她妈妈又要对齐明远撒泼，赶紧走过去，站在他们中间："妈，你再撒泼我就去死……"

　　"死女仔，你怎么会有这个想法，我是问他这事怎么办？"

　　对齐明远来说，一边是自己长辈的亲人和族人，一边是诗仪的母亲，说实话，他真的不好出什么主意，加上张桂蓉这种态度，他更是闷声不说话。本来他就有气，看到她失魂落魄，心里有点幸灾乐祸，看她的好戏。

"明远，你说这怎么办？"刘诗仪走过来，焦急地问。

齐明远看到她焦急的样子，把她拉到一边说："按以前处理同类事情的经验，还是让警察来调查更合适，调查清楚后，对双方都有个交代，也为后面处理这事打下基础，特别是现在大家都很激动，对你妈也是个保护。"

"那我妈不是要被拘留？不行。你胳膊不能往外拐呀，那是我妈！"刘诗仪说。

"拘不拘留说不定，要看情况，要看死因。再说，不报警，今天这事怎么收场，大家都可能走不了，你也看到了他们的情绪，毕竟一条人命。"齐明远说。

齐明远这样一说，刘诗仪没敢吭声。齐明远走向张桂蓉说："妈，不，张阿姨，看样子，只有先报警了。"

"你是什么居心，想让我坐牢是吧？我不让你娶我女儿，你想报复我？"张桂蓉一听，血冲脑顶，愤怒地扯着齐明远的衣袖。

看到张桂蓉撕扯齐明远，刚好点燃了导火索，大太伯的几个女儿冲过去，又抓又挠，喊道："就是你害死我爸爸，我们要你一命抵一命。"

齐明远看到她们纠缠在一起，大声喝道："别打了！"奋力扯开大太伯的女儿。她们不满地说："你刚结婚就不认识我们了，就丈母娘亲了。你要搞明白，我们才是和你一根血脉下来的。"

"已经出了一条人命，难道还要再出一个人命？"齐明远怒目圆睁地呵斥。

刘诗仪一看这架势，赶紧报警。

警察到后，对在场的人员都做了笔录。为了搞清情况，警察要求解剖尸体，但大太伯的女儿坚决不同意，她们认为，老人年纪这么大，连死也没保个全尸。警察告诉他们，如不同意解剖，无法摸清死因，单凭问话笔录掌握的情况，不能拘留张桂蓉。当然即便不拘留张桂蓉，尸体必须拉出抢救室。

大太伯的女儿女婿和齐姓族人一听，拼死守住抢救室的门。

齐明远大声呵斥让路。即使都是齐姓的公公子婆婆孙，也没人理会他，不但不让开路来，人员还往里挤，把抢救室和一楼通道堵了个水泄不通。警察用高音喇叭叫："你们这样涉嫌扰乱公共场所秩序，必须迅速离开。"但他们仍然堵在那儿。警察只有强行把尸体转移到殡仪馆冰冻。同时，警察也把张桂蓉强行带离进一步调查，这样才稳定了大太伯女儿和齐姓族人及围观群众情绪。

　　看到自己的妈妈被带走，刘诗仪的心像大海里的一叶漂萍，不知道在哪靠岸，她趴在齐明远的肩头，泪水横流。

　　齐明远紧紧地抱着她，不停地给她安慰。

47　这事摆到了会议上

张副乡长承诺一定会给她们协调处理后，才离开医院。

齐明远向张副乡长告假，想回去看一看母亲是否已经入土安葬。看到齐明远要回老家，刘诗仪也坚持陪同前往。

张副乡长考虑到这个事非同小可，他俩都是双方的直系亲属，是做好这次稳定工作的关键人物，书记乡长肯定第一时间要给他们下达具体任务，但齐明远一直跟自己在医院，想回去为自己母亲的新坟添一把土也是情理中的事，他不好拒绝。但他对齐明远说："你是老干部了，在这个节骨眼上，书记、乡长肯定很着急，事情孰轻孰重你肯定掂量得很清楚，我建议你带刘诗仪到你妈坟上添把土后就坐下午最后一趟客车返回乡里。"他俩应允而去。

张副乡长带领其他几个干部先回乡里。他们到鸡公山乡时已经是晚上七点多。一回去，乡党委立即召开党政班子联席会，研究解决这一问题。

在班子会上，张副乡长详细汇报了事情经过和前因后果，并做了深刻的自我检查。

听完张副乡长的汇报后，方书记问："大家对这个事情有什么看法和意见建议？"说完，又看看大家。

坐在方明亮左边的王流水偷瞄了一下他，感到方明亮也在看自己，再不说，就不好意思了。他说："这个事，我也有责任，胡明生来跟我请示，说齐明远的母亲快死了，已做好了新分来的女大学生刘诗仪的工作，让她去扮齐明远的女朋友，让他的母亲死得更安心些。我考虑，只要刘诗仪本人同意，让她帮帮我们的干部，走走场演演戏也不犯法，当时没仔细想，就同意了，想不到，事情复杂起来，刘诗仪的母亲张桂蓉得知后多次来闹。那天，张桂蓉得知张副乡长准了假，同意让刘诗仪去参加齐明远母亲的葬礼，把大家都搅得不安宁，也差点把我送到供神台。没办法，我就同意张副乡长带人协助张桂蓉去劝刘诗仪回乡里来，毕竟我们没经得人家大人同意就做了那个让人家女儿去演女朋友的傻事，一起去做工作也是情理之中的事，没想到给搞出了人命。这两次，我都没事先请示报告书记，是我做的主，我要作自我检查。但张副乡长一起去做工作，没把握住形势，酿出了这么大的事情，应该受到严厉批评。"

方明亮看看张副乡长，张副乡长脸涨得通红，他立即说："陪同张桂蓉一起去做工作，我没把握好，让她惹出了人命，我要负责任，愿意接受组织的处理。但王乡长所说的'同意让刘诗仪去参加齐明远母亲的葬礼'，这个情况有出入。刘诗仪当时跟我请假的理由是，她爸爸胃穿孔做手术住院，药单子还留在她身上。这个理由只要是肉长的人心都会同意的，所以按照我的批假权限就同意了。如果我知道她去齐明远那儿，二百五才会同意！因为书记先给我明确了要以尼清河清基突击战的理由拖住她，让她不能去齐明远那儿。"

王流水讪讪地说："哦，那句话口误口误，你别介意。"

张副乡长缓缓口气说："我建议，尽快拿出处理此事的方案，死因还没调查清楚，死者还没入土，死者家属还没得到赔偿，我判断，他们一定不会善罢甘休，而我这次同他们接触过，他们村就一个齐姓，很容易抱团，处理不当，是个较大的不稳定因素。"

坐在方明亮右边的是党委郑副书记，他说："张副乡长说得有道理，毕竟一条人命，不抓紧处理，群众情绪容易累积，但处理此事的前提是要搞清死因。刚才张副乡长的汇报说，张桂蓉并没动手，老人死亡一定是他身体的原因占主要的。第二个我想说的，虽然我们的干部陪同张桂蓉一起去做的工作，但毕竟是张桂蓉惹出的事，我们不宜把这个问题往我们身上揽，县妇联才应该是处理这个事情的责任主体，张桂蓉是这个事件的当事人。所以我建议：一是协调政法委督促公安、卫生这边尽快搞清死因；二是协调政法委督促县妇联尽快介入处理此事，督促齐明远老家所在镇一起做好稳定工作。"

王流水接着话题说："事情已经发生了，我们也不要如临大敌，要做到内紧外松，静观其变。我考虑，与其过快地介入，还不如等等县里的意见，这个事，信息肯定从不同渠道报到了主要领导那儿，谁主办谁协助，怎么处理，领导肯定会有明确意见，没必要我们自己把事情揽过来，做吃力不讨好的事。二是要把刘诗仪推上做工作的火线，接下来的民事赔偿肯定不是小数，必须逼住刘诗仪来做她妈的工作。再就是要严厉处理刘诗仪目无组织、目无纪律、欺骗领导的行为，通过处理干部赢得齐姓群众的理解，理顺齐姓群众情绪。"说到此处，王流水牙齿咬得咯咯响，说道，"一个刚参加工作的毛头娃娃，肚子里花花肠子不少，胆子不小，什么人的话都可以不听，现在不整整她，后面就可能会要翻天。"他感觉自己说得有点走偏，怕他们听出点什么道道，赶紧刹车，他又偷瞄了一下方明亮和各位班子成员，见大家并没什么异常，心又宽下来。

方明亮见王流水咬牙切齿，说到刘诗仪欲言又止，他想，里面是不是又有什么故事？他太了解王流水了，那方面王流水一直有反映。难道他又瞄上了刘诗仪，是不是碰了鼻子，可刘诗仪都才来，这些天又在齐明远那儿，应该没有机会呀。他突然想到，那晚，刘诗仪是坐他开的车赶回乡政府的。他心中多少有了些数，他说："大家还有什么意见建议？"见大家都不吭声，他说："处理此事谁为主谁为辅的问题，大家不要争论了，县里已经明确以我们为主，县妇联协助。总的一条原则是依法办事。"

王流水试探性地问："这是谁的意见？怎么会这样考虑？"

方明亮没好气地说："这是一把手的意见。事情虽然没有发生在我们乡，涉稳的主要当事人也不是我们的干部，责任主体应该是县妇联，但这事跟我们脱不了关系，是因为我们的干部而起，我们有义务扛起这个责任，而且县委主要领导也把这个任务交给了我们，我们必须圆满地完成这个任务。"

王流水咬咬笔头，没再吭声。

方明亮接着说："现在不要考虑静观其变的问题，而是要尽快介入，处理好事情，做好工作，确保稳定。我考虑成立三个工作小组，一是联系协调小组，主要是联系协调政法、公安、卫生、妇联等单位开展工作，由我当组长；

二是事情处理小组，尽快督促公安、卫生拿出死因，协助做好赔偿工作，安抚死者家属，组长由王乡长担任，张副乡长任副组长；三是安全稳定小组，这个组的任务是确保整个社会面的稳定，由郑副书记任组长，政法委员任副组长。各个小组的工作人员由王乡长协调确定。刚才王乡长提出由刘诗仪一起做其母亲的工作，思路是对的，我同意，安排到事情处理小组。另外，齐明远也安排到事情处理小组，要让他给他们的村里人和亲戚说清楚，要依法行事，如果越过法律边线，必然会受到法律的制裁。至于追究刘诗仪责任的问题，等事情处理完后再说。张副乡长和王乡长是县管干部，处不处理，怎么处理县里决定，但我相信，如果这个事情处理得好，县里也就不了了之，所以集中精力对付好这个事情，不要背思想包袱。对刘诗仪，可以跟她说清楚，暂时不处理她，但不是放纵她，而是让她将功补过。"他看看大家，又细细地观察了一下王流水和张副乡长，见他们比较放松，就说："各个小组人员到位后，分头开好会，明确好工作任务和纪律。这里再重申一条，考虑到计划生育工作和尼清河清基时间紧，任务重，各小组尽量不要抽两个突击队的人。"

一下子鸡公山乡政府院内灯火通明，有些睡得早的干部也被叫起，大家都像是在对付一场即将开打的战争。

齐明远是个敏感性强的人，在大是大非面前知道该怎样做。他带刘诗仪到还没完全修好的母亲的新坟前叩了个头，不管嫂子投来什么眼光，仍然拔腿就走，去赶最后一趟到鸡公山乡的客车，晚上九点多赶到了鸡公山乡政府。他们脚一落地就被通知参加分组会。

48 赔偿是个天文数

话说这一头，在齐明远的老家齐家村众厅，六太伯也在组织大家议事。因为大太伯没有儿子，女儿全部外嫁，现在碰上了这个事，怎么来反映诉求，怎么来送大太伯上山，都要开村内男丁会议，商量着做。

六太伯说："这个事出来后，现在还没个说法。大太伯家里没人主事，我们都有责任让他安心入土。你们大太伯是大家选出来的村小组长，辈分又最高，村内原来大小事都他拍板，现在他走了，还是要有个定砣的人。大家都推我主事，我也不辞让，但我必须先告诫大家，这个事必须按法律依规定办事。虽然我们大都是着草鞋的人，但也不要犯牢性。"六太伯也学大太伯的样，慢条斯理，看看大家后又说，"今天的事牵涉应天的亲家，大家都知道是应天的亲家撒泼惹出的人命，冤有头，债有主，我们只有找她和同这件事相关的单位理论。我也不怕应天家有四个儿子，还有人吃公家饭，我不怕得罪应天一家子，找应天的亲家赔偿也是没法子的事。大家都知道，你们大太伯只有三个女儿，家庭都比较困难，要她们出钱送老人上山，不太可能，再说我们齐家这么大一个氏族，也不好意思向已经嫁出去的人开口。"

大太伯的三个女儿默不作声。

这时有年轻后生打断说："这下好了，有人埋单了，大太伯是算好了的，死得真是时候。"

大太伯的一个女儿说："你怎么这样说，好像我爸爸是故意似的。蝼蚁都偷生，谁不想多活几年。"

齐应天也呵斥："后生什么话，大太伯是那种人吗？即便有人埋单也不能漫天要价。"他听了六太伯的话本来不太高兴，借机发发牢骚。

"这怕是要你亲家多出点钱，你心痛吧。"年轻后生说。

"是不是亲家还不一定呢，大家该怎么做就怎么做，能多要一点赔偿款就多要一点，送大太伯入土归家还有钱剩的话，就留点钱作为支持齐家子孙读书的经费，你们仁没意见吧。"齐得福说。

大太伯的三个女儿都点点头。

齐应天真想割自己的脑袋丢他，心里骂道，一头笨驴，多要赔偿，亲家拿不出，说不定就要你弟弟出，你还好意思不出。即便拿得出赔偿款，但她就逼你弟弟出，你弟弟敢不出这笔钱？现在你弟弟有什么，抓老鼠卖吗？这不是把压力朝自家身上压？但这么多人，他不好点破。齐应天喝道："你放屁，老子还活着，还没你做儿子说话的份。不管是不是我的亲家，也不能昧着良心伸手要钱。"

"你没看到这婆娘是个什么做派，她瞧不起我们也就算了，还左一巴掌又一巴掌打人，如果我是齐明远，打一辈子光棍我也不娶她女儿做老婆。"齐得福说。

"你没明远的命，就不要吧嗒吧嗒，长辈管教一下后辈有什么心痛的，再说你没看见明远婆怎么护你弟弟的，你是妒忌了吧。"齐应天揶揄自己的儿子。

六太伯说："应天，在这个问题上，你可要大义灭亲呀，我知道她是你亲家，但毕竟是一条人命，没有应得的赔偿，我们同意，他三个女儿也不同意。如果不争取应有的权利，其他村的村民还不把我们齐家村笑死？"他向大太伯的三个女儿努努嘴。

大太伯的一个女儿马上说："按辈分，我叫你一声应天哥，你和我爸是一个血脉下来的，血总要浓于水，在这个时候，你的心肝可要放正。"

一个女儿说："你家和邻村村民争山，打得不可开交，是我爸带人冒死相救，你才好手好脚站在这里，说话做事要有良心哟。"

另一个女儿又说："应天哥，你我是同辈之人，虽然我是嫁出去的女，如

同泼出去的水，既然都站到了众厅里，我也有说话的权利，那我就不怕得罪你，你刚才说的真让人不服气，大家都知道，今天我爸是替你家做事，还是替你出气才送的命，你却说话不走心。"

六太伯这样一撩拨，大太伯的三个女儿都跳起脚来。

齐应天看到三个女人一个比一个的声音大，其他同族男丁也投来鄙视的目光，他真想找个地缝钻进去。

齐留福见自己的父亲不说话，他闷声闷气地说："我爸说的也不是全没道理，总不能以死人压活人。"

话刚说完就遭到大家的围攻。

六太伯见大家情绪起来了，赶紧喝住大家："大家的话就说到这儿，不要拉呱拉呱了。"他不是怕齐应天父子仨，而是考虑大家怒气膨胀起来，后面的事定不了。他接着又说："我考虑，处理此事，还是要靠法律，我们虽然都是农民，但不能死糊拉碴。我今天问了我们村里的土律师，他说按现在农民的收入水平，先跟应天的亲家要三十万元民事赔偿金，后面还可以再谈，你们的意见怎样？"

大家都异口同声，听律师的。

六太伯没等齐应天说话，就说："那就尊重大家的意见，就这么定。"

齐应天本想说话，但六太伯拍了板，张开的嘴又合上了，他心中清楚，三十万不是小数字，但这是律师依法算出来的数字，他能说什么呢？他明白，这个压力最后都落到了齐明远身上，乡里也肯定会叫齐明远回来做工作。

六太伯见大家不说话了，就说："明天我考虑先去信访和纪委部门反映诉求，让他们协调解决问题。但我们要有理有节，不做违法的事。按照规定，我们先去五个人，我和应天带你们大太伯女儿过去反映反映。"说完就宣布了散会。

49 终于劝回村里

根据乡里安排，齐明远和刘诗仪天没亮就动身往老家赶。考虑到情况紧急，乡里派张副乡长带专车送他俩。昨晚各个小组开完会后，事情处理组和维稳组再碰了一下头，王流水判断齐家村的人会直接找县里的老大、老二反映。这样，不但影响不好，而且领导一发脾气，有关责任人就追责更重。糟糕的是全地区水稻良种推广现场会在县里开，地区党政主要领导和各县主要领导都在县里，造成不良影响，不丢帽子也会让帽子染一层血，所以他要求必须抢在村民出发前，做好工作，引导他们派代表到当地村委会或鸡公山乡政府谈。

齐明远和刘诗仪回到村里时已是九点，在进村交叉路口一下车，就遇到了六太伯和齐明远父亲他们准备去有关部门反映诉求。张副乡长说："我们本来是事情处理组的，但这个时候必须先做稳定工作，现在无法向乡里汇报，只有自作决断了。"

齐明远走到他爸爸身边，说："爸、六太伯，你们准备去哪呀？"

齐应天不好说什么，六伯和大伯的女儿在身边。他这碗水真不好端，一边是儿子的岳母，一边是齐姓的宗亲。

六太伯说："我带你大太伯的女儿她们去反映诉求，我们就五个人上县城。"

"六太伯，不要去县城了，我们张副乡长来处理此事了。"齐明远说。

张副乡长一看，这条进村路与国道相交，如果人聚多了影响国道交通，而且很不安全。他接上话说："是哟，我们回到村里或到你们村部商量，出了事总要解决问题。"

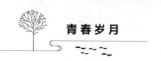
六太伯迟迟不表态，他的心里明白着，眼前这些领导，压根就定不了砣，当事人又没出现，能商量个什么结果出来。

这时，齐明远老家的镇、村领导和县妇联的干部也到了这个交叉路口。

一会儿，这个交叉路口聚了很多人，大多数是看热闹的路人。

不知道是谁误传了信息，说六太伯等五个人准备去县里反映诉求，在国道进村的交叉路口被拦住了，这样一说，齐家村在家的人义愤填膺，都往村路口走。

齐明远一看这情形，快步走到六太伯面前："六太伯，赶紧跟大家说，有事回村里坐下来谈，国道上车来车往，很不安全。"

六太伯见这阵势，两手合成喇叭状喊："各位乡亲，鸡公山乡政府、我们镇政府和县妇联的领导来处理此事了，大家不要聚集，齐家村的回去，外村的散了散了。"但这个时候，谁会听。齐明远和张副乡长他们被挤得远远的。

为了确保安全，张副乡长和齐明远老家的镇村干部商量，把看热闹的人群往村内道路赶，干部站在国道边沟，腾出国道，保障通行。

齐明远走到六太伯身边，说："六太伯，昨天张副乡长不是说一定会处理这事吗？你们今天怎么就往县城跑？今天他来了，他会带我们找公安、妇联和有关部门，他会协调处理此事。现在紧要的是，我们找个地方坐下来谈，没必要聚集在公路边上。"

"吃了几年公家饭就敢指责长辈了，你是什么辈分？你不是齐家的子孙了？要你丈母娘出钱就心痛了。"六太伯本来烦躁，一听，大声呵斥齐明远。

齐明远又把齐应天拉到一边："爸，你去干什么，你不知道我是吃公家饭的，这影响多不好。"

"我就怕他们乱来，我才跟他们来的。不过，你不要责怪你六太伯，他昨天说了要按法律办事，我们只带了你大太伯的女儿，只有五个人，我们不是去闹事。"

"爸爸，这么多人挤在国道边上不安全。现在只有你说话，六太伯才会听一听，你跟他说，县委书记已经很重视了，昨天他明确了处理这事的责任主体是我们鸡公山乡政府，县妇联和我们老家的镇政府协助，我们处理这事的领导也来了，你还是叫他带头回村里坐下来谈吧。"

齐应天有点犹豫，齐明远推着他来到六太伯身边。齐应天怯怯地说："六伯，走吧，我们在这儿待久了，看热闹的人会越聚越多，国道上不安全，好事说不坏，别又出个什么事，那我们担待不起。再说县里已经明确了处理这事的责任单位，他们的领导也来了。"

齐明远也接过话说："六太伯，昨天县里已经有了处理这事的明确意见，我们处理这事的张副乡长也来了。"

六太伯说："他官太小了，我们要三十万元，他能表态做主吗？"

齐明远一听吓一跳，三十万元，天文数字，他暗暗替张桂蓉害怕。他不敢乱说张副乡长能做主。但他知道，现在最紧迫的任务是劝离国道边。齐明远不死心，他说："赔偿多少张副乡长是不能做主，他不是当事人，他也不是法官。但要那么多赔偿，总要搞清个死因来呀，处事总有个法律依据呀。我们还是回村里去谈。"

"你知道张副乡长不能做主，那你说得那么好听。就是现在，能做主的都不见人影。你们光说坐下来谈，我问你，当事人在哪里，你能叫她来吗？你在她心目中什么位置，我也算看清楚了，你岳母左一巴掌右一巴掌打你，你敢还手吗？"

齐明远哑口无言，他并不知道张桂蓉在哪儿，昨天被警察强行带走后，自己和诗仪就按照张副乡长的要求直接回到了鸡公山乡政府，连诗仪都还没去看她一眼。现在她也许还在公安局，即使不在公安局，自己能叫她来吗？

刘诗仪接话说："六太伯，大太伯这事确实怨我妈。现在事情已经出了，我妈就应该坐下来面对大家。但平心而论，我和明远都不知道我妈现在在哪儿？我们刚刚从鸡公山乡来。昨天大家都看到了，她是被警察带走了。既然大家都要求她来，也应该来面对，出了事，躲得了吗？如果她不在公安局留置，躲在家里的话，等下，我回去，我有这个把握叫她出来面对大家。"

"明远婆这个话，我愿意听，那就尽快找到当事人来呀，到我们村里来谈吧。"六太伯说完，夹着两个手，自顾自地往村里走。齐家村的人一看六太伯回村了，也三三两两地往回走。围观的人渐渐散去。

50　三十万赔偿款怎么筹

六太伯和齐家村的村民回村里后，张副乡长跟刘诗仪说："抓紧找到你母亲，叫她出来面对。"

刘诗仪说："我也不知道我母亲在哪儿？"

张副乡长决定立即进城与有关部门沟通。要求刘诗仪尽快去找到张桂蓉来。

刘诗仪和齐明远先去了公安局，公安局办案的同志告诉他们，昨天强行带离是万不得已的事，经初步调查，涉案人并没动手打人，死者的死应该另有原因。经做工作，死者一方又不同意做尸检，那按照我们一般办案人的权限，对涉案人的留置不能超过十二小时，只有先放人。经请示领导同意，昨天晚上十一点就放了人。当然，如果有需要，我们公安会把有关意见通报死者家属。

他们一听，判断张桂蓉一定在县医院跟诗仪的父亲商量此事。刘诗仪昨天在县医院，因为过于紧张都来不及去看一眼父亲。她现在很想去看看住院的父亲，也听听父亲的意见。他们立即赶到医院。刘立公告诉他们，张桂蓉不在医院。刘诗仪借这机会简单地把事情的经过说了一遍。

刘立公惊得眼睛睁得很大。刘立公说："你妈做事没个定数，迟早要吃亏的，现在人命闹出来了，必须坦然面对死者家属，虽说不是她动手打死的人，但适当拿出些钱抚慰也是应该的。你赶快找到你母亲去见人家。"

刘诗仪又跑回家，见张桂蓉沮丧地坐在沙发上，目光呆滞，她走上去抱住她妈，泪水涌流。母女俩哭成一对泪人。

张桂蓉看到齐明远跟在刘诗仪身后，怒上心头，她扑上去，又撕又扯，破口大骂："就是你，就是你，我们家的一个灾星。"齐明远任她撕扯。

刘诗仪喝止："妈，你又来了，怎么怪明远呢，是你自己做事不经过大脑酿成严重后果。"

"女儿，我现在怎么办，我杀人了。"张桂蓉惊恐万状。

"我刚到公安那儿，他们说，你没动手，大太伯致死应该另有原因。但此事毕竟因你而起，你还是要去面对人家。"刘诗仪说。

"我不去，我不去。"张桂蓉抹着泪说。

"你不去，事情只会越闹越大，你是公职人员，你跑得了吗？跑得了和尚跑不了庙。最后，这事你不但要出钱，组织上还会追你的责。我刚才去看爸爸了，他也叫你要去面对人家。"刘诗仪见她稍稍平静，又安慰她，"按公安的说法，这事肯定不是刑事案件了，肯定不要坐牢打屁股了，最多追究一下民事责任。"

"他们会把我踩成肉泥，在医院我看到了他们的愤怒。"

"妈……"齐明远刚开口，就被张桂蓉喝止，"别喊妈，你的妈死了。"

"妈，你怎么是这样一个人呀，还在计较。"刘诗仪说。

"张阿姨，您的安全我来保证。"齐明远说。

"你怎么不叫妈了？我妈喝止了一下，你就腿软了，我们都打括结婚了，你就要叫妈！"刘诗仪说。

"安全你负责，你有这个把握吗？在医院现场，我都看到了，你那些齐姓叔伯，他们根本不听你的。"张桂蓉不屑。

"妈，你如果会挨一下指头，我都会给你挡了，你不用怕。"齐明远坚决地说。

"妈，要相信明远，相信明远他爸爸。"

"那如果要出钱，你也出了？"她狠狠地瞪着齐明远，说，"你可是跟我女儿打括了噢，要一起分担责任！"

齐明远低下头，这戳中了他的痛处。他刚才听六太伯说，要张桂蓉赔"三十万"。他想，不要说三十万，就是三千，他也一下子拿不出来。

"看你这种猥琐样，还敢来我娶我女儿？拍拍脑袋想想吧，是不是脑袋和屁股一样粗。"张桂蓉瞥他一眼。

"妈，你怎么这样看人？"

"妈，要出钱的话，我来想办法。"齐明远不知道哪来的一股勇气，可能是一次又一次地被张桂蓉蔑视，这次他血冲脑门，脱口而出。连刘诗仪都吃惊不小。

"这可是你自己说的，好！那我们就去见他们吧。"张桂蓉说。

齐明远的心一下子放了下来，他用公用电话报告了张副乡长，告知了公安局办案人员，说张桂蓉愿意去齐家村见死者家属，请求一并做好处置工作。按照张副乡长的要求，又向乡里作了汇报。张副乡长联络了有关单位约定下午前往齐家村。

在齐家村众厅，除了张桂蓉和死者一方坐在那儿，办案警察和县妇联、鸡公山乡政府、大太伯所在乡镇的领导也坐在那儿。

办案警察向双方通报了调查的情况，明确提出大太伯的死不是受到外来侵害致死，如要进一步搞清死因，就必须解剖尸体。

大太伯的女儿女婿和六太伯一直坚持不做尸体解剖，但要求一次性给予丧葬费、死亡赔偿金等共三十万元的赔偿。

张桂蓉认为自己没有和大太伯动手，大太伯的死自己并没有什么责任，一分钱都不赔。她脸上的肉一抖，再也不说话了。谈判陷入僵局。

六太伯气得牙齿咬得咯咯响："你们看，这哪像是解决问题的态度，一点诚意都没有，还谈什么？"

齐明远把六太伯叫到一边，说："六太伯，这边是我长辈，那边是岳母，我双手托两家……"

"呸，快别这样说，你早就忘记了自己姓齐，你不是齐家村人。本来我也想替你出口气，我就看不惯那婆娘的做派，好像她比谁都高人一等似的。但我也算看出来了，你攀不了这条高枝，你那岳母不认这门婚事，别把自己看成就是城里女婿一样。"

"不管她认不认我这个女婿，但作为一名端千家碗的乡干部要有基本的公正，等下我如果说得不对，你可以纠正。从目前公安通报的情况看，大太伯之死不是我岳母，不，张阿姨动手致死，她就不应负全部的责任，更不可能追究她的刑事责任。如果从民事的角度来说，她是要负一定的责任，就算你这三十万元赔偿总额是律师算出来的，但她至多负百分之二十甚至更少的责任，换算成赔偿就至多是六万出一点头。而大太伯本身身体的原因是他致死的主要原因，应该要负百分之八十以上的责任。”

六太伯听后气得上唇的白胡子都要立起来了，他说："你别以为自己是公家人，我就不敢打你，我吃的盐都比你吃的米多，走的桥都比你走的路多，你跟我说什么？”

"不管你经验多丰富，但理是众人的理，蛮就各自的蛮，我认为适可而止。”

"你还想教训我是吧，看我打断你的脚骨！"六太伯举起手就要打人，立即被警察制止。

"我强烈要求，鸡公山乡政府的齐明远回避，他是当事人的女婿，影响调解的公正。”

张副乡长把六太伯拉到桌子前，并把他按着坐下来。"他要回避，我是鸡公山乡政府的领导，我无须回避吧？"得到他的认可后又说，"那我来说两句，张桂蓉同志说，她一分钱不赔偿，那是说不过去的，但算出来的三十万元赔偿总额都叫她赔，那也说不过去。再说你的赔偿总额本身有问题，大太伯早超过七十五岁，按我们省里的通行做法，一次性死亡赔偿金只能按五年算，五乘以上一年全省农民年人均纯收入。一次性死亡赔偿金加上丧葬费和误工费、差旅费等，赔偿总额不会超过十万元。”

没等张副乡长说完，六太伯就说："你们都官官相护，而且你也是当事一方，都替她说话，我不听。”

办案警察说："既然谈不拢，为了弄清死因，我建议抓紧尸体解剖，如果有外来侵害的证据，不仅要追究她的民事责任，而且要追究她的刑事责任。在没解剖尸体的情况下，要张女士的一方承担全部的责任，说不过去。我认为参照以前诸如此类因自身疾病死亡的纠纷，民事责任按二八开，死者一方为八，

相对的一方为二，比较合适，如不服可以走司法途径。"

六太伯听后，心里一惊，但他还是故作镇静说："我们这方已经明确了不解剖尸体，我们也不走司法途径，你们没诚意，那我们走人，不谈了。"

六太伯所在村的村支书看到他们气冲冲往外走，警告说："你们走也可以，回去好好咨询，好好商量商量，什么时候商量好了告诉我们一声，我们来协调人员再谈。但提醒大家的是，别做出违法的事情来，到时大家脸上都过不去，毕竟我们抬头不见低头见。"

六太伯像是没听见，整理一下衣服，就走出大门，大太伯的女儿女婿也跟着出去。

51 车站的一幕让她看不下去了

六太伯他们离开众厅后，张副乡长要齐明远继续做六太伯和齐家村村民的工作，同时掌握他们的动向，张副乡长自己先回到了鸡公山乡。刘诗仪陪张桂蓉回县城。母女俩一到家就搂在一起痛哭。她们在谈判会上听到了死者一方的要求和调解人的意见，特别是公安的态度，虽然可能不会追究刑事责任，但民事赔偿是免不了啦，就按十万元赔偿总额，百分之二十也得两万啊，家里哪有那么多钱呢？刘立公和张桂蓉工资都不高，刘立公又爱喝两杯，加上培养刘诗仪从小学到大学，家里根本没什么积蓄，几万的赔偿，对公职人员来说，那是天文数字啊。

张桂蓉抹干眼泪说："女儿，现在咋办呢？"

刘诗仪面对妈妈的问话，她没有回答，她知道自己的家境，工薪阶层，只能图个温饱，自己上学又花了家里不少的钱，现在自己刚参加工作，还没领一个月的工资。她想到了齐明远夸下的海口，但她非常明白，齐明远压根儿也拿不出多少钱来，更不消说几万的赔偿。

见女儿没说话，张桂蓉说："齐明远那小子可是拍了胸脯的，我看他抓老鼠、卖屁股来兑现自己的承诺。"

刘诗仪支支吾吾地说："他能有什么钱？你和爸爸工作几十年都没什么积蓄，他工资不高家里又穷，他能攒什么钱？"

"你知道这个情况，你还死缠烂打要嫁给他。"

"我是看他人老实，靠得住，积极上进，有前途。"

"老实有什么用？没钱怎么过日子，柴米油盐酱醋茶，哪个少得了钱？女儿，现在还来得及，我们找过一个，你参加工作后，县公安局钱副局长已经托人来我们家几次了，他儿子看上了你，人家也在干公安，一米八的个头，真是要貌有貌，要钱有钱，要背景有背景。女儿，我看今晚就去见个面。"

张桂蓉瞄一瞄刘诗仪，没等刘诗仪说话，她继续说："昨天我在公安局，做完问话笔录后，我去找了一下钱副局长，他说，只要他儿子的婚事你点个头，要赔多少钱，言语一声，全部他家来负责。"

"妈，你怎么随便就去找人家呀？"

"妈现在是大海里的一叶浮萍，靠到哪里都是岸呢。人家条件好，要赔多少给多少，齐明远穷光蛋一个，他有什么钱啊？"

"妈，你怎么又来了，又掉钱眼里了？"

"那你说，妈现在面临的问题怎么解决？钱在哪？"

刘诗仪不敢吭声，她知道母亲现在很想找到一棵大树，依附上去，让自己渡过难关。可自己真的把齐明远看成命一样，这段时间的相处，让她真的无法离开他，特别是他们一夜的亲密接触，让她无法忘怀。也许真如人们说的，女人的第一次给了谁，女人的生命就融入了这个人的血液。

"妈，这个赔偿的问题，我和明远认真商量商量，总会有办法的。"

"女儿，不仅仅是这个赔偿的事，说实话，我真的是考虑你一生的幸福，你现在还年轻，婚姻的事要想清楚哟。"

刘诗仪又低下了头，实际上张桂蓉这几天的话句句戳在了她的心上，她几次都差点动摇。她知道，婚姻真的是过日子的，再美好的感情都顶不住为吃穿住行的争吵。可她真的难以舍下对齐明远的爱，齐明远像是长在自己身上的心肝儿，无法割舍。"妈，你不要再说了，我的事我会把握。"

"你怎么这样死心眼呢，你不考虑你自己，也要考虑我现在的处境啊！"张桂蓉抹一下泪又说，"那我不管，昨天我已答应了钱局长，今天晚上你和他儿子见面。"

"妈，你做事怎么这么不考虑后果呀，你容我做一次选择吧，我已不是三岁小孩啦。"

"你不会已经是……齐明远的人吧？"张桂蓉警惕起来。

刘诗仪没有吭声，她在考虑要不要告诉自己的妈妈那晚的事，但转念一想，自己的妈妈是个炮筒子，心里藏不住事，一下子就会爆发，而且不顾场合"倒豆子"，那自己的脸往哪儿搁，所以到了嘴边的话又吞了回去。但张桂蓉显然看出了其中的端倪，她暴跳如雷，说："我不把齐明远那流氓的东西剪了，我就不是张桂蓉！到时，你看我怎么收拾他。"

"你要收拾他，就先收拾我！这都是我自己愿意的！"

"那你口口声声说，自己是去演戏的，没想到你的裤带子这么松呀，你眼里有没有我这个当母亲的，你给我滚，滚！"

"妈，妈，我真的喜欢明远……"

张桂蓉不容分说，连搡带推把刘诗仪赶了出去。

刘诗仪心寒了好一阵子，但她想到母亲为自己的事惹上了麻烦，偏偏自己又跟她不合拍，肯定是心急如焚了才作出这种举动，这样一想，心里稍稍好受些。她到县医院，把今天上午初步谈判的情况简单给父亲说了。

面对这么多钱，刘立公一时也没了主意，自己和妻子的工资加在一起每月总共四百多元，自己还喜欢喝两口，哪有什么积蓄。但他安慰刘诗仪，车到山前必有路，实在不行，到时向亲戚朋友借，也要把这事先了结啦。

刘诗仪不想过多地增加父亲的负担，让他安心养病，她没有把张桂蓉赶她走的事告诉刘立公。她帮刘立公整理了一下病房，就独自在医院的走廊上踱步，她在考虑，接下来该如何办？回家吧，母亲肯定逼着自己去见县公安局那个副局长的儿子，不回家，又去哪儿呢？她想，这个时候齐明远在身边多好啊。她很想去齐明远老家找他，可自己的母亲那样闹了一出，而且闹出了人命，自己真不敢去，也不好意思面对齐明远的家人。思来想去，她还是决定去车站坐车回鸡公山乡政府。

车站，人声鼎沸。准备出发的长途车，司乘人员在车顶捆着一笼笼鸣叫的鸡鸭，到站的短途车，车主把一袋袋的农副产品从车顶卸下来。因为客车都已承包，司乘人员干得特别卖劲，为了抢客源，过去公家经营长途车时司乘人员不干的事，现在干得特欢。

候车厅里，脱色的座椅上坐着各色人等，有的面前放着拉杆箱，有的身旁放着装满东西的蛇皮袋，有的靠着椅子佯装睡觉，有的躺在垫满报纸的地上，看着画有裸露女孩的杂志。刘诗仪进入候车厅，一帮男人的眼睛刷地齐聚到她的身上，让她十分不自在。

一个人坐着是孤独的，加上满腹的心事，让她的眼睛里写满忧伤。她很想找个人聊天，排解心中的烦闷，但女孩的矜持又让她开不了口。她在四处寻找，看能不能找到个熟人聊聊。这时一个熟悉的身影映入眼帘，正是齐明远。她正想扑过去，把一肚子的心事跟他倾诉，但突然发现，齐明远的身后跟着一个女孩，定睛一看是他的同学吴芳菲。她判断，齐明远肯定是来送她上车回深圳的，她要好好看看他们会是个什么离别表现。刘诗仪抓起小包，偷偷跟在他们身后。

齐明远他们默默走到一个角落等候检票。刘诗仪本来是不愿意偷听人家说话的，但女人的本能，又让她向他们靠得更近。

吴芳菲一直深情地看着齐明远。齐明远对她的目光总是左躲右闪。吴芳菲脉脉含情地说：“明远，你在鸡公山乡政府发展得并不好，青春都快走到尽头了，还孑然一身。现在大家都南下，你如果有这个打算，深圳我名下的那个公司你来打理，我不会亏待你的，至少五五分成。”

齐明远心里一动，这么多年自己怀着振兴家乡的梦想，可是理想与现实有差距，一腔干一翻事业的豪情时不时被冷水浇灭。他是很想一走了之，到南方去打拼一番，证明一下自己是跳蚤还是龙种，但十几年寒窗苦读，不就是想有朝一日回报家乡。现在方书记来了，自己的梦想又燃起，志未酬，怎能走？齐明远想着自己的心事，并没答复她。

刘诗仪听得真切，心里一直骂：吴芳菲，你到底是什么居心，不是说你们只是同学关系吗？现在就想拆散我们你好鸠占鹊巢？

吴芳菲见齐明远没有说话，她突然扑过去，搂住齐明远。齐明远很是惊愕，身体僵硬。

刘诗仪看得清清楚楚，一股醋意直冲脑门，你们大庭广众下搂搂抱抱，不是旧情复发是什么？她心里大骂，齐明远，你这个大骗子！为了你，我什么都不管不顾，你对得住我吗？吴芳菲，你喜欢他，人家单身这么久，为什么不嫁给他，真是筷子夹着一个，眼里又盯着一个的贪心鬼。她真想冲上去给他们一巴掌，但这么多人，刘诗仪只能默默地流泪。她定定地看着他们，还好，齐明远对吴芳菲的搂抱并没有回应，他没有环抱她，这才让刘诗仪的心好受一些。

这时喇叭叫着检票，等待检票的旅客潮水般往前挤。刘诗仪人瘦弱，一下子被人潮挤开。

看到就要检票上车，吴芳菲赶紧说："明远，你真的没看出我这次为什么回来吗？"

齐明远表情有点茫然，他会不知道她的用心吗？实际他早感觉到了她的用意，但他的心已经装下了刘诗仪，他不会做对不住刘诗仪的事，所以他故意装糊涂说："你不是回来送我母亲？"

吴芳菲哭着说："我……我过得并不好……"

齐明远说："我看出来了。"

"我要走了，你没有一点表示吗？"

齐明远沉默了许久，眼睛里也闪着泪光，他不知道说什么好，命运总是捉弄人，他想，七八年前，自己肯定毫不犹豫抱紧了她，但现在自己心中有人了，而且是跟自己拜了堂打括了的妻子，他不能做丝毫出格的事情。

齐明远对吴芳菲说："要检票了，我们走吧。"吴芳菲十分不舍地放开他，拖起拉杆箱挤向检票口，忽然她又转回来，塞给他一个信封，说道："明远，这封信，你回去后再看。另外，你岳母碰到这么大的事，到时肯定找你，要钱的话联系我，信封里有我的联系号码。"说完，又挤向检票口。

刘诗仪很想听一听他们到底在说什么，但去深圳的车，人太多，她被挤得远远的，后面吴芳菲说什么她没听到。她有点懊恼，赶紧回到齐明远出来时必经的车站门口。

齐明远出来了，刘诗仪装着刚到的样子，假装惊喜地问道："明远，你怎么也来车站了，是不是也去鸡公山乡？"

齐明远有点吃惊，说："刚才送一个同学去深圳，同学刚上车。"

"不是一般的同学吧，一般的同学哪会送到候车厅、检票口？"

"中专同学吴芳菲，你认识，她要回深圳，我送送她，你别胡思乱想。"

她很想过去咬他一口，你怎么能让她趴在你的肩头那么久呢，你心里还有没有我？她的心有点空落落、七上八下的，她把齐明远拉到一边说："明远，你真的喜欢我吗，我们的打括是真的吗？"她的眼里噙满泪花。

齐明远心里猜，难道诗仪刚才看到自己被吴芳菲拥抱，但老天做证，我什么都没干啊，这个吴芳菲临走还害我一下，他说："诗仪，你还看不出我对你的心吗？我都把你当心肝肝呢！"齐明远第一次说这么肉麻麻的话。刘诗仪脸上立即羞起一朵红云，她按住他的嘴，说："这么多的人，别说得那么肉麻麻的。"但心里的那种幸福是无以言表的。

齐明远突然记起来似的，忙问："你不是请假在家里陪妈吗？就去乡里？妈骂你了？"

这一连问，刘诗仪眼泪都流出来了，肚子里的委屈一下子蹿上来，她顾不得这么多人，一下扑在齐明远的肩头，齐明远轻轻地把她揽入怀中。

刘诗仪既兴奋又温暖，她看到吴芳菲趴在他的肩上时，他并没有把吴芳菲搂进怀里，自己在齐明远心里还是更有分量，明远把自己看成他的爱人。她无比的激动，激动的时候头脑就会简单，她冲口而出："我妈要我去见……"她本来想说母亲要自己去见钱局长的儿子，自己不愿意就被母亲赶出来的事，但大脑一下子冷静下来，说了，徒增明远对自己母亲的厌恶，其他并无好处，而且自己已经作出了选择：不去。她立即压住舌头，说："我妈要我去见你，商量怎么来筹这笔钱。我妈现在碰到这么大的事，可家里哪里有钱赔呀？"

齐明远想，实在不行，我就先向吴芳菲借，好把诗仪母亲的这个事了结了。但他没有把自己的想法告诉刘诗仪，他只是安慰说，"没事，总会想到办法的。"他叹口气："这世道，不知怎么了，好像都只认钱了。"

刘诗仪问："你那边情况怎么样？"

"我找了大太伯的女儿，她们都没松口。我又去找了六太伯，他不但不松口，还把我骂了个狗血淋头，差点用棍子打我，是我爸拦下了。齐家村人都对妈拦棺很气愤，我们这个村的人对拦出殡的棺材是很忌讳的，而且又出了人命。如果没有这个情结，村民就不会狮子大开口了。"

"我妈是做得很过分，但要理解一个母亲为了女儿的幸福而奋不顾身呀！"她感觉说得不对，赶紧停嘴。

齐明远听懂了她的话，张桂蓉虽然住在县城，夫妻俩都有工作，饿不死，活不好，想让自己的女儿嫁个好人家来改变全家的命运，这是可以理解的。自己是什么，家里又是什么条件，换作我也不会轻易同意。他没吭声。

刘诗仪发现了他的不对劲，立马说："明远，你不要介意，我是说，任何一个母亲都为了子女好。我母亲虽然现在一股牛劲，但只要我喜欢，我认准了，她后面还是会尊重我的意见的，而且我的身后还有爸爸这个坚强后盾，在我家，我有把握二比一！你难道不放心，我们都是打括了的夫妻，你还看不出我的心？"

"我没事，诗仪，"齐明远轻松起来，"你现在就去乡里？有事吗？"

"我不愿意跟妈吵，我先离开一下，让妈清静清静。借这个机会，我回乡里咨询咨询法律服务所，像这种赔偿到底要多少。"

"那我不陪你回乡里，按张副乡长的安排，我还要留在老家，一方面做做他们的工作，叫他们胃口不要太大；一方面掌握他们的行踪，不出大的不稳定事件。"他依依不舍放开刘诗仪说，"诗仪，你路上要小心。"

齐明远送刘诗仪上车后，他才回到家的。

52　低声下气去求人

　　齐明远回到老家，就带着父亲去找六太伯。齐明远没有把自己在张桂蓉面前夸的海口告诉齐应天，他只是说，乡里安排自己要做好齐家村村民的工作，尽快解决好问题，不要出不稳定事件。

　　齐应天是聪明人，他知道，这小子以前从来没在自己面前告饶求人，现在这样，不仅是他冠冕堂皇的工作任务，更大的是来自他岳母和他明远婆的压力。齐应天说："为这事，我已经和六太伯拍了好几次桌子了。"

　　在齐明远的一再怂恿下，齐应天提着两瓶做白喜事剩下的酒又屁颠屁颠去找六太伯，齐明远也跟在身后。

　　在六太伯家里，齐应天没说几句，六太伯就跳起脚来："你昨天还有上午一直在我这儿拉稀般叽啦叽啦，亏你是齐家村的人，分不清胳膊是该往内拐还是该往外拐。你一而再地为外人啰呱，要不是那么多人，要不是你的领导在那儿，看我打不打你。"

　　齐明远一听，眼睛里就冒火，现在的农村，这些辈分高的老人，太上皇似的，动不动就威胁，他呼地站起来。

　　齐应天听了也很气，要是以前，他早把他怼回去了，别以为他辈分高，就可以不顾别人的尊严，现在是什么年代了，况且自己这一小卡男丁最多，他自己家四个儿子五个孙子十个男丁，如果明远婆再生个孙子，就赶上一个加强班了，家里还有一个吃公家饭的人，他怼他的底气足。但今天要求他办事，齐应天还是按住齐明远，放缓语气说："我们做事还是要摸摸良心，我那亲家胡搅蛮缠是拦了棺，但她也不知我们这儿的规矩呀，能放她一马就放她一马，不要再咬定多少多少了，我亲家并没什么钱。她家说起来好听，是城里人，拿国家工资，我听明远说，实际他们夫妻两人每月的工资加在一起才四百出头。"

六太伯本来是讲理的，但在这个后辈面前，他就要吹吹胡子。他说："一条人命，难道就想用几担谷钱换了，天下哪有这样的好事？"

"我们也不是说只用几担谷钱来赔，但大家都看得清楚，我那亲家没动手，他大太伯就倒了。他们不知道，公安心里亮堂着呢，我们心中也是有数的，他大太伯得红病（高血压）很多年了。"

"不是因为老哥哥有红病，单赔钱怎么过得了，你那亲家是要坐大牢的！就是因为那棵草，才跌死了那头牛？早不死，晚不死，偏偏就你亲家碰上了，那也算她倒霉。"

齐应天不死心，说："六伯，我知道你说气话。照理说，我不应该来说这个情，当然我声明一下，这不是我亲家叫我来的，我是觉得，他大太伯都已经归去了，我们作田人都明白一个道理，凡事留一线，日后好见面，得饶人处且饶人啊。"他知道，赔多赔少，亲家最后肯定要齐明远这小子当冤大头，能减一分就一分。但这老头没同意，他大太伯的几个女儿女婿没一个敢松口，村里人也肯定跟着打吆喝。

六太伯虽然辈分高，年纪比齐应天大不了多少，看到齐应天说得中肯，不好太逆齐应天的面子，就试探说："那你说，多少比较合适。"

齐明远立即接过话题："那天张副乡长也算了，赔偿总额不会超过十万元。按二八开……"

"你没说话的份，一个小牛犊子。"六太伯鄙夷地说。

齐应天说："按政府的算法，再按二八开就不会超过两万，如果您老竹篙放高一下，就赔一万元整数，送他大太伯上山的钱应该在八百以内，剩下的钱就让他几个女儿分了。"

"你这样做，我老哥哥不但没赔到谷钱，倒是挣了个白菜钱，还不让那些外村人笑掉大牙，到时别村人就要欺侮我们了。"

"死了人就已让人悲痛万分，怎么能通过死人来挣钱？我们不能这样干，

再怎么说也是我们齐家村的亲戚。"齐明远忍不住说。

"你多长了几个獠牙是吧，别以为你是公家人我就拿你没办法，小心我像昨天一样用棍子揍你。"六太伯气得手脚颤抖。

"还是要您高抬贵手放我亲家一马，她错都错了，她也知错，可她的家就那点尿水，赔不出多少钱，你照顾了她，她心中有数的。"

看到年纪跟自己差不多的齐应天在自己面前求他，六太伯的心里感觉特好。他看看放在桌子面上的酒，语气转缓，说："哎，如果不是他大太伯家没人主事，哪轮到我来发话。这事，我同意，不知道大家同不同意，虽然大家推我主事，但我一个人表不了态。我们晚上再组织开个会，让大家来决定。"

六太伯没食言，当天晚上就召开了齐家村村民会议，实际都是齐姓子弟。六太伯把自己再向土律师咨询的情况说了一下，然后就按齐应天说的赔偿数额征求大家意见，大家都吱喝听六太伯的。六太伯没说死，只是表达骑驴看唱本，先走走看。但齐明远听出来了，六太伯实际已同意父亲的赔偿数额，有一万元能赔下来，可一万元也不是小数啊。

会议一会儿就散了。齐应天和齐明远两个默默地往家走。他们都在思考着如何筹钱。齐应天终于打破沉默："远仔呀，你不说，我也知道，你岳母肯定把这赔偿款压在你身上。不怕，我卖了这张老脸，也要叫你这些哥哥姐姐帮你一把。"

齐明远说："爸，不用，我自己会想办法。"

齐应天说："你有什么办法，有办法就不会愁眉苦脸了。这死人的赔偿又不能打欠条，一万元不是小数字，一下子要拿出这么多钱，谈何容易？"

齐明远虽然打定了向吴芳菲借钱，但一下子她的钱也到不了这边呀，他想，只有让自己的哥哥姐姐先凑足赔偿款，后面自己慢慢还。他说："哥哥姐姐能先帮这个忙，那敢情好，我一定会尽快还上。如果有难处，也不要逼得太紧，我来叫做生意的同学松松手。"说到这里他突然记起了吴芳菲给的那封信。他加快了脚步，一到家就从裤兜里拿出那封信看。拆开信封，抖落在地的是张五万元的支票。他心里一暖，"芳菲呀，真是雪中送炭啊！"他再抖抖信封，一封信掉落下来。

明远：

　　我就要走了，心里百感交集，我本来是想回来找回我的爱情，重新一段婚姻的，但那是怎样的一种奢望啊，我有什么条件再说爱情，一个二茬花！我怨的是自己在关键时期没把握住婚姻，我是一个现实的人，没你高尚，才落到今天这般田地，是应得的报应！

　　我只有回深圳了，但我不会回那个家的，我跟那个港毛子走到头了。这次回来，我高兴的是看到你找到了另一半，你要珍惜，她是个好女孩。如果你厌倦了农村工作，就来我这儿吧，或者到深圳其他公司发展，我先给你五万元，权当是我的投资，发达了可要回报的噢。

想你的：菲菲即日

　　齐明远的心一下子柔软了，眼泪扑簌簌往下掉，是自己的假清高和低格局毁了芳菲的幸福，如果当时自己不要斗那个气，脸皮厚一点，可能就不是今天的这个结局。他想命运已经做了这个安排，就一步走到黑吧，现在自己要好好对待诗仪，要尽自己的一切努力让她幸福。他决定明天一早就去城里打电话告诉刘诗仪，赔偿款已经谈好了，钱已经有了着落，同时告诉张副乡长，好张罗双方坐下来签协议。

53 她用被单挡住了撕烂的衣服

刘诗仪到乡政府后，就心急火燎地找法律服务所，但他们算的赔偿总额和张副乡长说的数额差不多。她的心凉了半截，按二八开，不会少于二万元，家里哪能凑齐这么多钱。她一个人在房间发呆，已是晚饭饭点的时候，但她一点食欲都没。她下到楼下，独自一个人在乡机关院子里溜达，满脑子就是钱。

山村的夜黑得快，才六点多一点天就已微暗，院子里只一两个人进出，干部都去下村了，干部宿舍楼上只有一两盏昏黄的灯。她深一脚浅一脚在院子里走着，脚踩在法国梧桐的落叶上，传出一个个嘎吱的声响。这时，乡财政所的牌子吸引了她的眼睛，她大脑里闪过一个念头，能否在财政所先借点钱把母亲的那个事了结了，到时用自己和明远的工资扣还，如果财政所同意的话，相信明远也会同意的。这样一想，她就径自走进了财政所。

走进去一看，才发现王流水斜躺在沙发上，茶几上还放着两小杯白酒，嘴里嚼着馆子店才有的那种鱼皮花生，一边的嘴角渗出花生的汁液，一双臭脚搁在椅子的扶手上，刘诗仪看到直想吐，可想退出已经来不及了。

老马所长很是惊奇，说道："你不是新来的大学生小刘吗？哪阵风把你吹到了我这个小庙，快坐快坐。"

刘诗仪尴尬地对他笑笑，并没坐下来。

王流水看到刘诗仪进来，还躺在那儿，脸上漾着一股莫名的笑，说："小刘啊，有困难了吧，进财政所是对了，张副乡长都跟我汇报了，你母亲要赔的钱可不是一百两百啊。"

刘诗仪一听，索性站在那儿，说："那组织上可以帮我了啰？"

"有困难，找组织嘛，组织是靠山。"王流水呷一口酒后说，"小刘啊，今天打扮得这么有品位呀，一身学生装，短短的刘海，我最喜欢的是你那双略带忧郁的眼睛。"

"王乡长，我是真来找组织帮忙的，我想借两万元，到时从我和齐明远的工资里扣还……"

"多少？两万元！虽然财政是我管，但不是我家的财政所。借了两万元，乡里就有四个月要停摆了。"

刘诗仪听他这样一说，就要往外走，王流水啪地站起来，忙说："小刘啊，我话都没说完就要往外走，你就这样对待组织、对待领导？前几天，乡党委开会研究说要处分你，还是我替你说了好话，才放后一步再说。你这个事容我再考虑考虑嘛。"

老马所长也帮腔说："小刘啊，王乡长也有难处呀。"

"你母亲也真是，女人嫁给谁不是一样，还看不起我们的齐明远，你跟小齐堂都拜了，房都圆了，还阻什么阻？现在搞出了人命，好在公安认定只要赔钱，可她有什么钱呢？"王流水又呷了一口酒。

"就是没钱才来找组织想想办法。"刘诗仪无奈地说。本来她不是来找王流水的，她认为财政所管钱，只要财政所所长签个字就可以借到钱，她不知道，找财政借钱，一分钱都要通过王流水，况且上万的借款，没王流水同意一个子儿都出不去。她更不知道王流水在财政所，否则打死也不进来。但急需用钱的刘诗仪已经没有任何的办法，只有飞蛾扑火般低声下气地求他。

"办法总归是人想出来的，但小刘啊，要人帮忙可不能白帮的噢，老马，你说是吧，我也要冒风险承担责任的。"王流水的眼睛在刘诗仪的身上转悠，刘诗仪高耸的胸脯像一块磁铁吸住了王流水的目光。他旁若无人地抓住刘诗仪的手。刘诗仪拼命地甩脱他的手。

老马所长心领神会，边说："是是，不能白帮忙。"就懂事地溜出去了。

刘诗仪惊叫："流氓！"失魂落魄地从财政所逃了出来，嘴里直想吐。回到自己的房间，刘诗仪心脏还突突地跳个不停。她倒了一杯水，想喝一口稳定自己的心跳，但才到厨房打的开水太烫，不能喝，只有放下。她又对着镜子，看看自己吓得发青的脸，然后又拢拢头发，平复一下自己的心情。刚一扭头，就发现王流水站在自己身后。她吓得心脏都要嘣出来了："你……你怎么进来了？"

"你妈闯了那么大的祸，我来关心关心你呀。"王流水嬉皮笑脸。

刘诗仪有了上次的经历，知道王流水来不怀好意，说道："你走吧，我不要别人关心，这是我个人的房间，不是工作的地方。"

"这你不懂了，乡下哪有那么多条件，都是办公室兼卧室。"

"天暗了，有事明天到乡政府党政办公室说。"

"当领导的哪里不可以安排工作，还分什么时间，我就要现在在你这儿说。"王流水边说边动手动脚，醉醺醺地就想去抓刘诗仪的手。

"你出去，否则我就要喊人了！"

"你喊，谁听得到？大家都下乡了，几个后勤的人员在乡里，听到也不会管闲事的，他们都知道这是领导干部的小节问题。"

刘诗仪找不到防身的东西，她顺手抓起一把木椅子。但王流水仍然步步紧逼。王流水说："这些天我想你都想疯了，你晚上顺了我的意，你那两万元的借款我保证给你落实，我还要提拔你和齐明远。"

"我不借钱了，我也不要提拔，你快出去，出去！"

"你装什么清纯，乡机关都在传你没结婚就同齐明远拜堂同房了，不是处女还装什么粉嫩。"王流水绕过椅子，手在刘诗仪身上乱抓乱摸。

"停手，否则我对你不客气了！"刘诗仪在木椅子背后躲闪。

"我就喜欢你这股骚劲，有味。"王流水用力夺下椅子，猛力撕烂了刘诗仪的学生装。刘诗仪奋力护住自己的内裤头。王流水看到她雪白的肌肤，血脉偾张。他像饿虎扑食般把刘诗仪放倒在床上，身体压了上去。

刘诗仪大声呼叫救命。王流水用手堵住她的嘴。刘诗仪突然想到桌子面上放的一杯开水，她的手摸索着抓住水杯，用力把一杯开水泼洒在王流水的颈脖子上。

王流水惨叫一声，放开她，狠狠打了刘诗仪一巴掌。

刘诗仪大骂："臭流氓，滚出去！"

住在隔壁来督查计划生育的县计生委的同志从村里回来，恰好从门前经过，听到惨叫和骂声，他们在门口停下来看发生了什么事。看到王流水痛苦地捂着脖子，狼狈地从刘诗仪房间出来，什么都明白了。他们赶紧扶着王流水回他自己的房间。

王流水回到房间，气得七窍生烟，他摸了一下脖子，立即一块皮掉了下来。他吓得惊叫，赶紧抓起电话打党政办："胡明生，快去叫医生到我这儿来！"胡明生赶紧答道："好好。"

胡明生不知道发生了什么，他只有打卫生院的电话。打完电话，胡明生又赶到王流水的房间。

王流水颈脖、背部钻心地痛，又看到大家看好戏似的，感觉丢人丢大了，恼羞成怒抓起电话又打派出所："你们派人把乡里新来的干部刘诗仪抓起来，要快，马上！"

胡明生看到王流水的惨状，又听到他打派出所的电话，心里一下子明白了什么。

王流水放下电话，胡明生立即凑上去说："这怕不合适，我看还是叫派出所的人不要来。"

"没什么不合适，她用开水把我的脖子、脊梁背都烫伤了，我要让她坐牢。"王流水喝道。

胡明生没再说话，他瞄了瞄王流水烫伤的脖子，用王流水的电话又摇通了卫生院："除了叫医生来，救护车也要来，把王乡长接去卫生院治疗。"

一会儿，派出所所长赖洪德带人就到了。王流水说："刘诗仪为她母亲的事要向财政所借款两万元，我不同意，她就用开水泼我身上，必须让她进牢里坐坐。"在场的县计生委的同志听后，眼睛都瞪得大大的。

派出所所长赖洪德听后带人直奔刘诗仪的房间。

刘诗仪还傻傻地站在那儿，刚才那惊心动魄的一幕让她的神经有点错乱。

派出所的人进来一会儿后，她才意识到用被单挡住自己被撕烂的衣服和近乎赤裸的身体。派出所的几个人实际都看明白了是怎么一回事，但谁也没说

破。他们例行公事地说："请你跟我们到派出所走一趟。"

刘诗仪咬着牙齿说："王流水那个流氓也要抓起来。"

派出所所长赖洪德说："该怎么做，我们有数的。"

刘诗仪已经没办法再穿这套衣服，上衣扣子全部被拔掉了，裤子已经被撕烂。她无力地说："我的衣服不能穿了，我只能换一套衣服，你们出去一下吧。"

刘诗仪简单地梳妆了一下，她还那么注意自己的公众形象。她出来后就坐上了派出所的吉普车。

54 那一声喊让人心碎

第二天一早，齐明远就进了城。他先打通了张副乡长的电话，汇报了做工作的情况和赔偿款筹集情况，建议立即张罗双方坐下来签协议。

张副乡长表扬了他的工作成效，表示立即组织有关方面参与，一并见证签字。

齐明远趁机问张副乡长："怎么电话一直找不到刘诗仪，问胡明生也吞吞吐吐，你知道她去哪儿了？"

张副乡长欲言又止，他昨晚下乡回来后，乡机关就传开了刘诗仪的事，有说是刘诗仪为借钱勾引王乡长的，有说是王流水想强奸刘诗仪，刘诗仪不从烫伤了王流水的，作为副职不好过多打听有关正职的花边故事，怕引起不必要的误会，以为自己有野心。但听到的共同的结论是刘诗仪被派出所带走了。在这个关键时候，他不好告诉齐明远这个情况。他说："你圆圆满满调解好这个事，就是大功一件，我到时向书记乡长好好汇报，让你早点上个台阶，其他的事你别管。"

"你告诉我，刘诗仪是不是又去尼清河大坝工地了，说实话，别玩虚的。"齐明远比张副乡长小几岁，平时玩得较好，说话难免较为随便。

张副乡长正色说："你就在城里找个地方，做好双方签字的会议准备，别没正形，老打听人家女孩子的事。"

"她是我打括了的老婆，我肯定要问问她到哪儿了。"齐明远嬉皮笑脸，"再说，这次签字会，涉及她母亲的事，她也要参加呀。"

"没那么多婆婆妈妈的，有你在就行，你就在城里等我，哪儿也别去，也不要打听什么事。"说完就挂了。

齐明远感觉张副乡长话里有话，心里七上八下的，但了结刘诗仪母亲的这个事，容不得他多想，他赶紧去找开会议的地方，简单安排了一下会议室。完后他到公用电话亭打电话向张副乡长报告签字会议的准备情况，忍不住又问刘诗仪在哪儿，张副乡长只字不说就挂了。他再打胡明生的电话。胡明生支支吾吾。他判断刘诗仪一定有什么情况。想到这，他立即找到刘诗仪的母亲，告诉她赔偿的事基本说定了，鸡公山乡政府会组织双方签字，并把五万元的支票给了她，然后直奔鸡公山乡。

午饭后齐明远才到鸡公山乡，一落地就直奔尼清河大坝工地。指挥部的人说，刘诗仪请假后就没来过工地。他立即返回乡机关，大家看到他像躲瘟疫般绕着走。他找到胡明生了解刘诗仪的去向，胡明生的嘴巴像贴了封条一样严实，只字不露。他两眼冒火，揪着胡明生的衣领："你告诉我，刘诗仪在哪儿，她是你部下，你不可能不知道她去哪儿了。"胡明生只是说："你要冷静，别动蛮。"任凭他揪着。

齐明远无奈，他只好去找自己的部下团委干事小王。小王已经下村了，齐明远就到村里找他。小王吞吞吐吐，他看看左右无人才说："昨晚回乡里时听说刘诗仪用开水烫伤了王乡长，现在可能在派出所呢。"齐明远一听，心里一惊，肯定是王流水淫病犯了，对刘诗仪动手动脚才……他骑一部单车直冲派出所。

到了派出所，齐明远直接上了赖洪德所长的二楼办公室，他劈头就问："你们为什么抓刘诗仪？"

派出所所长赖洪德，平时和齐明远玩得好，但对比与王流水的关系，他们的关系算个屁，特别是王流水已经有交代，他只好躲躲闪闪，哼哼哈哈，不愿意正面回答齐明远的话。

齐明远火了，"这是不是派出所，不是就把牌子下了！"说完就要去卸牌子。

赖洪德没法子，就说："别冲动嘛，刘诗仪用开水烫伤了王流水乡长，涉嫌伤害罪，已经被我们留置调查。"

"放屁，她一个弱女子，她能伤害谁？其中肯定有缘由，我要见她。"

"我们有规定，留置调查期间，除了警察，她不能见任何人。"

"我是她……"齐明远停顿了一下，但终究吼了出来，"我是她老公！"

"老公也不能见，这是规定。"赖洪德鼻子里哼出一句话。

齐明远怒火喷烧，抓住赖洪德的上衣就往外拽："走，我们去见方书记。"

赖洪德警告说："看在我们过去关系好的分上，我不跟你计较，否则，我以你涉嫌袭击警察把你捆了。"赖洪德又喝道，"还不快松手！"

听到所长办公室嘈杂的脚步声和吼叫声，两个警察冲上来。看到是乡团委书记齐明远揪着所长的衣服，知道他俩平时关系好，所以他们都站在那儿没动手。

赖洪德无奈，他示意两个警察把齐明远拉开，并说："你们把齐书记带到留置室前面，让他远远地看看刘诗仪。"

两个警察照办。到了留置室边上的大厅，他们两个站在齐明远的前面，不让他和刘诗仪正面接触。所谓留置室，实际上就是一楼的楼梯间，派出所特意把它一分为二，一部分是站人，一部分隔成了蹲厕。

看到刘诗仪被关在留置室，齐明远心痛地想冲过去，但左一个警察右一个警察把他的手钳住，他无法动弹。他直喊："诗仪……"警察喝止齐明远不要喊，但他还是不停地叫着刘诗仪的名字。

刘诗仪听到了齐明远的喊声，扑在钢筋焊接的铁门上哭道："明远，我没做对不起你的事，我是想去财政所借钱的，回到房间后王流水这个流氓尾随过来欺侮我，你一定要把我放出来！"警察警告她别说话，随后立即把齐明远架走。

齐明远心里一切都明白了，他又冲上赖洪德的房间，质问："你们是怎么办案的？真正的凶手不抓，只是抓个受害者。我强烈要求放人！"

"刘诗仪已经构成人身伤害，要放人必须同受害人和解并经得他同意。"赖洪德冷冷地说。

"你们怎么不调查清楚原因呢，王流水图谋不轨，这是刘诗仪采取的正当

防卫！"齐明远抓起一叠报纸甩了过去。

"我们办案不用你教，你再扰乱公安机关正常秩序，我就绑了你。"

"你们黑白不分，颠倒是非，我要去纪委告你们。"

赖洪德示意两个警察："把他拉出去。"

齐明远失魂落魄地回到乡政府。他手脚酸软，一身无力，倒在床上。最近发生的一切像过电影一样在齐明远脑海中浮现，感觉这些都因自己而起，不是自己婚姻困难，怎么会有自己和诗仪的故事，怎么会出现诗仪母亲赔偿案，怎么会因筹集赔偿金诗仪……自己真的像刘诗仪母亲所说的"丧门星"。他想象着王流水以同意借款为条件，强行撕烂刘诗仪的衣服，把她压在床上，刘诗仪极力反抗的场景，想到了刚才在留置室刘诗仪无助的眼神和无奈的呼喊。他腾地跳起来，发誓一定要弄清原委，还诗仪清白，让王流水得到应有的惩罚。

他想，胡明生一定知道王流水在哪儿，但那个马屁精肯定只字不会吐露。其他人要么不知，要么知道也慑于王流水的淫威，宁愿多一事不如少一事而不肯透露半点消息。他像热锅上的蚂蚁，急得团团转。齐明远判断，王流水被烫伤，一定会先到乡卫生院救治，即便不在卫生院救治，也一定知道他的去向。他心急如焚，呼地往外窜，突然感到头重脚轻，这时他才觉得有点饿，清晨喝了点稀饭就进了城，从城里到了鸡公山乡又错过了吃中饭的时间，为了刘诗仪的事奔忙，早把中餐忘记了，已经是下午四点多了还粒米未进。他在乡政府门口买了点饼干吃就直接去了卫生院。

卫生院就两栋房子，一栋盖瓦的小楼，是卫生院的伙房，一栋是三层的办公楼兼住院部。齐明远悄悄侦察了一下，见三楼有乡政府后勤人员进进出出，他想王流水肯定在卫生院。他直上三楼，恰好和卫生院长撞了个满怀。

院长想起了胡明生的交代，就拦着不让他进入王流水的病房。几个后勤人员也跟着过来堵住他。齐明远大声喊："王乡长，我是齐明远，我要见你。"见没有回应，他又往前挤。几个人死死按住他。齐明远拼命喊："王流水，你个胆小鬼，做贼心虚不敢见人。"

王流水对门口卫生院长说："让他进来，我怕他什么？"

齐明远趁机挤了进去，喝道："你对刘诗仪做了什么？"

光着脊梁背趴在床上的王流水说："我什么都没做，不相信可以叫刘诗仪去医院检查，倒是她因为我坚持原则、不肯大笔借钱给她怀恨在心，用开水烫伤了我，法律必须对她严惩。"

"你放屁，你尾随刘诗仪进入她的房间，图谋不轨，她正当防卫才泼你开水。"

"我图谋不轨，你要有证据，别在这儿损坏我的名义，否则我要告你诬陷。"

"王流水，我会有证据的，我相信正义会迟到，但一定不会缺席，别等到那一天你欲哭无泪的时候！"齐明远缓缓口气，"今天你叫派出所放了刘诗仪，什么事都好商量，否则我什么事都会做出来。"

"别说得那么吓人，我不是吓大的。"王流水扭过头狠狠地瞥了他一眼。

"朗朗乾坤，无法无天，什么人都可以祸害，你还是不是人？"齐明远越说越气，他冲过去，就想把他拔拉起来，吓得王流水赶紧捂着伤往里靠，卫生院长立即把他拉出了病房。

55 终于找到真相

齐明远像个无头苍蝇，处处碰壁。他踩自行车的脚没有一点力气，只好在街上的梧桐树下坐下来。一坐下，刘诗仪无助的目光又在眼前闪现。他无法想象刘诗仪在那个留置室已经待了一个晚上和整整一个白天了。那留置室，空气污浊，空间狭小，站直了头会顶到楼梯，坐下去是潮湿的地面，只能弓着身体半蹲着，加上精神上的惊恐和压力，肯定度时如年。每每想到这，齐明远的心就像针扎一样疼痛。现在刘诗仪在留置室多待一刻，就多一份煎熬。他决定必须立即把刘诗仪的情况告知张桂蓉，也许她的粗蛮会让王流水感到害怕，可能更快地把刘诗仪放出来。他想，张桂蓉已经开完了签字会，应该回到了县妇联，所以他直接到街上的公用电话亭拨通了县妇联的电话。但张桂蓉并没去单位，齐明远要妇联接电话的人尽快转告张桂蓉，她女儿有事，速来鸡公山乡处理。

打完了电话的齐明远感觉找到了依靠，脚下更有力了，三脚两脚就骑进了乡政府。他按照刘诗仪的说法，先到了财政所。

老马所长看到齐明远进屋，想躲已经躲不了啦，就说："我知道你想说什么，刘诗仪昨天傍晚是来过所里，她想借两万元钱，用你和她自己的工资抵扣，王乡长也在所里，他没有答应，但也没说死，当时没发生什么事，之后的事情我就不清楚了。"

齐明远明显感觉到，老马所长还有事隐瞒没说。"老马，你不说实话，小心我去剪了你儿子的命根！惹火了，我可什么事都做得出来。"老马结婚后，妻子很久没生育，四十多了才怀上，他一听，吓得魂飞魄散，说："王乡长在我们财政所就对刘诗仪动手动脚……"齐明远说："你把你知道的写下来。"老马只得照办。

从财政所出来，齐明远又去了刘诗仪的房间。这是乡里的招待所，门连着窗，窗棂是用钢筋做的，窗门是用花玻璃做的，缝隙比较大，里面只挂着一层窗帘，这种结构，房间里发出的响声，外面和隔壁应该听得清清楚楚。他很想进去看看，房间里落下了什么有用的证据，但房间已经贴了派出所的封条。他瞧瞧门缝，里面什么都看不见。他又仔细查看走廊，只见刘诗仪隔壁的房间还晒了衣服，球衣上写着"计生"字样。他知道，这段时间，县计生委的人一直在乡里督导计划生育工作进度，就住在招待所，他们一定清楚当时发生了什么。

齐明远立即去找正在党委会议室汇总计划生育情况的计生委的同志。但他们讳莫如深，躲躲闪闪。齐明远看出了端倪说："你们是县里下来的同志，应该更知道正义的分量和含义。"他们说，个人了解情况不方便说，如果纪委或警察要了解情况，我们会如实说，目前还没哪个部门要向我们了解情况。

齐明远心里那个气呀，不知道往哪儿撒，这不是堂而皇之地拒绝吗？不过，他觉得他们说得有道理，他们没义务向个人反映情况，但相信，只要组织出面，他们一定会开口说话的，事情一定能够调查清楚。他心中有底了，就直接去找方明亮书记。他想只有找方明亮才有可能把刘诗仪先放出来。

齐明远看到方明亮开了门，心中十分庆幸，平时都在村里转，今天一下子就找到了，真是神助呀。他轻轻敲了一下门，没等方明亮同意就进屋了。方明亮一看是齐明远就说："小齐呀，你真会抓机会，我刚在县里开完会回来，屁股都没坐热，你就来了，消息真灵啊，你是来汇报刘诗仪母亲赔偿案的吧，张副乡长已经给我汇报了，这个事你处理得好，我要奖励你。"

齐明远没心事说那个事，他直入主题说："书记，我是来请你发话，把刘诗仪放出来，刘诗仪被派出所留置已经二十多个小时了。"

"派出所为什么留置刘诗仪？"方明亮吃惊地问。

"王乡长对刘诗仪图谋不轨，刘诗仪反抗泼开水烫他，明显的是正当防

卫，现在反而把刘诗仪留置了一个昼夜都还不肯放人，岂有此理，我强烈要求书记责成派出所放人，并安排乡纪委介入调查。"他简单把他知道的情况向方书记做了个汇报并提出了自己的要求。

方明亮一听脸色陡变，浓眉紧锁，心里想：王流水哎呀王流水，你仗着和上面关系好，忘乎所以，你管不住"老二"迟早要犯事的。他看到齐明远心情特别迫切，就安慰说："你先别急，我先问问情况再说。安排乡纪委介入调查，那不是小事，王乡长和赖所长都是县管干部，我们怎么能随便安排乡纪委调查呢？"说完立即打电话要派出所所长过来。

赖洪德到后，方明亮示意齐明远先回避一下。看到齐明远走远，方明亮要赖洪德介绍案情的详细情况。赖所长面露难色，"案情还没调查清楚，还不能公开调查情况。"

"扯淡，涉及我的班子成员和机关干部，我怎么不能了解案情，你是受到了压力是吧。"

赖洪德沉默了一会儿，"我只能说，双方各执一词，我们还需要调查，没有调查清楚前就必须留置刘诗仪。从初步调查的情况看，王乡长被小刘泼开水烫伤是可以认定的事实，如果他去做法医检查，验到是轻伤的话，就要对小刘采取拘留措施，在拘留前也要先留置；如果王乡长放弃做法医检查，并愿意和解，才能把小刘取保出来。"

方明亮沉思了一下："你们有没有搞清楚是什么原因会让一个小女孩向自己的领导泼开水？"

"这个……王乡长说，小刘对他不同意借大笔钱心存愤恨而泼他的。"

"那刘诗仪怎么说的，有没有调查其他知情人？你们派出所的意见是什么？"

"这个……案情还在调查，还不能透露。"

方明亮知道这个赖洪德和王流水是同乡，平时都在一起吃喝，关系非同一般。方书记听得出来，赖洪德只是强调王流水被刘诗仪泼开水烫伤，而对王流水图谋不轨的行为只字不提，明显在偏袒王流水，连自己作为党委书记问情况也闪烁其词，这个王流水的铁杆干将！但他没办法，不能过多地干预办案。他说："好吧，你们调查办案，我不干预，如果你不方便汇报有关情况，我可以理解。但我问你，对刘诗仪留置多长时间了？"

"昨天晚上六点半开始留置的。"

"现在已经是六点钟了，将近二十四个小时了，你马上拿延期留置的审批手续给我看。"

赖洪德忘记了方明亮是老公安出身，他看看窗外微暗的天说："延期留置的手续我明天派人去办。"

"你现在派人进城办理延期留置手续也来不及了，你的权限就是留置二十四个小时，你马上回去放人，否则我建议县公安局处分你！建议县委免你的职！"

赖洪德知道，王乡长不发话，方书记根本免不了他的职务，他表面上唯唯诺诺，心里早骂开了，你以为自己是一根真葱，实际就是一兜野荞子。赖洪德从方书记办公室出来后，立即去了卫生院见王流水。

王流水听到方书记要求立即放人，指着赖洪德破口大骂："一头笨猪，你早也要考虑办好延期留置手续来。你这个所长是怎么当的，就这个小儿科能力，我当时瞎了眼睛在上头推荐你！"

赖洪德像六月晒蔫了的花儿耷拉着脑袋听他骂。

王流水又毫不回避地骂方明亮："方明亮尽当老子碍脚的石！小心老子到县里参一本，干预办案。"看到赖洪德没劲地站着，王流水忙又宽慰说："没事，先让这个婊子出来撒泡骚尿，明天再关她进去。你连夜安排人去县公安局办理延期留置的手续，按最长的时间办理，让她在留置室里面好好享受一下，没把材料做实，别放她出来。"

赖洪德说："那不如按拘留程序报批，让她尝尝拘留所的味道。"

"我还不知道你们留置室打屁都转不了弯，拘留所的条件比你们的留置室好多了，拘留她不是便宜了她，就要让她蹲你的留置室。我们先跟她玩玩，留置到期就放她出来透一下空气，再延期关她进去，让她生不如死。"王流水说完，露出狡黠的笑容。

赖洪德一听，心里一惊，看他道貌岸然，原来内心这么恶毒，这不是借自

己的手，把她捏成玩偶吗？但自己是捆在他手上的蚂蚱，没办法。他平复情绪说："办理延期留置的事，我回去马上安排，只是做实材料……"

王流水说："有问题吗？那婊子要借大笔钱我不同意，她不满就泼我开水，这思路做不实材料？"

赖洪德有点为难道："做老马所长的材料应该没问题，但带走刘诗仪的时候，我们几个警察都看到她还穿着被撕烂的衣服，我能保证做到守口如瓶，几个兄弟难保漏出去。"

"怎么堵住你弟兄的嘴，难道要我教吗？"王流水显然有点生气地说。

赖洪德看到王流水发脾气，立即说："明白，明白。"赶紧退出。他惴惴不安回到派出所，看到齐明远等候在那儿，没好气地说："这下满你的意了，我马上放人。"

刘诗仪从留置室出来，又惊又喜，喜极而泣，一天一夜的留置，让刘诗仪倦容满面，眼皮低垂，花容失色，没走两步就倒在地上。齐明远赶紧把她抱起，叫着她的名字，抚摸着她的头发。

刘诗仪醒过来后，紧紧抱住齐明远，"我怕……"又喃喃地呼唤着齐明远的名字，不顾警察在场，不停地亲吻齐明远的脖颈。

齐明远说："别怕，没事了。"他把刘诗仪抱上自己的单车，载回了乡政府。

刘诗仪的房间贴了封条，齐明远不顾同事投来的异样目光把她抱到了自己的房间。

56　放出来后又留置

张桂蓉听到妇联同事传过来的她女儿有事的消息时已经是下午五点多了，她电话都没来得及打就直奔车站，但到车站一看，去鸡公山乡的最后一趟客车刚刚开走。她立即去公用电话亭打电话，胡明生说没听到她女儿有什么事，只字不说她女儿的情况。叫胡明生找齐明远接电话，胡明生说怎么也找不到齐明远。她立即又打王流水的电话，可老打就是没人接。

鸡公山乡政府只有三部电话，已经打了两部电话，就剩方明亮的电话没打了。她心急如焚，不知道如何是好，中午才签完六太伯的赔偿协议，整整赔了一万元现金，尽管钱是齐明远拿来的，她也不知道齐明远这小子从哪儿搞了这么多钱，但一下丢了一百张"蓝皮"出去，真是心痛。牛事没了马事又来，自己惹出的事刚解决完，现在女儿又有什么事，真是让人心惊胆战。她像个无头的苍蝇绕着车站转圈，最后还是回到了公用电话亭旁，她决心打一打方明亮的电话，看他知道什么情况。电话通了，张桂蓉自报家门，然后说："书记呀，我也是没办法，打你党政办的电话，胡明生不肯告诉我女儿的情况，只有麻烦你了。"

方书记一听是张桂蓉的电话，说："你这段时间可把我们搞得鸡飞狗跳，不过翻篇了。刚才你说你女儿的情况，也没什么大不了的事，就是派出所找去做问话笔录了，我已经给派出所说了，叫他们别整得没完没了。"

"什么情况，要去派出所做问笔录？"张桂蓉一听忙问道，急得心都要跳出来了。

方书记说："具体情况我不是很清楚，听说她用开水烫伤了王乡长，派出所想了解情况，把她带派出所去了。不过，齐明远现在应该接她出来了。"

张桂蓉一听，明白了三分，肯定是王流水想上女儿的手，女儿反抗才做出此事，被泼开水活该！还是我女儿比我厉害。她挂断电话，就想电话质问王流水，但王流水的电话就是打不通。她决定明天一早就去鸡公山乡。

第二天，张桂蓉早早就起了床，赶到了去鸡公山乡的第一趟班车。可车主见没坐满人，客车开出车站后又到农贸市场、小商品市场捡客，在县城转了两个多小时后才上路，等她到鸡公山乡已是中午十二点多。她直奔女儿的房间，一看贴了派出所的封条，心里咯噔了一下。她猜想，女儿初来乍到没地方去，一定在齐明远的房间。她来了几次，但没去过齐明远的房间，到炊事员那儿打听才知道他住哪儿。

张桂蓉也不敲门，轻轻推开齐明远房间虚掩的门，看到自己女儿面容憔悴地躺在床上，齐明远在给她喂食，一股怒气直冲脑门，脸立马拉了下来，看样子他们昨晚住在一起，是真正的夫妻了，现在十匹马都拉不回来了。自己真傻，为了阻止他们在一起，费了那么大的力气，老脸都丢尽了，还死了一个人，赔了一万元，真是不值。她故意大声咳嗽了一下。

齐明远看到张桂蓉来了，慌忙叫了一声"妈"，又立即站到边上。

张桂蓉瞥他一眼，没理他。刘诗仪掀掉被子，艰难地扑过去，哭喊着抱住张桂蓉。张桂蓉轻轻扶正刘诗仪，仔细端详。

"妈，我没少什么零件，就是一身酸痛。"刘诗仪嗲着钻进张桂蓉的怀里说道。

"痛死算了，你反正不听妈的话。"张桂蓉故意说。她摸摸刘诗仪的头发说，"你老实说，这到底是怎么回事？"

刘诗仪哭得更厉害了，断断续续地说："为了筹你的赔偿款，伤透了脑筋也没想到办法，后来就想到财政借点，没想到王流水是个流氓……"她一五一十把经过说了一遍。

"活该！向老阎王借寿，丢命；向老色鬼借钱，丢色。还好一杯开水救了你。要是我，就阉了他的命根。"

刘诗仪问："妈，赔偿款筹好了吗？那个麻烦事解决了吗？"刘诗仪不愿说这个事了，转到了张桂蓉赔偿款的话题上了。

"昨天已经签了协议，赔了一万元啊。"张桂蓉突然想到什么似的问道："是呀，妈正要问你们呢，这么多的钱是从哪儿弄来的？这么说就不是财政借的。"

"没有啊，我就是想从财政借钱才被王流水欺侮的。"刘诗仪很是惊异地说。

"噢，忘了给你说了，我借的，我借我同学吴芳菲的。"齐明远说。

张桂蓉看了他好一会儿说："你跟我女儿的事，生米做成熟饭，我也没办法，只要你们好好过日子，只要你们幸福，我无话可说，但如果你嘴里咬一个，筷子夹一个，小心我对你不客气，我说得出也做得到。"

"是的，我妈说得出，也做得到。"刘诗仪也挥动着拳头，笑着警告说。

"我一定爱诗仪一辈子，照顾诗仪一辈子，决不会有二心，妈你一定放心。"齐明远很认真地说。

"谅你也不敢。"张桂蓉狠狠地瞪了他一眼说。

"是的，谅你也不敢，我有妈这个坚强的靠山。"刘诗仪笑嘻嘻地说。

"女儿，你这个事，我跟王麻子没完，"张桂蓉又转到了这个事上道，"我一直打不通他的电话，但他躲得了和尚躲不了庙，不给他点颜色看看，我就不是张桂蓉。"

"妈，这个事就算了，我没让他占到便宜，他为这事也受了皮肉之苦，你就别让事情扩大了，那样对我的名声也不好。"

"算了吧，妈，我们还要在这工作，王流水还在这儿当乡长，传说还要当鸡公山乡的书记，别搞得太僵，我们怕后面的日子不好过。"

"齐明远呀齐明远，你的女人被欺侮了，你就忍得住这个气，你是不是男人？"张桂蓉声嘶力竭地喊。

齐明远也被激起脾气了说："妈，我反复问了诗仪，她没受到肉体侵害，如果诗仪被王流水侵害了，我会要了他的命！我也说得出做得到！"

"精神上的伤害是最大的伤害，你懂吗？"张桂蓉说。

齐明远被问住了，昨天，他看到刘诗仪精神惶惑，目光呆滞，是自己一个晚上的劝解安抚，慢慢给她舔舐伤痛，刘诗仪才缓过来。也不知道刘诗仪真的缓过来了没有，或许是她不愿让别人看出她受到的精神伤害，自己硬挺着，表面上装着坚强，给人感觉她恢复了原来的精神状态，特别是她母亲来了后，那个劲又起来了。他说："妈，这个我真不懂。"

"妈，没那么严重。"刘诗仪说。

正说着，乡派出所的两个警察走进齐明远的房间说，"刘诗仪，你还要跟我们去一趟派出所，这个事还没调查清楚，你还要配合我们调查。"

三个人都愣在那儿，好一会儿，他们仨才反应过来。

齐明远说："昨天，你们不是同意放人了吗？"

"我们还有一些情况没搞清楚，必须进一步调查。"其中一个警察说。

"该说的，我已经说了，我只一个要求，尽快把王流水绳之以法。"刘诗仪说。

"警察同志，你们是怎么办案的，王流水是强奸未遂嘞，你们调查了他没有？调查了财政所和住在招待所的其他知情人没有？怎么就没完没了地调查一个人？"张桂蓉指着一个警察，口水四溅地质问。

"我们怎么办案不用你教，你闪开，我要带人走。"一个警察用力拨拉开张桂蓉说。

齐明远挡过去，把警察架开，说道："动作文明一点，你们是调查情况，还是又像昨天一样留置？"

"情况没弄清，肯定要留置。"警察说。

"怎么感觉你们不像要调查情况，而是配合王流水整我女儿，我倒要问问，你们是不是王流水的家丁？"张桂蓉说。

"我们是在执法，请你说话干净一点，我认识你，小心我定你个阻碍警察执法。"一个警察瞪着张桂蓉说。

张桂蓉故意用身体碰过去说，"来来，你这个不吃人奶长大的，把我抓进去！"

那个警察火了，一个反剪，把张桂蓉两个手拧住了。

张桂蓉大喊："警察打人、警察打人！"

齐明远一个箭步上去，大声喝道："别动她，要动就动我，看同吃一锅饭的人能否对我下得了手。"边说，边拨开警察抓张桂蓉的手。

那警察狠狠地瞪他一眼说："你以为我们熟就不敢抓你。"

"你拉得下脸面，就来呀。"齐明远干脆抱住双手不动说。

警察怒了，一个锁喉动作，想制服齐明远。齐明远迅速躲过。警察立即一个擒臂上钩，接着顶肘撞膝。

齐明远说："哟，好意思来真的呀。"他迅速让开身体，下意识地蹲下躲避，那个警察重心不稳倒在地上。另一个警察趁机搂住他，他一个别臂，反把另一个警察搂住。但他立即放手，又双手抱在胸前，说："我没有玩真的，只是本能地避让，如有得罪，见谅。"齐明远从小就和几个哥哥接受曾是武术教头的父亲的训练，本来对付两三个人不在话下，但他不想和警察对打，只是把警察使的招法拆解罢了。

倒在地下的警察爬起来说，"好好，齐明远，你拳脚功夫好，显摆了，但你已经袭警了，等下你和刘诗仪一起去派出所吧。"

"我怎么袭警了，我一直抱手在胸。"

刘诗仪看到这个局面，赶紧说："都不要动手，不就是去派出所吗？不就是再去蹲留置室吗？我去！跟齐明远有什么关系哟？"说完自己走出来，跟着警察出去。

齐明远和张桂蓉眼睁睁看着警察把刘诗仪带走。

张桂蓉半天才醒过神来，她问："齐明远，现在怎么办，怎么办？"

齐明远说："这明显是王流水在整人。现在只有立即去找方书记，把情况反映清楚，请求他出面把人捞出来。另外，向有关部门反映情况，严惩王流水强奸未遂的违法行为。"

张桂蓉问："这也算违法行为？是不是人们常说的领导干部生活小节？"

齐明远回答道："昨天晚上，诗仪跟我说了，王流水撕烂了诗仪的衣服，不是那杯开水，王流水就得逞了，这是明显的违反刑法的行为。她已经把那套撕烂的衣服藏起来了，派出所又把她的房间封了，其他人没进入过，烂衣服应

该还在那儿。"

"诗仪烫伤了王流水，要不要判刑坐牢？"张桂蓉又问道。

"这是典型的正当防卫。一定不会坐牢，相信法律是公正的。"齐明远肯定地说。

张桂蓉又问："我们到有关部门告王流水，会不会损害诗仪的名声？"

"不会，王流水是想图谋不轨，但并没得逞，警察到现场勘察过，边上住的计生委的人也清楚，实际上他没达到目的。但如果不去告王流水，他现在反咬一口说诗仪因为他不答应财政借钱烫伤了他，反要追诗仪的刑责，我们必须向有关部门反映情况。"齐明远回答道。

他俩统一思想后立即去找方明亮。方明亮刚好在修改计划生育的汇报材料。

张桂蓉看到方明亮，开口就说："我的女儿又被留置了！你的部下王流水对我的女儿图谋不轨，我女儿泼开水自卫，却要一而再地被派出所留置，而真正犯罪的人却逍遥法外，这世上还有没有王法？"

方明亮眼直直地看着张桂蓉，半天没说出话来。他想，如果真如张桂蓉所说，那王流水做得也太过分了，目无法纪，自己好色乱来，意图霸王强上弓，没得逞反受伤，现在想倒打一耙，说别人用开水烫伤了他，真是岂有此理？但当着张桂蓉的面，他不好说这些话，他只是问："真有这种情况？"

张桂蓉说："你可以派人去调查。我女儿被王流水撕烂的衣服还藏在她的房间里。"

齐明远补充说："不可理喻的是，派出所又莫名其妙把刘诗仪带走了，肯定接下来又要留置。她已经把当时的情况向警察说清楚了，为什么还要调查她？外围怎么不调查，住在隔壁的计生委的同志怎么不调查，财政所所长怎么不调查，王流水那边怎么不调查？"

"你怎么知道派出所没去调查外围，怎么没调查王乡长？你是乡里的干部，怎么也跟着瞎起哄？"方明亮说。

"方书记，你这样说，我就不爱听了，住在招待所的县计生委的同志，派出所都还没去调查，怎么调查了外围？还说什么'瞎起哄'？承蒙你们做的好事，硬生生把他俩捆在了一起，现在他们拜了堂，就是夫妻了，他不管谁管？割谁的肉都会痛！如果你的妻子你的女儿也差点被王流水强奸，你能一点反应都没，肯定不可能，除非不是人！"张桂蓉气得直打哆嗦说道。

"别说了，我刚才说快了，你不要介意。"方明亮缓缓语气说道，"派出所办案有他们的程序，要相信人家。"

张桂蓉说："方书记，我女儿是乡里的干部，不是社会上的混混，更不是流氓恶棍，把过程说清楚了，完全可以取保候审，而且我女儿是受害者，昨天以来一直精神恍惚，为什么要一而再地留置？而真正犯罪的王流水却可以置身事外？"

齐明远也接过话头说："书记，我们强烈要求派出所先放人，乡纪委还要介入调查，看里面有没有滥用职权的问题。"

方明亮知道，要继续留置刘诗仪一定是王流水的意思，派出所也肯定到县里办了延期留置的手续。面对他们的要求，方明亮思索了一会儿后说："案子怎么办，我不好干预。乡纪委调查的事，我待会给县里汇报，毕竟他俩都是县管干部，而且我考虑，建议县纪委、县公安局组成联合调查组进驻调查。"

方明亮话刚说完，赖洪德带三个警察就闯了进来说："齐明远，我们找你半天了，果然你躲在书记这里。"

"我怎么躲在书记这里，我是来向书记反映情况，这还要向派出所汇报吗？"齐明远说。

赖洪德又转向方明亮说："书记，刚才我们的警察在带刘诗仪时，齐明远阻挠并涉嫌袭警，我们拘留他。"说完就指挥警察动手。

张桂蓉急了说道："是你们的警察不分青红皂白地打人，齐明远自始至终都抱着手没动，方书记你要替我们做主。"

方明亮本来对派出所偏袒王流水心里就不舒服，现在又当着他的面，以齐明远所谓的"袭警"要带人走极为恼火。但他还是强压火气，说："齐明远真如你们所说的袭警，那他应该承担法律责任，如果是一般的推搡，就别小题大做，毕竟都在同一个锅里吃饭嘛。"

赖洪德说："他把我所里的一名警察打倒在地，对我另一名警察也动

了手。"

"齐明远有这样的本事，一对两？那说明你们的警察拳脚功夫还要练呀。"方书记揶揄赖洪德道。

"我岳母说了几句气话，你的警察就反剪我岳母的手，我劝他别动一个女人的手，要动就动我。你的警察就对我动手，我避让开来，你的警察才倒地的。另一个警察想搂住我，我闪臂躲开。整个过程就这样，怎么说我袭警呢？"齐明远说。

方明亮相信齐明远没说谎，就问："警察受伤了没有？"

"那倒没有。"

"那何必动不动就拘留？"方书记狠狠地瞪了赖洪德一眼说道。

赖洪德还站在那儿不动。方明亮肚子里窝藏的气一下子冲了出来说："是要我叫人把你们抬走是吗？鸡毛大小的事情就不要上纲上线，要搞清楚齐明远有没有袭警的动机，他又不是神经病。"

赖洪德也是聪明人，只好灰溜溜地带人走了。

方明亮还在生着闷气。张桂蓉给齐明远使了个眼色，齐明远心领神会，就要抬脚走人。方明亮叫住他们说："小刘的那个案子，我不好干预。如果纪委要介入调查，我必须要向上面汇报清楚，毕竟涉及两个县管干部。但你们放心，我一定会给你们一个交代。"

"可我的女儿已经被带走了，关在留置室里，她怎么受得了？"张桂蓉有点哭腔地说。

"解铃还是系铃人，派出所以调查伤害案先留置刘诗仪，法律上是没问题的，特别是如果王流水能验到轻伤的话，没有王流水的谅解，说不定还要追究刑事责任。当然真如你们所说，王流水意欲强奸，小刘奋起反抗，泼开水烫伤了他，那另当别论。正义会迟到，但一定不会缺席。"方明亮说。

方明亮这样一说，张桂蓉就坐不住了说："书记，请你一定要监督办案，同时拜托你跟上面汇报，派出调查组详细调查案情，让真正的犯罪分子得到惩罚，别让好人受冤枉。我们现在就去找王流水。"

张桂蓉带着齐明远又往卫生院赶。

57 女人留置，男人拘留

派出所赖洪德从方明亮办公室出来后，直接到了卫生院。他正在向王流水汇报方明亮不让他们拘留齐明远的情况。

本来得知齐明远和警察起冲突，王流水心里正得意可以借机整整齐明远，整齐明远就是整刘诗仪。他相信，看到齐明远坐牢吃苦，刘诗仪会更加心痛难忍。就要让那婆娘心里流血！这样正好可以溜溜自己的醋劲。但听说没有拘留到齐明远，王流水大发雷霆道："一群笨蛋！我不但要让那臭婆娘蹲穿留置室，还要让齐明远那小子尝尝拘留所的味道，让那臭婆娘体会她心上人失去自由的滋味。"他把派出所的人骂了个狗血淋头。

齐明远先前来过卫生院，知道王流水住在哪，他带张桂蓉直奔那个病房。

刚才王流水的训斥，张桂蓉听得一清二楚，她气得头发倒竖，看到王流水趴躺在床上，她蹿过去，把盖在王流水下身的一条薄被子掀掉骂道："你这个老色鬼，这么卑鄙无耻！你想把我女儿折磨死啊，当年想祸害老娘，我还没跟你算账，现在又想祸害我女儿，今天看我怎么收拾你。"

王流水本能地蜷曲了一下身体，他扭过头来一看是张桂蓉，吓得赶紧爬起来，烫伤部位让他痛得嗷嗷叫。他蜷缩着颈脖和背，说道："我没动你女儿，是你女儿要我同意财政借大笔的钱，逼我签字，我不同意，她恼羞成怒泼开水烫伤了我。"

"你放屁，是你意图强奸我女儿，我女儿自卫才泼你开水的，你还倒打一耙，我要把你的根拔了。"张桂蓉说道。

王流水知道张桂蓉的厉害，吓得魂不附体，他对赖洪德吼道："赶快控制这个疯婆娘，她什么事都做得出来。"

赖洪德和卫生院长立即一人按住张桂蓉一个手，把她往门外推。

张桂蓉嘴里骂道："王流水，你就是个畜生，你在这里建立整人指挥部，你眼里还有没有党纪国法？今天你把我女儿放了，我既往不咎，否则，我跟你没完！"

齐明远喊道："你们对一个妇女动手，算什么本事。"他冲出门去，想拉开他们。

王流水喝道："你们两个警察愣在那儿干吗，把齐明远也控制住，小心他乱来。"

警察一听立马出门扭住齐明远的胳膊，往楼梯口推。齐明远怕他们诬陷他袭警，他没动一下拳脚，任凭警察把他按住朝楼梯口走。

张桂蓉被拽出门外后，被几个医生拉进了另一个空的房间里。

见病房里没其他人，王流水对赖洪德说："你们不是说齐明远袭警要拘留他吗？现在还等什么？拘留他几日，让他尝尝牢里的味道。捉他进派出所时，一定要让那个臭婆娘看到，让她心痛得抓心挠肺，精神失常。"

赖洪德听后连连点头说："对，隔山打牛，让齐明远吃苦头，刘诗仪痛心头。"他走到门口对两个警察努努嘴，警察心领神会，立即用手铐铐住了齐明远的双手。

齐明远被带到派出所后，赖洪德特意要求警察把他押着从留置室经过，压压齐明远的威风，泄泄刘诗仪的气，让刘诗仪的心流流血。

在留置室门口，一些老头老太看猴子一样看着刘诗仪。有老头说："听说是偷了奸夫的钱财才被警察抓的。"有老太说："杀了奸夫才落了这个下场。"刘诗仪拼命解释自己是被人陷害的。但不管怎么解释，老头老太也不相信，越解释他们越反感，有的老太太还朝刘诗仪扔鸡蛋菜叶。

齐明远看到被扔一身鸡蛋菜叶的刘诗仪，心都碎了。他大喝："不是你们说的那样，我们是被王流水陷害的……"

话没说完，一个老太太冲过来说："臭不要脸，难道警察会捉错人？"齐明远立即被扔一身鸡蛋菜叶。

听到齐明远的声音，刘诗仪大声地喊："明远……"又侧着头从人缝里寻找齐明远。看到齐明远戴着手铐过来，刘诗仪心在流血。自己蹲留置室，还算有点缘由，派出所表面上说是要继续调查伤害案的情况，实际是替王流水整自己，泄一泄他图谋不轨不成反遭泼开水的愤怒。而齐明远违了什么法，现在被上了手铐，还被不明真相的群众羞辱？上午，警察说他"袭警"，自己看得真切，警察对齐明远动手时，他都两手抱胸，哪有什么"袭警"？这分明是整人，是在替王流水出气。

手铐铐在齐明远的手上，但痛在刘诗仪的心里。她愤怒地喊："有本事你们替王流水杀了我们！"她在留置室半蹲着，手伸出铁栅栏划动着，嘴里喃喃道："明远明远……"泪水涌流。

齐明远听到了刘诗仪的呼喊，他故意装出若无其事的样子，说："诗仪，我没事，就是配合派出所做做材料。你也没事，相信法律是公正的。你要保重身体。"

派出所带走齐明远后，张桂蓉才被放了出来。本来她还想去找王流水，但门口站了两个彪形大汉挡住了。

卫生院长看到她过来，警告她说："别惹事了，小心像你女儿女婿那样去里面蹲几天。"

张桂蓉一听，知道齐明远也被派出所带走了。她一下子感到丢了主心骨似的，赶紧去派出所。

在派出所，张桂蓉找了半天没找到留置室，当然她压根儿也不知道留置室长什么样。她看到楼梯下一些人在围观什么，才一下子明白了。张桂蓉拨开人群想过去看一下女儿，被警察拦住。她便大声喊："诗仪，妈来了……"警察迅速把她推出大门外。

刘诗仪听到了张桂蓉的喊声也大声地喊叫："妈，我在这儿呢。"

张桂蓉听到女儿的声音，她循声望去，见女儿被关在狭小的留置室里，心痛不已。她又想往里冲，但又被警察推出大门。

张桂蓉心急如焚，女儿和那个自己不太愿意认的女婿都被控制，但自己一

点办法都没有。想到这，一身瘫软躺在地上。

齐明远被带进审讯室，警察只是简单做了一下笔录，就按王流水的意思宣布给齐明远五天的行政拘留。

齐明远被带出派出所，看到张桂蓉躺在地上，说："妈，诗仪在留置室，我又被行政拘留了，你赶快去找方书记……"

张桂蓉一听，劲头来了，立即爬起来，她顾不得自己一身的灰就直奔方明亮的办公室。

进入方明亮的办公室，还没等张桂蓉开口，方明亮就说："你刚刚才走，坐过的凳子都没凉，现在又这样火急火燎的来了。我想，你是想问放刘诗仪出来和县里成立联合调查组的事吧，我正想叫齐明远告诉你，刚才向县里汇报了，县里的意见是不要干预公安办案。"

面对张桂蓉，方明亮没有把县里的意见原原本本地告诉她，怕激化矛盾。他记得清楚，自己向县里汇报时，领导近乎咆哮地说："王流水是县里重点培养的对象，怎么会作出那么龌龊的事来，肯定是他秉公办事才遭到烫伤。烫伤了人难道就不要受到法律的制裁，天下哪有这样的好事？再说现在案子还在侦办，怎么就成立什么联合调查组进驻？必须让公安独立办案。"方明亮也是个倔脾气说："调查一下，不就知道真实情况吗？现在当事一方情绪很激动，社会也有反应。"没等方明亮说完就挂了他的电话。方书记知道，肯定是王流水恶人先告了状。

"书记，我就想不通了，对我女儿图谋不轨的人没事，而我女儿却接连被留置？还有无法理解的是，上午警察动齐明远的时候，我都在现场，他都抱着手没动，怎么就袭警了，现在又被行政拘留？"张桂蓉带着怒气质问。她看看方明亮，又舒缓舒缓情绪说："书记，我一个女人家，老公还在住院，现在没办法只能找你帮忙了。"农村妇女主任出身的张桂蓉第一次放软口气说话，这本来不是她的性格，但可想而知，她已经十分无奈了。

方明亮一听，气不打一处来，又把齐明远拘留了？真是拿法律当外衣，想整谁就整谁。他自言自语说："骑驴看唱本，看朗朗乾坤，他们到底能折腾到什么程度？"他转而又对张桂蓉说："虽然县里不同意成立联合调查组，但我还会向县有关部门汇报，相信一定会给你们一个公正的说法。"

方明亮好不容易劝离张桂蓉。他独自坐了一会儿，极少抽烟的他抽起烟来。他想，张桂蓉肯定不会善罢甘休，齐家也不会束手就擒，必须立即搞清楚情况，做好针对性的工作，也好随时向上级汇报真实情况。他过滤了一下班子成员，很快他想到了分管政法的党委委员，人很正直，疾恶如仇。方明亮立即把他叫到了办公室，交代他先秘密了解一下事件的整个经过。之后又给郑副书记下达了牵头做好稳定工作的任务。

张桂蓉从方书记的办公室出来后，一个人在街上游荡，鬼使神差又走到了卫生院的大门口。看门的大爷看到她来了，赶紧把大门关了起来。

张桂蓉走走停停，她想自己待在鸡公山乡，发挥不了任何作用了，不要说把自己的女儿捞出留置室，自己想见一面女儿都做不到。想再见王流水，卫生院的大门都进不了。但她清楚必须尽快把这里发生的事情告诉齐明远的家人，让他们一起来想办法。想到这，她立即去搭最后一趟进城的客车。

58 为捞人不计前嫌

张桂蓉回到城并没把这几天的发生的事告诉刘立公，一是考虑刘立公还在住院休养，不增加他的压力，更关键是在她的眼里，自己的老公就是一个废人，除了会喝酒，他支不出什么好招。她在县医院的病房里住了一个晚上，第二天一起床就直奔齐明远的老家。

张桂蓉突然出现在齐应天的家门口，着实让齐应天和他的子女吓了一跳，大家的神经都转到了她来要回已付的赔偿款上。昨天齐来香几姐妹按农村规矩到她们母亲的新坟上"笤三昼"（洒酒祭祀），她们都还在娘家住。看到张桂蓉来了，几姐妹本能地挡在她的面前，怕她对自己的父亲突然发飙，造成不测。

看到这架势，张桂蓉说："别拦着，我跟你爸爸有话说。"

"你赔的钱都已经化成了屎尿，要回去是不可能了。如果说这事，就跟我们说，别烦老人家，怕他身体受不了。"齐来香说。

"落笔生根，赔偿协议我都签了，哪还要得回钱？我今天是另有大事，但我不跟你们说，你们跟我一样，是女流之辈，大事面前没主意。"张桂蓉瞥她一眼说。

齐应天感觉事态严重，赶紧拨开子女，说："亲家，屋里坐，有事慢慢说。"

张桂蓉本来也算是条女汉子，但这么些天的委屈，让她的鼻子一酸，竟哭出声来："我女儿被派出所留置，齐明远昨天也被公安局行政拘留了。"

齐应天他们听不懂什么"留置"和"行政拘留"，一个个抻长脖子发蒙。

齐得福忍不住问："哭什么？我们都没听明白。"

张桂蓉哭着说："就是两个都坐牢了，坐牢了！"

齐应天一听，差点晕倒。

张桂蓉把事情的经过一五一十说了个遍，然后说："现在我也没辙了，只有来找你们。"

大家都你看看我，我看看你。还是齐得福提醒，"要不，跟六太伯说说，看他有什么主意。"

齐应天说："得福，我们带亲家去你六太伯家，让他一起来商议商议。"

张桂蓉本来很讨厌那个死老头，赔那一万元就是他给倡出来的，但是现在自己心乱如麻，只有硬着头皮去听听他的招。

在六太伯门口，张桂蓉畏畏缩缩地不肯进屋。齐应天心里急，也不等她，自己直接进了门。他开门见山说了来意，就等他开口出主意。

六太伯也不说话，只是不停地探头看着门外。实际上他刚才从屋里已经看到张桂蓉来了，他要给这个城里来的女人一个架势：别以为我是个山里人，关键时候我才是主心骨，大家还是要仰仗我的鼻息做事。

齐应天看出了他的意思，对齐得福说："叫亲家进屋坐，来都来了，有什么不好意思，亲戚亲戚，总是越打越亲。"

齐得福一听就往外走。

六太伯也跟着走到门口，但到了门边停下了。他就是不出门，不仅是因为曾经的过节，而是要在张桂蓉面前显摆一下自己的辈分，但迎候是做人的规矩，毕竟到了自家门口的都是客人。

张桂蓉知道齐得福出来就是催自己进屋的意思，她也借个台阶下，没有什么忸怩就径直进去。因为光线的落差，没有看到六太伯站在门口，与六太伯差点撞个满怀。

"六太伯，前些天多有得罪，还请谅解。"张桂蓉有点别扭地说道。

六太伯说："应天亲家说哪里话，是我们爱钱了，当然你也知道他们家的情况，他们确有难处。"六太伯心里还是很高兴，听出了张桂蓉主动求和的

意思。

张桂蓉说:"事都过去了,我们都不要放在心上。现在来就是有一事,想得到你的指点。"

"两个孩子的事,我刚才听应天说了。我考虑呀,还是要文的来,依法依规,先向公安和有关单位反映情况,看他们什么反应,我们再作决断,你待会把情况再说说,我整理成书面的东西,好交给他们,方便领导签字批示。如果领导不理,我再派代表去反映反映。"六太伯说道。

张桂蓉虽然觉得这不是什么好招,但现在只能这样。她把知道的情况又向六太伯说了一遍。六太伯读过私塾,写得一手好字,也善于组织文字,一会儿的工夫就写好了材料。

事不宜迟,张桂蓉带齐应天和齐得福直奔县城。

他们到个体文印店,把材料复印了几十份,发往有关单位。

在公安局,张桂蓉带齐应天父子找到公安局班子成员分工牌,看到是钱副局长分工刑事侦查,挂点联系鸡公山乡派出所,心里暗暗叫苦,真是屙屎碰到鸡啄屁,怪不得派出所那么容易就办下了女儿的留置手续,而且办的是最长的。但她没把钱副局长想要刘诗仪做儿媳的事告诉齐应天父子俩。考虑到怕钱副局长使绊子,她引导齐应天父子到了钱副局长的办公室门口,就指使齐应天父子进了他的办公室,自己借机躲在门外听听。

钱局长瞄了两眼齐应天给的材料,盯着齐应天问:"刘诗仪就是县妇联张桂蓉的女儿?她现在是你的儿媳妇?"

齐应天点点头,说:"我们有冤情呀!"

钱副局长用一种不可名状的眼光看了一下他俩,然后就像法官判案似的,用法律条文和几句套话三下五下就打发了他们。他们还想说什么,就被钱副局长的秘书劝着往外走说:"领导都知道了你们的诉求,一定会督促派出所依法办事的。"

他俩一出来,张桂蓉就问他们钱副局长说了什么。齐得福口快说:"也没说更多的,说的那些法律我们又听不懂,但他问了材料上写的刘诗仪是不是你女儿。"她一听,心里凉了半截,可她还是不动声色,心想,这下完了,还想女儿早点出来，别变本加厉地再延长就好了。但她不死心，又带他们去了其他部门，在这些单位，她没必要躲闪，老百姓有向有关部门反映诉求的权利，干部也有这个权利。接访的都客客气气，让他们没有一点脾气。

走出行政中心大门，齐得福说："这样跑来跑去，没一点作用，走出他们办公室，什么都没落实，感觉就像拳头打在了棉花上。必须引起主要领导的重视，才能解决问题。亲家母，你不要怪，我跟我爹就在大门口等领导。"

张桂蓉说："这恐怕不好。"

齐得福说："我们这样做与你无关，打屁股坐牢我们俩自己负责。你也知道，等材料转到领导那儿，我弟已经拘留期完了，要有效果，只有这一招了。"

"你非要这样做是你们的事，我是国家工作人员，我就不方便。但你们一定要有礼有节，别做犯法的事。"说完，张桂蓉先走开了。

齐应天父子坐在行政中心大门口，盯着进进出出的人员和车辆。

一会儿有关单位的人就来了，呵斥道："刚刚已经接待了你们，怎么现在就站到大门口了。"

齐得福说："我弟媳被鸡公山乡的乡长欺侮了反而要坐牢，我弟弟也无缘无故被你们抓了，现在没一个说法。"

"你们堵在大门口已经引起有关部门重视，他们肯定会派人专程向县里的一、二把手汇报，你们赶快离开这个大门。"

齐应天听后觉得有理，有点犹豫，正要挪动脚步，齐得福按住他，说："我们什么目的都没达到，我们的人一个在留置室，一个在拘留所，没听到放他们出来的消息，我们就在这不走。"

这时，几个人走过来，簇拥着他俩往偏远的地方走，他们说："现在还有个把子小时就到饭点了，我们先去饭馆，吃了饭再说。"他俩被带进小饭馆。

张桂蓉也跟进了小饭馆，她找到齐得福，不满地说："你们还有心思跟他们坐在一起等饭吃，你弟和我女儿都在牢里坐。我觉得，你应该马上回去，把这里的情况告诉六太伯，请他出个主意。"

齐得福一听，心领神会，也顾不上他爹，撒腿就往回走。

59 只为见女儿一眼

齐得福一走，张桂蓉又匆匆忙忙往县车站走，准备去鸡公山乡。她放心不下女儿，二十四小时又要到了，不知道她在那个鸡笼一样的留置室里过得怎样？她想，女儿是前世杀了人，这辈子才要遭这样的罪。她决定，这次去鸡公山乡，想方设法也要见见留置室的女儿，即使会打屁股坐牢也要见上一面。

张桂蓉边走边骂，咬牙切齿，女儿走到这个田地，罪魁祸首是齐明远，不，是王流水这个遭天杀的，这次去了一定要给他好看，让女儿受到的苦全部补回来。

几天的奔波，让张桂蓉身心俱疲，一上车，随着客车在土石公路上摇晃，她便睡得死沉死沉，到了鸡公山乡，是售票员叫醒她，她才下的车。

她一下车就直奔派出所。

派出所像是早有防备似的，两个警察守住了大门。

"让我进去，我要见我女儿。"张桂蓉拨开警察说。

警察说："我们有规定，留置期间，除办案人员外，任何人不得见嫌疑人。"

"你们也有规定，可以保释，为什么一而再地留置？"张桂蓉问道。

"这个你问所长。不过我告诉你，没有调查清楚，可以继续留置，我们办了延期留置手续，如有不服可以向上反映。"警察回应道。

张桂蓉抓住一个警察又撕又扯，警察呵斥："我警告你，再不住手，我就以袭警把你一起丢进留置室。"

"来呀，我求之不得，好跟我女儿做个伴。"

警察火了，把张桂蓉推到门外。

张桂蓉实在无奈，大喊："诗仪，妈来了，就在大门外。"

刘诗仪听到了她母亲的喊声，心里一震。刚才她抓着门上焊的钢筋睡着了。在留置室里，看不到阳光，只有一个白炽灯一直孤独地照着，让人无法准确判断是白天还是黑夜，她干脆也不去分什么白天还是黑夜，反正进了这里就是漫漫长夜，实在顶不住了，就扶住铁门上的那几根钢筋睡一下。也许是进食少，送来的餐基本上被老鼠吃了，自己体力不支，很容易睡着。这下母亲的喊声无疑让她心里一热，她知道母亲就在身边，她并不孤单，她马上有气无力地回应了一声："妈，我在这儿呢。"见母亲没回应，她又叫了一句："妈……"可就是听不到回音。她想，可能是自己力气不够，叫的声音太小，妈没听见。她再喊："妈……"然而就是没有回音。她想妈一定是又走了，心一下掉到了冰窖。她喃喃道："明远，你在身边多好啊，可你现在在哪儿呢？不会也身陷囹圄了。"

张桂蓉听到女儿气若游丝的喊声，心如刀绞，她只有隔着墙回应，但里面哪能听到？无奈，张桂蓉只有去卫生院找王流水。

张桂蓉偷偷地摸到了住院部，但上到三楼楼梯口就被几名年轻的医生拦住。她强行往上挤。听到嘈杂脚步声的卫生院长跑出来，看到张桂蓉拼命往上拱，命令几个年轻医生把她抬下去。她破口大骂："王流水，你个杀千刀的，祭炮子的，你一定不得好死。"

被赶出卫生院的张桂蓉在街上游荡，她深一脚浅一脚地走着，落日的余晖，把她的影子拉得细长细长的。一会儿工夫就转悠到了乡政府门口。她想，再找找方明亮吧，可走到他的办公室门口，一看大门紧闭，一下子就让她的心阵阵抽搐。鬼使神差，没什么地方可去的她就往三楼楼顶走，想到楼上透透气。

实际上，张桂蓉刚进入乡政府大院就被胡明生盯上了。方明亮交代他：这些天一定要注意张桂蓉的一举一动，也要特别注意陌生人进入院子，千万不能在乡政府出现不稳定因素，否则县里会毫不含糊地追责。胡明生不敢怠慢，生怕在自己的环节上出问题，把后备干部的身份给拿掉了，他的眼睛搜索着乡政府的角角落落，每时每刻都睁得大大的。看到张桂蓉往三楼楼顶上走，他判断，张桂蓉肯定是想不开，要跳楼自杀。他交代通信员赶紧下村找到方书记报告情况，自己拨通了卫生院的电话，要卫生院长立即向王流水汇报。打完电话，他像箭一样往对面的三楼冲。到了楼顶的门口，他悄悄地停下来，细细地观察了一下，只见张桂蓉扶着八十来厘米高的护墙，仿佛在最后看一眼这熟悉的世界，清凉的落日在楼板上给她画了个十字形图案，吹过来的山风扯着她的头发，发夹没夹住的头发被一缕一缕撩起，让那原来被遮盖的丝丝白发十分鲜明。胡明生这时有点可怜她，瞧她的背影，分明像个乞丐。他轻轻地喊了一声："张主任，别想不开，有事好好商量，总会解决的。"

张桂蓉扭过头来，见是胡明生。她虽然恨胡明生擅自做主让自己的女儿去帮齐明远"走走场子"，最后生米做成了熟饭，打碎了自己想让女儿嫁个好人家从而改变全家命运的美梦，但毕竟没像恨王流水那样恨到骨髓。她不屑地瞥了他一眼，就把头扭了回去。她想，胡明生肯定是以为自己想跳楼自杀，自己虽然心如死灰，但自己的女儿，还有那个讨厌的齐明远没出来，这口恶气还没出，自己怎么会死？不过她想将计就计，干脆演一演戏，说不定能起到作用。

胡明生看到了她那双愤怒又近乎绝望的眼睛。他知道，人之将死都是这种眼神，他更坚定了自己的判断：张桂蓉想跳楼自杀。他要在张桂蓉腾起脚步的关键时刻，按住她。为了吸引她的注意力，他说："你碰到的事包括你女儿的事，我们都也很同情，人要想开些，要朝前看。"他边说边摩挲着碎步，向前靠过去。

张桂蓉故意大叫："别过来，再过来，我就跳了！"

这一叫，吓了胡明生一跳。他赶紧停下脚步，怕刺激她真的跳了下去。

这时，留在机关没下村的干部职工都上了屋顶。派出所赖洪德和几名警察也赶到了。

赖洪德把胡明生拉到后面，自己走上前说："张桂蓉，别做傻事，你女儿的事情还在调查，你跳下去只会让事情更加复杂。"

"我女儿被王流水欺侮，你们不去调查王流水，却一而再地留置我女儿，说是要继续调查我女儿，实际是要我女儿死！如果你们想替王流水杀人出气，就拿把刀过去把她杀了！还有齐明远，我亲眼所见，你的警察对他动手，他双手抱胸，一动不动，却反诬他'袭警'，又被你们行政拘留，世上还有没有王法？"张桂蓉喊道。

赖洪德说："我们派出所肯定不会无缘无故地抓人，你就是想不开跳下去，你女儿该要承担什么法律责任仍然要承担。"

"好啊，你既然这样说了，那我还有什么活的希望。"说完，她故意抬起腿放到墙上，身体往外一越，有一半的重心上了墙，靠一个脚踮着支撑。

胡明生一看，吓得魂都上了西天，说："张桂蓉，别听他胡说，一切都有转机，领导马上就到，你千万别做傻事。"

张桂蓉说："你能让我去见我女儿吗？你能把我女儿和齐明远放出来吗？如果能，我就不跳。"

"有事好商量，有事好商量。"胡明生语无伦次地说。

赖洪德悄悄跟另一个警察说："你赶紧去报告王乡长，张桂蓉不跳楼的条件就是先见见她女儿和放女儿女婿出来，等候他的命令。"

就在那名警察出去时，方明亮也赶到了三楼楼顶，他先冷静地观察了一会儿，看到张桂蓉的一个脚悬在护墙上，一把鼻涕一把泪地诉说，又看到胡明生和赖洪德轮流做她的工作，感到张桂蓉想跳楼是真的，必须先安抚住她。他说："张桂蓉，你在干吗，要冷静，别做傻事。"

"书记，我培养我女儿二十多年，你们一个错误安排，让我女儿的一生幸福和全家的希望全部落空，这个生米做成了熟饭我也就认了，没想到王流水对我女儿图谋不轨，我女儿奋起反抗，反而没完没了地被留置，齐明远也莫名其妙地被公安行政拘留，你说，我能冷静吗？你设身处地地替我想想吧。"张桂蓉说道。

方明亮无语，面对张桂蓉的质问，他不知道如何回答才不至于刺激她。

"方书记，你怎么不说话了，你是鸡公山乡的一把手啊。"张桂蓉问道。

方明亮也不跟她废话，说："张桂蓉，你刚才提的条件我在楼梯口都听到了，这个要求我可以考虑，但你必须先把脚放下来。"

赖洪德扯扯方明亮的袖子，悄悄说："我们有规定，留置的人是不能同其家人见面的，没调查清楚更不可能放人。就是齐明远案情简单，没到时间也出不来，除非党委政府担保他。"实际上，他是还没听到王流水的指令。

"人命关天，有什么责任我负。"他低声地对赖洪德吼叫。

"你是书记，你一下子说死了，没回旋余地。"赖洪德说道。

"我不要回旋余地，人命关天，先把人救下。"方明亮说道。

这时那个警察气喘吁吁跑上来，凑到赖所长耳边说："王乡长同意让她见她女儿，他说，这样也可杀杀张桂蓉这个臭婆娘的锐气，让她母女的心都流流血。"

"人也可放吗？"赖洪德问道。

那警察又凑过来说："他没同意。"

这边，方明亮带胡明生慢慢向张桂蓉靠拢，他说："张桂蓉，你要相信我，你马上就能见上你宝贝女儿的。"他向胡明生使个眼色，胡明生心领神会，冲过去把张桂蓉按住，趁机把她拉了下来。

张桂蓉虽然一开始是在演戏，但后来因为演得太真，全身酸软，她倒在胡明生身上。

赖洪德心中有底了，但他还是面子上走一下便说："书记，就按你的意思办，先让她母女见见面。"

方书记哼了一声，走向楼梯口。

赖洪德看着他消失在微暗的余晖下，他知道他哼的什么意思。他指挥几个警察过去帮胡明生。

机关干部职工见事情已经处理好，没有什么可看的了，心有不甘地跟着鱼贯而出。

60 气得真吐血

且说这边齐得福，他告别张桂蓉后立即往老家赶。到了村里，齐得福把到县里上访的情况一股脑儿地倒了出来，然后眨巴眨巴眼睛问："六太伯，现在怎么办？我弟弟关进牢里已经有一天了，我那个弟媳也关在鸡公山派出所的留置室里，听我亲家母说，在那里比坐牢还难受。"

六太伯一直没吭声，他看到齐得福猴急的样，心里还有点幸灾乐祸，看齐明远平时那个牛，还时不时不知天高地厚在我面前说大话，现在身陷囹圄了吧。但回过头一想，都是齐家子孙，没必要那么小肚鸡肠。是啊，现在该怎么办呢？他陷入深深的思索。

这时，六太伯说："我们还是先礼后兵，要有理有节做事。这样吧，等会我邀村里的土律师齐老五一起去，再找找有关部门反映反映。当然去之前，我们还要去见见你弟，把情况问详细。"

齐得福忙说："那我们马上出发，我爸爸还在县城呢。"

"你爸家还有做白喜事剩下的酒没，如有，提两瓶给齐老五，也算酬金，我的就算了。"六太伯问道。

齐得福说："好像还有，我去找找。"

不久，齐得福每个手提着两瓶酒，屁颠屁颠来了。六太伯也不客气，顺手接下了其中的两瓶。然后催促着说："走，我们找齐老五去。"

他们按六太伯说的先到拘留所，把前前后后的情况问得清清楚楚，才进城。

他们先去了公安局信访室，正正规规递交了材料，并要求见领导。

接访的人进到接访室里面的小房间一看，门还没开，就走过来说："领导还没来。哎，你们都要见领导，领导哪有那么多身子，哪有那么多时间？好好回去吧，材料我会转给领导的。"

六太伯也不多话说："你们领导没时间见我们三个人，那后面的工作恐怕更难做。"他对齐得福和齐老五说："我们走吧，明天再来。"

接访的人立马不高兴，绷着脸说："你吓我是吧，跟你说，我是老妇娘生的，我不怕。"

这时钱副局长进来，今天下午轮到他接访值班。听到他们说话，他没好气地问："谁在恐吓我们啊？"

接访的人看到钱副局长进来，脸上立即堆满笑说："钱局长，这一块刚好你分管，他们来反映鸡公山乡派出所的事，说是王流水乡长对一个女孩图谋不轨，反被那女孩泼开水，后女孩被留置的问题。"

"那女孩叫刘诗仪吧，县妇联张桂蓉的女儿，昨天她公公到我这儿反映了情况。"他不屑地说道。

接访的人端来一张凳子给钱副局长坐后又毕恭毕敬地站好，说："刚才几位村民说，领导不见他们，后面的工作就恐怕更难做。"

钱副局长盯着他们看了好一会儿，他鹰隼般的目光像是要穿透他们。显然他是想在气势上压一压他们。但他怕惹事上身，很快转变脸色，说："要相信公安办案是依法依规的，再说一个乡长怎么会做那种事情？"这时钱副局长突然发现齐得福上午来过，立即脸拉了下来说："上午，我不是接待过你吗，不是跟你说得清清楚楚吗？怎么又来了？"

齐得福吓得大气不敢出。

六太伯听说是钱副局长，立即挪前去回答："领导，我们也不是无理取闹的人，为什么今天下午就我们仨来，就是想正当地向领导反映诉求，请领导重视。王乡长意图强奸我曾孙媳妇，我曾孙媳妇正当防卫，现在好了，王乡长没事，我曾孙媳妇却要没完没了地被留置。还有我曾孙子，双手抱胸却被诬陷为'袭警'而受到拘留。我们来就要求依法办事，马上释放我曾孙子和曾孙媳妇，对强奸未遂的王流水绳之以法，对徇私枉法的人追究法律责任。"

"你曾孙媳妇涉嫌伤害罪，在案情没调查清楚前，对她留置有什么错？你曾孙把我们的警察打倒了，不是袭击警察，是什么？"钱副局长说道。

"你只听派出所的一面之词，你可知道，至今为止，他们还没去调查财政所的当事人，还没调查在场的计生委的人。派出所只听王流水的授意，他说什么就怎么办案。我再重申，希望公安能依法办案、公正办案，马上放人并追究徇私枉法的法律责任。"六太伯有点激动地说。

"有那么容易说放就放，说追究法律责任就追究法律责任。再说，我们办案还要你们教吗？"钱副局长脾气也起来了。

"你当领导的这样说，我们就不乐意了。你不相信你的人徇私枉法，你可以派人去调查啊。"六太伯气得白胡子都竖起来了。

齐老五扯扯六太伯，叫他别激动。他说："领导，我就想咨询几个法律问题，刘诗仪是乡干部，不是一般的社会混混，如果调查完后可以采取取保候审，为什么非得继续留置？如果没调查清楚，按你们的说法涉嫌伤害罪，不取保的话，就应该考虑刑事拘留，为什么一而再地关在留置室？这不是故意玩人吗？"

"法律的问题，等会你们可以去咨询局法制科，我不多舌，但你们要求派人去调查，我无权决定，要提前放人，我更没这个权力。"钱副局长说。

六太伯气得直捶自己的胸脯说："你……你们……不作为。"

"老人家，你都一把年纪了，别说这样的话。"钱副局长压压自己的情绪说道。

接访的人也批评他们说："我说你们呀，也不摸摸后脑勺，不知道天高地厚，哪能说调查就调查，说放人就放人。"

钱副局长很不耐烦了，心里想，如果留置的是别人，不是刘诗仪，他可能马上打个电话问问鸡公山派出所，到底是怎么回事，为什么接二连三地有人为她上访，可就是这个丫头片子，还看不起我的儿子！那就按程序走吧，把信访材料转下去，等他们报结果。他抽出一支烟来，把烟往自己的腿上挫挫，说："该说的，上午说了，刚刚也说了，你们走吧。"他起身想进里面的小办公室。

"你现在没时间，到时你们要花更多的时间来处理。"六太伯气鼓鼓地说。

"嘿，你威胁我？"钱副局长认真看看他，"你应该是齐家村的村小组长，听说你们率领齐家村的人拦国道？"

"我们哪拦国道了？没影的事。我也不是什么村小组长。他大太伯去世，女儿又外嫁了，他家的后事无人做主，村民推举我出来主事。不是我挑头处理他的后事，要不是我一再要求村民依法依规表达诉求，是什么样的结果还不知呢。"六太伯说道。

钱副局长对接访干警说："你先带这位村小组长去做做材料，把拦国道的情况说清楚。"

六太伯气得胡子倒竖，"你……"话没说完一口血冲了出来。

钱副局长一惊，说："念在你年纪大，阻碍国道的那个事件，你又比较圆满地处理了，今天材料就不做了，你们走吧。"

齐得福扶着六太伯走出公安局信访室，齐老五也跟着出来了。

齐得福带六太伯去医院看看，医生说无大碍。他又带他俩一起去找他父亲。小饭馆的服务员说，他父亲已经回家里去了。

天要暗下来的时候齐得福他们才回到家。

61 终于见上女儿一面

鸡公山乡那边，张桂蓉被胡明生扶到楼下后，她一刻也没停，粒米未进，就直接去了派出所。

派出所六十多平方米的大厅挂着一盏四十瓦的白炽灯，东西墙边各放了一张长条椅，除此之外什么都没，空旷的大厅显得有些昏暗和冷寂，这场景像是医院的太平间，前面的楼梯口更是光线模糊。她心里有点怕，但尽快看到女儿的信念，支撑她大胆地往前走。刚过转角，就发现昏暗处有两名警察先站在那儿，着实让她吓了一跳。

这时一名警察把她拉到一边说："领导交代，你在这儿见你女儿，不得谈论与案情有关的话题，不得引导你女儿对抗调查，不得挑唆你女儿绝食、自杀，时间控制在十五分钟内，能不能做到，如做不到，就取消见面。"

张桂蓉点头同意后，警察才引导她往楼梯下走。越往楼梯处走，灯光越暗，不弯腰根本看不清自己的脚尖。警察嘴一努说："你女儿就在楼梯间的铁门里面。"

张桂蓉紧走几步，到了铁门边。映入眼帘的是一个一平方米不到的狭小空间，空气污浊，采的是大厅射来昏黄的光，因为潮湿，墙壁发霉斑驳。刘诗仪半弓着腰，扶着铁门上的钢筋睡着了，头发散乱飘出了铁栅门外，头顶着门上焊接的钢筋，因为头发的遮挡，根本看不到脸。里面放了一张方凳，方凳上放着一个白色的碗，碗的边上放着一双筷子，碗里还有两个饭团和几片菜叶子。张桂蓉看到熟睡中的女儿，心里一阵抽搐。她真不想吵醒她，但十五分钟的会面太珍贵了，只有狠下心叫她："诗仪，诗仪，妈来看你了，妈来看你了。"刚说完，张桂蓉就泪水涌流说："头世造了孽呀，我女儿都折磨这样了。"

刘诗仪听到喊声，仿佛是妈的声音，她想，不会是做梦吧。她不相信，妈能来看她，今天下午妈想来看她，就被警察堵住架走，但现在自己的确听到的是妈的声音，那声音太熟悉了。她抬起迷迷瞪瞪的眼睛往外看，站在铁门前的真是妈。她撒娇地喊了一声"妈"，就哭出声来，一句话也说不出。

"是妈，是妈。"张桂蓉伸手进去，抓住刘诗仪的手说，"诗仪，你咋瘦成这样？你靠过来，让我摸摸你的头，摸摸你的脸。"

"妈，我没事，别大惊小怪，"刘诗仪收住哭声说。然后将自己的身体再往前挪移。

"女儿，你的头发结团了，几天没洗吧，脸上摸不到肉了，酒窝哪里去了？"

刘诗仪怕母亲担心，故意放松语气说："妈，我好着呢。别摸了，摸得我好痒痒。"

张桂蓉问："方凳上碗里的剩饭是你吃剩的吗？"

"我和老鼠共同进餐，我吃不了的，老鼠吃。"刘诗仪说道。

"这种环境怎么吃得下？"

"吃不下，不是刚好可以减肥吗？"

张桂蓉突然记起什么似的说，"那你喝哪里的水？"

"后面蹲厕墙上的自来水。"

张桂蓉踮起脚尖，目光穿过钢筋的间隔，在刘诗仪背后搜索着。光线不好，后面什么也看不见，只看到一个黑黑的洞。这个就是女儿所说的"蹲厕"了。她把头侧过去，贴在铁门上，只听见里面老鼠窜来窜去的声音。

"这环境，这水，吃了不拉肚子吗？"

"我的肠胃都变成了铁打的肠胃，实际上我也没吃什么东西，也没什么拉的。妈，你别问了，在这儿我能挺住。我想说的是，你知道我什么时候能出去？"

"齐明远的父亲和大哥去县里找有关部门了……"话没说完，就被站在后面的警察喝止。

"妈，我想齐明远了，真的很想很想。"

"你就不想妈和你爸，只记得那个穷小子，就是他给你给我们家带来了厄运。"

"这怎么能怨他呢？"

"不怨他怨谁，自从你和他认识后，我们接连出问题。"

"你对他有成见，我不喜欢听。妈，我那天看到警察给他上了手铐带走了，我好难过，心都要碎了。"

张桂蓉没好气地说："他被拘留了。"

"妈，那你去看他了吗？"

"我才不去看他。"

"妈，你怎么不去看他，为什么不去看他呢？"刘诗仪真生气了，她撇过头去，泪眼婆娑，呜呜地哭着，"妈，你不了解女儿，你不懂女儿的心，我不理你了。"她知道，通过这件事，她的内心对他的依恋依靠更加强烈，对他的爱更加深沉炽热。

张桂蓉看到女儿生气，赶紧说："妈不是心里一直记挂着你呀，我找到齐明远的爸爸和哥哥后，就带他们到有关部门，之后我就马不停蹄来看你了，妈是放心不下你呀。"

"妈，你马上回去，你要去看明远，告诉他，我想他，时时刻刻都想他。叫他别难过，一切都会过去的。"

张桂蓉听后，感动得哭出声来，女儿对那穷小子是动了真感情，作为母亲还能说什么。她不断地摩挲着女儿的手，点头允诺一定去看他。

这时警察过来说："会面的时间到了，别哭哭啼啼了。"

张桂蓉像是没听到，她死死抓住刘诗仪的手，说："女儿，你要挺住，我一定要为你出一口恶气。"警察用力拉她的胳膊说，"走吧走吧。"

"妈，你要去看明远，就说我没事，我想他了！"

62 拘留所里释前嫌

张桂蓉在鸡公山乡街上找了个十元一个晚上的农民旅馆住下了，因为太疲倦，晚饭都没有吃，倒头就睡。第二天一早张桂蓉就坐早班车进城了，她要去催促齐明远的家人，抓紧想到办法来，否则黄花菜都凉了。同时还要去完成女儿布置的任务，去看看在拘留所的齐明远。

进城的客车，坐的大多是小商小贩，加上是私营车辆，一路捡客，清晨五点出发的车到上午十点才到县城。她一下车就去了县拘留所。

办理探视手续时，警察嘀咕道："咋看齐明远的人这么多呀？"

张桂蓉问："都来了些什么人？"

警察说："这个我不方便说，我只能说官方的就有两批，亲戚朋友，连你就有三批了。"

警察带她到会见室等候。一会儿齐明远就来了，他剃个光头，穿一身黄色的囚衣，虽然失去自由，但人还是蛮精神。

齐明远看到张桂蓉来看他，很是激动，他拿起话筒，隔着玻璃大声地叫了一句："妈。"

这一次张桂蓉没有生气，虽然听得十分别扭，但女儿心里喜欢他，特别是看得出来，他和女儿已经生米做成熟饭，她能有什么办法。这些天，她也想通了，儿孙自有儿孙福。所以，她大方地应了一声"唉，"然后又说，"齐明远，我都搞不懂，你有什么好，我女儿发了疯地喜欢你、爱你，我都无法理解，从来没谈过恋爱的诗仪，跟你素不相识，居然跟你拜堂打括了？"

齐明远傻傻地笑："可能要感谢天上的红娘，把我们牢牢地拴在一起。"他见张桂蓉脸上还挂着笑，就大胆地说："这还要感谢妈，您！"

"怎么感谢我，我都一直要生生地分开你们，你心里不把我骂死就烧高香了。"

"真要感谢你，不是你使劲地阻挠，诗仪不会倒向我这边，你阻得越厉害，她就黏我黏得越紧。"

"你别美，我自己的女儿我不了解？诗仪心肠好，她同情你，你是婚姻的困难户！不过话要说回来，诗仪都认定你了，我再浑，我也有定数。前段时间我撒泼，那是尽母亲的职责，我不怕你生气，就是现在，我还是认为，你够不上我心意中女婿的条件。所以你一定要对我女儿好，否则，我会给你好看的，我说到做到。"

"妈，我知道我的条件不好，我家庭条件也不好，我不是你满意的女婿，但我一定会做得最好。我也一定会对诗仪好，像宝贝一样地捧着、爱着，一辈子没有二心。"

"别尽拣好听的说，怪不得我女儿会上当了。我今天来，就是代我女儿来看你，你在里面还好吗？"

"还好，刚进来时不太适应，被牢头罚帮其他人提鞋，我跟他过了几招，他服了，没再为难我。"

"还好就好，诗仪还一直惦记你呢，她自己身陷囹圄，心里却一直放心不下你，要我一定来看看你。那个傻孩子，临走时还眼泪吧嗒吧嗒，反复嘱咐，说她想你了，她心里只有你。"

听到张桂蓉这样一说，齐明远心都软了，眼泪直撞眼眶。实际上他也分分秒秒地想念她，他和刘诗仪相处时间不长，但诗仪含情脉脉的眼睛和如水的温柔一直在眼前晃动，每每给他增添了无穷的力量。他也是一个感情丰富的男人，但在张桂蓉面前，他又不愿儿女情长地表达出来，他只是问："诗仪还好吗？"

"蹲在那样的地方，能好吗？没有阳光，空气污浊，昼夜分不清，老鼠成群结队，怪不得王流水就要在那个地方反复留置她，到期就申请延期，这是比

挨刀都更痛苦哇，我都不知道她每分钟是怎么度过的，现在瘦了一圈了。"

齐明远沉默了许久，说："妈，都怪我无能，没办法把她救出来。"

"别说这些了，想想怎么把你们早点捞出来。"

"我爸、我哥和我姐一早就来过了，他们说，昨天下午六太伯和齐老五还有我大哥去公安局反映诉求，六太伯气得吐了血。他老人家说，我和诗仪的事他不管了。齐家村的村民今天早上得知六太伯气得吐血，群情激愤，现在又群龙无首，都要去县里表达诉求。我爸拦都拦不住。我听了很生气，要我爸赶快跟进城，跟村民说清楚，别把事情搅浑了，还是走正当渠道反映情况，别给乡里添乱。"

"昨天上午，我带你爸和你大哥已经走了好几个部门，但没有一点效果，气得我也差点要吐血。但说实话，我也不主张他们群体去反映问题，毕竟吃了几十年公家饭，不给公家添乱。"

"村里的土律师齐老五也来了，昨天他和六太伯先到我这儿问了情况，今天他一早又来我这儿再核实了一些事。他说，他会赶进城，再找有关部门反映反映。去有关部门前，他会收拢村里的人，叫他们不要把事情闹得不可收拾。"

"你六太伯虽然年纪大，但看问题比你准，处事比你更有章法，更麻辣、到位，但他吐血了，不管事了，不知道那些进城的村民会搞出什么事端来。"

"我是怕搞出问题来，乡里已经很重视了，方书记指示成立了一个秘密调查组，这个调查组的人上午也来过了，问了我很多问题，我感觉他们是认真的。不过这个事，秘密调查组的人说要注意保密，不能露出口风，特别是不能让王流水和派出所的人知道，否则就会出大问题。"

"这我知道，说明县里不同意派调查组，方书记背着县里组织调查组进行秘密调查，这是好事，但胳膊扭不过大腿呀。"

"就在你来看我之前，方书记也来过，他要我坚定信心，一定会给我和诗仪一个说法。我俩的事，他今天准备再去向领导和县里有关部门汇报。走之前，他还特别交代，我出去后，放心大胆去引导农民发展脐橙产业，把这个产业做起来。"

张桂蓉对脐橙的事不感兴趣，她突然想到什么似的，说："你有没有把齐家村村民群体去县里反映诉求的事告诉方书记？"

"我向他汇报了，我觉得应该告诉组织。"

她沉思了一会儿后说："那我也先走了，我要去阻一阻他们，别出什么乱子。你自己注意身体，我女儿还指望跟你过好日子呢。"

63 村民喊："到群众中来"

张桂蓉意识到问题的严重性，她赶紧回到县城。她判断，齐应天他们要么去了公安局，要么现在去了信访局。她到信访局门口一看，并不见他们的人影。她想，他们一定在公安局。这时她很纠结，她断定，齐家村村民肯定来了不少，他们找公安局没结果的话，一定会来行政中心大院的，这是个重大不稳定因素，自己是公职人员，现在知道这个情况，知情不报，说不定要追究责任。这样一想，她赶紧向县委办报告。

从县委办出来后，张桂蓉立即去了公安局。在公安局大门口，百八十号齐家村村民已经站在公安局门口。他们高呼："释放无辜干部，严惩王流水。"齐家村村民叫着要见公安局领导。围观的群众越聚越多。

看到张桂蓉过来，齐老五把她拉到一边，说："我刚才已经先找到了钱副局长，从法律的角度反复申明要立即解除对刘诗仪的留置和齐明远的拘留，要求对王流水强奸未遂进行立案。钱副局长不但不给予回应，还点着我的鼻子呵斥'黄土都埋到喉咙了，还来跟我说法律问题'，之后再没露面。"

这时，齐应天走过来。张桂蓉问："你跟村民说了，要他们先回去吗？"

齐应天说："说了，齐老五兄弟也说了。但现在齐家村村民不听我们的，而且后面来的人越来越多，他们看到公安的领导不理我们，情绪更加激动，更不听劝。"

就在张桂蓉和齐应天交谈时，一个齐姓后生从围墙上爬了进去。几名警察立即围过来想制服他。这一下把齐姓村民激怒了，他们如潮水般往里冲。

钱副局长一看不好，拿一个大喇叭大喊："各位父老乡亲，有事大家坐下来谈。"他这一喊，把大家震住了。

齐得福清醒过来，说："早哪去了，我们现在不跟你谈了，你是副的，说话不管用，叫一把手出来谈。"

大家都大声附和道："叫一把手出来，我们要见一把手。"

钱副局长说："一把手出差去了。"

大家又说："一把手是躲我们吧。"

这时不知道是谁叫了一声："公安局的一把手不见我们，那我们就去见县里的一把手。"

张桂蓉看到事态严重，就大声说："我是刘诗仪的母亲，是齐明远的岳母，你们的情我领了，但我和亲家齐应天都不主张你们这样群体聚集去反映诉求，你们回去吧。"

齐家村村民像是没听见，他们从公安局涌出，向行政中心大院这边推进。齐应天和齐得福他们还没晃过神来，就被人流裹挟着往行政中心这边走。

县委办从张桂蓉那儿得到了消息，早早地在行政中心大门口布置了警力。

齐家村村民和看热闹的群众到行政中心大门后又高呼"释放无辜干部，严惩王流水"。大楼里的办公人员把下面的情况看得一清二楚。大街上路过的群众都停下来看热闹，围观的群众越聚越多。

在大楼主楼里，方明亮恰好在向县委一把手汇报这个事情。这时政法委的书记带着公安局长和维稳办主任进来报告情况。

县委书记走到窗前一看，黑压压的村民向大门挤，他们与第一排的警察肩顶着肩，围观的群众把行政中心大门前的街道都堵了，还有人拿相机拍摄，让他气得七窍生烟。他狠狠地骂着公安局长、维稳办主任和鸡公山乡的方明亮书记，并不时地走到窗前观看，他对公安局长说："这太难看了，小心不良媒体炒作，必须做好工作，先把人员劝散。"

公安局长和维稳办主任赶紧往楼下走。

县委书记看到方明亮还站在那儿，喝道："还站在那干吗？快和上访村民所在镇的领导一起做好工作，千万别出问题，否则，看我怎么收拾你们。"

"书记，从我们初步调查的情况来看，这里面确有问题。我再请求一次，先把那两个干部取保了，同时立即组织专案组和调查组进驻鸡公山乡，调查案情和徇私枉法的问题，理顺当事人情绪，回应社会关切。"方明亮说道。

县委老大用力拍了一下桌子说："你啰唆什么，快去现场处置。"

公安局长到现场后，组织人员做齐应天家人工作。

钱副局长找到齐老五问："怎么不见那个你们叫他'六太伯'的人？"

"昨天被你气得吐了血，他说，他不管这个事，省得你说他挑头，他今天没来，现在村民群龙无首。"齐老五回答道。

钱副局长要齐老五出面做工作。

齐老五说："在公安局你们老躲着不见人，现在村民情绪就像洪水涨起来了，哪有那么容易堵得住，我试试看。"

"你跟村民说，派代表到公安局谈，我和局长都会到场。"钱副局长说。

齐老五拿过警用喇叭，大声说："各位宗亲，钱副局长说了，叫我和齐应天他们到公安局谈，局长会到场，其他人员回去。"

齐家村村民高呼："我们不见局长了，要见县里的一把手。"没一个人离开。

村民在行政中心门口站了一个多小时了。

政法委书记走进县委书记的办公室，看到县委书记在呵斥县委办主任："我不想隐瞒了，事情闹大了，必须马上报地委办。"

见政法委书记进来，县委书记急切地问："现在情况怎样？"

政法委书记说："村民一直不肯离开，天气又燥热，围观的群众又起哄，一不注意就可能出大事。他们呼喊着要见你，可能只有你到现场，才能让这帮村民散了。"

正说着，维稳办主任来报告："两名村民晕倒在大门口，口吐白沫，我已经叫救护车送医院了。"

县委书记探头一看，村民中又有人晕倒，人群一阵骚动。他跟维稳办主任说："要尽全力救治晕倒的村民，绝对不能出现人员伤亡，千方百计稳住群众。"说完立即下到二楼会议室外的大阳台，拿起警用大喇叭，大喊："乡亲们，我是县委书记，大家别激动，有事坐下来谈，我会认真听取大家的诉求的。"

齐家村村民和围观群众听到声音，纷纷抬头向上看。

村民大声叫："请县委书记到我们群众中间来。"

楼上一时没了声音。

看到二楼没了反应，还在村民当中的方明亮跑步上二楼，他穿过会议室，走到阳台，劈头就说："书记，村民要求你到他们中间去，我建议就去，不会有什么事的。"

"你能保证书记的安全吗？"县委办主任呵斥道。

方明亮把县委书记拉到一边说："书记，我们的调查组反映，齐明远根本没袭警就拘留了。那个刘诗仪，派出所已经问完了话，依照法律完全可以取保，但派出所就是不让取保。如果确实因案情不能取保就应该实施刑事拘留，又不实施刑事拘留。为什么派出所反复采取留置措施，因为那个留置室只有鸡舍般大小，站不好站，坐不好坐，比拘留所条件差多了，待一分钟都难。就是王流水交代要好好地整整她啊，这是齐家村村民情绪激烈的原因。我建议你到他们中去宣布，先放了齐明远和刘诗仪，同时派出调查组进行调查，我保证，村民不会为难你，并且很快就会散了。"

他没表态，而是对县委办主任说："你马上叫公安局长到我这儿来。"

公安局长来后，县委书记问他："村民在公安局时，你为什么不见他们？现在全到这儿来了！"

公安局长支支吾吾。县委书记脸黑下来说："拘留齐明远，是否真有袭警的事实，程序是否清楚？"

"拘留的手续还在办理？"公安局长说道。

"人都拘留了，还在办手续，你呀你……"县委书记狠狠地瞪他一眼说，"那刘诗仪已经问完了话，为什么还反复留置她，她本身是受害者，又不是惯犯、重犯，特别是按法律可以取保为什么不取保？"

"按照法律，还没调查清楚可以延期留置，因为涉及伤害案，如认为必要，可以先进行刑事拘留，如已经调查清楚，只是等候起诉，不是重犯也可以

取保。"

"鸡公山派出所的留置室只有鸡舍大小是吗?"县委书记白他一眼问。

"这……我不清楚……"公安局长有点口吃了。

"你太官僚了,我不知道你们的人怎么办案的?"县委书记压低声音吼他,"我问你,如果现在放人,法律上会不会有问题,有没有后遗症?"

"这我要问一下钱副局长,他管这方面的业务。"公安局长立即叫人把钱副局长叫上二楼。

钱副局长支支吾吾,一方面他的私心,就要让刘诗仪在那个鸡笼里多待上一些时候;另一方面又怕因自己的私心而使这个不稳定事件变得无法收拾要承担责任,他前后思量,左右摇摆,最后说:"先放齐明远是可以的,反正拘留手续还在办理。"

县委书记大声喝问:"那刘诗仪呢?"

"这……我昨天问了一下鸡公山派出所,她的材料已经做完了,应该也可以取保,法律上不会有问题。"

县委书记气咻咻地说:"闹出这么大的事情,影响极为恶劣,地委也已经知道了,看你们怎么交代?这个事态平息后,我再找你们算账,你们一个也跑不了。"说完,就向一楼走去。政法委书记、公安局长和方明亮一同走去。

县委书记走到行政中心大门口,大声地对着齐家村村民和围观群众说:"乡亲们,今天发生这么长时间的聚集性事件,一个多小时啊,真的不应该!虽然没出现大的流血事件,也没财产损失,但县委的声誉受损,我感到很心痛!但我这里要说的是,不能怨你们,我们还有我们的一些单位和乡镇有责任,我一定会组织调查组搞清楚,追究他们的责任。你们要求释放齐明远和刘诗仪,我们商量了,可以,我现在宣布,马上放人,请大家放心地回去。"

这时县委大门口响起热烈的掌声。齐家村村民和围观群众渐渐散去。

64 离开了囚笼，精神却错乱了

张桂蓉听到县委一把手的表态，立即找到齐老五，叫他招呼好乡亲们回去，自己拉起齐应天、齐得福就走，花高价租了一辆私家车去接齐明远。

齐应天要齐得福顺路在商店按他的尺码买一套便宜衣服，好让齐明远出来时穿。齐应天还买了两挂鞭炮。张桂蓉也买了一套衣服给自己的女儿出来时穿。按规矩从牢间里出来，要换衣服，表示重新做人行好运，还要放一挂鞭炮驱邪。

他们一到拘留所，值班警察就说："你们来得真及时，十多分钟前，局里电话通知释放齐明远，现在齐明远还在办手续签字呢。"

齐应天看到儿子剃个光头出来，老泪纵横，羞恨兼有，自己的家族从来没有谁进过号子的，现在齐明远这个小子改写了家族历史，今后在齐家祠堂里怎么抬得起头？他很想上去给他一巴掌，但想到齐明远被拘留本来就是冤枉，心里现在都还滴着血，就忍住了。他颤巍巍地走过去，摸着齐明远光光的头说："出来了就好，出来了就好。"

"爸，我没犯法，没做辱没祖宗的事，我是冤枉的。"齐明远像小孩一样，委屈地说。

"我知道，真犯法了，公安局会放你出来？"齐应天信任地拍拍他说道。

齐明远从拘留所大门出来，齐得福立即放了一挂鞭炮。又把买来的衣服递给齐明远，叫齐明远换上。齐明远说："我又不像他们犯法坐牢，我就穿自己的衣服。"他不信这样的迷信，执拗不穿。齐应天给张桂蓉努努嘴，张桂蓉

说："信则有，不信则无，既然你哥有这心思，你照办没错，从此平安走顺路。"齐明远听张桂蓉的，穿上了衣服。

见面后，张桂蓉安排齐应天父子回家，自己接上齐明远，马不停蹄往鸡公山乡赶。她想，早到一分钟，女儿就少一分钟的痛苦，那地方哪是人待的，关久都会得肺结核。

虽然是私家车，但紧赶慢赶也花了四个多小时才到鸡公山乡。他们到时已是下午三点多钟，吃了个冷馒头就直奔派出所。走到留置室门口，见里面空空如也。张桂蓉弓着腰进去看，感觉刚走不久，地上饭碗里的剩饭团还有点微热。

这时，一个警察从二楼下来，张桂蓉问他："留置室怎么没见我女儿？"

警察说："两个小时前已经把她放出了留置室，考虑到她身体比较虚弱，我们叫她在大厅的长条凳上躺一躺，等候家人来接，还叫了个女治安员陪着她。"

张桂蓉说："我们从大门进来，大厅的长条凳上没有看见人呢。"

"你们附近找找，她身体弱，又有人看着，应该走不远。"警察有点不耐烦，说完就走了。

张桂蓉和齐明远分头在派出所附近找，但影子都没见着。张桂蓉一拍脑袋，对齐明远说："她会不会去车站，想搭客车去看你，这个死丫头心心念念的就是你。"这样一说，两人赶紧往车站走。

果不其然，她孤独地坐在车站的候车木椅上，头发蓬松，目光呆滞。边上，派出所的女治安员嗑着瓜子在守着她。

张桂蓉跑过去，看到自己的女儿两眼深陷，脸色雪白，衣服斜扣，身上还粘着一些饭粒，心痛地抱住她，叫了一句："诗仪，诗仪，你怎么成这样了。"

刘诗仪像是不认识似的，立即跳起来："你个疯婆娘，我不认识你。"

"诗仪，我是妈！我是妈呀！"张桂蓉准备给她套上自己刚买的衣服，伸出手来，想抓她的手。

刘诗仪吓得赶紧躲开："你是坏女人，别碰我。"

齐明远走到她面前："诗仪，我是明远啊，我和妈来接你回去。"

"滚开，我没犯法，凭什么还要接我回去坐牢。"她躲得远远地说。

张桂蓉不死心，流着泪说："诗仪，你真不认识妈了？"

"别烦我，走开，我要坐车去见我爱人齐明远，他被警察抓去坐牢了。"刘诗仪往车站停车场走。

齐明远心里一热，泪水不自觉地流下来："诗仪，我就是你的爱人齐明远呀。"

"放屁，你不是我爱人齐明远，看你一根头发都没，我爱人他一头黑发。"

治安员插话说："她出来后，思想就一直混乱，说话语无伦次，总闹着要去见齐明远。我怕她出问题，就寸步不离守着她，现在好了，你们来了，我把她交给你们。"

"你们把我女儿折磨成疯子了，现在就一甩手丢给我们！你先别走，一起陪我们去见你们所长。"张桂蓉拦住她说道。

没办法，治安员和他们一起往派出所走。齐明远搀扶着刘诗仪，心在流血。

一进入赖洪德的办公室，刘诗仪大叫："就是他，凶神恶煞。"刘诗仪惊恐万状，全身颤抖，吓得就往外退。

齐明远安抚她："诗仪，别怕，有我在呢，我是齐明远。"刘诗仪定定地看着他，情绪稍微安定下来。

张桂蓉大声质问："你们怎么把我女儿折磨成这样了，好好的一个女孩，现在连我都不认识了。"

赖洪德怯怯地说："我们怎么折磨她了，就按法律留置了她几天。"赖洪德知道，今天上午县里发生的群体聚集事件，有可能就是张桂蓉暗地里操控的，别人不知道，他心中有数。一个女人搞出这么大的动静，造成了那么恶劣的影响，连地委都惊动了。现在，肯定要有人来为这事承担责任，否则怎么向上级交代，怎么向社会交代。赖洪德不知道下一步县里会怎样处理他，他心中没数，心里七上八下的。王流水虽然能通天，但现在泥普萨过河——自身难保，

又怎能保他，说不定王流水也不能坐在那个位置上了，自己也很快要从所长这个位置上滚蛋。想到这，他说话的语气和缓了许多："你不要大惊小怪，刚从我这里出来的都这样，只不过你女儿在这里多待了一些时日罢了，休息几天就好了。"

"说得那么轻巧，'只不过多待了一些时日罢了'，你那儿是人待的地方吗？你去待几分钟试试。我把话撂在这儿，我女儿能恢复就算了，要是不能恢复，你，还有王流水就摊上事了。"说完，拉上刘诗仪就往外走，"女儿，我们先回去洗洗。"

刘诗仪木讷呆滞，身体又虚弱，加上刚才的刺激惊吓，刚走下楼，就摇摇晃晃，走路不稳，像是风都可以吹走似的。齐明远看得心痛，泪水在眼眶里打着转儿。命运真是捉弄人啊，自己的初恋吴芳菲当年离自己而去，让自己看不到一点希望。可就在母亲即将闭眼的时候，老天给自己配了一个这么美丽温柔的女人，让他志满意得，虽然她有一个粗暴乖张的母亲，但她一点不像她母亲。他暗自庆幸，老天还算公允，给了他婚姻的红头绳。他也曾暗暗发誓，一定要好好爱她，决心和她好好过一辈子。眼看着幸福就在眼前，没想到被残酷的现实击得粉碎。齐明远的心理变化，一下子被张桂蓉捕捉到了。她说："齐明远，你想什么呢，你不会看到诗仪这个样子，就另打主意了吧。"

"妈，不管诗仪怎样，我这辈子都陪她到老。"说完他蹲下来，背着刘诗仪往乡政府走。

刘诗仪惊恐万分地说："流氓、流氓，我要告你。"她趴在齐明远的背上，捶打着他的头，他的肩。但齐明远并没把她放下来，而是箍着她的腿，越箍越紧，默默地大步往前走。

张桂蓉也想着心事，她怎么也搞不懂，就几天工夫，女儿受到的打击会这么大，精神错乱失常，甚至连自己都不认识。不知道以后能不能恢复，如果不能恢复，齐明远会打退堂鼓吗？虽然刚才他说得那么好，但男人的心谁捉摸得透啊。

从派出所到乡政府虽然只有五百多米，齐明远和张桂蓉都感觉走了一个世纪。

65 他没免职，大家都傻眼了

县里发生那么大的群体聚集性事件，一下子省外的报纸电台电视台像吃了兴奋剂似的报道，给当地造成了很大的压力。地委一个个明传电报往下发，要求调查真相、形成新闻通稿还要处理当事人。

县委连夜召开常委会，听取县委政法委和鸡公山乡党委调查组的情况汇报。政法委的汇报很简单，大部分是新闻通稿的内容。鸡公山乡党委调查组的汇报很详细，把前后情况说了个清清楚楚。方明亮也对乡党委的调查做了补充。他庆幸自己擅自做主成立了调查组并进行了调查，否则不知怎样向县委交账。汇报完后，方明亮他们先离开了，走出常委会议室，他如释重负。他预测，这次，王流水位置不保，在鸡公山乡，自己没了这个最大的羁绊，可以甩开膀子来工作了。可他不知道，事情的发展让他咋舌。会议决定对负有领导责任的鸡公山乡党委书记给予党内严重警告处分，免去党委书记职务；对处置不力的公安局局长和分管的钱副局长以及齐应天所在镇分管维稳的领导给予党内严重警告处分；对负有直接责任的鸡公山乡乡长王流水和派出所所长给予党内严重警告处分，免去赖洪德的职务。明确由县公安局组成专案组对刘诗仪伤害案进行调查，对群体聚集事件幕后策划和现场的违法行为进行调查，由县纪委和县检察院组成联合调查组对此案侦办过程中存在的失职渎职和徇私舞弊行为进行查处。明确在鸡公山乡党委负责人还没到位前，暂由王流水主持工作。

本来王流水也难逃就地免职的噩运，他听到县里发生群体事件后，预感到将被追责，位置行将不保，虽然缠着绷带不太方便走动，但他立即给县里的几

个铁哥们儿打电话，把责任推得一干二净。常委会上，他的几个铁哥们儿又不断地给他说话，最后让他只是背了个党内严重警告处分，暂时保住了他的官位，还让他主持了乡党委的工作。

第二天，县委派人下到鸡公山乡政府宣布县委的决定，干部职工一片唏嘘。方明亮听到处理决定，大吃一惊。他不知道县委会这样处理，自己多次向县有关部门和县主要领导汇报，不但没被重视，还受到严厉斥责。原以为，这次事件会让王流水保不住位置，没想到下台的是自己。

宣布完后，组织部的领导要方明亮讲话。因为分心走神，方明亮像是没听到。他偷偷地瞄了一下还缠着绷带坐在台下正中的王流水，看到他装着不停地在本子上做记录，心里很不是滋味。

实际上这时王流水心里也打着鼓，方明亮的今天说不定就是自己的明天，但客观地说，方明亮的下台，很大程度是他王流水造成的。想到这，王流水不敢抬头，他怕碰到方明亮凛然正义的目光。

组织部的领导见他没反应，又催了一次方明亮。方明亮晃过神来，他知道，这是要他表态。他想，再争辩也无济于事，而且说多了可能再惹祸上身，因为下级服从上级的规定他懂。他牵强附会地从自身找了些问题，主动承担了此次事件的责任，然后做了坚决服从县委决定的表态。王流水也冠冕堂皇地说了话。

宣布完后，干部职工离开会场。按照县里要求，由王流水组织召开乡党政班子联席会议。组织部的领导提了几条要求就先走了，他们继续开会。

王流水坐到了书记的位置上感觉特别好，说话的分贝都大了三分。他要求班子成员正确看待县委对老方的处理，坚决服从县委的决定，把思想和行动统一到县委的处理决定上来。他说这个话，就是告诉大家现在自己是党委负责人，要求服从他的领导，不要左顾右盼。他看看大家都面无表情，知道他们心里都有想法，只是不敢说而已。见大家沉默，他又特别强调：大家要从此事件中吸取教训，高度重视信访维稳工作。绕了半天才转到正题上来，部署对这个群体性事件的善后工作，然后又专门交代乡纪委要对齐明远和刘诗仪进行党纪政纪处分。

大家都认为在这个时候别火上浇油，怕惹出事端。他一拍桌子吼道："如果这样放任，今后怎么管理干部。"他这一拍，大家又不吭声了。

纪委书记心领神会地说："齐明远确有干预办案的问题，刘诗仪也有欺骗组织离岗的问题，背个处分绰绰有余。"说完他用征询的目光看看大家。大家都默不作声，一下子会议室就安静下来。

王流水说："既然大家没意见，纪委就照这个方向去调查落实。"

大家正要卷包走人，这时张桂蓉冲进了会议室，大骂："王流水，你把我女儿折磨成精神病，我还没找你的麻烦，现倒好，你家那个黄脸婆倒来找我们的麻烦了，你说，是我女儿让你背处分的吗？我女儿现在成这个样子，你们怎么负责？"

王流水一看到张桂蓉，本能地往后缩。胡明生走上前："张桂蓉，我们正在开会，有事后面说。"

"开会正好研究如何处理我女儿被折磨成精神分裂的问题？"张桂蓉说。

"你女儿精神出问题了？"胡明生问。

"睁开你们的狗眼朝楼下看看。"张桂蓉骂道。

张桂蓉一叫，大家都来了精神，有的装着劝解，有的借机向楼下大院瞧，看下面正在发生什么热闹。

王流水也偷偷地瞄了一下楼下，只见自己的老婆扯着呆呆傻傻的刘诗仪要说法。齐明远站在她们中间，保护着刘诗仪。院子里围了一大群看热闹的人。王流水确信张桂蓉没说谎，刘诗仪精神肯定有问题，他心里骂道："这个傻女人，这个时候拉扯一个精神病人，不是吃错了药，就是神经也搭错了，本来舆论都对自己不利，现在又来演这一出，不是跟刘诗仪一样得了精神分裂吗？"他很想立即下去把自己的老婆用土埋了，但考虑还在开班子会，会议室还有个泼妇在这，所以他忍住了，他说："张桂蓉，你女儿的事，我们党委政府会认真对待，到底是观察一段时间还是马上病休，我们会给你们答复的。"

"这个是次要的，必须马上安排去治疗，我女儿的医药费怎么处理？我女儿和齐明远的精神损失费要立即明确，同时必须追究对我女儿图谋不轨和非法拘禁我女儿的当事人的法律责任。"

"医药费的事按规定办事，精神损失费法院判决才能落实，至于第三个问题县公安局成立了专案组，自然会有结论。"王流水不屑地说。

"我不管，我现在是要钱帮我女儿治病，要帮我女儿伸张正义，不答应，你走不出这个会议室。"张桂蓉说。

王流水见这架势，对班子成员说："大家先散会吧。"大部分班子成员听后鱼贯而出，几个想看他笑话的人还想留在会议室。

胡明生催他们走，他们才恋恋不舍地离开。

王流水见大家都走后，立即黑下脸来，对张桂蓉说："你别胡搅蛮缠，小心我关你到派出所留置室。"

"那你过来呀，过来动手呀，不过来的是王八蛋！我女儿都被你们关成了精神病，我的人生没有希望了，巴不得政府把我关起来。"

王流水不想跟她较真，他这时最想的是赶紧把自己的傻子老婆拉进自己的办公室，别在那儿丢人现眼，徒增别人的厌恶。他正要跨出会议室，张桂蓉立即两手箍住他的大腿，然后用自己的脚牢牢夹住王流水的脚。王流水一步都无法挪动。

"你撒泼是吧？"王流水恶狠狠地盯着她。

"不答应我的要求，我就撒泼，如何？"张桂蓉也狠狠地回他目光。

王流水见自己无法脱身，他丢了一个眼色给胡明生。

胡明生心领神会，立即过来扒拉张桂蓉的手。但张桂蓉的手死死箍住王流水的腿，就是不放。胡明生立即招呼几个干部上来，才把张桂蓉抬了下去。

王流水跟在后面下楼。看到自己的老婆还堵着神志呆傻的刘诗仪，他冲上去呵斥："你是不是脑子进水了。"说罢，拖着自己的老婆就往自己的办公室走。

张桂蓉见状，立即拉起刘诗仪和齐明远也往王流水的办公室去。外面来看热闹的群众也跟着走。

张桂蓉走到王流水办公室就往地下一躺，"反正我什么希望都没了，我们都到你这儿吃住了"。

站在边上的刘诗仪拍着手掌，傻傻地笑。

王流水实在没了办法，看到齐明远在那儿，立即喝道："齐明远，你眼里还有没有领导，你就这样让你岳母在我这儿撒泼？"

"王流水，你还把自己当领导，真把自己当领导，就不会做出那么多龌龊的事来！"张桂蓉说。

王流水没办法，说："好好好，别以为县里给你撑腰了，我就拿你没办法，看我怎么收拾你。"

"那来呀，我看你能把我再无缘无故地拘留一次？"

胡明生有点乞求："老齐，看在我俩关系的分上，你帮帮忙，把你岳母劝走。"

他们正说话间，王流水的老婆冲过来，对张桂蓉又撕又咬。张桂蓉大呼小叫："王流水夫妻俩联手打人啦，快来人呀，救命啊。"

她这一叫，院墙外的村民和一些还留在院子里的干部、家属纷纷过来看热闹。一些不明就里的长舌妇还指指点点。

王流水气得七窍生烟，他把自己老婆拉到一边，狠狠地捆了她一巴掌："你傻呀，你跟那个疯婆娘一般见识，这正好上了她的当，她巴不得越闹越大，巴不得鸡公山乡都翻过来。现在是我主持党委工作，刚主持工作，乡机关就鸡犬不宁，这成何体统？我要稳定，我要形象，你是要让全乡干部群众都来看你和我的丑态？"

张桂蓉哪肯罢休，揪住王流水的衣领就要往乡政府院子里拽："走走走，到院子里让全体干部职工评评理。"

王流水实在忍不住了，吼道："老子不当这个负责人了，今天也要收拾你！"抬起脚就要下踹，这时还是他老婆清醒，拉住了他的脚。

刘诗仪看到这场景，吓得两眼惊恐，飞身向外逃走。张桂蓉看到女儿跌跌撞撞窜向乡政府院场，赶紧和齐明远一起追过去。

王流水看到她们走远，终于长舒了一口气。他恼怒地对胡明生说："刚才你怎么一点办法都没有，看着我丢丑。"

胡明生支支吾吾。

王流水说："算了，别解释了。刚才那个疯婆娘提出要钱给她女儿治病，

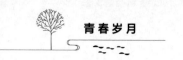

你打电话给财政所，没我同意，一分钱都不能借给她，别以为闹了，县里出面放了齐明远和那个精神病，我就认尿了，我不会放过她们。还有，通知纪委书记，抓紧整好他俩的处分材料，我都扛处分了，他俩能跑得了？"

乡政府终于有了暂时的平静。

66　出来后，双双被处分

按张桂蓉的脾气，她是要和王流水干到底的，她没有这样做，一是单位催她回去，说有急事，电话里又不明说，让她惴惴不安。二是看到女儿已成这样，必须先治好女儿的病，再拖，就真可能拖出个精神病来，现在没工夫跟王流水干。但折腾了半天，那个王流水也没松口落实给女儿治病的钱，看样子只有先动用原来齐明远从他同学那儿借的钱了。她要找到齐明远打个商量。

齐明远带刘诗仪到江边去散步了。刘诗仪原本在齐明远狭小的房间里坐，她时而痴痴傻傻，时而狂躁不安，齐明远想着法子启发她，但就是认不出他来。见她心神不宁，他又想方设法逗乐稳定她，但还是一股劲地往外走。他干脆把她带到江边走走。

张桂蓉远远地看着齐明远带刘诗仪在江边慢步，看到刘诗仪一会儿唱唱歌儿，一会儿摘摘野花戴在自己头发上，就自言自语地说："这画面多美啊，本来是蛮好的一对，就是齐明远太穷了，就是女儿现在被折磨出了精神病。"她长叹一声，走过去："明远，你会真心对我女儿好吗？我女儿治不好，你也会对她好吗？"

"妈，我说过了，我会对诗仪一辈子负责的，不管她怎样，我都会对她好的，妈，你放心。"齐明远说。

张桂蓉是相信齐明远说的话的，但她总有一百个不放心，可现在又不好一再追问。她说："我想尽快带诗仪去治病，看样子这不是一笔小数目的治疗费，现在我家兜里都是空空的，上次你给的钱还剩了四万元在我那儿，我想先挪过去给诗仪治病，到时我们有积蓄了再还你。"张桂蓉用征询的目光看看他。

"妈，诗仪是我拜了堂的妻子，就用这个钱去给诗仪治病。她看病，钱本来就应该由我负责，这钱，哪能由你们二老还，我们来负责还。"

张桂蓉也没争。她又说："本来越早去治疗越好，但我单位现在又催着我回去，说有急事，我估计没好事，肯定要接受公安的调查。也好，我借这个机会，先回去电话联系一下省城和地区医院的专家，有了消息会电话通知你。"

张桂蓉走后，鸡公山乡也紧锣密鼓地整理齐明远和刘诗仪的材料，乡纪委不断地找齐明远和知情的人问话。

齐明远开始以为乡纪委要查处王流水和派出所赖洪德等徇私枉法的问题，还积极给予配合，到后面发现矛头是对准自己和刘诗仪的，他干脆话也不谈了。

乡纪委威胁齐明远，不配合调查，也可依据调查的事实给处分。齐明远不搭理他们，由他们怎么处理。

王流水为了树权威，没几天，就在党员大会上宣布给予齐明远和刘诗仪党内警告处分。

齐明远要求申诉，但王流水代表党委一口气宣布申诉无效。齐明远的心一下子跌入冰窖里，想到自己事业无成，生活困顿，无故受拘，爱人得病，现在又被组织莫名处分，想死的心都有。回到房间，他抱着刘诗仪痛哭不止。

看到齐明远流泪哭泣，刘诗仪定定地看着他，仿佛明白了什么。突然惊悚万分，跟着哭泣不已。一会儿后又傻傻地笑。

齐明远怕加重刘诗仪的病情，马上收住哭声。他提醒自己要坚强，不仅是为了自己，还为了病中的爱人。

几天没张桂蓉的消息，他感到不能再等张桂蓉的消息了，再拖就会耽误刘诗仪的治疗，他决定带刘诗仪先去县医院看看，同时抽空到县纪委和有关部门申诉自己和诗仪的处分问题。他把王流水对刘诗仪图谋不轨和王流水故意整他们的经过简单整理成了材料，准备向有关部门发送。

回县城时，齐明远中途回了一趟家。他看到公安在调查参与群体聚集的问题。调查的人员说，查来查去，无法认定谁是挑头组织的，齐家村是一家姓，原来六太伯出来主事还好，有个主心骨，可六太伯吐血后那天没参与，变成群龙无首，一哄而起。齐明远还从公安那里了解到，张桂蓉也在接受调查了。

齐应天看到刘诗仪也回来了，甚是高兴，他自己下厨做了几个好菜，又叫了两个儿子一起来吃饭。齐明远的母亲过世后，齐应天坚持一个人开灶，自由，想吃什么就吃什么，哪个儿子家里都不去，怕跟儿媳不对眼。吃饭时，齐应天看刘诗仪越看越不对劲，忍不住问："儿呀，明远婆……"齐明远本来不想把刘诗仪精神上受了刺激的事告诉父亲和两个哥哥，主要是怕父亲担心。但父亲问起来，只好如实说。既然事情都说上了嘴，干脆把他俩受处分和方书记被免职的事都说了。

齐应天停了好一会儿没说话，他不明白为什么自己的儿子和儿媳也要受处分，他们没参与群体性聚集。

齐得福不在意什么处分、免职这些烂事，他关心的是自己的弟媳成了呆呆傻傻的疯婆娘，这怎么行？他夹口菜说："老弟，我说没那么便宜的事吧，我们农村娃儿怎么能找到城里妞妞做老婆，有那样的好事？原来捡了个榆木头！反正她母亲不同意，我看干脆散了，省得坏了宗朝（基因）。"

齐应天呵斥："我们齐家能做这样的事吗？进了我们齐家的门，就是我们齐家的媳妇，就要对人家负责。"

"大哥，不管诗仪怎样，我都不会抛弃她的。"齐明远说。

"你是猪八戒饿了三世的荤，看到盘里的肉都是菜，是个女人就拉上床是吧？"齐得福说。

齐应天一筷子打过去："你满嘴喷粪！"齐留福也骂齐得福不注意弟弟的感受。

"我是担心他后半辈子怎么过？与其抱着个疯婆娘，还不如打一辈子光棍。"齐得福感觉委屈。

齐明远很不痛快，饭没吃完就拉起刘诗仪回县城。

齐得福的话确实深深地触动了齐明远，让他心里沉甸甸的，不知道刘诗仪能不能治好，如果治不好，自己真要抱着一根榆木过一辈子。他看着身边的刘诗仪，问了自己无数遍，想好了吗？做好准备了吗？他踢着路上的小石子，心里波澜起伏。但他想，做人不能那么势利，况且自己内心是真心喜欢刘诗仪的，老天爷一定会眷顾自己，诗仪的病一定会好起来。想到这，他要尽快找到张桂蓉，商量如何带刘诗仪去治病。

齐明远到张桂蓉家，恰好看到张桂蓉扶着刘立公进门，今天刘立公出院。

张桂蓉告诉齐明远，她被公安"闭门调查"了好几天。钱副局长怀疑这次群体事件是张桂蓉在后面搞的鬼，加上自己想跟她家结儿女亲家，却吃了软钉子，想借机泄一下私愤，但查来查去也没发现张桂蓉有什么明显的违法行为，倒是了解了她及时向县委办报告不稳定信息的立功表现，无奈，钱副局长只有交代办案的警察放了她。县纪委考虑到公安没拿到什么证据，在处分名单中拿下了她的名字。

张桂蓉看到刘诗仪，一把把她搂到自己怀里，心痛地抚摸着自己的女儿。但刘诗仪挣脱她的手，显然对她还没记忆。张桂蓉有点落寞，突然，她记起什么似的，说道："我被调查时，办案警察说，不交代，纪委仍然可以给你处分，你女儿女婿零口供不是也处分了吗？齐明远，你们真被处分了？"说完，她看着齐明远。齐明远本不想告诉她，知道她暴脾气，但看到她如炬的目光，他只有如实说。张桂蓉一听，果然气得暴跳如雷，"鸡公山乡政府不但没给你们正名，没落实赔偿和医药费，没追究有关人员的责任，还给你们处分，王流水真是把鸡公山乡政府当自己家了，胆大妄为，为所欲为，我必须给他好看"。

刘立公劝诫张桂蓉息事宁人，说："不就是个处分吗？没什么了不起的，算了，胳膊扭不过大腿，孩子还要在那儿上班，天天被穿小鞋，怎么开展工作？"可张桂蓉坚决不干，"你懂个屁，背了个污点，以后怎么进步？"她要申诉，出那口恶气。她想，按正常程序反映，这是公民的权利。她安排刘立公先带刘诗仪去医院看病，自己和齐明远又去县纪委和有关单位申诉。

申诉并没结果，她气得牙痒痒的，对齐明远说："你安心地带诗仪去治病，这事，只有我来操心了，你自己反而不方便。"

张桂蓉照自己的思路办，她认为解铃还须系铃人，是王流水做的好事，就只有先找王流水了。第二天她就去了鸡公山乡政府。

她一进鸡公山乡政府，就被眼尖的胡明生看到，张桂蓉来乡里肯定没好事。他叫通信员通知王流水先避避锋芒。

王流水听后，心里一紧，他内心是有点怕这个泼妇。现在公安的专案组还在乡里，本来自己的那档子事都不知道能不能洗得脱，再碰上个缠不清的事，那不是死定了。他想，还是先躲躲为妙。

张桂蓉走进乡党政办公室，没好气地说："我要见王流水。"胡明生心里实际也有些怵她，对她战战兢兢，但又客客气气地给她倒了一杯水，然后说："今天真不巧，王乡长下乡去了。"张桂蓉不信，她直闯王流水的办公室，可他的办公室大门紧闭。然后她又把乡机关院子翻了个遍也没看到人影。

张桂蓉回去找胡明生，"你不告诉我王流水在哪儿，我就在你办公室不走了"。

"你不要为难我，我真不知道领导去哪儿了？"胡明生装出一副无奈的样子。

张桂蓉也不多说什么，自己拿起一份报纸来看，嘴里嘟囔着："跑得了和尚跑不了庙，我看你要不要进乡政府来。"但半天下来，进进出出的人中，就不见王流水。她咬得牙齿嘣嘣响，"我看你躲了初一还能不能躲得了十五。"她干脆在街上的农民旅馆住下来，连续几天像干部上班一样按时去乡政府等王流水，可几天下来就是不见王流水的影子。

张桂蓉不知道，王流水叫卫生院和土管所各给他准备了一个办公室，办公室安装了电话。碰到难缠的对象，三天两头换着地点办公。

张桂蓉找不到王流水，一下子脾气不知道往哪儿发。她想，王流水躲猫猫，县里又不把孩子的事当一回事，看样子只有往地委走了，拼了我两夫妻这点工资也要为两孩子讨个说法。

胡明生知道她想干什么，劝她找不到王流水就算了，他俩不就是背个处分，处分又不影响吃饭。张桂蓉喝道："这是人的政治名誉，政治名誉比生命还重要，容不得玷污。这处分，除了要进档案，还让人背负一辈子阴影。特别是我女儿参加工作没多少天，本来就是个受害者，反而背个处分，这口气无论

如何咽不下去。如果不讨个说法，别说什么谋个好前程，日后他两人在鸡公山乡上班，不知道要受多少王流水的欺侮。"

张桂蓉下定决心去地委反映情况，她收拾好齐明远复印的材料，就搭乘路过班车去地区了。

到了地区，她直奔地委大院门口的信访接待室。恰好是地委秘书长坐班接访。秘书长很和气，又让茶又让座。她把材料递给了秘书长。

张桂蓉借机详细地汇报了情况，她边说边哭，声泪俱下。妇女干部出身的她，这方面是她的强项，她把刘诗仪和齐明远的遭遇详详细细地说了，把王流水和赖明德胡作非为的表现说了个遍。最后，张桂蓉还把方明亮被王流水陷害，县里把方明亮的职务免了的情况也作了汇报。秘书长听后义愤填膺，亲自在她的信访材料上签署意见，并叫秘书处的同志把信访材料放到了地委书记办公桌上，又交代秘书处带她去见地区纪委的领导。

张桂蓉回来后，地委的联合调查组也下到了县里。两个月后，县里就大地震，县委书记免职调离，纪委书记、组织部部长免职查办。王流水被依法免去乡长职务，涉嫌强奸未遂和滥用职权被刑事拘留，赖洪德涉嫌滥用职权被刑事拘留，方明亮重新任职鸡公山乡党委书记。

方明亮恢复职务后的第一件事就是撤销了对齐明远和刘诗仪的处分。还从关心干部的角度，专门安排人员到齐明远和刘诗仪的家里慰问，并替他们从财政所预借了五千元作为刘诗仪的治疗费，承诺公费医疗之外的部分，乡里全部负担。

67 好消息让精神错乱的人清醒

张桂蓉去地委的那天，齐明远就把刘诗仪从县医院接出来，送她去省城精神病专科医院治疗。一段时间的治疗，刘诗仪不会那么烦躁不安了。特别是齐明远的悉心照料和循循善诱，刘诗仪的记忆在逐渐恢复，慢慢能认出齐明远了。虽然刘诗仪思维还很混乱，一会儿糊涂，一会儿清醒，但这已经是很大的进步，让齐明远看到了希望。

县里大地震的消息一传出，张桂蓉就赶往省城，她要尽快告知女儿和齐明远这一重大消息。到了省城，张桂蓉搂着女儿，眼泪哗啦啦地流："女儿，王流水终于被扳倒了，你和明远的处分撤销了。"刘诗仪这次没推开张桂蓉，像是认出了她，她也搂着张桂蓉。

齐明远在边上喃喃自语："王流水倒了？我和诗仪的处分撤销了？这千真万确吗？"这段时间来，一边是心爱的人因为王流水等人的折磨精神错乱，一边是自己被王流水等人冤枉受到拘留，又因莫须有的问题，两人都被组织处分，心里像是被一块巨石压着，自己的天空一直阴云密布。

张桂蓉含着泪点点头。

刘诗仪仿佛也听懂了，她眼睛瞪得大大的，眼泪扑簌簌往下流。她走到病床边，不断地翻着装衣服的行李箱。

齐明远知道她在找什么，说："那套被撕烂了的衣服我没带来，我怕你看到会伤心。"

刘诗仪停下手，然后怔怔地看着齐明远。

张桂蓉感觉女儿有所领悟，补充说："诗仪，就是欺侮你的那个乡长王流水，被罢免了，他现在不是乡长了，还涉嫌强奸未遂和滥用职权被刑事拘留了，我们不用怕他了。"

刘诗仪终于"哇"地一声哭起来，然后定定地看着张桂蓉，突然紧紧地搂着她，叫了一声："妈……"母女俩哭成一团。

看到这一幕，齐明远激动地说："诗仪，你清醒了，你完全清醒了。"他像个小孩子似的，手舞足蹈。

刘诗仪抱着齐明远的头，说："明远，王流水倒了，欺侮我们的王流水终于倒了！我们的处分也撤销了！我刚参加工作，就受欺侮、冤枉，就蹲那鸡笼大小的留置室，后面还莫名地背处分，我的心好苦啊！"

齐明远搂着她说："现在好了，王流水也被拘留了，他罪有应得，我们都轻松了！"

他们三人哭成一团，流下幸福的泪水。

听到病房里有哭声，医生和护士以为发生了什么，赶紧过来。齐明远说："医生，诗仪她清醒了。"

看到医生进来，刘诗仪走过去对医生说："医生，让我出院吧，我要回去上班，我刚参加工作，上班的味都没体会出来。"

医生安慰她："只要你恢复得好，我们会尽快安排你出院的，但现在不行，你还要安心住院治疗。"

随后，医生跟齐明远说："你跟我来一下。"他们到走廊的长条凳边坐下。医生说："我听到刘诗仪清醒了也很高兴，但要提醒你的是，精神病人是逐渐恢复的，不要过多地给予她精神上的影响，怕适得其反。刘诗仪精神受的刺激比较大，你要多安慰她、鼓励她，让她多感受美好的东西，心里尽量保持平静，这样就能更好地巩固治疗效果，否则很容易反复，容易发展成间歇性的精神病。"

"谢谢医生，我会的。"齐明远高兴地握住医生的手迟迟没有松开。他心里像是灌了蜜似的，但又有些惴惴不安地回到病房。

病房里，刘诗仪搂着张桂蓉的脖子，说："妈，我要早点回去，全身心地投入工作中，把乡里的年轻人都调动起来，让他们的青春都散发出无穷的活力。"

"好好，医生什么时候同意出院，我们就什么时候走。"

"我的心早就回到鸡公山乡了，我要和明远一起努力，引导农民把脐橙产业发展起来，让农民把山当田作，把万亩脐橙基地建起来，早一点改变贫困的面貌。"刘诗仪接着说。

"好，你有雄心，我支持你。"齐明远说。

"我还要……"刘诗仪还没说，脸就红起来了。

"我知道，你是想说要给齐明远生娃吧。我想通了，我同意，实际上我早同意了，不同意又有什么办法？"张桂蓉轻轻地掐了一下刘诗仪，半嗔半笑。

"我要生一堆娃，让他们在我面前绕前绕后，那多幸福呀。"

"这个打住，计划生育哟，只能生一个，要饭碗还是要娃。"张桂蓉故意认真地说。

刘诗仪轻轻地咬一口张桂蓉："好你个计生婆，把我的幸福都掐灭了。"

"妈，我也要一堆娃，我要把我的孩子培养成'三农工作'的行家里手。谁说青春何以相许，农村也有广阔的天地，我要让我的孩子扎根农村，培养出一个个果业大户，脐橙大王。"齐明远插话说。

"那是不行，我要让我的外孙一个个到大城市工作，进国家部委，让他们真正成为城市的主人。"张桂蓉抢白道。

"我跟妈说悄悄话呢，你一个外人插什么嘴？"刘诗仪故意说，"你要一堆娃，那我们都违反计划生育，都没工作了，我们带娃喝西北风啊？"

"怎么会喝西北风，即使丢工作了，我回老家把后龙山都种上脐橙，自己先当脐橙大王！就算失败了，那就和村里的伙伴一样，南下，他们能养活家人，我也能。"

"丢工作了也不能去种脐橙，那多辛苦呀，即使去打工，也不要去当什么脐橙大王，我不能让我的女儿跟你去吃苦。我知道你是学林的，当脐橙大王或引导农民当脐橙大王是你的理想，但我劝你早些丢掉这些所谓的理想，早些进城工作，跟诗仪好好过日子。"

　　齐明远不吭声了。刘诗仪打圆场："生娃和理想两不误，两促进。"她突然想起什么似的，说："刚才，医生给你说什么悄悄话了，如实招来。"

　　"医生说，你恢复得很好，不久就可以出院去给我生娃了。"齐明远不愿把医生的原话说出来，怕给她增加思想负担。

　　张桂蓉实际看出点什么，显然齐明远没说实话，她想问清楚，但话到嘴边又咽了回去，怕真有点不好的消息，女儿听到了反而影响病情恢复。

　　"明远，我就是治不好，我也跟你一辈子了，别想甩了我，你逃无可逃，也逃不了。"刘诗仪开玩笑说。

　　"你是妈送给我的最好礼物，是我人生最大的幸福，妈也在这，我发誓，我一定会爱你一辈子，照顾你一辈子。"

　　张桂蓉坐在旁边一直没说话。齐明远说到她，她才说："明远，明人不说暗话，本来我是不同意诗仪跟你好的，但我这样阻都阻不住，可能我真看错了，真的是老天的安排，我想把你们拉开都拉不开，现在我就认了。但妈是过来人，婚姻绝不是表一下决心，绝不是说一两句甜言蜜语就能维持下去的，能不能经受住柴米油盐的考验，能不能容忍对方的想法和性格，能不能时时处处为对方着想，能不能包容对方包括家人的过错，能不能承担对方的不幸，这都是婚姻幸福和长久的根本。"

　　"妈，我知道婚姻不是小孩子过家家，请你相信，我是真的爱诗仪的，不管以后的日子是穷是富，也无论今后会发生什么，我都一定会对诗仪负责的。"

　　张桂蓉觉得齐明远说得很真诚，而且近段时间的接触，齐明远应该是个靠得住男人。张桂蓉不想再居高临下地拷问，也不想没完没了地听一两句好听的口话。再说，口就一定能对心吗？她说："让诗仪静一静，让她好好休息休息吧。"说完，就把刘诗仪安顿睡下，并给她喂了医生开的药。

　　齐明远听到张桂蓉这样一说，独自往医院走廊上走，他想到医院的中心花园去转转。这段时间来，他陪在刘诗仪身边，寸步不离，确实有点累。

　　张桂蓉安顿刘诗仪睡着后，心里的那块石头一直在撞击她，她要问清齐明远，医生到底跟他说了什么。她走到走廊，没看到齐明远，又下楼到医院中心花园，终于在一个凉亭里看到了齐明远。她走过去说："齐明远，医生到底跟你说了什么？我是诗仪的母亲，有权知道诗仪的情况。"

"医生真没说什么，妈，你不要多心。"

"不可能，医生那么神秘兮兮的。"她的眼光中带着威严。

说实话，齐明远是有点怕这个岳母，看到她带着寒气的眼光，他还是老实说了："医生说，诗仪恢复得很好，但这种病很容易反复。"

"反复是什么意思？"

"就是即使现在治好了，后面容易间歇性发作。"他尽量把事情说得轻松些，没有直接说刘诗仪可能变成间歇性精神病。

张桂蓉显然听懂了，她愣在那儿，嘴巴张开能插入一把电筒，半天没说话。她不知道女儿的命怎么会这样，受了一点苦处和委屈就精神受不了，这还没损失什么嘞，如果真失了身子，那还不成了菜市口的那个癫婆。她的脑海里闪过一个人的影子，那就是王流水，她恨他恨得牙痒痒，如果他现在出现在她的眼前，她定会一口吃了他。她感觉自己有点失态，赶紧平复心情。这个时候她最想知道齐明远是怎么想的，她说道："那你有什么打算，你不会中途赶人下车吧。"她说得有点委婉，不是脾气改了，而是女儿现在这种状况，让她横不起来，但她的眼睛仍然射去一束犀利的光。

齐明远不寒而栗。他本来不想过多地再表忠心，因为刚才已经说得那么明白了，他是真心喜欢刘诗仪的，不管刘诗仪怎样，他都深深地爱着她，但面对张桂蓉能穿透心肺的目光，他还是真诚地再说了一遍："妈，我对诗仪是真心的，不管以后会发生什么，我都会爱她一辈子，陪她一辈子，照顾她一辈子，我一定会说到做到。"

看到齐明远发自内心的话语，张桂蓉能说什么呢，现在只有祈祷命运之神能眷顾诗仪了。

68 她想到曾经受到的惊吓

张桂蓉在省城医院照顾了几天刘诗仪就接到了单位催她回去上班的电话。新上任的县委书记抓计划生育抓得更紧了，县直单位除星期一集中办公处理业务，星期二到星期五全部下到所挂村抓计划生育。可她怎么敢走呢，就是这几天，刘诗仪就反复了几次，她和张桂蓉聊着聊着，就精神失常，记忆也全失，认不出张桂蓉和齐明远。张桂蓉心急如焚，不知所措，她虽然知道医生说过，女儿的病容易出现反复，但不相信短短几天就反复几次。张桂蓉显得异常烦躁，看到又打又闹的女儿，真想上去给她一巴掌。

倒是齐明远冷静如常，他略懂些医学常识，医生说得没错，刘诗仪的病容易出现反复，特别是病情刚刚好转的这些天，容易反复，只有拿出最大的耐心，才能协助医生治好刘诗仪的病。他相信，现代医学一定能圆他们的幸福梦。他想，现在张桂蓉这种情绪，十分不利于刘诗仪治病，不如让她回去，反正她单位又在催。想到这就说："妈，你工作忙，单位又来电话催，不如先回去，这儿有我呢。"

张桂蓉也觉得自己耐心不够，看到女儿神神道道，免不了要呵斥几下，吓得刘诗仪畏畏缩缩，这反而加重女儿的病情。她听了齐明远的意见，离开了省城。

张桂蓉走后，齐明远细心地照料刘诗仪。在她病情反复的时候，他就细声软语地跟她说话，不断地跟她聊那段他们相处的快乐美好的时光，不管她有没有听懂。

功夫不负有心人，又经过一个多月的治疗和护理，刘诗仪的病好得多，更稳定，反复少，一点都不像精神有疾病的人。

医生说："为了巩固治疗效果，你可以带她出去走走，到一些附近的景区看看，愉悦她的身心，同时也再观察观察。"

齐明远照办，他带刘诗仪游省城的公园、看新出的电影、逛博物馆、坐摩天轮，一个多星期的游玩，让刘诗仪的身心得到很好放松。

在宾馆里，正准备去登山的刘诗仪坐到了还在系鞋带的齐明远的腿上，她撒着娇说："明远，我都好了，怎么还不回家呀？"

齐明远安慰她："很快我们就回家了，医生说，回去前先带你去领略祖国的大好河山，愉悦身心。"他没有说，医生要他带她出去观察一段时间。

刘诗仪装作嗔怪，两个水灵灵的眼睛看着他，又在他的脖子上轻轻咬了一下，之后趴在齐明远的身上。齐明远分明感到了她粗重的呼吸和涨得绯红的脸，一股血液直冲脑门，他把她抱到床上，迅即把她压在身下。

他们愉快地享受着两人时光，完事后才去登省城边上最高的山。这山是城里人锻炼休闲的去处，蜿蜒向上两米来宽的石级路布满了人。刘诗仪快乐得像个小孩一样，奋力向前走着。看到休息台就停下来伸伸四肢，扩扩胸，学着其他游客的样子，对着空旷的大山喊。然后又对落在后面的齐明远挤挤鬼脸。齐明远心里也很是高兴，他快步地追上去，吓得刘诗仪拼命地往前跑，但齐明远身强力壮，一会儿就追上了她。刘诗仪干脆回过头来，旁若无人地扑进了齐明远的怀里。她娇喘吁吁地说："明远，我们是在恋爱中吗？为什么我的心总是怦怦跳个不停？你看我现在是不是天底下最幸福的女人？"

实际上齐明远心里始终有一个心病，就是医生说的"间歇性发作"，让他脸上不时贴上愁云。但看到刘诗仪这么快乐，他不能让她看到自己内心的一丝愁绪，怕感染了她，影响她的心情。他装出快乐的样子说："你肯定在恋爱，恋爱中的女人最幸福。但我们早打括了，现在只是在补恋爱的课。"

刘诗仪说："是哟，我们都拜堂了，我都是你事实上的老婆，是老夫老妻了，还谈什么恋爱呢？"她又故意说，"明远，我们还没拉证，现在还可以谈恋爱。"

齐明远说："我们就在恋爱中，你不知道，我心里就像喝了蜜一样。"

"那你要面对大山对我说，我爱你。"

齐明远面对大山又看着刘诗仪说："我爱你，一辈子！"

"声音小了，我没听见。"刘诗仪假装生气说。

"这么多人，说大声了，我不好意思。"

"你连大声说'我爱你'都没胆量，你还能对我负责一辈子吗？"

齐明远没等她说完就大声喊："刘——诗——仪，我——爱——你！"

刘诗仪赶紧捂住齐明远的嘴巴，嗔怒道："傻瓜，你真喊啊，你看登山的人都看着你呢。"实际她的内心是那么幸福。

转过山脊，映入眼帘的是茫茫的大海。近海处，小舢板、机帆船像树叶一样浮荡在水中，不时看到渔民撒出的渔网，拉起的渔网在太阳下发出金灿灿的光。看到湛蓝湛蓝的海水，刘诗仪感慨地说："生活在海上的渔民，面对无边无际的大海，胸怀会有多宽广，无忧无虑，网住的哪是鱼，是恬淡有趣的日子呀！"

齐明远知道，刘诗仪被关在那个鸡笼大小的留置室好些天，一睁眼，面对的就是阴暗，看到的都是压得人透不过气来的铁门，对辽阔无垠是多么向往。他说："要么，我们去做一天渔民，体会一下大海博大的胸怀。"

"好，这正合我的心意，还是我的夫君懂我啊。"

"不过有一个条件，你答应了，我们就去。"

"什么条件？"

"你要给我怀一个小渔民。"齐明远偷偷地笑。

刘诗仪羞红了脸，捶着齐明远的肩膀。

他们来到海边，找到了专门租给情侣度假休闲的情侣船。通过渔民简单的教授，齐明远很快学会了汽油发动机的操作和机帆船的驾驶技术。船主一再强调，必须在港湾内标识线控制的范围内行船，还把救生衣放在最醒目的位置。为安全起见，他们又签了安全协议，付了租金，才让他们上船。

齐明远先把刚买的米和菜放到船上，接着又牵住刘诗仪的手上船。上了船，拉开垂帘才发现，机帆船内简直就是一套刚布置的婚房，很有情调，乐器和垂钓的设备一应齐全。木篷一分为二，前半部分放着一张床和洗漱的器具，床的一头，录音机在播着邓丽君的《往事只能回味》歌曲。船的后半部分放了一套做饭的炊具和做菜的调料。

刘诗仪高兴地环抱住齐明远："太好了，这不是专门给我们安排的新房吗？我要再做一回新娘，那天打括，我心惊胆战，没有一点准备就稀里糊涂地做了你的新娘，你要弥补我，别让我后悔一辈子。"

"船还没开呢，船老板还在岸边，别人听到，多害臊。"他轻轻地按住她的嘴说，"我也想再当一回新郎，打括那天，我什么也没做。"齐明远走到船前，发动汽油机，轻轻按下油门，船慢慢离岸。等驶离一段距离后，他固定匀速油门，船就像一叶扁舟在大海里晃荡着。

刘诗仪孩子似的，一会儿从这边的窗户看天，一会儿从这边的窗户看海，海天一色，让她心情十分愉悦："明远，如果这就是我们的家多好啊，没有烦恼，没有争斗，蔚蓝的天空和无垠的大海，如果……"

"如果什么？"

"我不说。"她的脸有点绯红，眼里充满向往。

"你不说，我就不开船了。"他故意熄灭了船上的发动机。

"好，我说我说，如果在船上还有两个我们的孩子绕膝，那就完美了。"

齐明远走过去，捧起她的脸，"我们会有的，很快。"说完就用自己的嘴压住了她的薄唇。

刘诗仪抚摸着他的头发，轻按着他的耳，用力搓着他发达的胸肌。

齐明远像一头激怒的雄狮，全身亢奋。他已经没有耐心地解开她衣服上的一个个纽扣，而是用力一扯，一下子露出了刘诗仪丰润水滑的肌肤和纤瘦胴体。

这时，刘诗仪嗖地双手抱胸，两眼惊恐，猛地把齐明远推开，"流氓，流氓，滚开！"立即抓起一个皮制枕头自卫。

齐明远一时也蒙了，半天才回过神来说道："诗仪，我是明远，不要怕。"他不知道刘诗仪突然会这样强烈的惊恐，这几天在宾馆住宿，他们都享受着鱼水之欢，有时还是她主动发出暗示。齐明远想，可能是自己粗暴地解开她的衣

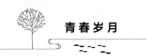
扣，让她记起了王流水曾经给她的心灵伤害。他把她抱在怀里，拢着她的秀发。但刘诗仪像是受惊吓的小鹿，拼命地挣扎，然后傻傻地看着他。齐明远泪水涌流，不知道怎么安抚她，只是嘴里喃喃道："我是明远，我是明远，不要怕。"刘诗仪还是远远地站着，显然已经认不出他了。

齐明远索然寡味，心里很是自责。他立即调整机帆船的方向，掉头向岸边驶去。他要尽快把心爱的人送到医院，把发生的情况告诉医生。

69 她成了一个间歇性精神病人

齐明远叫了出租车赶往医院。一路上，刘诗仪精神癫狂，狂躁不安。不管齐明远怎么安抚，她都无法安静下来。她自言自语，自我陶醉，沉浸在自己的世界。

齐明远预感到刘诗仪变成了间歇性精神病人，想到自己要和她长年生活，心中闪过一丝悲戚，但这种思绪很快被挤了出去。他相信自己原先的判断是准确的，刘诗仪突然精神错乱，一定是联想到了王流水的心灵伤害，只要避免这种刺激，诗仪一定能像常人一样生活。他叹了一口气，当然，退一步想，即使成了间歇性精神病人，即使治不好，也要承担起照顾她的责任，自己曾对她立下过铮铮誓言，男人说话要掷地有声。

到了医院，齐明远直接把她带到了医生办公室。医生详细问了情况，又做了一些必要的检查后，想跟齐明远说什么，但又立即停止不说。医生把刘诗仪安顿到一个单独的病房里，叫护士先给她打了镇静剂。刘诗仪安定睡着后，医生才叫齐明远到办公室。

医生说："我怕你爱人又清醒了，所以刚才我想说没说，怕她听到后产生心理负担。实际上你爱人是典型的'间歇性发作'，再治也没多少作用，一遇到刺激就会发病，我们医生也没办法，你们还是出院吧。"

"医生，你再给她治治，用什么药都行，只要能根治。"

"我刚才跟你说了，要根治不可能，一遇刺激，就会间歇性发作，发作后用点药控制一下，有的时候不用药也会恢复。今后生活肯定会有麻烦，但你要

有耐心，尽量不要给她刺激，尽量不要复原她曾受到伤害的场景。"医生头都没抬，继续说，"我先给你写出院手续。"

"医生，你也看出来了，我真的很爱她，你还是给她再治治，我求你了。"

"再治也无用，白浪费钱了，一会儿她心态平复后马上就会恢复正常。但你要有心理准备，这种发作今后是家常便饭。"

这时刘诗仪已清醒，但以前的事情她没一点记忆。她发现自己躺在医院的病床上，才明白自己可能精神病又犯了。她四处寻找齐明远，可一直没看到齐明远的身影。她踱步来到医生的办公室，正好听到了医生和齐明远的对话。

刘诗仪听后如五雷轰顶，泪水涌流，感觉天都要塌下来了，感到人生没有一点希望。但她怕齐明远发现，还是强忍住哭声，悄悄回到病房。她抱着被子，哭出声来，她不知道怎么办，离开明远，真的不舍得，明远是多好的男人啊。再说，自己还年轻，还没和明远享受真正的天伦之乐，还没给明远留一儿半女。但要作为一个精神病人拖累明远一生吗？要白负一辈子齐明远妻子的名声而有其名无其实吗？如果这样死赖在明远身边，这不仅是自私，更是无耻。刘诗仪思绪万千，痛苦不已，她喃喃自语："青春何以相许呀？"

齐明远耷拉着头向病房走去，他在想，难道就这样把诗仪带回去吗？今后还会发作怎么办？但医生已经开出了出院手续，明天不走也要走啊，现在不知道诗仪恢复正常了没有？他心乱如麻，不知道自己的命运如此多舛，牛事没了，马事又到。他长叹一口气，迈着沉重的步履走在医院的走廊上。五十米不到的走廊，他感觉走了一世纪。

走入病房，他看到刘诗仪深情地看着他，立即打起精神来："诗仪，你没事了？"

刘诗仪故意问："我刚才怎么了？出事了？"

"没……没有，你刚才睡了一觉。"他把愁绪压到心底，不让刘诗仪看出蛛丝马迹，强装出一副笑脸来说道："诗仪，告诉你好消息，医生已经给我们开了出院手续，我们结清有关费用，明天我们就可以回家喽。"

刘诗仪并没说破自己听到了他和医生的对话，也没说破已经明白自己刚刚精神病又复发了。她心里如吃了黄连般苦，但仍装出一副高兴的样子来，搂着齐明远的脖子说："好，明天我们回家喽。"她心里清楚，变成了间歇性精神病，意味着自己就是一个废人，就是明远的拖累，自己时不时发作一下，狂躁不安，记忆全失，精神错乱，不认亲疏，这有多可怕。而且糟糕的是无法预料什么时候会发作，发作后不知危险，不听劝告，这时必须有亲人在身边，否则就可能摔死、撞死、淹死、触电死……这样，明远怎么工作？明远的"万亩脐橙基地"梦怎么实现？明远心这么软，为了照顾自己，说不定连工作都会辞掉，这不是害了明远一辈子吗？她要赶快想到一个办法来，决不能让自己成为明远的累赘，让心爱的人承受一辈子的痛苦。

"诗仪，明天出院不高兴吗？"

"高兴呢，又可以回到乡政府了，我还要去我的青年突击二队，到尼清河大坝工地，到农村广阔的天地去。"

"是啊，农村有广阔的天地，引导农民发展脐橙，建设'万亩脐橙基地'，让农民早脱贫早致富是我的最大梦想，我一定要让这个梦想变成现实。"

刘诗仪嘚瑟跳跃起来："我要早点回去上班，早点加入你的'万亩脐橙基地'梦。"

这时齐明远记起了医生开的出院通知，就说道："诗仪，那你在这等着，我去办那些出院手续了。"

刘诗仪有些黯然地说道："钱够吗？我治病要花不少的钱吧？我身上还有一百元，你拿着。"

"够嘞，乡政府给我们捐来了五千元，同学原来借给我的钱，妈也给我们带来了钱。"齐明远刚说完就后悔，该不要说后面那句话了。

刘诗仪醋意上来了，她心里很矛盾，一方面怕自己成为齐明远的累赘，另一方面又怕别的女人对自己形成威胁。她知道那是吴芳菲的钱，吴芳菲肯定不是他的同学那么简单。她现在这个样子，对任何一个女人都特别敏感，更何况那个不时闪动在齐明远身边的女人。她脱口而出："尽量不要用你同学的钱，不够的话，我有一个女同学在省第一中学上班，我向她借一点。"

齐明远怕她情绪上来，赶紧说："好，听老婆的。"边说边走向房门。门一开，一抹斜阳擦过齐明远的头发和肩膀，让他的头上泛出点点白光。那点点白

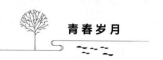

光，让刘诗仪一惊："明远有白发了，都怪我。"特别是他那微驼地转身，刺激了刘诗仪的泪腺，她扑过去："明远，明远……"

"诗仪，怎么了？"

"明远，没什么，我就想哭。"

齐明远怕她受刺激，立即把她拥入怀中，紧紧地搂着她。

"明远，我爱你，真的很爱你。"

齐明远把她搂得更紧："诗仪，我也爱你，一辈子不放手。"

刘诗仪很幸福，她放开他，说道："你去办手续吧，钱不够的话，先放着，我们明天去找我省城的同学借。"

齐明远点点头走了。

刘诗仪默默看着他挺拔但又略显微曲的背影移出视线。她不断地问自己，自己要拖累明远一辈子吗？这样明远会老得更快，会满头白发的。可自己离开明远，去哪呢？自己身上才一百元钱了。想来想去，她决定，先在省城躲几天，等明远找不到，离开省城后，再考虑去处。她想，明远找不到自己，死心了，自然会去再找个女人过日子。虽然她有千万个不舍，但是再不舍也不能让明远带着一个废人过一生啊。

她赶紧回房收拾一下东西，把自己的衣物单独放在另一个行李箱里。她不想就这样走了，要给齐明远留点什么，抄起笔，含着泪在医院的便笺上写了一首诗：

时光无法倒回

秋风摧折花蕊

独自凋零空中

只为

不变成叶的负累

永远在你身边绕飞

就想和根紧紧相随

时光无法倒回

往事只能回味

默默无语离开

只为

不变成爱的累赘

永远把你记在心底

就想和你紧紧依偎

刘诗仪又给她父母写了一张纸条："女儿不孝，我要走了，女儿成了间歇性精神病人，医生说无法根治。我不想成为家里和明远的拖累，如果我还清醒，我会想你们的。"

她把写给齐明远的诗和给父母的纸条压在齐明远行李底下。然后拿着自己的行李包，默默地坐在床边上。她的心里问了自己几百次，现在走吗？妈到时会责怪明远吗？医院结算的钱够吗？自己答应了明远向省城的同学借钱呢。可她的大脑里又有一个声音叫嚣着：不能婆婆妈妈、瞻前顾后，否则原来的心愿全部落空。

可真要走了，脚却根本不听大脑的使唤。她心里是多么难舍，不知道自己离开了，明远会不会真那么固执，终身不娶，孑然一身。不知道这段时间的欢爱，有没有怀上明远的孩子。如果真怀上了多好啊，那是明远的骨血，是我对明远的爱，那我一定要趁清醒的时候，告诉妈，我要让妈一起带好孩子。明远现在在这儿就好了，那可以和明远再做几次，增加怀上的概率。

她心里喊着：别犹豫了，再不走，会走不成的。她脑门一热，冲出房门，正好和齐明远撞了个满怀。

齐明远好生奇怪，问道："诗仪，你脸色不好，怎么了，还带着行李包？"

刘诗仪既慌张又庆幸，慌张的是没走成，怕让他看出蛛丝马迹，庆幸的是自己还留在齐明远身边，多待一刻是一刻。但她很快压住慌乱的心跳，说："没什么，你去了那么久，我以为钱不够，就过来看看。"她不敢正面看他，"包里放了一百元钱，还有女人用的东西，所以我顺手带上了。"她说道。

"噢，钱足够，不要向你省城的同学借了。"实际上五千元压根儿不够付，他还是用吴芳菲借给他的钱付了医院的账，但他这次没说出来。

刘诗仪突然想到纸条和那首诗，她盯住齐明远："你慢点进来，我进去换件衣服。离开省城前，我们晚上到街上吃餐饭吧，纪念一下我们在省城共同度过的美好时光。"说完把门关了。

刘诗仪很快把纸条和那首诗藏好。她想这次没走成，一定要瞅准个机会离开，别让明远因为自己荒废了青春，还要背负一辈子的累赘。但走之前，她还要跟明远做一次，不，一次不够，要做几次，她一定要怀上明远的种儿，这是爱的结晶。想到这儿，她又穿了那条去鸡公山乡报到时穿的裙子，这条裙子最合身，最能显出自己的身段，大学时也穿得最多。她又梳理了一下散乱的头发，长舒了一口气才去开门。她袅袅婷婷地站在门口，眼睛扑闪着。

"不是去街上吃饭吗，怎么打扮得像去参加什么舞会似的。"齐明远站在房门口，脚并没挪动。

"吃晚饭还早呢。"刘诗仪说完，把他拉进了房间，踮起脚尖双手勾住齐明远的脖子。她有点羞怯，脸上漾起一层红云。她不停地扭动腰肢，摩挲着齐明远的身体。对于男女之事，她从来没今天这样主动过。

齐明远经这样一撩拨，血脉偾张，他顺手把门一关，嘴就压在了刘诗仪的唇上，舌头就在刘诗仪的嘴里探测，压摸，与刘诗仪的舌疯狂地缠在一起。他抱起刘诗仪轻轻地放在床上，慢慢地解开她的衣扣……不久就像洪水暴涨，击打堤坝，但一切又都水到渠成，自然奔泻……

齐明远每一次激情，刘诗仪都没放过，她努力地回应着，有生理本能地欢愉，更有理智地配合。

累了，双方激情才消退。他们在医院的病房里休息了一下就收拾行李去找旅馆。虽然已经办理出院，但晚餐，本来还可以在医院食堂进餐，是刘诗仪要求上街吃的。她一直算计着，如何趁齐明远喝醉了酒，她就离开。她想，自己成为爱的累赘，不走就是伤害。所以，吃饭时她主动要了一点红酒，但她只是稍微喝了一点，其他的都让齐明远喝了。可齐明远没喝倒，自己喝了一小杯倒醉成了一摊烂泥。

第二天刘诗仪在小旅馆醒来时，才知道自己又没走成，后悔不已。她暗暗自嘲，这次没走成，回到家再离开，就别担心妈怨恨明远了。

70　永远地走了，别让爱成为拖累

省城回来后不久，乡里考虑到刘诗仪精神病间歇性发作批准她在家休养。刘诗仪就住在县城娘家，张桂蓉、刘立公和齐明远像带小孩一样，轮流照顾着刘诗仪，让她没一点走的机会。看到自己就像个废物，被人看管着，心里真不是滋味。那天乡政府来信叫齐明远回乡有事，她瞅准爸妈照顾的空当，狠下心，背着个包就走了。

张桂蓉和刘立公在电视底下看到刘诗仪留的纸条后，才知道刘诗仪走了。他们立即告知齐明远，并报了警。

齐明远发动亲友寻遍了车站、码头、水库、河道，都没见着人。张桂蓉一伤心血压升高，再加上轻度脑血栓，住进了医院。齐明远像照顾自己的亲妈一样护理着。刘立公一来替班，他就全县地找寻刘诗仪，不放个一个角落，就差点把整个县域翻个遍了。为了让人提供线索，他还在省、市报纸和电台、电视台登寻人广告，可还是一点音讯都没。两个月的工夫，齐明远就白了一半的头发，已经戒烟的他又抽起了烟。

这天，刘立公替班去医院照看张桂蓉。齐明远又抽空找了县里的几个敬老院，但无功而返。回到了张桂蓉家，他抽出根烟来，点着，思绪也随烟雾升腾。他不知道刘诗仪为什么不打招呼就消失得无影无踪，她给父母还留了一张纸条儿，可给他什么也没留下。难道诗仪的心里就没有装下一点自己吗？难道这段时间的恩爱真是演戏演出来的吗？烟灰跌落在行李包上，烧了个窟窿齐明远才发现。他灭了火，拉开拉锁，拣出曾带到省城的衣物，这时，一张纸条抖

落下来。

一段娟秀的字映入眼帘："明远，请不要怨我不辞而别，那天你和医生的对话我都听到了。我已经成了一个间歇性精神病人，我的病，谁也不知道什么时候会发作，谁也不知道发作后会有什么后果，我默默离开是最好的结局，守着你才是对你最深的伤害。你曾怨恨上苍对你的不公，发出了青春何以相许的慨叹。我感恩老天爷让我遇见了你，但我怨恨命运对我不公，让我成为你的累赘！我也想陪伴你一生，但像我这样，青春何以相许呀！我不想耽搁你的青春，不想拖累你一生。尽管有千万个不舍，千万个不舍，但我必须这样做，否则我的良心会不安。你不要固执地等，希望你早点去寻找你的幸福！如果我还在人世，在我清醒的时候，我会默默地为你祝福。我有一个奢望，就是希望有一个我们爱的结晶，长得像你一样英俊。如果上天真的眷顾，我一定会想方设法把他抚养成人，长大后我会让他来找你的。"

齐明远哭得像个泪人，他喃喃自语："诗仪，你怎么这么傻啊，你独自走了，你怎么生活？你精神错乱了，谁照顾你？会不会流落街头，会不会有危险？"他一把鼻涕一把泪："你走了，难道就能带走我的爱，能斩断我对你的思念？你走了，你以为就去掉了我的累赘？可是也切掉了我一半的心肝啊。"他突然跳起来，自言自语道："诗仪一定没出问题，一定还没走远，肯定在哪个我们不知道的角落看着我们。"他不顾一切往医院跑，他要尽快把这个消息告诉她父母。

张桂蓉和刘立公看完留言，也痛哭流涕。张桂蓉含泪怨道："傻女儿，你为什么要这样做啊，你怕成为明远和我们的累赘，可你知道，你走后我们的心又是怎样的负累？"

齐明远说："爸、妈，我们尽快把这留言给警察吧，让他们增强找人的信心，我就不相信一个大活人一下子就找不到了。"

警察看了也像打了鸡血，但半年、一年、十多年的寻找，就是生不见人，死不见尸。

张桂蓉和刘立公死心了。齐明远也望眼欲穿，徒生华发。但齐明远心里一直坚信刘诗仪还活着，他要等到她回来，始终坚持不娶。齐明远为了排解对刘诗仪的思念，整日沉浸在指导鸡公山乡的村民种植脐橙上。他和村民一起挖穴，一起植苗剪枝，一起挑担施肥，手掌磨起了血泡，肩膀都压肿了也不停歇。他要用拼命地劳动来忘却心中的思念和痛苦。

张桂蓉看到齐明远每天都沉在村组山坡，用近乎自残式的工作来消磨时光，心痛地说："别那样拼命工作了，身体会垮的，诗仪如果知道也会难受的。"

"妈，我不敢停，我停下了，诗仪孤独无助的眼神就会时时出现在我的脑海。"

张桂蓉怕齐明远长期这样会闹出病来，她和齐应天商量，十多年了，诗仪一点消息都没，是否活着都不知道，不能让明远一直单身，必须解决齐明远的婚姻问题。这样一合计，张桂蓉和齐应天先后托媒人给他物色对象，可物色了好几个，他连见一面都不去。齐应天责怪他："不孝有三，无后为大，明远婆走了后，你一直对自己的婚姻无动于衷，你都三十七八的人了，难道要一个人过一辈子？爸留在世上的时日也不多了，你别让爸带着遗恨去见你妈。"

齐明远苦笑："爸，让我再等等，诗仪一定会回来的。"

齐来香几姐妹知道他和吴芳菲曾经谈过恋爱，也知道吴芳菲和她的港商老公离了婚，现在一直单身，特意捎信给吴芳菲，叫她回来再续前缘。

吴芳菲十多年前就知道刘诗仪走后齐明远还一直单身，早就写过信给齐明远，但齐明远回信拒之千里之外。这次吴芳菲看到齐来香她们捎来的信，满心欢喜去鸡公山乡找齐明远，说："大姐她们来信了，希望我们能重新开始。诗仪已经失联十多年了，但生活还要继续下去。你一直在我的心里挥之不去，我想我们一定能续写新的故事。为了你，我可以把我在深圳的所有资产转让出去，只为了我的后半生不后悔。"说完眼泪不断地往下流。

齐明远抱着自己的头，搓着头发说："你不要在我身上浪费你的生命时光。我相信诗仪一定会回来的，她不会就这样丢下我一个人不管。"

吴芳菲一听心凉了半截，但她不死心，还是不断地去看他。面对吴芳菲的攻势，齐明远不是躲着就是推托。可吴芳菲有耐心，一直等着他。她知道齐明远立志要引导农民种植脐橙，发家致富，改变鸡公山乡的落后面貌，她就自己

出误工补贴组织农民培训，让齐明远来讲授脐橙种植技术。齐明远提拔当上了鸡公山乡的副乡长，分管大农业和脐橙产业，吴芳菲又在鸡公山乡投资建设了全县最大的脐橙基地。齐明远很是感动，但对吴芳菲的感情就是不回应。

齐明远对吴芳菲的冷淡，就连张桂蓉也看不下去了，一直在齐明远耳边叨叨说："吴芳菲是个好女人，为你，人家倾其所有，任何一个女人很难做到这一点，你不应该一直冷屁股对人家。诗仪这么多年没音讯了，不知道还在不在人世，就是在，你和吴芳菲好，她也会理解的。你这样会彻底伤害一个女人的心。"齐明远对张桂蓉的唠叨，如同没听见，始终躲着吴芳菲射来的感情之箭，守着自己对刘诗仪的净净誓言。

齐应天去世时，按齐家村的规矩，齐来香邀吴芳菲搭配傍在齐明远身边，但齐明远决意一个人跪棺敬香，一个人披麻戴孝，让吴芳菲哭肿了双眼。为了让齐明远答应和吴芳菲结婚，他俩哥哥以不准把刘诗仪的名字打上齐应天的墓碑相要挟，但他坚决要求在父亲的墓碑上刻上刘诗仪的名字，却坚决不再婚。

生活归于平静。齐明远把刘诗仪的父母当自己的父母一样孝敬，刘立公去世，他像儿子一样披麻戴孝。为了照顾好年老多病的张桂蓉，他把张桂蓉接到乡政府居住。

父亲和岳父走后，齐明远全身心投入引导农民发展脐橙产业上来。通过吴芳菲的支持和齐明远的努力，村民家家户户都种植了脐橙，鸡公山乡漫山遍野都是绿油油的脐橙。他们还统一了脐橙生产技术标准，创建了自己的脐橙品牌，成立了脐橙专业合作社，建设了全国一流的橙汁加工厂。脐橙真正成了鸡公山乡村民的摇钱树，成了全乡的支柱产业。齐明远也一步步成长起来，最后当上了鸡公山乡的乡长。

71 出现，竟然感动全省观众

日子一天天过去，不久就是张桂蓉六十一岁生日。齐明远带张桂蓉回到城里，很认真地给她张罗生日宴。两边的亲戚都来了，他两眼巴巴地希望刘诗仪能回来，时不时打开窗户，看前面的胡同是不是有自己日思夜想的女人出现。

张桂蓉也知道齐明远在等谁，她说："别等了，诗仪肯定不在人世。从小到大，我对她割心肝填肚子地好，如果她活着，她还清醒，她一定会回来的。我有这个自信，即使你爸过世，她爸过世，她不回来，我六十一岁生日也会回来，可现实是不可能再看到诗仪了。你也知道，这间歇性精神病，谁能料到什么时候会突然发作，一发作，说不定就掉进了深沟、水潭……"说到这里，她伤心起来，狠狠地骂道："就王流水这个浑蛋，把我女儿害成了间歇性精神病！老天应该收他去。"

齐明远说："妈，别说了，诗仪不出现，有我呢，就我来主持您的生日宴吧。"

按这里的规矩，过生日要按老人的年纪做喜饼，齐明远到最好的糕点店做了六担喜饼，还办了两天的喜酒。暖寿的那天，齐明远按农村规矩跪在张桂蓉面前，一声一声地叫着妈，祝着寿，又毕恭毕敬地捧上了最大的寿饼，把张桂蓉哄得乐成了一个小孩儿，喜泪纵横。

生日过完了，亲戚都走了。晚上的时候，齐明远和张桂蓉坐在客厅看电视，省电视台正在播放全省文科状元和他尼姑母亲的专题节目，电视画面一下子就抓住了他俩的眼球。

齐明远眼睛一亮，电视画面中的三个人，坐在中间的居然是刘诗仪。他喊起来："妈，是诗仪，是诗仪。"

张桂蓉戴老花镜走近看，自言自语道："死妮子，你还活着，你终于露面了，也当了母亲，还是文科状元的母亲。"她又笑骂道："这文科状元倒是按你的模子刻出来的，蛮像，没走种哟。"

齐明远激动地说："妈，别说话，听电视怎么说。"

只见刘诗仪含泪说："我是一个间歇性精神病人，十八年前为了不拖累父母和自己心爱的人，我不打招呼，独自去了两省交界的一个尼姑庵。我很多事都记不清了，我只知道那时我的父母都还在，还有一个很爱很爱我的老公，不知道他们现在怎样了……"说着说着，就泣不成声。可能过于激动，又刺激了刘诗仪，刘诗仪又傻傻地坐在那儿，手里抓着一张纸条。

这时一个尼姑模样的人指着刘诗仪说："十八年前，她又累又饿倒在我们尼姑庵门口，我们把她救进了庵里。她傻傻呆呆，说不清自己姓什名谁，哪儿人？可能是又气又急，思念攻心，她的精神病加重，神神道道，什么记忆都没了。可不久就发现她有孕在身，肚子一天天大起来。孩子出生后，她天天念念有词，但就不知道她在说什么。政府帮助孩子上学后，她的病情稍有好转，我们趁她病情稍好的间隙，启发她一点点回忆，才了解了一些情况，但至今她仍记不起自己是哪里人，她的亲人是谁？现在她的儿子夺得了全省高考的文科状元，所以我们就借这个机会来到了电视台，我们就是希望她的家人能看见。"

坐在边上的儿子拿过纸条，说："我妈过于激动，她的精神又出问题了。这是当年妈妈走之前写给爸爸的诗，本来妈妈想今天自己亲自读给爸爸听，但现在我妈不能读了，由我来读吧，希望爸爸能听到。"

时光无法倒回，

秋风摧折花蕊

独自凋零空中

只为

不变成叶的负累

永远在你身边绕飞

就想和根紧紧相随

时光无法倒回

往事只能回味

默默无语离开

只为

不变成爱的累赘

永远把你记在心底

就想和你紧紧依偎

  儿子读完，眼眶红了，泪水流了出来，他紧紧地抱住刘诗仪。

  刘诗仪嘴里喃喃自语，不知道在说什么。

  主持人把话筒放近，只听到话筒里传来她絮絮叨叨说的两句话："永远把你记在心里，就想和你紧紧依偎。"录播场内的观众都听哭了。

  齐明远也哭了，边哭边说："我知道你在我'身边绕飞'，可我找了你十八年都没找着你啊。"他立即拨通了省电视台的热线电话……